明月出天山

广东省援疆干部人才作品集

广东省对口支援新疆工作前方指挥部 编

南方日报出版社
NANFANG DAILY PRESS
中国·广州

图书在版编目（CIP）数据

明月出天山 ：广东省援疆干部人才作品集 / 广东省对口支援新疆工作前方指挥部编 . — 广州 ：南方日报出版社，2023.4
ISBN 978-7-5491-2689-7

Ⅰ . ①明… Ⅱ . ①广… Ⅲ . ①文艺—作品综合集—中国—当代 Ⅳ . ① I217.1

中国国家版本馆 CIP 数据核字 (2023) 第 057268 号

MINGYUE CHU TIANSHAN GUANGDONG SHENG YUANJIANG GANBU RENCAI ZUOPINJI
明月出天山：广东省援疆干部人才作品集

编　　者：广东省对口支援新疆工作前方指挥部
出版发行：南方日报出版社
地　　址：广州市广州大道中 289 号
出 版 人：周山丹
责任编辑：曹　星　黄敏虹
装帧设计：邓晓童
责任技编：王　兰
责任校对：熊丽思
经　　销：全国新华书店
印　　刷：广东信源文化科技有限公司
开　　本：787mm × 1092mm　1/16
印　　张：21.75
字　　数：366 千字
版　　次：2023 年 4 月第 1 版
印　　次：2023 年 4 月第 1 次印刷
定　　价：88.00 元

投稿热线：（020）87360640　读者热线：（020）87363865
发现印装质量问题，影响阅读，请与承印厂联系调换。

前言

“这个事业很有意义，发挥中国特色社会主义大协作精神，举全国之力，解决一些重大任务。参加过援疆任务的同志，受到了精神的、实践的洗礼和锻炼，为今后的发展打下坚实基础。期望你们在这里扎扎实实作出应有的贡献，也是一生值得自豪的贡献。”习近平总书记在2022年新疆视察期间接见了第十批援疆干部人才代表，习近平总书记亲切的话语，温暖了援疆干部人才的心田，让大家干劲倍增。为学习宣传贯彻党的二十大精神，深入开展“听总书记话，永远跟党走”系列活动，讲好援疆故事，充分展现可信、可爱、可敬的中国形象和“自信自强、守正创新，踔厉奋发、勇毅前行”的广东援疆人形象，进一步加强援疆工作队伍学习交流，广东省对口支援新疆工作前方指挥部特编印《明月出天山》。本书共分“学海无涯”“‘援’来有你”“诗话天山”“时光印迹”四个篇章，收录了广东省第九批援疆干部人才学习党的二十大精神的体会、真实的援疆故事、创作的诗歌散文和拍摄的援疆工作生活照片，谨以此记录这段光辉岁月。

目录
CONTENTS

第一篇　学海无涯

第二篇　“援”来有你

第三篇 诗话天山

第四篇　时光印迹

MINGYUE
CHU
TIANSHAN

第一篇 学海无涯

又上天山

——给援疆干部人才的一封信（节选）

□ 王再华

不知不觉地，我们相伴度过了幸福、艰难、辛酸的一年。这一年我们经历了地震、战“疫”……它终于过去了，并且又迎来了我们援疆路上的第二年。刚刚，我们广东省对口支援新疆工作前方指挥部（简称“广东省前指”）作为19个援疆省（市）的唯一代表被党中央、国务院授予“全国脱贫攻坚先进集体”光荣称号，这是党中央对我们的奖励，更是激励！第一年还是有一股新鲜劲，第二年需要大家更大的勇气和毅力，因为这是一场“持久战”。

因为我们是广东省前指机关的干部，所以我们要做援疆队伍的榜样。要做团结的榜样。远在万里之外，广东省前指就是1500余名援疆干部人才在新疆喀什的家，家和万事兴，我们团结一心才能教育、引导、帮助援疆队伍。要做实干的榜样。我们广东人最大的优点就是实干，广东省前指干部务实勤政，工作队、驻乡镇团场的同志才会有方向，我们的工作才会更接地气，群众才会真正地得到实惠。援疆工作的任务是凝聚人心、促进民族团结，我们广东援疆人就是来新疆展示广东形象，为援疆贡献广东力量，我们实干的精神就是文化润疆，我们实干的成果就是富民兴疆。要做遵纪守法的榜样。广东省前指机关是管理、服务基层的，我们要有良好的工作作风、生活作风，才能更好地服务他们，才能更好地教育、引导、帮助他们！一人援疆，实际上是全家援疆、一个单位援疆，父母牵挂，爱人思念，儿女期待，同事期盼……载誉归来是对他们最好的回报！

我们常常问自己：怎样才能服务好大家？可以为大家做些什么呢？我们想，人一定要有一些理想，通过一些努力，最终有一些收获。

所以除了精心谋划、认真落实援疆项目外，我们挖空心思地打造“一十百千万”工程，因为我们真的很幸运，碰上了好时代，当今世界正经历百年未有之大变局，我国正处于实现中华民族伟大复兴关键时期，我们有机会为祖国边疆建设贡献力量，这里又需要我们！我们应该全力以赴地实现援疆成效最大化，这就是理想！这样的大舞台就是报国爱家最大的理想平台！这里能让我们每个援疆干部人才尽情施展才华。其实，三年真的做不了太多，但是我们目标不能定得太小，我们要攻坚克难、闻鸡起舞、日夜兼程，朝着正确的方向前进，哪怕是一小步，也是前进！我们真心希望给每个援疆干部人才搭一个小舞台，好让大家有机会为祖国、为社会、为集体、为群众作出最大的贡献。同时，我们做好援疆事业也是为咱们家乡广东作贡献！

我们号召大家读历史、读人文，关注广东时政……是真心希望大家在援疆路上有更多的人生积累。我们鼓励大家努力去争先创优：争当“优秀共产党员”、“三八”红旗手……是因为希望大家都能定个较高的、又必须一往无前地向前冲才能实现的个人目标，这样就能充分地燃烧青春，实现更大的追求！

我们变花样地想各种督导方法检查大家的工作，也是真心希望大家在这三年里有所成长！我们要做赶路人，一刻也不要停下来，停下来就会想家，孤独寂寞都会乘虚而入；我们希望并要求大家想办法深入工厂、乡村、工地……向受援地干部、向群众、向工人、向企业家学习，找到解决工作中问题的办法，更好地培养和群众的感情，也能学到书本上学不到的知识。

我们把大院分成几块，每个处负责一片，要大家种树种花、浇水施肥，还搞评比，以此丰富大家的周末时光。因为劳动，我们才有春花的粉颜、有夏虫的共鸣、有秋收的喜悦、有冬雪的洁白……这些丰收都能促进我们队伍的团结友爱，培育我们深厚的援疆情谊！

我们知道广东省前指对大家来说是无“用才”之力，但我们愿做造才之功，希望大家经过三年的援疆后具备较强能力、视野、魄力。我们愿大家成长为参天大树，每个人的不同特点就像粤新楼大院里树的不同品种，每个人的单位就像每棵树种在不同的地方，我们愿根据你们的品种、位置，做一个辛勤的园丁，浇水、施肥、剪枝……创造一切条件让你们勤奋工作、愉快生活，就像大院里的红柳经过我们修剪、浇水、打理，也活得潇洒——气质如大树，有“苔花如米小，也学牡丹开”的境界。

我们深深知道，大家一定有很多困难，如孤独、寂寞、空虚、焦虑……你们的家庭也一定有很多困难，如子女教育、父母病痛、爱人无助……我们愿尽一切的可能，协调一切资源支持、帮助你们；我们也深深知道，我们没有能力帮助你们解决所有的困难，但我们愿与你们一起面对现实、面对困境，倾听你们心中的苦、心中的累……也许这也不能减少你们的痛苦与烦恼，但我们愿给你勇气和坚强，陪你一起扛！

我们深深知道，很多事情是我们所想所愿，不一定是你们的所需所求，因为三年很短，我们怕等你们想好所需所求，时间也可能都过去了！所以没有太多时间细想，就让援疆路上的我们相伴相依、互助守望、无怨无悔！

明天，我们又要出发了，正如诗人汪国真写的："我不去想是否能够成功，既然选择了远方，便只顾风雨兼程……"，我们真诚希望在援疆路上的你们是累并快乐着的！

（作者为广东省前指临时党委书记、总指挥）

援疆路　成长路

□郭　文

时光飞逝，岁月如梭，转眼间三年的援疆时光匆匆而过，回首三年来工作、生活的点点滴滴，难免各种滋味纷然，令人难以忘怀。

有的时候机会是偶然，幸运也是意外的偶得。我当年刚踏上这片土地时，看到那一片荒寒，内心不免萧瑟。然而回首这三年，那一个个由彷徨、迷茫，转而平静、淡然，既而用心、用情的瞬间，组成了丰富而厚实的片段。

援疆是一种缘分

一次援疆，终生缘疆。当来自广州的300多名援友踏进荒凉的戈壁，互不认识的我们也就结为兄弟姐妹，成为相亲相爱的一家人，大家互相扶持，用千个日夜谱写了一篇篇塞外团结乐章，架起了一座座粤新连心桥梁。从此，我们把新疆当作第二故乡，把自己当成一名新疆人，我们有个响亮的名字——援疆干部，这个集体的名字，浸润着理想的情怀、兄弟的情谊、奉献的精神。

援疆三年，我领略了新疆雄伟的戈壁沙漠、澄清的高原湖泊、壮美的雪山雄峰、苍劲的胡杨白杨、辽阔的草原、古老的文化遗址，领略了独具特色的西域人文风情，认识了能歌善舞的少数民族，领受了艰苦的自然环境和工作、生活条件对人的考验，切身感受了当地各族群众特别能吃苦、特别能战斗、特别能忍耐的精神面貌。我与维吾尔族同胞结亲结对，深深地感受到少数民族的热情与好客，每次到“亲戚”家走访，他们都会摆满瓜果和坚果，老乡们说：“我们现在的生活很‘亚克西’（好、棒、优秀的意思），感谢党、感谢援疆干部。”他们的热情让我感动，他们发自内心的表白让我欣慰，三年时光让我们不分彼此，成为真正的“一家人”。

回望来路，援疆开启全新人生航程。这是我与广州援友的缘分，更是我与新疆各族干部群众的缘分。

援疆是一种责任

来到新疆，听到的第一句话就是“不到新疆不知祖国之大，不到南疆不知治疆之艰难”。这句话，不仅是地域上的概念，更多的是宏观上的、国家的、民族的概念，有很深刻的含义。就我个人而言，虽然从小就知道“祖国”这个名词，唱着铿锵有力的国歌，哼着“五十六个民族五十六朵花”，对祖国、对民族的理解还停留在表面。而到了这片土地后，了解了这片土地之后，对国家、民族这些概念的认识才变得更加真切。

对口支援新疆是国家战略，是以习近平同志为核心的党中央的英明决策，彰显了中国特色社会主义制度的巨大优越性。三年来，我深刻地认识到，新疆特殊的地理位置和发展历史，决定了援疆不同于对其他地区的帮扶。在这里，我们要牢牢把握新疆社会稳定和长治久安这个总目标，切实把促进民族团结作为援疆工作的出发点和落脚点，坚持以铸牢中华民族共同体意识为主线，深入开展民族团结各项活动，促进各民族交往、交流、交融，真正把援疆工作打造成推动发展的工程、民族团结的工程和凝聚人心的工程。

援疆是一种使命，是一种情怀，是一种担当，更是一种责任。

援疆是一种历练

我们来到这片占中国国土面积六分之一的广袤土地上，走到边疆的城市、乡村、原野，住进帐篷、土房子。在这里，我们面对高耸的雪山和一望无际的草原、戈壁、大漠，看着漫山的牛羊奔马，还有从古代就一直矗立着的荒堡古城，一种油然而生的自豪感就会充溢到胸口，让我总想为国家、为新疆做些什么。三年的援疆时光，我和我的援友们不仅完成了许多原以为不可能完成的事，更从中收获了肯定，获得了历练。

三年来，在广东省前指和穗疏两地党委政府的正确领导下，在后方各单位的大力支持帮助下，我们克服疫情的严重影响，成功建成了粤港澳大湾区“菜篮子”生产基地，打造“1＋1＋6”现代农业产业园，成功推广“粤菜疆种，疆菜输粤”新模式；重点支持疆果果、浩鹏等龙头企业提质增效，进一步激发受援地产业高质量发展活力，进一步巩固脱贫攻坚成果，帮助农民增收致富；聚焦健康疏附建设，全力推进疏附县人民医院新院区和“南山楼”建设，全力支持方舱隔离点建设和防疫物资采购，织密人民健康“医疗网”；深入实施文化润疆，以红色文化培根铸魂，以中华优秀传统文化启智润心，以特色文化立德树人，厚植新疆文化沃土；开展“一十百千万”“粤菜师傅进疏附”“世界冠军进疏附”等重点工程，举办“民族团结一家亲”系列活动，讲好援疆故事。让党对新疆各族人民的关怀厚爱深入人心、深入千家万户，让民族团结之花在天山南北绚丽绽放。在全体队员的共同努力下，我们荣获自治区“民族团结一家亲”先进集体和喀什地区推动经济高质量发展先进集体。

援疆是一生的财富

“大漠孤烟直，长河落日圆”，这是我对新疆最初的认识。新中国成立后，新疆作为祖国的“西大门”，新疆人民就是长期的“边疆卫士”，新疆人民为了边境的安定、祖国的统一，献了青春献终身，献了终身献子孙。

因为来援疆，我目睹一代代“援疆人”敢于担当，甘于奉献，践行了伟大的胡杨精神；因为来援疆，我结识了维吾尔族朋友和亲人，我们就像一家人一样坐在一起其乐融融，那时，我对“各民族要像石榴籽那样紧紧抱在一起”有了更深切的体会，我收获了无比珍惜的跨民族友谊；因为来援疆，重要的岗位和艰苦的环境提供了锻炼成长的舞台，使我在工作和生活中经受摔打，增长才干。

万里援疆路，一生援疆情。我们队员牺牲家庭“小爱”践行援疆“大爱”，直面挑战、迎难而上。在马不停蹄、只争朝夕的拼搏中，我们真正感受和寻找生命的价值，不负青春韶华，不负人民重托，为各族人民呈上一份不负厚望的答卷。

“历史的每一步都是经验”，在新疆经历的一切，无论是得与失、喜与忧，还是感与悟，都让我一生受用。援疆是一段历史，援疆是一种精神，援疆是一份骄傲，而这一切都将成为我一生中永不磨灭的记忆。

（作者为广东省前指副总指挥、驻疏附县工作队队长）

大道如砥 接续奋斗

□黄昌建

2022年10月16日上午，中国共产党第二十次全国代表大会开幕，习近平总书记向大会作了题为《高举中国特色社会主义伟大旗帜 为全面建设社会主义现代化国家而团结奋斗》的报告。大会鼓舞人心、催人奋进，党的二十大在政治上、理论上、实践上取得了一系列重大成果，就新时代新征程党和国家事业发展制定了大政方针和战略部署，是我们党团结带领人民全面建设社会主义现代化国家、全面推进中华民族伟大复兴的政治宣言和行动纲领。

我和家人同时收看了开幕会的直播，我们内心的激动和喜悦溢于言表。从南海之滨，到西北边陲，亲历了时代巨变，各族群众日子过得一天比一天好，我和我的家人深刻地领悟到中国共产党为什么行。

有一个细节令我特别欣慰。正上高三的女儿，边看直播边做笔记，笔记最后写道："何其有幸，生于华夏，愿国家山河无恙、繁荣昌盛；生逢其时，作为一名共青团员，新时代新征程上的一员，我要练就过硬本领，努力成长为社会主义现代化国家所需的栋梁之材，展现新时代青年奋斗姿态。"女儿的话，让我想起她当年略带稚气却无比坚毅志愿加入共青团的情形。当时，她在入团志愿书上写道："奋斗是青春最亮丽的底色，行动是青年最有效的磨砺。有责任有担当，青春才会闪光……"

女儿正在以行动兑现她的承诺。在她初三、中考、高中阶段，我因参加援疆而不在她身边，但她很懂事，爱学习，自立自强，积极上进。她的成长进步，让我更加懂得"家是最小国，国是千万家""澄清的爱，只为中国"，我看到了青年把个人理想目标与民族伟大复兴紧紧联系在一起的壮志与担当。

我的援疆工作生活很快满三年了，期间我参与了伽师县抗震救灾、疫情防控、脱贫攻坚战、乡村振兴开局等重要工作，经历和目睹了伽师县方方面面的可喜变化。在新时代党的治疆方略指引下，我和100多名队友，努力用援疆干部人才的辛苦指数提升伽师各族群众的幸福指数，用好广东援疆优势，充分发挥援疆项目的引领作用、援疆资金的撬动作用，持续提高对口援疆综合效益，助力伽师县巩固拓展脱贫攻坚成果。我可以自豪地说，今日之“大美新疆”，有我们广东援疆的力量和担当。

参加援疆，身在新疆，我和队友们更加深刻感受到党的伟大，祖国的强大。今天的中国，东风浩荡，气象万千；今天的中国，意气风发，信心满怀，阔步迈向未来。新疆距离首都北京虽远，但新疆各族人民的心，始终与习近平总书记、与党中央紧紧地连在一起。我们援疆干部人才在新时代党的治疆方略指引下，始终坚持以凝聚人心、增进团结、铸牢中华民族共同体意识为主线，带着使命与担当，连接广东和新疆，连接党心和民心，与当地少数民族同志“像石榴籽一样紧紧抱在一起”，携手为建设社会主义现代化国家、推进中华民族伟大复兴贡献力量。

大道如砥，接续奋斗。党的二十大报告指出，党用伟大奋斗创造了百年伟业，也一定能用新的伟大奋斗创造新的伟业。我坚信，在习近平新时代中国特色社会主义思想的指引下，“小家”、“大家”、国家前行的每一步，都是在书写、在创造中国式现代化生动实践的历史，中华民族伟大“复兴号”巨轮正加速驶向光辉的彼岸。

（作者为广东省前指副总指挥、驻伽师县工作队队长）

走好现代化赶考之路

□ 肖凯明

习近平总书记在党的二十大报告中指出：“从现在起，中国共产党的中心任务就是团结带领全国各族人民全面建成社会主义现代化强国、实现第二个百年奋斗目标，以中国式现代化全面推进中华民族伟大复兴。”援疆工作同样也要心怀“国之大者”，服务服从于这个“中心任务”，找准着力点和切入点，把民生援疆、产业援疆、智力援疆、文化润疆和民族“三交”（交往、交流、交融）与全面建设社会主义现代化国家的目标任务有机结合起来，为全党全国大局作出重要贡献。

切入点一：推动团结稳疆，为实现人口规模巨大的现代化作贡献。“人口规模巨大的现代化”意味着中国式现代化是全体中国人民的现代化，是14亿人的现代化，在迈向社会主义现代化的道路上一个民族都不能少。从习近平总书记在第三次中央新疆工作座谈会上提出“接续推进全面脱贫与乡村振兴有机衔接”到党的二十大，援疆工作在新时代有了新使命，即接续推进全面小康与全面建设社会主义现代化国家相衔接。对于南疆地区，最重要、最关键的就是要通过多做凝聚人心、增进团结的事和打基础、利长远的事，不断巩固受援地各民族团结进步的大好局面，保持好稳定繁荣发展的良好态势。

为此，援疆工作者要深入领会党的二十大关于“团结”两字的系列重要部署和新时代党的治疆方略关于“团结稳疆”的重要谋划，着力拓展“促团结”的渠道，增强“保稳定”的手段。一要建立多层次的民族“三交”体系。从拓展主体、丰富内涵两个方面优化民族“三交”工作，深入组织以乡村振兴为主要内容的基层党员干部交流学习活动、以技能培训为主要内容的企业员工交流培训活动、以学习现代治理能力为主要内容的机关事业单位干部职工交流学习活动、以“手拉手”写书信和夏（冬）令营为载体的青少年交流活动。联合援派省和自治区工会、共青团、妇联，组织形式多样的帮扶交流活动，让工人阶级成为民族“三交”的先锋队、青少年成为民族“三交”的生力军、妇女成为民族“三交”的“半边天”。二要建立嵌入式的民族融合发展格局。2022年7月，习近平总书记在视察新疆时指出：“要推动各族群众逐步实现在空间、文化、经济、社会、心理等方面的全方位嵌入，促进各民族像石榴籽一样紧紧抱在一起。”从教育援疆来讲，我们应当鼓励支持各民族学生深入交流，确保兵地优质学校多招收少数民族群众子女；从产业援疆来讲，我们应当鼓励受援地企业招收来自不同地区、不同民族的员工，加强国家通用语言培训；从就业援疆来讲，我们应当鼓励受援地少数民族群众“走出去”，勇于在疆内外创新创业。我们要坚持兵地一盘棋，重大基础设施同步建设，全面推进兵地经济、社会、文化、生态文明建设和民族团结进步、干部人才等方面的融合发展，实现设施共建、资源共享、深度嵌入、优势互补。三要以惠民生增强中华民族大家庭的向心力。认真贯彻落实党的二十大关于“增进民生福祉，提高人民生活品质”的部署要求，持续巩固提升民生援疆，紧紧抓住受援地各民族群众最关心最直接最现实的利益问题，深入群众、深入基层，采取更多惠民生、暖民心举措。对于帮扶喀什地区而言，要重点支持该地区进一步改善农业农村生产生活条件，提高教育、医疗等基本公共服务均等化水平，加强抗震减灾能力和疫情防控体系建设。

切入点二：促进富民兴疆，为实现全体人民共同富裕的现代化作贡献。“全体人民共同富裕的现代化”意味着中国式现代化是全面满足人民日益增长美好生活需要的现代化，是全国各族人民共建共享的现代化。当前，新疆维吾尔自治区特别是南疆地区仍处于进一步巩固全面脱贫成果和工业化发展的初期，加快推进高质量发展，追上全国建设社会主义现代化步伐的任务非常繁重艰巨。

我们在开展援疆工作的过程中，要把习近平总书记关于“发展是党执政兴国的第一要务”的重要精神与“发展是新疆长治久安的重要基础”的重要指示有机结合起来学习领会贯彻，坚持以推动高质量发展为主题，完整、准确、全面贯彻新发展理念，加快构建以国内大循环为主体、国内国际双循环相互促进的新发展格局，推动受援地经济实现质的有效提升和量的合理增长。一要通过乡村振兴探索实现共同富裕新路径。我们应当充分发挥各援疆乡村振兴示范点的外溢带动效应，加快建设现代农业产业园，以农业的现代化引领农村现代化建设；积极遴选培育少数民族致富带头人，壮大农村新型经营主体，带动更多基层群众走上共同致富道路。二要大力支持受援地做强做大特色优势产业。持续深入开展“大招商、招大商”活动，助力受援地特色优势产业建链补链强链，力争在伽师县形成超百亿元的糖菜产业、新梅产业，疏附县形成超百亿元的粤港澳大湾区“菜篮子”产业和中草药种植加工业；在兵团三师形成超百亿元的纺织服装产业。三要促进粤新携手实现高质量发展。促进粤新优质资源战略对接、市场互通，用广东的创新能力激发新疆的创新活力，用广东的资金优势让新疆的资源优势加快转化为生产力，用广东的巨大市场让新疆的特色优质产品卖出好价钱。

切入点三：实施文化润疆，为实现物质文明和精神文明相协调的现代化作贡献。“物质文明和精神文明相协调的现代化”意味着中国式现代化需要破解经济增长过程中物质文明与精神文明发展不平衡、不协调的世界性难题，体现了我们党坚持物质文明与精神文明“两手抓、两手都要硬”的一贯战略方针，对于新疆维吾尔自治区特别是南疆地区走好全面建设社会主义现代化之路极具指导意义。

我们要深刻领会习近平总书记关于“推进文化自信自强，铸就社会主义文化新辉煌”的重要精神和关于“深入做好意识形态领域工作，深入开展文化润疆工程”的重要指示，坚持中国特色社会主义文化发展道路，坚持马克思主义在意识形态领域指导地位的根本制度，以社会主义核心价值观为引领，有形有感有效实施文化润疆系统工程，发展社会主义先进文化，弘扬革命文化，传承中华优秀传统文化，满足人民日益增长的精神文化需求，巩固全党全国各族人民团结奋斗的共同思想基础。一要坚持不懈以习近平新时代中国特色社会主义思想凝心铸魂。马克思主义是我们立党立国、兴党兴国的根本指导思想。实践告诉我们，中国共产党为什么能，中国特色社会主义为什么好，归根到底是马克思主义行，是中国化时代化的马克思主义行。习近平新时代中国特色社会主义思想是当代中国马克思主义、二十一世纪马克思主义，是中华文化和中国精神的时代精华。要充分发动全体援疆干部人才争当党的二十大精神的宣讲员、实践者，在受援地深入开展“听总书记话，永远跟党走”系列活动，形成援疆干部人才与受援地各族干部群众互学共进的良好氛围。二要构建立体式、广覆盖、多层次的文化润疆新格局。我们要加强中华民族共同体历史、中华民族多元一体格局的研究，着力构建乡镇、企业、校园、机关文化平台，广泛组织开展传承中华优秀传统文化活动，支持受援地创办中华文化特色课堂和相关兴趣社团，创设援疆杯“中华文化”比赛竞赛活动，鼓励受援地各族群众到全国各地参加文化交流比赛活动。三要以讲好援疆故事、新疆故事，展现可信、可爱、可敬的中国形象。援疆故事、新疆故事是中国故事的重要内容，习近平总书记指出："要多层次、全方位、立体式讲好新疆故事，理直气壮宣传新疆社会稳定的大好局势、人民安居乐业的幸福生活"。我们要鼓励援疆干部人才和受援地各族干部群众一起当好弘扬民族团结进步正能量的自媒体，联合援受省市主流媒体、新媒体开展专题宣传报道和实地采访采风活动，向世界展现在党的新时代治疆方略指引下自治区取得的巨大进步与伟大成就。要善于从援疆工作和受援对象中挖掘感人事迹，组织开展文学、影视和舞台表演创作，推出更多优秀文艺作品。

切入点四：支持绿色发展，为实现人与自然和谐共生的现代化作贡献。"人与自然和谐共生的现代化"意味着中国式现代化必须坚决有力贯彻习近平生态文明思想特别是"绿水青山就是金山银山"的理念，坚持把生态文明建设作为关系中华民族永续发展的根本大计，在推进现代化的过程中实现天更蓝、山更绿、水更清、环境更优美。因此，如何把新疆维吾尔自治区的生态优势、资源优势转化为全面建设社会主义现代化的新动能，就成为摆在自治区党委、政府和援疆工作者面前的一项重大课题。

我们必须深刻领会习近平总书记关于"推动绿色发展，促进人与自然和谐共生"的重要精神和对新疆提出的"坚决守住生态保护红线，统筹开展治沙治水和森林草原保护工作"等重要要求，站在人与自然和谐共生的高度谋划新疆发展，充分发挥援疆作用，助力受援地坚持山水林田湖草沙一体化保护和系统治理，加快发展方式绿色转型，统筹产业结构调整、污染治理、生态保护、应对气候变化，协同推进降碳、减污、扩绿、增长，推进生态优先、节约集约、绿色低碳发展。一要助力发展乡村绿色经济。我们要充分发挥援疆作用，支持帮助受援地乡镇农村发展现代农业，打造特色小镇，大力发展乡村休闲康养产业，深入组织开展"百万人游新疆"活动，组织援受双方的旅游文化部门和相关商会、协会联合开展旅游文化推广和参展活动。二要助力发展新能源产业。新疆的光电风力资源非常丰富，援受省市可共同围绕碳达峰、碳中和目标，携手发展光伏发电、风力发电项目，培育壮大储能、锂电池、光伏支架、组件加工等配套产业建设，增强可再生能源生产和外送能力。三要支持生态保护修复项目。把生态建设纳入援疆工作内容，大力支持受援地推进沙漠荒滩治理和水资源调控体系建设，引进更多先进技术、专业人才支持自治区开展生态修复工作。

建设"一带一路"，为实现走和平发展道路的现代化作贡献。"走和平发展道路的现代化"彰显了中国作为世界和平的建设者、全球发展的贡献者、国际秩序的维护者的本色，意味着中国将始终不渝走和平发展道路，在促进现代化的过程中大力弘扬和平、发展、公平、正义、民主、自由的全人类共同价值，构建人类命运共同体。新疆维吾尔自治区地处亚欧大陆中心，对于我国走和平发展道路极具战略意义。

我们要在做好援疆工作的过程中深刻领会习近平总书记关于“促进世界和平与发展，推动构建人类命运共同体”的重要精神，进一步打响共建“一带一路”这个深受欢迎的国际公共产品和国际合作平台，坚持在和平共处五项原则基础上同各国发展友好合作，推动构建新型国际关系，深化拓展平等、开放、合作的全球伙伴关系，致力于扩大同各国利益的汇合点，维护多元稳定的国际经济格局和经贸关系。一要支持新疆维吾尔自治区大力参与共建“一带一路”。要聚焦助力新疆打造向西开放的桥头堡目标，支持自治区加快推进丝绸之路经济带核心区建设，帮助其更好地融入国家向西开放的总体布局中，丰富对外开放载体，提升对外开放层次，创新开放型经济体制，打造内陆开放和沿边开放的高地。二要支持喀什地区加快发展口岸经济。喀什地区坐拥“五口通八国”的区位优势，近年来，在党中央的关怀和大力扶持下，喀什地区已做好了扩大对外开放的政策储备和硬件配套等基础性工作。喀什地区2022年前三季度进出口贸易额达322.2亿元，同比增长100%，比2021年全年进出口总额231.2亿元还高出91亿元，其中对“一带一路”沿线国家进出口总额增长101.9%。当前，应当把沿海发达省市对外开放先行先试的经验和建设自由贸易区的宝贵经验引入喀什地区，提高跨境物流通关效率，推进贸易安全和通关便利化，创造更加良好的口岸营商环境，帮助其加快发展外向型经济。三要形成广东与新疆一海一陆良性互动、共赢发展。广东是海上丝绸之路的重要起点，新疆是丝绸之路经济带核心区，两省区可以在海陆多式联运、助力进出口企业拓展“一带一路”沿线国家市场等方面加强合作，为我国加快构建以国内大循环为主体、国内国际双循环相互促进的新发展格局作出积极贡献。

党的二十大报告是中国共产党团结带领全国各族人民夺取中国特色社会主义新胜利的政治宣言和行动纲领，是马克思主义的纲领性文献，也是指导援疆工作沿着正确方向不断前进的行动指南。一分部署，九分落实，我们要坚持以习近平新时代中国特色社会主义思想为指引，让马克思主义中国化时代化的最新成果在援疆实践中展现出无比耀眼的光辉！

（作者为广东省前指综合统筹处处长）

为喀什地区外贸高质量发展添砖加瓦

□王　罡

2022年7月，习近平总书记在接见援疆干部代表时语重心长地说道：“这个事业很有意义，发挥中国特色社会主义大协作精神，举全国之力，解决一些重大任务。参加过援疆任务的同志，受到了精神的、实践的洗礼和锻炼，为今后的发展打下坚实基础。期望你们在这里扎扎实实作出应有的贡献，也是一生值得自豪的贡献。”

作为一名援疆干部，我深深地体会到援疆工作的光荣和责任，这不仅是一个在祖国边疆学习锻炼的好机会，更是一个报效祖国实现理想价值的好平台。我们要把提高思想认识与解决实际问题结合起来，做到思想升华贯穿始终、工作实践贯穿始终、为人做事贯穿始终，形成既有认识高度又有贯彻力度，既有思想成果又有实践成果的生动局面。从商务领域讲，我们要以更大的力度助力受援地实现高质量发展。

党的二十大报告指出，高质量发展是全面建设社会主义现代化国家的首要任务。发展是党执政兴国的第一要务。没有坚实的物质基础，就不可能全面建成社会主义现代化强国。必须完整、准确、全面贯彻新发展理念，坚持社会主义市场经济改革方向，坚持高水平对外开放，加快构建以国内大循环为主体、国内国际双循环相互促进的新发展格局。

高质量发展的主要内涵就是从总量扩张向结构优化转变，就是从“有没有”向“好不好”转变，从而推动质量变革、效率变革、动力变革。结合喀什地区实际，我们要加快推进喀什地区商贸流通高质量发展，持续在挖掘消费潜力上下功夫。加大消费惠民力度，挖掘消费潜力，在严格落实疫情防控的基础上，鼓励各县市引导各大商贸企业、电商平台、商圈综合体等市场主体积极开展降价、打折、让利等多种形式的促消费活动，引导各类商会、协会积极举办各类家居、建材、家电等专业展销会、博览会等活动，持续引爆消费热点。

党的二十大报告指出，我们要构建高水平社会主义市场经济体制，坚持和完善社会主义基本经济制度，毫不动摇巩固和发展公有制经济，毫不动摇鼓励、支持、引导非公有制经济发展，充分发挥市场在资源配置中的决定性作用，更好发挥政府作用。建设现代化产业体系，坚持把发展经济的着力点放在实体经济上。因此，我们要着力优化喀什地区营商环境，提升创新发展能力。全力推进中国（新疆）自由贸易试验区（喀什片区）申建工作，努力打造国际化、法治化和便利化的营商环境，激发市场活力，支持建设一批“海外仓”、口岸备货仓和线下体验平台，逐步健全和完善跨境电商生态链；鼓励企业大力发展网上店铺、网上旗舰店、网上商城等方式，实现电子商务与现代物流有机结合，推动B2C、C2C等电子商务的发展。

党的二十大报告强调，推进高水平对外开放，稳步扩大规则、规制、管理、标准等制度型开放，加快建设贸易强国，推动共建“一带一路”高质量发展，维护多元稳定的国际经济格局和经贸关系。一是加快推进对外贸易高质量发展，发挥平台示范引领作用。发挥喀什综合保税区、跨境电商综试区、塔什库尔干塔吉克自治县（简称“塔县”）边民互市贸易区等各类对外开放平台政策叠加优势，吸引人才、资本、技术、数据等要素资源集聚。二是注重市场主体培育，夯实外贸发展产业基础。加强对卡拉苏、红其拉甫、伊尔克什坦、吐尔尕特口岸出口商品种类、产地、出口目的国等方面研究，以大宗出口商品为重点，有针对性地开展外向型产业招商。三是深化国际经贸合作，提升服务“一带一路”能力。提升能源资源国际合作水平，加强与周边国家合作推进油、气、铁、镍、铜、黄金等原料加工基地建设，探索建立利益共享的资源开发机制，鼓励有实力的企业有序参与周边国家能源合作，带动能源及矿产资源勘探技术、装备、服务和标准“走出去”；探索推进在巴基斯坦、塔吉克斯坦、吉尔吉斯斯坦等周边国家建设境外产业园；鼓励企业充分利用进博会、广交会、亚欧博览会等线上线下平台，加强国际经贸合作，主动“走出去”参加境外展会，提升企业国际市场竞争力。

（作者为广东省前指项目计划与产业处干部）

按下援疆工作“快进键”

□ 邱安邦

党的二十大是一次具有重要里程碑意义的大会，习近平总书记所作的报告，高瞻远瞩、总揽全局，主题鲜明、举旗定向，思想深邃、内涵丰富，使我们心有所引、行有所向；书写了一篇鼓舞人心的时代答卷，令我们无比自豪、信心倍增；呈现了一幅气势恢宏的壮丽画卷，催我们踔厉奋发、乘势而上；兑现了一个掷地有声的庄严承诺，让我们冷静清醒、勇毅前行。

接下来，我将以习近平新时代中国特色社会主义思想为指导，全面学习贯彻党的二十大精神，坚持自信自强、守正创新、踔厉奋发、勇毅前行，按下援疆工作“快进键”，全力推动乡镇援疆工作取得新成效。

我将积极做好民族团结和交往交融工作。结合“十四五”规划以及援疆工作的目标任务，特别是在推动文化润疆和富民兴疆工作层面上，结合卧里托格拉克镇实际情况主动思考、主动作为，贡献更多广东智慧、广东经验、广东力量。进一步加强与后方沟通联系，充分发挥好援疆干部的桥梁纽带作用，加大社会各层面“交流、交往、交融”力度，积极发展一批政治素质高、业务能力强的党员和入党积极分子。重点关注机关干部、村干部、派出所、学校、医院情况，持续推进“广东红娘”项目，通过党建谈心谈话、业务交流，促进民族间联姻，力所能及帮助解决党员干部职工思想、工作、生活上的问题。

我将积极做好文化融合工作。进一步发动南海区相关单位支持开展教育、文化援疆项目，擦亮佛山市南海区咏春文化和醒狮文化特色文化品牌，发动南海文化部门通过捐赠、送文化文艺精品等形式，将佛山好功夫、醒狮等岭南文化传递到伽师，如将“咏春操”引入伽师县各中小学作为特色课间操；捐赠醒狮器材，推动佛伽两地醒狮文化交流。同时，创造条件充分解决群众急难愁盼问题。如筹集资金为镇里街道加装、维修路灯，为夜市购置餐桌餐凳，为条件较落后的村铺设道路等。

消费帮扶使伽师瓜成为致富瓜

同时将积极做好伽师农产品的宣传推广工作，积极将伽师新梅、伽师瓜等多款特色农产品通过网上带货直播等方式推向全国。引导媒体报道，扩大伽师知名度。同时，紧抓刺激消费工作。针对自己所在的卧里托格拉克镇优势突出的伽师瓜产业，要充分发挥后方资源优势，深入开展刺激消费行动，多渠道开拓伽师农产品销路，让伽师瓜果成为当地人民的致富“金钥匙”。大力推动伽师瓜走出新疆，进机关、进学校、进超市、进企事业单位，以消费帮助农民增收。同时还充分利用后方媒体单位、直播平台等宣传阵地，借助佛山市名优农产品线上销售等网络平台直播销售农副产品，让更多消费者了解伽师农产品的独特魅力。

（作者为广东省前指驻伽师县工作队援疆干部）

守的是人民的心

□ 李桂钊

历史的画卷，在砥砺前行中铺展；伟大的事业，在继往开来中推进。

当中华民族伟大复兴行进到关键一程，在全面建设社会主义现代化国家的关键时刻，中国共产党第二十次全国代表大会在北京开幕。大会对全面建成社会主义现代化强国分两步走的战略安排进行宏观展望，科学谋划未来五年乃至更长时期党和国家事业发展的目标任务和大政方针，对鼓舞和动员全党全军全国各族人民坚持和发展中国特色社会主义、全面建设社会主义现代化国家、全面推进中华民族伟大复兴具有重大意义。

从一个教育工作者的视角，我特别关注有关教育未来发展的阐述。党的二十大报告中提道："实施科教兴国战略，强化现代化建设人才支撑，教育、科技、人才是全面建设社会主义现代化国家的基础性、战略性支撑。必须坚持科技是第一生产力、人才是第一资源、创新是第一动力，深入实施科教兴国战略、人才强国战略、创新驱动发展战略，开辟发展新领域新赛道，不断塑造发展新动能新优势。"我们要办好人民满意的教育，全面贯彻党的教育方针，落实立德树人根本任务，培养德智体美劳全面发展的社会主义建设者和接班人，加快建设高质量教育体系，发展素质教育，促进教育公平。

作为一名参与援疆的人民教师，我有幸参与祖国重点建设的伟大事业，为祖国共同富裕的伟大工程发出自己的光和热。我是自豪的，我也是幸运的。我将努力工作，不忘初心使命，勇于担当，在本职工作岗位上做出不平凡的事业！

联系到实际工作中，我认为我们不仅仅是听报告、做笔记、深入学习，更重要和更现实的是要想尽一切办法，让党的二十大精神转化为工作实践落地。针对教育部颁布的年度教育重点工作，作为校长，我会认真研读，思考如何立足学校的现实条件，将实施"五育并举"的教育工作，一一转化为看得见摸得着的工作项目。需要建章立制，持续发展，厚积薄发，为学生的全面发展、个性发展创造条件，为学生的成长保驾护航。在这个过程中，我们才能在教育职业中找到自己的准确定位，体现自己的人生价值，才能获得教育工作带来的幸福感。

党的二十大提出关于落实立德树人的根本任务，要培养德智体美劳全面发展的社会主义建设者和接班人，加快建设高质量教育体系，发展素质教育，促进教育公平。援疆三年，我们可以做的工作有很多。立德树人方面，我们以“核心素养专题教育演讲”的德育专题活动、班会课和学科德育渗透为抓手。培养德智体美劳全面发展方面，我们以开足开齐国家课程、配合校本课程的开发、体育文化艺术节等活动的实施为抓手。建设高质量教育体系方面，从更高的层面去理解，比如职业教育与普通教育协调发展的宏观战略部署，从学校层面去理解，我们可以实施多元化的师生评价的机制，从而激发教师和学生自我发展的内驱力，这些都是高质量体系建设的具体体现。素质教育方面，体现在我们的校本课程设置，为学生个性化的发展搭建尽可能多的平台，多途径多形式提高学生的综合素养。教育公平方面，涉及宏观和微观方面的多层意义，在微观上，我们实现有教无类，公平对待每一位学生，关爱和帮扶不同需求、困难各异的学生，解决学生的就读难题，杜绝歧视学生的教育行为。在宏观上，教育公平体现在国家对不同地域教育资源的不均衡的政策调控。例如，教育援疆本身就是实现教育公平的重要举措，作为一名参与者，我有着深刻的体会。三年来，我发挥着智力援疆传帮带的引领作用，发出自己的凡人微光。

我们要乘着党的二十大的春风，弘扬胡杨精神，不忘初心，砥砺前行，凝聚人心，为新疆伽师教育的发展，贡献凡人微光，星火成炬。努力办好人民满意的教育，兑现共产党人“打江山、守江山，守的是人民的心”的郑重承诺。

（作者为广东省前指驻伽师县工作队伽师四中校长）

把中医技术带到祖国边疆

□ 袁学雅

2022年10月16日上午，中国共产党第二十次全国代表大会在北京人民大会堂隆重开幕。习近平总书记作的报告全面总结过去五年的工作和新时代十年的伟大变革，深刻阐述新的历史条件下坚持和发展中国特色社会主义的一系列重大理论和实践问题，科学谋划未来五年乃至更长时期党和国家事业发展的目标任务和大政方针，是一份闪耀着马克思主义真理光芒，具有深刻历史洞察力、重要理论引领力、强大实践指导力的报告，是指导我们全面建设社会主义现代化国家、向第二个百年奋斗目标进军的纲领性文献。

学习党的二十大报告，我深受鼓舞、倍感振奋，也深感责任重大、使命光荣。报告涉及经济、民生领域的23个关键词，其中“中医药传承创新发展”使我感触尤深。这一关键词是今后中医药发展的一个领航标，也展现了习近平总书记对我们中医人的殷切期望。

随着国家对中医事业的大力扶持，中医显然已经进入了一个高速发展期，特别是此次新冠病毒在全球肆虐期间，中草药起到了很大的作用，群众对中医也有了空前的认识，人民群众对中医药服务的需求越来越旺盛。我们喀什地区第一人民医院（简称“喀地一院”）中医科作为喀什三甲医院的中医使者，有义务和责任做好对中医知识、中医技术、中草药的推广工作，让更多群众认识中医、了解中医、相信中医，让中医药继续发扬和传承。

“大医精诚，仁德为先，博极医源，精勤不倦。”作为一名中医医务工作者，我一直致力于中医传统疗法的研究，除运用传统中医手法治疗之外，结合现代医学的理念，不断学习补充治疗方法，并运用在诊疗中。经过多年临床实践，整理总结老一辈的经验，创新提出了“平衡松解术”的诊疗思路。2022年2月援疆以来，我将扎实的中医诊疗技术，毫无保留地分享到中医科工作中，对造血式中医技术开展如下三点帮扶措施：

对医院管理、科室发展方向、诊疗规范、专业技术、疑难病例会诊等方面急需改进的问题给予建议与帮扶。增设了中医特色治疗区，补充了中医科门诊外治法的空缺；扩充了床边推拿业务项目的范畴，提出痛症推拿、内科推拿、妇儿科推拿、治未病调理等项目；同时与健康管理科联合开展中医体质识别服务项目，全力推广中医治疗项目，并加强科室间的沟通。

通过开展临床教学和技术培训、学术讲座等，帮助科内医务人员提高当地对常见病、多发病的诊疗技术水平，同时多次去受援卫生院（疏附县10余家基层中医馆）开展中医诊疗适宜技术的推广和培训。作为中医药文化的传承者、传播者，我坚持把学习贯彻党的二十大精神与树立中医药文化自信、传承振兴中医药文化工作相结合，充分宣传、广泛推广中医在治未病、调节亚健康等方面的积极作用，帮助人们养成健康的生活方式和行为习惯，使中医药健康养生文化与现代健康理念相融相通，与现代社会生产生活相协调。

发挥“传帮带”作用。为了让中医科的医生全面系统掌握平衡松解术的精义，提高团队的中医技术水平，我采用理、法、方、针、推的中医思维模式，通过层层推进、丝丝入扣的讲解，以理论与实践相结合的传带教方式，传授医技。根据喀什地区中医科实际情况，邀请当地“老病号”前来问诊，针对“难症”“疑症”问题，手把手教学，从中国传统文化的角度剖析医理，培养团队医生中医思维，全面增强医务人员的中医文化自信，宣传“未病先防、既病防变、有病早治、愈后防复”的中医传统治病、养生理念，使中医文化深入人心。

在党的二十大精神引领下，作为中医人，我会牢记习近平总书记的嘱托，深入贯彻践行党的二十大精神，深刻理解创新的意义，扎实做好中医药的传承与创新，自觉在本领域做出更多中医药创新的业绩。作为一名共产党员，我将继续肩负起职责使命，深入推进医疗人才“组团式”援疆各项工作，继续加大边疆医疗人才的培训工作，让中医在边疆扎下深根，遍地开花结果，为健康中国作出新的更大贡献。

（作者为广东省前指驻喀什地区第一人民医院直属队援疆医生）

描绘乡村振兴新画卷

□ 胡颖基

进入新时代十年来，党和国家事业取得的历史性胜利，根本在于习近平总书记掌舵领航，在于习近平新时代中国特色社会主义思想科学指引。作为援疆干部，我们要进一步深刻领悟“两个确立”的决定性意义，在坚定捍卫“两个确立”、忠诚践行“两个维护”上作表率，奋进新征程，建功新时代，扎实推进对口援疆各项工作。

作为全国第一批乡镇援疆干部，三年来，我们建设新梅小镇、推进致富带头人项目、引入农产品深加工项目等，为受援地持续发展注入了动能。下一步，我们要认真落实党的二十大报告中关于乡村振兴的要求，帮助受援地发展好乡村特色产业，拓宽农民增收致富渠道，描绘乡村振兴新画卷。

我将以更大的力度促进产业振兴。一方面，通过消费扶贫推动当地产业发展。成立农民合作社，发动后方与当地农民建立直购直销的模式，增加当地农民收入。另一方面，布局与当地产业链相关的产业，配合镇委做好经济发展的规划，继续推动契合当地产业的农产品深加工项目，带动当地农民就业。

我将围绕就业创业促进乡村人才振兴。重点帮助当地青年培育良好的就业创业环境。青年是当地实现乡村振兴的希望，要借助资源，探索建立就业创业信息平台、青年就业创业基地，加快培育一批年轻的致富带头人。

我将积极传承中华文化，促进乡村文化振兴。继续打造龙狮文化、三字经文化等文化润疆名片。加大文化润疆的人才建设，继续引入高素质的教师队伍，开展龙狮文化、三字经文化特色课堂。通过举办龙狮大赛、三字经诵读等活动，激发当地群众、学生学习中华民族传统文化的积极性。加大对外交流的力度，组织群众“走出去”交流学习，增强文化交流力度。

我将以绿色发展促进乡村生态振兴。用好用活援疆资金，以优化农村人居环境和完善农村公共基础设施为重点，通过“绿化”“美化”等措施，打造一批契合生态振兴的项目，进一步改造农村人居环境。

我将坚持党建引领促进乡村组织振兴。要把党建作为乡村振兴的主业，发挥好基层党组织的“主心骨”作用，重点打造一批坚强的农村基层党组织，培养一批优秀的农村基层党组织书记。以开展党的活动为切入点，探索党员服务群众的新模式，努力做到以党建引领乡村振兴。

（作者为广东省前指驻伽师县工作队援疆干部）

MINGYUE
CHU
TIANSHAN

第二篇

『援』来有你

顽强的生命

□ 王再华

因为援疆企业招工，我们来到云南省昭通市。这里是爱国将领龙云的家乡，与接待我们的同志寒暄后，我们才知道这里也是我党我军杰出将军罗炳辉的故乡。罗炳辉将军出生于彝良县，他从这里走出，从奴隶一步一步地成为领兵百万的将军，为祖国和人民奉献了自己光荣伟大的一生。到现在，将军的家乡依旧比较落后，这让我们倍感此行责任重大，将军出生入死，不就是希望穷苦大众早日过上幸福安康的日子吗？于是，我们决定去将军的家乡。

车行两个多小时，我们一路经过崇山峻岭，终于来到在一个小河谷中的彝良县，县城中几乎都是单车道的路，少许是双车道，就连河上的桥也是“小版本”，偶尔也有些很高的大楼，因为这里平地太少，平地修路，房子只好建到悬崖上。又行了一个多小时到荞山镇开动员会，一路上县领导给我们介绍，这里几乎所有劳动力靠外出务工赚钱养家，因为这里几乎没有土地能耕种，山上太陡且都是玄武岩地貌，基本无法种植果树等，房子都建在靠公路边的悬崖上，一半靠着路沿，另一半得从路下约三到十几米不等处立柱子撑起，每座山的坡度几乎70度甚至以上，感觉一阵风就能把房子吹飞。听说这里的妇女带孩子外出收种，要把孩子绑在树上，防止孩子滚到山下。一路上车十分颠簸，大家都不敢向下看，下面是上百米的深涧，手心都不由自主地出汗。一路车很少，偶尔需会车，只能到山路拐弯处，找个稍宽的地方，十分缓慢地擦肩而过。乡亲们生活用水要从深沟小溪里用一个上午甚至更长时间背上来，而他们的房子也随时面临山体滑坡的危险。

我们又徒步一小时来到底武村，来听我们宣讲的男女老少上百人。会后我们到了一户人家，低矮的房子让我只能弯腰低头进门。家里有两个孩子一个老人，孩子父母都外出务工了。老人告诉我，村民祖辈都是80多年前从江西吉安来到这里的。面对这样的生存环境，他们能够在这里生活80多年，令我十分动容。我们翻开带来的地图和图片，告诉他们来新疆草湖镇，孩子父母可以做工人，小孩可以免费上幼儿园，老人可以同来生活，有稳定的工作和生活，有明亮的幼儿园和学校，有宽敞的住房，这些都是国家脱贫攻坚好政策援建的，两位老人听了深受感动，说马上要孩子父母先到援疆企业去看看。临走时，老人一定要留我们吃饭，因时间紧无法停留，老人执拗地拉着我进了她那更低矮的厨房，用筷子利索地夹了一块腊肉送到我嘴里，味道真好，很有我家乡的风味。此时，我默默流下了眼泪，这就是人民的信任和恩情。

回到县城，我们又去瞻仰了罗炳辉将军纪念馆。将军出生在云南彝良一个汉族贫苦家庭，从小过着艰苦的生活。其父做佃农与买卖为生，长期受土霸乡绅的压迫，委曲求全。将军自小性格倔强，11岁时就与当地劣绅争论，导致被记恨。次年，地主诬陷罗家，他孤身到县城告状，最终因地主金钱贿赂，仅被判平头官司。但这场官司引起全乡震动，都表示将军不好惹，他也由此树立了打倒土豪恶霸的目标。1913年，将军在见土霸谢介臣被陆军整治而敢怒不敢言后，萌生参军念头。他以惊人的毅力，用12天时间徒步数百公里到昆明寻参军，因无关系，不得加入。其后他在昆明先后做过木匠、伙夫、马夫，终在1915年一次偶然机会后在唐继尧部当兵，参加了讨袁护国战争、东征战争和北伐战争。1929年秘密加入中国共产党，同年，在江西吉安领导靖卫大队士兵起义，参加中国工农红军。历任团长、旅长、纵队长、军长、军团长、八路军副参谋长等职。曾任中华苏维埃共和国中央执行委员。1946年任新四军第二副军长兼山东省军区第二副司令员，是年6月21日将军病逝并安葬于山东临沂。他是共和国早早陨落的将星，是新中国成立后中央军委认定的解放军36个军事家之一，是云南唯一的一位无产阶级军事家。

这里还是红军长征的经过地，贺龙、任弼时、萧克等领导的红二、六军团长征时于1936年3月从贵州进入彝良，在这里策划了著名的“乌蒙山回旋战”，“三进三出”奎香，摆脱强敌的围剿，创造了奇迹。2001年在奎香修建了由萧克题写碑文的红军长征纪念碑。

回到喀什后，罗炳辉将军披挂驰骋疆场的光辉形象时时浮现在我的脑海，将军的精神激励着他家乡的人民乐观、坚毅，也激励着我们援疆人努力去实现他们老一辈共产党人的愿望：让人民过上幸福美好的生活。我一直在想，底武村乡亲的祖辈为何来到了数千里之外的万重大山里，我询问过村民和随行的当地干部，均无人知晓，我猜想，他们或许跟红军有关系，因为这里一个村的群众就有几十个甚至更多的姓，是不是红军长征时的受伤人员驻留；还是红军长征后，井冈山根据地的人民在反动派的打压下，逃难到了这里，因为在那个时代，只有长期的缄默才能保护住自己。若真是如此，在恶劣的自然环境中求得生存，是红军后代们无穷的承受力和顽强的意志力，我们更应该为他们做好这件实事。他们的欢歌笑语，对幸福美好生活追求的热爱，使我深受教育，深深感受到人民顽强的生命力、创造力是中华民族振兴取之不尽、用之不竭的源泉，这也更加坚定了我们做好跨省易地搬迁扶贫的决心。

（作者为广东省前指临时党委书记、总指挥）

我眼中的兵团

□ 曲洪淇

2021年1月，带着组织的重托，我来到了新疆塔克拉玛干沙漠边缘的新疆生产建设兵团第三师，走进了千年沧桑的唐王古城图木舒克，成为一名光荣的兵团战士。在此后两年时间里，我怀着兴奋好奇的心情，全身心感受和了解兵团这个西北大漠上充满传奇传说的组织。

这是一支有着光辉历史的部队。当年，王震将军率领中国人民解放军第一野战军第二军，根据党中央的指示，从甘肃酒泉、玉门、安西地区向新疆进发。到1950年3月底，解放军进驻新疆全境。按照毛泽东主席的指示，第一野战军第二军及新疆和平起义部队铸剑为犁，集体转业，成为“中国人民解放军新疆军区生产建设兵团”，担负起了劳武结合、屯垦戍边的使命，为新疆后来的全面发展创造了良好的开端。

这是一个特别能吃苦的团队。新疆生产建设兵团在受命之时，为了不与民争利，基本上是在“地上不长草，天上无飞鸟，风吹石头跑”的戈壁、沙漠、荒原、盐碱滩进行开发。战士们没有住处，挖地三尺造“地窝子”；没有工具，就地取材编柳条筐；没有机械就用手推，没有畜力就用人拉犁……最终，兵团在中国西北最干旱的地区修建了113座水库和10多万公里的灌溉渠道，建成了3200多项灌溉工程，开发了106万公顷耕地。今天，兵团已经成为全国重要的粮油棉农产品生产基地。

这是一个特别讲奉献的群体。一群走过枪林弹雨、九死一生终于等到了革命成功的老战士，本应享受荣光、安享生活。因为党中央一声令下，他们脱下军装，放下钢枪，放弃荣誉，从此扎根天山南北，创业戈壁荒原，在绵延数千里的国境线上戍边巡边，成为新中国不穿军装、不授军衔、不拿军饷、永不换防的哨兵，充分体现了个人利益服从国家利益、兵团利益就是国家利益、新疆大局就是兵团大局的奉献精神。

这是一个创造无数奇迹的机构。兵团成立以来，以“戈壁滩上建花园”的革命英雄主义精神，创造了一个又一个奇迹。农牧业上，兵团人第一次在被视为植棉禁区的北纬44度玛纳斯河流域植棉成功；第一次在新疆种植甜菜成功；第一次在新疆大面积试验地膜栽培技术成功……工业上，兵团人终结了新疆没有现代化工业的历史，第一次在新疆建立钢铁厂、棉纺厂，生产出第一根钢锭、第一缕纱线、第一匹布……厚植了新疆工业化的牢牢根基。

兵团成立70多年来，白手起家，艰苦奋斗，忠实履行了国家赋予的屯垦戍边光荣使命，为推动新疆发展、增进民族团结、维护社会稳定、巩固国家边防作出了不可磨灭的贡献。进入新时代，兵团也面临着一系列挑战和转型。

它正经历从农业企业向有效政府的转型。兵团成立以来，党政军企合一的特殊体制在兵团发展中发挥了重要作用。国务院作出全面深化兵团改革的战略决策，提出将进一步健全“政”的职能。兵团的职能和工作重心在深化改革后转到增强维稳戍边能力、加强社会管理、提供公共服务上来。这对兵团的体制、机制、人才提出了更高的要求。

它正经历从封闭落后向开放前沿的蜕变。随着我国扩大对外开放、西部大开发、共建“一带一路”等深入推进，今日的兵团已经变身为服务陆上丝绸之路沿线国家的对外开放前沿。习近平总书记在视察新疆及兵团时强调，要推进丝绸之路经济带核心区建设，把新疆的区域性开放战略纳入国家向西开放的总体布局中。作为新疆的重要组成部分，兵团人如何紧紧抓住这重大历史机遇，利用“五口通八国”的地理优势，积极拓展对中亚、南亚、欧洲国家的向西开放，将兵团打造成为国家向西开放和形成陆海内外联动、东西双向经济开放格局的重要枢纽，是一个值得深入探讨的课题。

它正经历从文明滞后向急速追赶的跨越。由于历史、环境、资源、开放次序等因素，兵团不少团连现代文明发育缓慢。虽然近年来各地做了不少工作，但总体上很多团场、连队离现代化进程还有不小距离。如何进一步加强团连国家通用语言教育、提升各族群众技能、推动本土劳动力向第二、第三产业转移，使各族群众职工过上现代文明生活，是一个长期而艰巨的任务。

它正经历从工业洼地向工业脊梁的提升。兵团建立之初，兵团人白手起家建起了以八一钢铁厂、七一棉纺厂为代表的兵团第一代工业体系。但各种原因导致兵团工业发展水平整体仍明显落后于全国。发挥新疆水、电、气、劳动力要素成本低廉，靠近棉花等原材料产地的优势，在做强纺织、畜牧、农产品加工等传统产业基础上，积极抢占光伏、风电等新能源，硅铝钛铜新材料，电子信息，电器机械，精细化工等新兴赛道，将兵团打造为西部边疆的工业脊梁，使之成为兵团发展的动力引擎，是兵团人需要持续奋斗的方向。

组建新疆生产建设兵团是党中央治国安邦的战略布局、强化边疆治理的重要手段。当前，兵团处处可见推动高质量发展的火热场景，这让我对兵团未来发展满怀憧憬。

我希望兵团越来越强大。习近平总书记强调，兵团是新疆经济社会发展的重要力量，要积极稳妥落实各项改革发展任务，把兵团的特殊优势和发展活力释放出来。兵团要履行好“三大功能”，发挥好“四大作用”，必须进一步壮大兵团的综合实力，这是有效履行职责使命，发挥特殊作用的经济基础。希望兵团在未来的日子里，进一步发挥现代农业优势，加快打造兵团特色优势产业体系，发展现代商贸物流，建设更加强大、更加繁荣的兵团，不断提升兵团辐射带动作用，努力形成维稳戍边新优势。

我希望兵团越来越稳定。稳定是一切工作的基础。维持新疆及兵团的长期稳定，必须持续在文化润疆上用力，推动各族群众在空间、文化、经济、社会、心理等方面全面嵌入，将各族民族群众用共同价值观联结起来，进一步铸牢中华民族共同体意识，这是兵团未来可持续发展的重要保证。

我希望兵团精神永远传承。当前，乐于奉献的第一代兵团人逐渐逝去，第二代兵团人已经踏入耄耋之年，第三、第四代兵团人已经成为建设兵团的主力。希望新时代的兵团人继续传承“牺牲小我，成就大我”的传统和热爱祖国、无私奉献、艰苦奋斗、开拓进取的兵团精神，像第一代兵团人那样，热爱兵团、扎根兵团、把兵团精神一代代传承发扬下去。这是兵团持续发展的根本保障。

一日兵团人，一世兵团情。我为自己曾经在兵团工作过、生活过感到骄傲，为自己曾经为国家、为兵团、为百姓做过一些有益的工作感到自豪。不管我到哪里，我都忘不了兵团，忘不了一起战斗过的战友，忘不了一起经历过风霜雨雪的峥嵘岁月。

衷心祝愿兵团越来越好！衷心祝愿兵团人越来越幸福！

（作者为广东省前指副总指挥、驻兵团第三师工作队队长）

生活远比艺术更精彩

——《新疆人在广东》电影外的故事

□ 肖凯明

2021年4月，我接到了一个援疆工作生活中最特殊的任务，负责组织策划拍摄《新疆人在广东》电影，真实反映新疆少数民族群众在改革开放的前沿——广东融入中华民族大家庭、追求梦想和实现幸福人生的事迹，充分展现我国迈入新时代后各民族团结奋斗的大好局面。正所谓好电影必须有好故事。我与广东省电视艺术家协会专职副主席邢瑛瑛等影视艺术大咖迅速启程，前往广州、深圳、佛山、东莞等地，踏上了“寻角”之旅，竟非常意外地接受了一次终生难忘的民族团结教育。

爱之舞者

我们在东莞市遇到了一位来自新疆石河子市的维吾尔族小伙子，他目前和自己的恋人在东莞市创立了一所舞蹈学校，吸引了许多在校中小学生和企业的白领前来习舞。当我见到他时，就深深地被他那一腔毫无地方口音的标准普通话所折服。小伙子说，掌握流利的普通话非常重要，既可以帮助他跟不同民族的艺术家进行交流学习，又可以更好地把其一身的好本领传授给更多人。

小伙子原来在珠海一家大型旅游场所当舞者。有一天，一位来自东莞的小学校长在观看其表演后找到他说，“你的踢踏舞跳得实在太好了！我们学校每年都会参加市里的艺术比赛，但从来没有拿过好名次。我想诚挚邀请你到我们学校当舞蹈教练，带领孩子们冲击一下冠军，不知你是否愿意？”敢于突破自我的小伙子没有作太多思考就答应了下来。

到了东莞后，小伙子迅速转变角色，成为孩子们崇拜的“舞神”，倾尽心血创作出一场精彩绝伦的踢踏舞表演，当年就帮助该校拿到了市里相关表演比赛的一等奖，一下子就在全市打出了名气，有越来越多的家长希望孩子跟着他学舞。这时，小伙子又有了一个新想法，那就是开一家自己的舞蹈学校。但一个初来乍到、手头拮据的外地人，要想在东莞开一所舞校并非易事。因为舞蹈学校对场地的要求还是比较高的，同时还要考虑到不能扰民等因素。所以他在寻找场地过程中常常遇到地方合适但租金太高，租金低的地方又受到周边环境制约等困难。这时，学校的老师跟他说，广东人有一个意识，就是“有困难找警察”，不妨到派出所了解下是否有比较合适他开舞蹈学校的地方。抱着试一试的想法，小伙子硬着头皮来到了派出所，没想到竟受到了民警们的热情接待。派出所的民警还当起了志愿者，利用业余时间开着自己的私家车，载着小伙子一起去找场地，经过一段时间的奔波，终于寻到了一处非常适合开办舞蹈学校的园区。可是要真正把这么大一块地儿给租下来，小伙子还缺10多万元。民警们为了帮助这位有梦想的少数民族年轻人，自筹了10多万元借给了他。回忆起当时的情形，小伙子至今仍激动不已，他说，热心的东莞民警是他遇过的最可爱的人。

小伙子的舞蹈事业在东莞顺利生根开花，生命中的爱情也如期而至。一次偶然的机会，他受海南省方面邀请，参加一次大型演出的舞蹈编导工作。在编导组，他遇见了一位刚从海南大学毕业的汉族女孩。在一个月的共同工作生活中，他们俩擦出了爱的火花。大型表演结束之际，小伙子对女孩说：“你是否愿意随我一起到东莞，开创属于我们共同的舞蹈事业？”女孩沉思了片刻，腼腆地轻声说：“我愿意。”

“为什么才认识了一个月，你就愿意跟他走呢？”我不禁对坐在小伙子身边的美丽女孩问道。女孩带着幸福的笑容回答：“虽然只有一个月的时间，但我亲眼见证了他怎样克服困难，编导出一场让我叹为观止的舞蹈。像这样一位有才华、有责任感的男生，值得我放下一切跟他走。”说罢，两人相视而笑。

舞蹈事业有了爱情相助，必然是如虎添翼。小伙子在舞蹈学校专注于他最擅长的踢踏舞，女孩则把新疆的民族舞蹈与中华民族丰富多彩的舞蹈表现形式相结合，创作出了许多适合城市白领提高艺术修养和气质的舞蹈科目，两人无异于最佳搭档，一下子就让学校增加了不少学员。经过几年的努力，小伙子还带领他的学生们拿到了多次国际踢踏舞比赛的冠军。我忽然有了一种感觉，他们不正是小说中常见到的那种神仙眷侣吗？衷心祝福他们的爱情更加甜蜜，舞蹈事业蒸蒸日上！

分量

俗话说独在异乡为异客，但这句话却非常不适合我在佛山遇到的一位维吾尔族小伙子。他来自新疆和田地区，凭借着不懈努力和过人的天赋，以优异成绩考入西安交通大学。大学快毕业时，来自广东顺德的美的公司到该校招聘应届大学生。小伙子报名参加了招聘活动，以高分通过了第一关笔试，但在面试这一关却被刷了下来。小伙子心里非常不服气，也迫切想知道到底自己在哪里输给了别人，于是千方百计找到了招聘主管的电话，向他了解情况。美的公司的主管告诉他，公司招聘的是在广东的营销人员，但小伙子的普通话说得太差了，将来即使入职了也很难通过高效的沟通帮助公司拓展市场。谁知小伙子的一番话却彻底改变了公司主管的决定。小伙子说，“虽然我的普通话现在还不行，但我会努力提升自己讲普通话的能力。我有一颗诚恳的心，如果我在乘坐公共交通时与人发生语言误会，我愿意做主动上前握手并表示歉意的人。”美的公司的主管听后非常感动，破格把小伙子招进了公司。

美的公司就像一个大家庭，有许多来自不同民族的员工。大家对这位来自和田的维吾尔族小伙子非常热情，主动地帮他提高普通话水平，耐心地向他讲解公司的各项管理规定和营销技巧，甚至把一些经销商好朋友介绍给他，让小伙子一进公司就能够有一些起步的业绩。小伙子也非常争气，工作之余总把时间用在学语言、学知识上，并且经常向同事们虚心请教，以日新月异的速度成长着，大约用了一年的时间就能够独当一面，成为公司的销售明星。业绩上去，朋友也多了，小伙子的生活变得更加丰富多彩，时常与同事及不同民族的年轻人一起踢足球和旅行，享受着现代生活带来的美好幸福。在美的公司工作了若干年后，小伙子有了新的梦想，他成立了一家属于自己的公司，代理美的公司生产的产品，实现了从员工到老板的跨越。

我和省文联的艺术家来到小伙子的公司采风，见到他已经有了10多名员工。虽然小伙子的事业还属于起步阶段，但是他却非常自信。我问他，来广东后有什么事情是让他印象最深刻的？小伙子略加思考后回答：“有四个字在我心中最具分量，就是‘中华民族’！我之所以能够来广东工作，到现在能够成立自己的公司，完全是靠各族朋友的帮助，是他们让我感受到了中华民族大家庭的温暖。同事朋友们从来不把我当外人，我也一直把他们当亲人。”

采风结束时，小伙子意犹未尽地对我说：“我一直有一句话想告诉新疆籍的同胞，希望他们勇敢地走出来。外面的世界很精彩。特别是像广东这样的地方，只要你愿意参与社会公平竞争，你就会赢得大家的尊重并获得大家的热情帮助，假以时日必然获得成功。我为自己能够成为中华民族的一员感到骄傲与自豪！”

逐梦者

在为拍摄电影寻找故事线索的过程中，我们接触到了许许多多在广东这片热土上追逐梦想的新疆籍少数民族同胞。他们中有人原本只是组团到佛山乐从采购家具，却发现这里商机无限，于是举家搬来佛山，从一开始当经销商到后来创立了属于自己的家居品牌。有人和自己的发小一起来到深圳创业，尽管门店不大，做的也是传统的手机生意，但却凭借自己的聪明才智，生意风生水起。有人凭借自己打馕的手艺，把新疆特色菜引进深圳大都市，从一间小店做起，成了当地有名的网红餐厅。有人怀着梦想来到广州，从事销售新疆优质干果业务，仅用了几年时间就成为公司的业务明星。我们从他们精彩的人生故事中提炼出了电影脚本，在拍摄时也请在广东工作生活的新疆籍少数民族群众本色演出，自己当主角。他们高兴地说：“在广东不仅实现了创业梦，今天还实现了明星梦！”是的，这些来自新疆的少数民族同胞与所有广东人一样，都是社会主义新时代的逐梦者。

回想三年来的援疆工作历程，我在新疆也接触了许多拥有梦想的少数民族同胞。如一位参加广东足球援疆培训的维吾尔族小学生说：“我最大的梦想就是练好足球，长大后代表国家参加世界杯！”如我们在伽师县走访结对结亲户时，鼓励一位正在读初中的维吾尔族女孩好好学习，将来考广东的大学。谁知她却无比自信地说：“我的学习成绩很好，将来一定能考上北京大学！”这一个个充满自信、拥抱梦想、眼里有光的孩子正是我们中华民族美好的未来。我想，当他们的个人梦想逐渐变为现实时，离实现中华民族伟大复兴的中国梦也会越来越近了！

（作者为广东省前指综合统筹处处长）

文化润疆　教育铸魂

——广东省教育援疆育桃李芬芳

□林柏春

珠江之水润昆仑，南岭之绿染戈壁。从南海之滨到大漠之边，粤新两地相隔千里，山海之远隔不断情深意厚，教育援疆，大爱无痕，春风化雨，润物育人。

党的二十大报告指出，要坚持教育优先发展、科技自立自强、人才引领驱动，加快建设教育强国、科技强国、人才强国。

崭新气象，旗帜领航。维护新疆社会稳定与长治久安，根本在人，关键在教育。为深入贯彻党中央、国务院有关决策部署，高位推动教育援疆工作，2022年9月，广东省政府成立了教育援疆专项工作领导小组，由省政府主要领导担任组长。专门制定了五年教育援疆规划，进一步加大资金和人才援助力度，推动教育援疆再上新台阶。

新一轮对口援疆工作启动以来，广东省教育援疆，始终坚持文化引领、内涵提升、守正创新，以铸牢中华民族共同体意识为主线，以普及国家通用语言文字教育和加强思想政治教育为重点，全面推进文化润疆和智力援疆，在技术、人才、资金等方面给予新疆全方位、多层次、宽领域的援助。

2020—2022年，广东省共投入教育援疆资金35.04亿元，新建或改扩建一批校园，采购教学设备设施，极大地提升了喀什地区学校办学条件。选派一年以上的援疆教师941名、实习支教大学生160名，进驻对口支援的疏附县、伽师县、新疆生产建设兵团第三师图木舒克市（简称“第三师图木舒克市”）、喀什市、塔县中小学校和喀什大学、喀什技师学院支教，形成了基础教育、职业教育、高等教育“全链帮扶、全面对口、全方位推进”的工作格局，为新疆教育事业添砖加瓦，在南疆大地上书写着光荣与梦想，传递着力量与希望。

辛勤耕耘，硕果累累。2021年，广东省对口支援新疆工作前方指挥部作为19个援疆省市的唯一代表，被中共中央、国务院授予“全国脱贫攻坚先进集体”光荣称号。

讲好党的故事、革命的故事、英雄的故事，确保红色江山后继有人、代代相传。2020年以来，广东省援疆支教团着力推进"红色筑基"工程，强化红色引领、用好红色阵地、构建红色课堂、讲好红色故事，构建起大思政格局，铸牢中国心、中华魂，让红色成为孩子们成长的底色。

在喀什地区疏附县，"红孩儿"红色小宣讲员成为校园里的小明星，他们活跃在班级、学校，给同学们讲中华民族的故事、中国共产党的故事、中国特色社会主义的故事、改革开放的故事、新时代的故事、新疆"四史"的故事等，在阵阵掌声中，"红色教育"浸润每个孩子的心田。

广东教育援疆以来，累计培训了1000余名思政教师，将思政教育融入日常教学。在受援地学校建设了校园爱国主义教育基地，培育2000多名"红孩儿"红色小宣讲员，组建200多支"红孩儿"红色宣讲团，以红色教育启智润心、培根铸魂，引导广大青少年传承红色基因，赓续红色血脉。

中华文明是新疆各民族文化的根脉所在，书同文语同音，民族团结的"石榴籽"才能越抱越紧。为大力营造学习使用国家通用语言文字的社会氛围，进一步激发新疆青年学习国家通用语言文字的热情和兴趣，2020年以来，广东安排3000多万元援疆资金，支持30多家援疆企业全面开展"国家通用语言文字轮训"工作。充分发挥援疆教师作用，在做好校园国家通用语言文字普及教育的基础上，深入实施"教会万名少数民族群众流利讲国家通用语言文字"工程，利用课余时间到企业为员工培训，并按照"一企一册"要求编写27套通俗易学且实用的不同版本国家通用语言文字教材，培训援疆企业少数民族员工达40万人次，其中1.05万名少数民族员工通过培训考核，达到流利使用国家通用语言文字的标准。建立奖励机制，开展"学好国家通用语言文字，爱我中华，感受大美祖国"系列活动，定期组织优秀学员赴其他省市交流学习，让新疆学员们亲身感受祖国的经济腾飞，游览祖国的大好河山，体会并学习中华优秀传统文化，增进文化认同，润物无声地促进了民族交往交流交融。

习近平总书记指出，中华优秀传统文化教育抓早抓小、久久为功、潜移默化、耳濡目染，有利于夯实传承中华优秀传统文化的根基。

广东教育援疆深入推进青少年"筑基"工程，构筑中华民族共有的精神家园，牢牢抓住学校教育主阵地，坚持以文化人、以文育人，开办中华优秀传统文化特色课堂，在中小学增设经典阅读课和传统文化课，开设各类国学特色社团，孩子们通过情景式、体验式、沉浸式学习传承中华优秀传统文化。

广东援疆教师在所在学校开设古诗词、国画、书法等600多个特色课堂，在中小学全面普及中华优秀传统文化。创建国画、书法、篆刻、舞狮、舞龙、武术、古诗词朗诵、戏曲、快板等传统文化兴趣社团，丰富学生课余文化生活，构建课堂教学、课外活动、校园文化“三位一体”的育人机制，打造一批“翰墨书香”校园，实现润德、润学、润心。

习近平总书记强调，要多角度全方位构建和展现中华文化共同性，让中华文化通过实物实景实事得到充分展现，直抵人心。广东醒狮属于中国狮舞中的南狮，融武术、音乐、舞蹈于一体，吉祥喜庆，扬名海内外。为丰富新疆喀什地区民众的文化生活，传承发展中华优秀传统文化，推进两地文化交往交流交融，广东援疆支教团积极牵线搭桥，邀请广东舞狮专家来疆，指导培训600多支舞狮舞龙队伍，在全国各类比赛中喜获硕果，还邀请了中国龙舟协会、广州体育学院等专家指导创建了新疆第一支乡村教师陆地龙舟队伍。

纸短情长，咫尺天涯。为了让各民族间的交往交流交融活动更好地润泽孩子们的心田，广东教育援疆积极探索创新民族“三交”方式，开展“粤喀青少年手拉手写书信，增进民族团结”活动。新冠肺炎疫情中断了许多线下交流活动，却隔不断粤新两地青少年的情感交流。广东每年组织粤喀两地318所结对学校学生开展“粤喀青少年手拉手写书信”活动，三年累计往来书信约20万封。喀什地区疏附县明德小学，每位同学都有一位广东的好朋友，他们之间互通书信，介绍自己的学习和生活情况、愿望和梦想，以及家乡的风土人情，表达对小伙伴的关心和祝福。粤喀两地的青少年以笔为马，让彼此的欣赏与挂念跨越壮丽边疆与繁荣都市，使民族团结之花在两地常开常盛！

广东省还组织两地中小学生开展“手拉手融情夏令营”“民族团结一家亲”“非遗文化手拉手”“兵地青少年手拉手”“穗疏人民心连心”等交流实践活动，促进粤喀两地青少年“三交”，增进相互了解和友谊，推进民族团结，促进“五个认同”，形成了“新疆青少年在广东有个家和广东青少年在新疆有亲戚”的民族团结喜人局面。

广东大学生支教的脚步到达天山脚下，不同民族的大朋友、小朋友手拉手共同唱响民族团结之歌。从2022年9月起，广东组织华南师范大学、深圳大学、广州大学、佛山科学技术学院、东莞理工学院等16所高校每学期选派160名优秀大学生援疆，到中小学、幼儿园实习支教，成为爱国主义教育和民族团结教育的践行者、宣传者、传播者，为当地教育事业、民族交往交流交融贡献青春力量。

以体育智，以体育心。广东在19个援疆省市中率先开展足球援疆活动，先后投入3000多万元用于南疆地区校园足球场地改造和设施建设，开展“石榴籽杯”足球比赛活动，先后培训足球教练员200多人、青少年足球运动员13 000多人。组织优秀学生球员赴广东开展足球比赛交流活动，丰富了孩子们的精神文化生活，帮助他们开阔视野、增长才能、增强信心，让孩子们在绿茵场上闪闪发光。

走进新时代，以援疆为纽带，粤新两地各族青少年广泛交往、全面交流、深度交融的美好画面成为一道亮丽的风景线，“铸牢中华民族共同体意识”也如春风沁润到每个孩子的心间。

为实现教育援疆从“输血”“造血”到“活血”的嬗变，真正给新疆打造一支“永久牌”的优秀教师队伍，广东积极探索实施“组团式”教育援疆模式，努力“连线扩面”。针对喀什地区教育教学短板弱项，广东教育援疆在教师队伍的理念更新、素质提升和教育教学能力提升方面狠下功夫。实施教育援疆“五个一工程”，打造一批民族团结示范种子学校，培养一批青年骨干教师，建立一套科学的教研机制，培养民族团结新人。建立“粤喀师训联盟”和44个“石榴籽名师工作室”，开展“师徒结对”“地区公开示范课”和“送教下乡”等活动，每年培训教师25 000多人次，变“输血”为“造血”，为喀什地区留下一支带不走的高水平师资队伍。余家穗老师援疆三年，因地制宜创新教学教研方式、推广国家通用语言和组织文化交流活动，在受援地教育事业改革发展中树立了广东品牌，被评为“感动广州的最美教师”。

职业教育是高质量就业的助推器，是高技能人才的储备库。广东将职业教育和脱贫攻坚、乡村振兴、劳动就业和产业发展等援疆工作结合起来，充分发挥广东职业教育强省的优势，紧紧围绕新疆现代产业发展人才需求，助力喀什地区职业院校教育教学人才队伍建设。投入1.74亿元重点援助喀什技师学院，学院面积由原来75亩扩大到720亩，建筑面积从5万平方米扩增至21万平方米，在校生从原来不足2000人扩增至10 760人，教职工从165人扩增至601人，创建186个学生校外实习基地，每年培养高技能人才4500余人，培训认证10 000余人。学院实现了从“技工学校”到“高级技工学校”到“技师学院”的三级跳，成为国家级高技能人才培训基地、国务院扶贫办农村劳动力转移培训示范基地、新疆办学规模最大的技师学院，为千千万万年轻人提供了人生出彩的机会。广东计划外还安排广东轻工职业学院等5所国家级职业院校共同援助喀什职业学院，高标准援助喀什地区职业教育全面发展。

广东还安排省内13所高中和5所中职招收新疆籍学生2.4万余名，累计培养新疆“内高班”学生16 348人、新疆“内职班”学生3625人。

教育援疆，传递力量、孕育希望。南疆地区的高等教育力量一直比较薄弱，喀什大学是这里屈指可数的一所多学科综合性大学。早在10年前，广东省就对喀什大学开展了全方位的支援。总投资20亿元的喀什大学新泉校区，就是由广东深圳援建而成。2022年，广东又投入3亿元帮助喀什大学筹建第三个校区，占地900亩的东城校区，使喀什大学面积由最初的500亩扩展到3400亩，在校生人数从升格前的11 400人扩大到2022年的27 100人，喀什大学已经发展成为南疆现代化的高层次人才培养基地。2020—2022年，广东选派了22位骨干教师到喀什大学援疆支教，援疆教师不仅帮助喀什大学新建了医学院、旅游学院等，还帮助喀什大学成功申报了生物学1个一级学科硕士点，新闻与传播、翻译、体育、法律4个专业学位硕士点，和预防医学、护理学两个本科专业，大幅度地提高了喀大生物、经管、政法、旅游、外语、食品等学科专业的水平。通过传帮带，广东援疆教师为喀什大学培养了大批青年骨干教师，提高了喀什大学的教学、科研、管理等综合水平。每年还安排1020万元对喀什地区贫困大学生予以补助，每生每年6000元，帮助贫困学子顺利完成学业。

胸怀“国之大者”，做信念坚定的“筑梦人”。广东省聚焦文化润疆，持续加大援建支持力度，在政策、项目、人才、资金等方面支持喀什大学建设，为喀什培养靠得住、用得上、留得下的人才，一届届喀大学子在祖国最需要的地方播撒下城市文明、先进文化和亮丽生活的斑斓色彩。

治疆是国之大事，援疆是国之要略。党的二十大报告指出：“教育、科技、人才是全面建设社会主义现代化国家的基础性、战略性支撑。”教育援疆是对口援疆工作的重要组成部分，是落实新时代党的治疆方略的生动实践。

“肩并肩来手挽手，天南地北共相守；心连心来一起走，戈壁大海同春秋……”一首由广东援疆支教团创作的《荔疆缘》，唱出了广东教育援疆者的理想与梦想！

用真情架起连心金桥，用行动铺设亲情大道！让我们更加紧密地团结在以习近平同志为核心的党中央周围，高举中国特色社会主义伟大旗帜，全面贯彻习近平新时代中国特色社会主义思想，办好人民满意的教育，真正做到与新疆人民同呼吸、共命运、心连心，让中华民族共同体意识根植于新疆青少年心灵深处，培养德智体美劳全面发展的社会主义建设者和接班人，为全面建成社会主义现代化强国、实现中华民族伟大复兴、建设大美新疆贡献力量！

（作者为广东省前指临时党委委员、人事教育处副处长）

援疆感想

□ 吴小剑

人性总是有懒惰一面的，好久未写点什么了，随着援疆结束的日子渐渐临近，在喀什的近两年时光历历在目，初到喀什面临的不仅是全新的工作环境、未准备好的另一种生活方式，更多了一份对家人深深的牵挂，离开了熟悉的舒适区走向陌生，会面临困难，但也一定有很多新鲜的事物在前方，国家和这个时代已经给予了我们非常好的条件，发挥自己的特长与积累，做一些有意义的事情，值得去写下一些留着回忆。

2021年6月27日，中国共产党成立100周年的前几天，受中共中央组织部、广东省委组织部委派到新疆援疆时，我毫不犹豫表态服从组织安排。援疆是这个时代的伟大壮举，是一项凝聚人心的政治工程，我与广大援疆干部一样，能到祖国最需要的地方去是一生的荣耀和骄傲。喀什在祖国的西北边陲，环境条件相对较差，解决当地群众最关切的医疗问题尤为紧迫，需要我们以医院的大局利益为重，坚持稳中求进的工作总基调，紧紧围绕“转诊患者低于百人、迈入全国地州医院前百”的双百目标，带领医院高质量发展，在一批一批援疆医师的持续努力下，我们以喀地一院为主体，打造了一个引领南疆地区医疗水平提升的“龙头”，有效解决好南疆地区各民族群众看病难问题，用实际行动诠释着医务人员的使命和担当，并在2022年打赢了两场疫情防控“硬仗”，与当地各族人民同心抗疫，为全疆疫情防控贡献“广东医生”力量。广东医疗人才“组团式”对口支援喀地一院的援疆模式，已被树立为全国医疗援疆的典范和标杆。

感谢援疆，让我可以深入这片热土，可以为这群热忱的人民做点实事。援疆，是我无悔的选择。

（作者为广东省前指驻喀什地区第一人民医院直属队队长）

点亮致富梦想

□ 唐祝光

岁月留声，白驹过隙，自2019年12月20日进疆工作以来，不知不觉已历时三年，我个人的援疆工作也进入收尾和总结阶段。三年来，我成长了许多，收获了许多，感受到新疆的大美，沉浸于新疆各族人民热情好客的氛围，也增强了援疆工作的使命感，感慨长期援疆的重要性和紧迫性。三年来我负责的一项主要工作是完成广东省前指“一十百千万”工程中“十”工程的组织实施，即是负责在援建的“两县一师”地区开展培育十个以上少数民族致富带头人工作。

为贯彻落实新时代党的治疆方略，广东援疆以铸牢中华民族共同体意识为主线，自2020年新一批援疆干部进疆以来，探索“扶志扶智”援疆新方式，明确提出了发展致富带头人的目标任务。根据广东省前指的工作安排，“培育十个以上少数民族致富带头人”的“十”工程由我来牵头负责具体工作。由于以前我从未接触过有关工作，现在想起开始对自己此项工作的认识也觉得片面和可笑，但经过广东省前指领导的悉心教导和精心指引，我开始逐渐明白工作的重点是要充分发挥援疆资金的杠杆作用和乡镇团场援疆干部的主观能动性，通过资金帮扶、技术帮扶、管理帮扶和思想帮扶，把有理想、有目标、有基础、有能力的农村群众培育成为“热爱劳动，劳动致富，致富光荣”和“劳动最光荣，幸福靠奋斗”的榜样，发挥广东援疆外在助力，激发受援地群众创业增收内生动力，团结和带领各族群众助力新疆实现社会稳定和长治久安总目标，投身新时代中国特色社会主义新疆建设。如今，广东援疆通过精心遴选的致富带头人项目已成功培育49名致富带头人，带动周边农民群众超2500人向新型职业农民转变。

2020年工作开始，广东省前指领导明确指示，致富带头人培育工作要求做到“精确定位、精心遴选、精准帮扶、精细服务”，突出“示范”和“引领”两个关键词。“示范”就是为受援地群众树立致富光荣的精神，改善风气。“引领”就是带领受援地群众一起走向致富之路，传播中华优秀传统文化，进一步铸牢中华民族共同体意识。立足受援地实际，我根据广东省前指领导的指示精神和工作原则，和工作队负责此项工作的援友们一起制订致富带头人项目评选工作方案、管理办法和实施细则，按照“优中选优”的原则一同深入农村摸查调研确定致富带头人候选人。确定候选人后组建由援疆干部、受援地政府和当地知名企业家组成的遴选委员会，按照公平、公正、公开的原则，在每个受援地分别召开遴选会，最终遴选出致富带头人培育对象。为做好培育工作，工作队的同志们也纷纷出谋献策，安排援疆干部为每一位致富带头人提供全流程优质服务。一是邀请当地成功企业家点评致富项目，为致富带头人下一步发展生产经营提供“金点子”。二是援疆干部与致富带头人建立结对帮扶关系，及时协调解决发展过程中遇到的困难与问题。三是构建“六个一”的培育服务体系。印发一项实施制度《关于培育致富带头人的实施细则》、制订一个培养计划《致富带头人项目实施计划》、创建一套项目标准《致富带头人选择和验收标准》、建立一本培育手册《致富带头人培育手册》、开展乡镇干部一对一亲自上门指导和开展每季度健康体检活动等服务型工作，为致富带头人进行由点到面的培育和服务。

经过三年的实践，在各级领导的帮助和指导下，在援疆同志们的支持和努力下，我们逐渐发现工作的重要作用：

要发挥致富带头人在乡村振兴中的引领示范作用。围绕乡村振兴、增强自我发展能力，以发展特色农牧业、农产品加工业、民族手工业、乡村旅游业等地方特色产业为抓手，以受援地有想法有愿望的群众为对象，培育致富带头人成为农村现代农业和农村经济发展的新型主体，为乡村振兴带来新活力。

要推动受援地特色农牧业发展。根据受援地资源、消费习惯、市场环境等实际情况，围绕推进养殖业高质量发展、建立健全饲草料保障体系、推动优供给和保生态协调发展等重点，真正把特色农牧业发展成为致富奔小康的支柱产业，提质增效；通过重点扶持农村养殖户等一系列惠农政策，发展养殖业，带动村民走发展养殖的致富道路，引导建立“合作社＋农户”的模式，形成“一乡一品”拳头产品，助力乡村振兴。如：疏附县布拉克苏乡阿布都热合曼江•吾甫尔的启程养殖农民专业合作社、伽师县英买里乡沙那瓦尔•买海提的伽师梅“恐龙蛋”等苗木速繁基地、第三师53团依明•赛买提的养殖专业合作社等22个项目，为当地提供长期稳定的就业岗位，带领低收入户增收创收，因地制宜向特色支柱产业注入新动力。

要促进受援地农产品加工产业升级。受援地农产品资源丰富，是南疆重要的粮食、棉花、水果等农产品生产基地。依托丰富的农产品资源优势，农产品加工业近几年获得了较快的发展，但还存在深加工少、产业链短等问题，急需进一步扩大农产品精深加工建设。广东援疆通过积极推动传统优势产业链向上下游延伸，打造全产业链经济，围绕促进产业聚集，推动卖得好向种得好、加工好相协调，引导建立“合作社＋基地＋农户”的模式，建立乡村品牌，提升农产品附加值，促进农业高质量发展。如：在广东援疆的帮助下，疏附县致富带头人沙迪克江•塔什的榨油厂项目、伽师县英买里乡帕孜力•依斯拉木的建设新梅加工车间项目、第三师51团艾尔肯•热依木的唐驿枣业公司扩产项目等14个项目，引进一系列高端设备，实现流水线规模化工业生产，有效提高产品质量标准、扩大产品产能，吸引低收入户和周边农户就业，走向共同富裕的道路。

要开辟受援地特色手工业致富新路径。受援地手工艺资源丰富、工艺精湛且极富民族文化特色，广东援疆发挥文化资源优势，以此帮助民族地区脱贫致富，开辟了特色手工业致富的新路径。结合民族妇女需求与发展实际，以提升地方民族妇女自立自强意识、激发内生动力为着力点，引导广大妇女积极参与到“巧”和“家”妇女优势产业中来，打造一批“巾帼巧手”“妈妈制造”等妇女创业就业基地，通过基地带动、技能培训、牵手帮扶等措施，破除旧风陋习，有效促进妇女当家做主，走出家门，劳动帮助家庭脱贫致富。如：伽师县和夏阿瓦提镇排丽旦的喀什祖美尔服装有限公司、第三师伽师总场的古丽斯坦服装设计缝纫项目和托云牧场吐孔•沙热的帕米尔刺绣合作社等8个项目，在广东援疆的帮扶下，提升当地服装设计行业水平，在传播中华优秀传统文化的同时，带动更多家庭妇女参与就业创业，帮助更多单亲困难母亲保障生活，带领更多困难家庭勤劳致富。

要依托民族资源，开创“文化＋旅游＋致富”的深度融合。两县一师地区位于古丝绸之路南线重要地段，历史悠久，文化底蕴丰厚。广东援疆依托当地文化民俗旅游资源，打造特色旅游饮食产业，通过文化与旅游、饮食的融合，走出一条“文化＋旅游＋致富”大放异彩又让更多困难群众共奔小康的新路子。如：伽师县和夏阿瓦提镇致富带头人排丽旦•吐地的黄金谷农家乐有限公司、第三师图木舒克市致富带头人艾尼•吐孙等8个项目依托当地著名的西海湾旅游区资源，结合广东省前指打造爱国教育基地的优势，发展“旅游＋文化＋农家乐”产业。利用文化旅游的优势，搭建农家乐平台，提供优质的农家乐服务项目，提升经济收入效益的同时，带领周围群众共同富裕。

要发挥致富带头人在受援地风气改善中的引领示范作用。过去，南疆地区人民群众“等靠要”思想严重，缺乏奋斗意识，广东援疆通过致富带头人的榜样作用，有效宣传了“热爱劳动、劳动致富、致富光荣”和“劳动最光荣，幸福靠奋斗”的正能量，实现“口袋”“脑袋”一起富。通过建立健全致富带头人工作机制，以“特色农牧业”“农产品加工业”“民族手工业”和“乡村旅游业”为主要抓手，榜样引领，建立一人带多户的帮扶关系，实现精准扶贫、精准脱贫、扶智扶志、强化队伍，进一步巩固援建地区脱贫攻坚成果。

要发挥致富带头人在受援地民族三交先锋的引领示范作用。广东援疆坚持“走出去，引进来”，充分发挥致富带头人民族“三交”先锋作用，以去发达地区交流技术经验为形式，以彼此友谊交往为内容，以文化交融为本质，积极有效促进民族团结进步，提升“五个认同”。

要发挥致富带头人在受援地促进文化认同的引领示范作用。广东援疆以致富带头人项目为基点，向受援地辐射文化认同观念。在致富带头人中加强中华民族共同体历史、中华民族多元一体格局的研究，广泛开展爱国主义、集体主义、社会主义教育，引导致富带头人带动更多受援地群众树立和坚持正确的国家观、历史观、民族观、文化观、宗教观。培育致富带头人就是在培育有理想、有道德、有文化、有纪律的“四有”公民，使他们能正确面向现代化、面向世界、面向未来；广泛开展社会主义核心价值观宣传教育，夯实受援地群众的思想道德基础，积极促进受援地健康积极向上发展，为建设新时代中国特色社会主义新疆铸牢思想根基，49名致富带头人中已有中共党员24人（其中预备党员8人），入党积极分子13人，已递交入党申请书的群众12人。致富带头人项目以培养“具有民族特色文化项目”为抓手，引导具有刺绣、编织和建筑才能的致富带头人多创作一些具有中华优秀传统文化特色的产品，以中华优秀传统文化的品质，促进对中华传统文化认同。如：第三师托云牧场致富带头人吐孔•沙热的帕米尔刺绣合作社项目，借助广东援疆资金和平台资源优势，通过传承发展与中原文化密切相关的柯尔克孜族刺绣，扩大现有帕米尔刺绣合作社的产销规模，打造高质量的特色刺绣产品，塑造中高端手工艺品牌，带动托云牧场职工群众通过多种形式参与合作社，帮扶低收入群众稳定增收，全面助力托云牧场巩固脱贫攻坚成果。有效带动受援地群众对中华传统文化的认同，有力增强受援地群众的民族自信心、民族自豪感和民族凝聚力，进而转化成铸牢中华民族共同体意识的强大精神力量。致富带头人培育工作也促进国家通用语言的普及。将致富带头人和“万工程”（教会万名民族群众流利讲国家通用语言）相结合，通过教会致富带头人及员工流利讲普通话，助力致富带头人项目更好发展；广东援疆队通过普通话演讲平台，让致富带头人大胆讲出自己的致富故事，感染更多有理想的群众自主学普通话。例如在普通话培训班、村里的升旗仪式或各种相关会议上用普通话进行情况介绍和分享，如：疏附县萨依巴格乡肉鸡养殖项目致富带头人达吾提江•吾普尔，在选拔之初他仅能勉强听懂普通话，但一句也不会说，在广东援疆乡镇干部持之以恒地帮扶和不断走访下，现在他已能用流利的普通话与干部们自由交流。

要发挥致富带头人在兵地融合与边境团场发展的引领示范作用。广东援疆服务国家重大战略，全面落实党中央关于新时代兵团工作的定位要求，坚持兵地“一盘棋”理念，坚定不移支持兵团深化改革和向南发展，支持兵团提升维稳戍边能力，支持兵团经济高质量发展，推进兵地深度融合，广东援疆立足边远团场发展实际，大力支持当地产业项目发展，乡镇团场干部纷纷表示致富带头人项目加大了对乡村产业发展和基础设施建设的扶持力度，开启了边远团场发展新模式，充分提升边境团场产业和环境对多元化人才的吸引力，有效激励各级干部发扬胡杨精神和兵团精神，在新时代扎根边疆、奉献边疆。如：第三师41团草湖镇鸵鸟养殖项目的范华芳，作为一名疆二代，她一直梦想着依靠自己的努力与奋斗带领大家走上致富之路，在广东援疆队的帮助下她的鸵鸟养殖场已经风风火火走上了发展快车道。第三师图木舒克市家政培训项目的满族姑娘于涤是另一个例子，她瞄准了未来南疆这片大有可为的天地，于是将户口迁至第三师图木舒克市打算从此扎根兵团，带领身边的群众奋斗致富。同时致富带头人是一面飘扬在基层的光辉旗帜，在当地群众之中有效宣传了“热爱劳动、劳动致富、致富光荣”和“劳动最光荣，幸福靠奋斗”的正能量，掀起了相互竞争学习、努力奋斗致富的热潮。

感谢各级领导和援友们的帮助、支持，2021年本人得益于工作的顺利开展，荣获新疆维吾尔自治区党委、政府颁发的“新疆维吾尔自治区脱贫攻坚先进个人”称号。三年的时间里，我经历了很多，但我相信，培育致富带头人工作肯定是我最难忘的一项。

（作者为广东省前指财务及资金审核处处长）

国有召，不辞天山远
忆初心，一生援疆情

□ 张史彬

从踏上这块土地到现在，一千多个日子从指尖流逝，许许多多万籁俱寂的夜里，我总想记下些什么，但又总觉得还有许多待在喀什的日子。随着第九批援疆工作结束的日子越来越近，三年多的援疆时光，如一帧帧定格画像，在我的脑海里反复上映。

犹记得2020年3月26日，按照广东省委组织部的统一部署和省卫健委的安排，我踏上了援疆之路，执行援疆任务那一刻的兴奋与激动，那是一种能参与一项光荣而神圣的任务的幸福，但我更清楚兴奋之余的现状：孩子刚上高中，妻子已远派外地筹建新的学校，家中还有两位70多、80岁的老人要照顾。我的援疆工作让家里的亲人们注定要更辛苦……我也犹豫过，但孩子的一句话让我和家人把种种困难化为前行的动力，孩子在家庭会议上坚定地为我援疆投上支持票，他说：“每个人都有梦想，你们一直让我勇敢地追逐梦想，我爸就想去新疆，去做一些他认为有价值的事情，我们为什么不支持他呢，老爸你放心，我会照顾好我自己的。”家中两位老人是第一代的援疆知青，他们深知这项工作的艰巨，但即便如此，也坚定地告诉我：想好了，就行动！援疆肯定不是去享福的，一定要做好吃苦在前的准备。我作为一名军人时，在和平年代守护着国家安全的大门，当我成为一名军转干部后，又继续参与到援疆工作中，这对我来说既是无上的光荣，也是一种沉甸甸的责任，更意味辞亲别子，远离故土。我，选择了出发！

进疆之前，我对新疆只有基础的认知，美味的水果，热情的歌舞，大漠孤烟直的旷远，明月出天山的寂寥，对这个西域名城喀什更是知之甚少。

在接到任务时，我专门在互联网上了解了受援地喀什的相关信息：喀什，新疆维吾尔自治区辖地区，全区共辖1个县级市、10个县、1个自治县，总面积

16.2万平方公里；她地处中华人民共和国西北地区，新疆西南部，东临塔克拉玛干沙漠，西部与塔吉克斯坦相连，西南与阿富汗、巴基斯坦接壤；被昆仑山脉、横断山脉与帕米尔高原紧紧包围着，有茫茫的戈壁、沙漠、草原还有冰川，就像一处与世隔绝的秘境。千百年前，来来往往的商队途经此地，这里也成为丝绸之路上的闪耀明珠。

早上从广州出发，傍晚才到喀什，一出机场，我迫不及待地环顾四周，空气中的泥土味和在一片黄沙中充满着异域风情的朦朦胧胧的建筑物让我恍若穿越了。还没有从两个小时的时差中适应过来，我就开始了新工作。

当喀什逐渐褪去当初神秘的面纱、生活逐渐回归日常的平淡时，当初我心中的万丈豪情也被日常点点滴滴、忙碌繁杂所平息。从珠水之滨到昆仑腹地，不单单是地域的跨越，更是全方位的挑战和考验。援疆生活的艰辛和快乐，只有经历过的人才能感受到。我们需要克服气候关、语言关、饮食关、安全关、孤独关。两个小时的时差，早晚将近十几度的温差，充满异域风情的人群，不断地提醒我，我来到了新疆，这是喀什，但繁华的街市，南来北往的客人，不眠的霓虹灯，又让我仿佛回到了广州。我也在这种不断变换中慢慢适应了，几个月后，我们援疆干部也成了真正的新疆人，皮肤被晒成古铜色，见到当地老百姓，会竖起大拇指来一句“亚克西”，习惯把洋葱叫作“皮芽子”。

走在喀什老城，穿梭在迷宫一样的巷道，家家户户的门前种着各式各样的绿植，娇艳的花朵将屋舍装点得十分美丽。在高度工业化的今天，还有不少手工艺人用老式的方法制罐子、做鞋子，宽敞的院落里不时有些维吾尔族老人穿着七彩的民族服饰在一起聊天，如果你正好与他们视线相撞，那他们一定报你以微笑。

不来援疆，不知道国家援疆战略之重要，古有林则徐遍行新疆三万里，变为大漠良田；左宗棠68岁抬棺进疆，兵出嘉峪关，收复国土；近有王震将军凯歌入疆，十万大军就地解甲归田，屯垦戍边、建设新疆。不同时代的援疆人有不同的使命和担当，作为新一代援疆人，我始终牢记嘱托，不断提高自身政治站位、淬炼政治品格。每天看到粤新楼上的“不忘初心　砥砺前行”时，我内心升腾一种责任感和使命感。我们执行双岗双责，既要承担受援地任职单位的分管责任，又要承担前方指挥部的业务责任。有时一天的时间根本不够用，好在这里天黑得比较晚，我得以有更多的时间来思考工作。我最喜欢的是在晚饭后，沿着粤新楼那条美丽的花径，在静谧中一边走，一边把第二天的工作再捋一捋。

喀什是一个以维吾尔族为主的多民族地区，民族团结是大局，是各族人民最长远的利益。进疆以来，我时刻提醒自己要做民族团结进步的践行者。习近平总书记教导我们，要以铸牢中华民族共同体意识为主线，不断巩固各民族大团结。我除了认真学习党和国家的民族政策理论，带头严格遵守各项相关规定，还积极深入到疏附县托克扎克镇阿亚格曼干村、莎车县的5村和6村，从乡村群众的居住生活、工作学习、吃穿娱乐等日常小事入手，引导各族群众相互了解、相互尊重、相互包容、相互欣赏、相互帮助，像石榴籽那样紧紧抱在一起。2021年，我与伽师县民族联姻家庭李鹏飞和马依努尔•麦麦提结成了亲戚，得知马依努尔•麦麦提身体不适时，我积极联系妇产科医生为她做手术，并持续关注和帮扶他们的就业与身心健康，现在我们就像亲人一般相处。我觉得与当地老百姓沟通就是将心比心，以心换心，重在交心。

博大精深、源远流长和多元多样的中华文化是我国各民族文化的统一体。文化认同是最深层次的认同，是民族团结之根、民族和睦之魂。进疆以来，我时刻提醒自己要做中华文化的传播者。我积极参与广东省前指在第三师图木舒克市打造一个爱国主义教育基地的统一部署。深入挖掘受援地爱国主义文化资源、中华优秀传统文化和援疆文化、军垦文化等人文旅游资源，挖掘爱党爱国典型，突出以史育人，加强历史文物遗址保护利用，采取对象化、故事化、生活化的方式，强化浸润式教育引导，构建南疆地区弘扬社会主义核心价值观的重要平台。以增强认同为目标，深入开展文化润疆，这在喀什广大干部群众中引发热烈反响，让中华文化通过实物实景实事得到充分展现、直抵人心。

花儿为什么这样红？红得好像燃烧的火。我时刻提醒自己要捧着一颗红心做健康喀什的守护者。我们一批批的援疆医生紧紧围绕新疆社会稳定和长治久安总目标，以提升受援地本土人才孵化能力和内生发展动力为出发点和落脚点，勇于守正、敢于创新，在人才培养、学科建设、科研教学、医院管理等方面，采取多种“造血式”帮扶举措，积极引入广东优质医疗资源，全力打造南疆国家区域医疗中心和面向中亚、南亚的“一带一路”区域国际医疗中心，全面改善疏附县、伽师县和兵团第三师的基层医疗服务条件，不断优化医疗中心辐射带、地县乡三级医疗机构双向转诊和良性互动的医疗卫生服务网络，从治疗疾病到健康宣教，从面对面诊治到网络会诊行医，努力打造属于南疆老百姓的“健康医疗圈”，为喀什地区乡村振兴和健康喀什提供强有力的健康保障。看着援疆医生带出来的弟子能独立完成手术了，看见出院的患者和家属脸上的笑脸，看见业务培训时台下一双双求知若渴的眼神，看见下乡义诊送医送药送去党和国家的温暖时老百姓眼里激动的眼泪，我为能和他们一起为美好喀什、和谐喀什奋斗而倍感骄傲！

援疆，让粤新人民亲如一家，70多名援疆干部，几千人次的援疆人才队伍，遍布喀什各条战线，共同谱写着民族团结一家亲的佳话。从出发前的揣测与憧憬，初到时的新奇与感慨，经历中的忙碌与泰然，离别前的唏嘘与不舍，三年仿佛弹指一挥间，我们牢记初心使命，不忘后方领导的殷殷嘱托，坚定不移用心、用情、用力，毫无保留把自己的精力和智慧、热血和汗水倾注到南疆大地，将援疆的岁月打磨成人生最美的风景，三载援疆路，一生援疆情！

（作者为广东省前指综合统筹处副处长）

援疆花开别样红

□钟 崴

“花儿为什么这样红？红得好像燃烧的火，她象征着纯洁的友谊和爱情……”每当耳畔响起这首优美动人的塔吉克族民歌，就让人不由得想起粤新两地友谊的使者——广东省援疆干部人才。

作为广东省工业和信息化厅选派的第八批转第九批援疆干部，自从2017年2月入疆工作以来，我在新疆工作已经六年了，秉承“到祖国最艰苦地区去工作，才能让自己得到历练”的理念，认真贯彻执行党的民族政策，积极宣传贯彻党的二十大精神。通过产业援疆、结亲、帮扶等活动，帮助受援地工信事业取得长足发展，为喀什地区的产业发展及民族融合工作挥洒了辛勤的汗水，在促进各民族群众铸牢中华民族共同体意识、脱贫致富及乡村振兴的崇高事业中取得了一些成绩，得到了受援地各族干部群众的认可，谱写了一曲曲产业发展、两化融合、民族团结进步的生动赞歌。

六年援疆硕果累累

作为一名在南方出生长大的干部，我初到喀什就面临着水土不服、气候不适应、饮食不习惯及无法照顾家庭等诸多困难，但我将这些问题抛诸脑后，以时不待我的精神迅速投入到紧张的工作之中。不到一个月时间，就跑遍受援地的园区、企业及乡镇村落。我一直把援疆当作践行党中央治疆方略的重要任务、增长自身才干的重要舞台、发挥作用的重要阵地、砥砺品格的重要机会。作为一名援疆干部，我深知自己肩负的使命重大，用自己的话说：“我可以在援疆工作的六年中没有英雄壮举，但绝不能容忍自己的碌碌无为。”我也正是以实际行动忠实履行着自己的诺言，努力增强工作的主动性、自觉性、责任感和使命感。我因在各项工作中表现出色，2020年荣获“广东省民族团结进步模范个人”称号。

援疆工作中令我印象最深刻的一件事：身体力行战斗在疫情防控物资调配最前线。2020年疫情暴发以来，喀什地区作为南疆的交通枢纽，往来人员多、活动范围广，且其医疗基础条件差、极度缺乏防疫物资，导致疫情防控任务重、压力大。尤其是喀什地区伽师县1月19日和2月21日接连发生地震，给防疫工作带来了更不利的影响。

新疆疫情最严重的时候，我身在广州心系新疆，根据广东省前指领导要求多次向广东省政府、省疫情防控指挥部及省工业和信息化厅汇报新疆疫情防控面临的困难及问题，第一时间落实发往喀什地区紧缺防护物资（医用口罩3万个、KN95口罩2000个，护目镜1000个、防护服1000套、非接触额温枪1000个，当时广东省防疫物资也非常稀缺），为喀什医护人员出征武汉提供了强有力的物资支持；协调广东省内企业为喀地一院加急设计制造了10间负压病房（市场价格300万元）；赴东莞市协调6套口罩生产设备落地喀什地区，设备总价值300万元，投产后日产能达28万个医用口罩，有效缓解喀什地区的需求。7月中旬自治区出现疫情以来，积极协调运力，助力受援地引进全品系的防疫物资生产线。包括普通医用口罩生产线9条、N95口罩生产线2条、熔喷布生产线2条、热风棉生产线3条、防护服生产线4条、额温枪生产线1条。并为生产企业排忧解难，助力企业全力生产抗疫物资。10月，喀什地区出现疫情后，协调援疆企业采购各类生产原材料，开足马力加大生产力度，紧急生产3000万个一次性医用口罩和30万套防护服，运往抗疫一线，并发动援疆企业共为喀什捐赠了价值近千万元的各类物资。

2022年下半年，新疆多地又发生了疫情反弹现象，我在前方指挥部、地区工信局领导下做好消除疫情影响、稳生产促发展工作，加强防疫物资的生产工作。2022年8月以来，全力保障地区防疫物资6家生产企业生产复工，协调生产企业克服原材料及工人不足等各项困难，8月以来就生产了1200万个口罩、50万件防护服、一次性使用病毒采样管600万支、消毒液240吨，有力保障了全地区的抗疫工作。开展“建链补链强链”行动，因地制宜推动特色农副产品精深加工、纺织服装、电子产品组装业、箱包鞋袜假发等劳动密集型产业转型升级，并在疫情期间千方百计协调保障绝大多数规上企业正常开工生产。同时针对疫情不利影响开展“保市场主体、减税免息降费”专项活动，9月以来协调全地区银行业实施延期偿还贷款本金1594笔贷款，金额14亿元，其中涉及中小微企业

（含中小微企业主）496笔贷款，金额11.89亿元，有力保障了市场主体活力。此外还加强工业经济运行监测，强化生产链、供应链及资金等要素保障，全面落实纺织服装产业专项资金、电价补贴、运费补贴、中小微企业融资担保等专项纾困政策，确保工业经济持续稳定发力，努力将疫情的不利影响最小化。

六年援疆受用终身

六年的时间，我为亲历、参与和见证了新疆乡村全面脱贫振兴以及经济社会大发展的历史性进程而感到无比骄傲和自豪。援疆历程开阔了视野、磨炼了意志、增强了党性、提高了能力和水平。期间的所见、所闻、所学、所得，将给我一生留下永不磨灭的记忆，使我终身受益。

通过援疆，更加坚定了理想信念。每一位广东来的援疆干部都坚决贯彻落实新时代党的治疆方略，始终与以习近平同志为核心的党中央保持高度一致，始终站在维护祖国统一、加强民族团结、维护边疆安全稳定的战略高度，扎实做好各项援疆工作，助力喀什稳定、发展和脱贫攻坚及乡村振兴，经受住了政治考验，把政治忠诚融进了血液、浸入了骨髓。

忠诚担当，实践了担当作为。喀什气候干燥、灰霾天气多，嗓子哑、流鼻血是常态。长期远离亲人是种煎熬，特别是过节的时候、家人生病的时候。六年来，我克服了条件艰苦、情况复杂、环境恶劣、任务艰巨等多重困难和压力，积极参与促发展，促脱贫，与受援地干部群众同甘共苦、并肩作战，圆满完成各项任务，用实践诠释新时代援疆人的使命担当。

提高站位，提升本领。从进疆的那天起，我就把自己当作新疆人、喀什人，就与受援地干部群众手拉手、心连心、交朋友。新疆有35万驻村干部，他们长年驻扎在反恐维稳和脱贫攻坚一线，比我们援疆干部要辛苦很多，条件也更为艰苦，他们是援疆干部学习的榜样。从他们身上，我看到了信念是鲜活生动的实践，援疆工作也更有理想；从他们身上，我知道了什么是吃大苦、耐大劳，援疆工作更有干劲；从他们身上，我学会了如何深入群众、做好群众工作，援疆工作更有方法。

接受了教育，经受了锤炼。六年时间我经受了最真实的国情教育，最生动的民族团结教育，我的政治觉悟进一步增强，报效祖国情怀更浓；综合素质进一步提高，主动作为意识更强；担当精神进一步强化，攻坚克难劲头更足；团结友爱进一步巩固，同心同力作风更实。来援疆就是又入了一次党，又参了一次军，又上了一次学。

回首六年，广东省第八批、第九批全体援疆干部把援疆作为崇高的事业，坚决贯彻党中央及粤新两省区党委、政府的各项部署，把新疆当故乡、把群众当亲人，不分分内分外，在当地全融入、任实职、分实工、担实责，坚决同“三股势力”作斗争，参与扫黑除恶，开展发声亮剑，常态化驻村结亲，全身心投入脱贫及乡村振兴工作中去，与新疆各族干部群众同甘共苦、并肩作战。在喀什的六年多时间里，我亲眼看到了新疆大局稳定、形势可控、趋势向好的大好局面，由衷感受到以习近平同志为核心的党中央的英明决策、坚强领导；感受到自治区和兵团各级党组织的忠诚坚定、勇于担当；感受到新疆广大干部的巨大牺牲、无私奉献。援疆工作在特殊的区域、特殊的时期、特殊的责任，给予了援疆干部特殊的经历、特殊的锻炼、特殊的成长。真正懂得了什么是斗争精神、什么是屯垦戍边、什么是保家卫国、什么是家国情怀。能够在自己最美好的青春岁月到祖国最需要的地方奉献奋斗，我永远光荣、骄傲、自豪！

（作者为广东省前指综合统筹处副处长）

涨粉

——将广东优秀动漫作品引进受援地的故事

□ 肖凯明

深入实施文化润疆工程是党中央作出的重大决策部署。要让受援地的青少年接触学习博大精深的中华优秀传统文化，关键在于普及国家通用语言。广东省前指主要领导为了能够寓教于乐，提高新疆各民族青少年学习普通话的积极性，创造性地提出了一个设想，将广东创作的优秀动漫作品引进到受援地，在喀什地区广播电视台和各中小学及幼儿园播放，并把这一光荣任务交给了我。

广东是我国的动漫大省，近年来所创作的《喜羊羊与灰太狼》《熊出没》等作品深受广大青少年的喜爱，让无数孩子在欢乐中度过了美好的童年。接到任务后的我把引进的目标锁定在这两部优秀作品上。起初，我试图联系宣传口的朋友，希望能以官方名义与有关版权企业对接，争取以免费形式将播放权转给喀什地区。朋友回复，广东市场化程度高，有关企业在创作作品过程中投入了大量的人力物力，估计免费的可能性非常小，建议是先做好前期沟通商议。听了朋友的话，我觉得此次与企业的谈判定不容易，需要多做些功课，力争从双赢的角度争取企业的支持。经过一夜的研究，我决定以鼓励争创文化润疆先进单位、树立企业良好形象和提升动漫作品影响力的角度与相关版权方沟通合作事宜。

在广东省电视艺术家协会专职副主席邢瑛瑛同志的牵线搭桥下，我来到了拥有《喜羊羊与灰太狼》版权的广东原创动力文化传播有限公司。公司负责人热情地接待了我这个从万里之外赶回广东的援疆干部，与我进行了深入的座谈交流。我对公司负责人说：“我有一个可以让《喜羊羊和灰太狼》涨粉500万的点子，不知你们是否愿意听一下？喀什地区有500万人口，青少年200万左右，羊是他们最为熟悉的动物和从小陪伴他们长大的‘好朋友’，如果我们能够把宣扬团结友爱的《喜羊羊与灰太狼》引进到广东受援地，一定会深受喀什地区大小朋友们的喜爱，喜羊羊也将成为民族团结进步的使者。”原创动力公司的管理层饶有兴趣地听了我讲解，表示让“喜羊羊”涨粉是一件大好事，能够为促进民族团结进步做贡献更是无比光荣，于是当即决定将播放版权免费转让给喀什广播电视台。

与原创动力公司谈判取得成功极大地坚定了我的信心，之后我又与拥有《熊出没》版权的华强方特（深圳）动漫有限公司达成了共识，将宣扬生态环保理念的《熊出没》免费引进到喀什地区播放。喀什广播电视台专程制作了广东援疆动漫特别节目，并在当年六一儿童节前正式推出。由于社会反响较好，这两部广东创作的优秀动漫作品又在全地区教育系统推广播出。

（作者为广东省前指综合统筹处处长）

古丽米热的梦想

□ 吴慧源

古丽米热是我援疆期间团结关爱户家的小孩。她留着一头短发，我初见她时以为是个小男孩，细看发现其短发中扎着几个小辫子，才知道这是个可爱的小姑娘。她的眼睛一闪一闪透着灵气，脸上始终面带着微笑，给人一种乖巧可爱的感觉。

古丽米热家位于广东对口援助的疏附县吾库萨克镇，2018年底该镇全部实现脱贫。2020年7月，我到古丽米热家去走访，车辆一进入村里，我的眼前一亮：村道全部铺上了柏油路，路面宽七八米，干净整洁，路两旁竖起一排排路灯，安居富民房整齐排列，围墙上少数民族载歌载舞的油画栩栩如生，绿色分类垃圾箱随处可见。疏附县属于国家划定的深度贫困“三区三州”之中的南疆四地州，是其中人口较多的县城，脱贫攻坚任务十分艰巨。近年来，广东援疆干部扑下身子，深入农村田间地头，“解当地之所需，尽广东之所能”，亲力亲为，引进企业开办卫星工厂、申请资金支持致富带头人、拓展渠道开展消费扶贫等一系列措施，极大地助力当地脱贫攻坚工作，使得村容村貌焕然一新。当时正值暑假，我和援疆教师罗教老师一同乘车，刚到她家院门口，就见古丽米热和她姐姐从院内迎了出来，冲着我喊道：“吴叔叔好，罗老师好。”我们便被她迎进了院内。古丽米热家是典型的富民安居房。主房是三间联排砖瓦房，外表被粉刷一新，院内有个葡萄架，葡萄应该是新栽种的，叶子和葡萄都还比较稀疏，但留有斑驳影子的葡萄架下却已凉爽很多，令人忘却这是酷热的南疆。古丽米热有别于农村那些腼腆的孩子，性格开朗大方。因为太久没见了，她便热情地带着我参观小院。院子南侧是牛圈，养了一头小奶牛，小奶牛看到我们这些陌生人，撒欢地跳着，古丽米热开心地说：“这是今年买的小牛，周末回来都是我来喂，你看它在欢迎你们呢！”牛圈房顶养的二三十只鸽子“咕咕”直叫着。古丽米热说：“这是我哥哥养的，他很喜欢鸽子，品种好些的鸽子甚至贵过一只羊。”养鸽子的确是南疆尤其是喀什少数民族的一大爱好，无论是古城还是农村，每天清晨都有成群的赛鸽或观赏鸽在碧蓝的天空上飞翔，景色蔚为壮观，这也造就了喀什鸽子市场热闹非凡，成为游客来喀什打卡必去地之一。接着古丽米热带着我来到院子里的菜地，菜地里种着西红柿、辣椒、茄子等蔬菜，长势很好。南疆土地肥沃，日照时间充足，只要充分进行排碱处理和浇水灌溉，蔬菜品质就会很好。我问古丽米热：“这些菜够吃吗？”古丽米热说道：“不光够吃，我们还经常送菜到奶奶家去。”穿过院子的后门，院子墙外是村子里的一条砖头路，路两侧用木头搭起了葡萄架，两边绵延伸展都望不到头，足有十里长，架上爬满了葡萄藤，葡萄已接近成熟，但不够透亮，一串串在微风中摇曳着。置身葡萄架下，呼吸着骄阳下扑面而来的凉爽空气，心中有了一种愉悦的感觉。“这时候坐在这儿喝杯广东的工夫茶一定是个不错的选择。”我心里想着。这时古丽米热对我说：“我妈妈来了。”古丽米热的妈妈是个中等个子的中年妇女，她在家门口对面的卫星工厂上班。卫星工厂紧挨着家门口，上下班时间比较自由，解决了农村妇女进厂务工小孩没人照看的后顾之忧。她见到我们略显腼腆，用着还不是很熟练的普通话对我们说：“到家里坐。”古丽米热担心我们没听懂又补充了一句：“我妈妈请你们到家里做客。”随后我们便走进了古丽米热家里。一进门便是干净整洁的客厅，首先映入眼帘的是墙上一张习近平总书记2014年到疏附县视察吾库萨克镇时和村民亲切握手时的照片，照片下是一排沙发，沙发对面的茶几上摆满了新疆的干果和刚打的馕，显示出主人的热情好客。客厅的墙面挂着电用水暖片，冬天再也不用烧炉子来取暖了。客厅一侧为厨房，已接通了天然气，另一侧为卧室，房间内已不见传统土炕，而是木制大床。古丽米热喜悦地说：“我们现在的生活跟城里一样了。”我们一行人员与古丽米热一家坐在沙发上聊了起来。当问起现在家里收入有多少，还有哪些困难时，古丽米热的姐姐抢先回答：“叔叔，我们一家对现在生活很知足，爸爸在村里当保安，妈妈在卫星工厂上班，哥哥在县城汽修厂工作，一家人每月有6000多元的收入，而我和妹妹的学费都减免，家里没有大的开支，日子一天比一天好，真是感谢党的好政策，也感谢援疆叔叔对我们一家的帮助和关心。”说话间，古丽米热妈妈从厨房端着烤包子和煮鸡蛋放在茶几上，热情邀请我们品尝，并说都是自家做的。20世纪70年代之前的新疆农村群众普遍文化水平低，普通话水平较差，不善于言谈交流，最能表达他们感激之情的便是拿出家里好吃的东西来招待客人。古丽米热明年将面临小升初，被问起学习情况时，古丽米热自信地说：“我学习成绩还行，这学期期中考试名列班里第五名，尤其是数学在罗老师的辅导下，进步很快。”罗老师接着话说：“古丽米热很勤奋，原先数学基础不太扎实，尤其是计算能力较弱，我每周周末过来给她辅导一次，现在进步很大，这次我还给她留了一些暑假作业，她都做得很认真。”我问古丽米热：“你的梦想是什么？”她思索了一会儿，笑着说：“我的梦想是能够考上广州的内初班，这样能亲眼看到电视中的广州‘小蛮腰’，以后再考上大学，带着父母一起到广州旅游，我爸妈还没有离开过喀什，也没坐过飞机和火车呢！”我们听了笑着说：“这个梦想一定会实现，到时在座的叔叔们还要请你们一家吃海鲜呢！”客厅里一直洋溢着欢快的笑声。

在离开古丽米热家后，村干部向我们介绍，这几年在党的脱贫攻坚系列惠民政策的引领下，在广东援疆干部的帮助和支持下，通过扶贫扶智工作，村民们开展技能和国家通用语言文字教育培训，大部分人员解决了就业问题，大家通过自己的劳动收入改善家庭生活条件，思想观念发生很大变化，勤劳致富理念深入人心，想富盼富意识明显，村民的精神面貌焕然一新。在返回驻地途中，透过车窗我看见一架飞机正在攀升，我似乎看到古丽米热一家面带微笑坐在飞机窗口向我招手，那是一架飞往幸福美好生活的飞机。

（作者为广东省前指社会事务与保障处处长）

祖国边陲洒热血　大爱无疆留真经

——“拼命三郎”的三年援疆路

□ 潘春球

“进疆为了什么？在疆干些什么？出疆留下什么？”2020年首次援疆的我在来疆的飞机上，看着即将落地的喀什这片热土，内心不禁想起了这三个问题。那时的我还没想到，原本计划一年的援疆任务，这一干就是三年。

为什么我留任申请续了一茬又一茬，只因我放心不下喀地一院的创伤中心的建设，舍不得已结下深情厚谊的边疆人民。

在疆干些什么

2021年10月25日，喀地一院创伤中心收到了一封来自一名15岁女孩的感谢信，信中多次真挚地感谢挽救她生命的医生——喀地一院创伤中心主任潘春球教授。

时间回到2021年8月20日，喀地一院创伤联盟疏附县人民医院接诊了一名从17楼坠落的患者，患者当时意识模糊，生命体征极其不稳定，随时可能有生命危险。

该名患者叫凯迪热亚•伊马木，是一名15岁的高三女生，事发当天家住阳光小区的她，到疏勒县表姐家，学习到深夜后上楼顶吹风散心，不慎从高处坠落。

当时，考虑到患者病情危重，为进一步诊断治疗，疏附县人民医院在补液的同时，联系到了我要求转院。在凌晨三点多的时候，患者顺利被转送到喀地一院TICU，创伤中心早早地做好急诊交接准备，启动创伤中心救治团队及救治绿色通道。

CT检查以后，患者被诊断为胸骨、肋骨骨折，鼻面骨骨折，小肠损伤，腹腔内部有积血，肝、脾、胰腺裂伤，四肢骨折，给手术带来了很大的挑战，但是作为一名治病救人、与死神较量的医生，我必须想办法，把危重的病人从死神手中抢回来。

第一次损伤控制手术进行了90多分钟，术后第7天患者有了好转，第10天左右能下地活动，但又突发剧烈腹痛，血压急剧下降，出现生命体征不稳定的现象。我马上对患者进行了第二次手术抢救，术后患者病情相对稳定，但是为了防止患者病情再次变化，我直接在科室里面住下来，随时查看患者的病情变化。在第二次手术后的一周时间里，患者依然多次出现脓毒症休克、多器官功能衰竭等症状，我和科室医生及时跟患者家属沟通，多次调整治疗方案，多次气管插管、加强抗感染、营养支持等处理使患者病情逐渐改善。最终在我和广东援疆医疗专家团队及南方医院、喀地一院医生长达49天的精心救治下，患者于10月8日康复出院，各项指标基本正常。一次次充满爱心的生死救援，为这个花季少女的生命，开启了新的明天。

出院那天，凯迪热亚•伊马木的父母不停地对我表示感谢：“真的太感谢潘医生和其他医护人员了，你们就是我女儿的再生父母，这一辈子我们都记着您的恩情。”

“感谢‘潘爸爸’把我从死亡线上拉了回来，我现在学习生活一切顺利。”现在，凯迪热亚•伊马木已经顺利考上武汉某大学了。求学期间，我多次打电话询问其身体情况，凯迪热亚也经常打电话来汇报自己的学习和生活状态，我们虽不是父女，却胜似父女。天山脚下，民族团结之花正在绚丽绽放。

出疆留下什么

严重多发创伤抢救成功率由原来的50%提升至98%以上，成功救治严重多发创伤患者3000多名，开展三、四级手术1000多台，一封封、一面面承载着生命重量的感谢信、锦旗……这是喀地一院创伤中心自建立以来取得的成绩。

2020年援疆之初，我带领本地医护团队不懈努力，成立了以紧急医疗救治中心为主体的创伤中心，形成了“院前急救—院内抢救—重症医学病房—创伤综合病区”的立体型急救创伤医疗体系，使得南疆各族患者的生命健康更有保障。

刚刚成立的创伤中心，医师不足、创伤备血不足等问题尤为突出。该如何解决这些问题？我先后多次前往相关部门沟通协调，多次修改解决方案，最终妥善处理了喀地一院创伤中心发展路上的“绊脚石”。创伤中心就像我的孩子一样，连接着喀地一院的创伤学科发展，也关乎着喀什地区各族群众的健康，任何困难都打不倒我。

在做好急诊急救、预检分诊的前提下，我还着重提高严重多发伤、急危重症及中毒诊断的治疗水平，重点开展创伤、急危重症、中毒救治，逐步形成以综合急救医疗为特色的南疆医疗中心。同时，充分利用移动互联网技术推动信息化建设，建立急救信息化平台，积极发挥喀地一院地区急救领头羊的作用，更广地辐射周边市、县医院及基层医院，更好地为广大人民生命健康服务。

截至目前，喀地一院创伤中心已常规开展去颅骨瓣减压、剖腹、剖胸探查术、四肢开放性骨折复位外固定术等各类多发创伤手术及创伤患者早期营养治疗等，创造出“重大全身钢筋贯穿伤救治”“重大钢筋心包穿透伤”“高处坠落伤，挽救花季少女生命”“四次生命接力挽救严重多发创伤儿童”等南疆多个救治的医学奇迹。

2021年，经过一年的发展，喀地一院创伤中心基本迈上正轨，术前救治时间从原来的8小时缩短到现在的1小时，救治效率大幅提高。

但在我看来，需要做的还有很多。近年来，随着经济社会的发展，喀什地区乃至南疆四地州因高能量致伤因素造成的多发伤、创伤死亡率和致残率明显增高，加之地域广，上下级医院的距离较长，院前多发伤患者致死、残率的情况更是多见，这对南疆应急救援及院前急救能力带来巨大的挑战，迅速建立区域创伤救治中心、分级救治体系以及创伤救治信息平台，加强南疆创伤专科救治联盟的建设显得尤为重要。

为此，我在广东省前指和喀地一院党委的支持下，多方协调推动，与喀什地区12县医院及克孜勒苏柯尔克孜自治州（简称“克州”）、和田、阿克苏及兵团第三师各级医院签订南疆创伤联盟协议，同时积极发挥援疆专家桥梁纽带作用，与北京大学人民医院签订创伤联盟和医联体，与南方医科大学南方医院签订成立国家创伤区域中心南疆分中心协议，与广东省人民医院合并申报国家急危重症（急诊）临床医学研究中心协同网络战略合作协议，多措并举推动南疆创伤学科发展。

经过不懈努力，2021年11月6日，南疆区域创伤救治联盟正式成立，喀地一院获评成为主委单位，并与来自阿克苏、和田、克州、兵团第三师以及喀什地区12县市40多家医院共同签约，构建起南疆区域创伤救治网络体系，承担起了南疆四地州1000多万人的医疗保障任务，大幅提高了南疆区域创伤紧急医疗救治能力。

生命急救“高速路”的建设，这是我为南疆各族群众留下的一份珍贵礼物。

进疆为了什么

在疆干些什么？出疆留下什么？我已用三年时间交出了答卷，面对“进疆为了什么？”这一问题，我用自己所长，守护边疆群众的生命健康，这就是我的援疆初心，这也是我“进疆为了什么”的答案。

2022年，是我援疆的第三年，这一年我又有了新的角色，因工作表现出色、工作思路清晰且具有高度的责任感，我被任命为副院长、TICU主任。新的岗位，我也有了新的感悟。

2022年8月，新疆多地暴发疫情，喀什也未能幸免，我作为副院长，第一时间与全院干部职工坚守在岗位上，共同筑起了医院疫情防控的钢铁长城。做流调、转人员、设病区……作为医院疫情防控专班的主要负责领导，我带领各相关科室连续作战，全面保障了院内医疗安全。

早在援疆第一年，喀什发生两次疫情时，我就是喀什地区新冠肺炎疫情定点救治医院的救治专家负责人之一。两次疫情，我主动请缨，负责西域骨科院区新冠患者救治工作，与救治团队共同吃住在病区，不辞劳苦、日夜坚守在抗疫一线。联同院内相关专业专家，采用多学科协作、中西医结合方式开展治疗工作。面对患者转运的问题，我迅速组建转运医护及负压车团队，“手把手”开展培训，逐一过关考核，实现了治疗、转运零感染的奇迹，为喀什地区打造科学有效的新冠肺炎患者定点救治医护体系贡献了一份力量。

三年援疆路，四次战疫情，身份虽有变动，但不变的是那颗为边疆群众守护生命健康的赤子之心，我用实际行动诠释了“进疆为了什么”的初心。

如今，我援疆的第三年也即将结束。尽管已经取得诸多掌声与荣誉，但我没有一丝骄傲与放松，仍然兢兢业业奋斗在一线岗位上践行援疆誓言与初心，与时间赛跑、同死神博弈，为祖国边疆各族人民提供最坚实的生命安全保障。

（作者为广东省前指驻喀什地区第一人民医院副院长兼医务部主任和创伤中心主任）

用科技为当地人民健康护航

□ 陈丽佳

珠水滔滔，天山巍巍。2020年3月，一群广东省农村科技特派员跨越6000公里，从广东来到新疆喀什。“我们想做的，就是将广东医疗科技成果播撒植根于南疆大地，为提升喀什地区卫生服务水平出一份力。”作为队伍的副队长，来自广东省中医院的援疆专家叶润英道出了这番铿锵誓言。

同叶润英一般，三年来，在广东省对口支持新疆工作前方指挥部和广东省科学技术厅的共同支持下，先后有三批广东省农村科技特派员共93人在喀什地区组团开展科技援疆工作，他们克服了生活、环境的重重困难，义无反顾来到祖国西陲，在当地掀起科技下乡的热潮。他们来到南疆喀什，积极对接支撑多个学科的科技援疆项目，传授新理念、推广新技术，立志用科技提升当地的医疗水平。他们先后在喀什地区开展科技下乡现场指导827次，发放调查问卷、科普资料近千份，推广新理念、新技术82项，对接服务平台和诊疗体系63个，举办培训班93期次，培训基层医护人员2700余次，累计服务基层群众5100余人次，其中少数民族群众4500余人次。

“我们的广东省农村科技特派员，如今已跑遍12个县市，通过专家共享、师带徒、远程会诊、新业务新技术推广应用等多种形式‘活血、造血’，与喀什地区的医院多个学科开展合作对接。”2020年12月底，时任喀地一院党委副书记、院长林天歆介绍道。

2021年，林天歆、潘春球、郑云三位广东省农村科技特派员因在援疆工作中表现突出，被评为“广东省百名优秀农村科技特派员”。

广东省农村科技特派员潘春球主任承担了“喀什地区创伤中心基于移动互联网的严重多发伤急救模式研究”项目，他带领喀地一院成立了以紧急医疗救治中心为主体的创伤中心，形成了“院前急救—院内抢救—重症医学病房—创伤综合病区”的立体型急救创伤医疗体系。在潘春球的带领和科室同事的共同努力下，至今已成功救治严重多发创伤患者1600余名，开展手术1020例，其中三、四级手术200余台，严重多发伤抢救成功率由原来50%升至98%。2021年11月6日，在潘春球主任的助力下，经过多方协调努力，南疆区域创伤救治联盟正式成立。来自阿克苏、和田、克州、兵团第三师以及喀什地区12县市30多家医院共同签约，承担起了南疆四地州1000多万人的医疗保障任务，大幅提高了南疆区域创伤紧急医疗救治能力。

相隔万里，从沿海地区到祖国边陲，从温暖湿润的粤港澳大湾区到海拔1300多米的沙漠边缘，女性援疆人更为不易。在这三批广东省农村科技特派员中，共有25位女专家先后赴喀什地区开展科技援疆工作，她们带着对边疆人民的关爱、带着科技特派员的使命，从经济发达、条件优越、环境优美的羊城广州，来到大漠边缘、千里戈壁的喀什地区，下基层开展科技医疗帮扶工作。

“谢谢您，是您为我的宝宝打开了生命的绿色通道！”今年27岁的维吾尔族姑娘阿衣古（化名）拉着欧阳颖医生的手，感激涕零。原来，初为人母的阿衣古在去年底的一天，在无明显诱因的情况下，突然感到腹痛难耐，家人赶紧带她来到喀地一院就诊。刚入院，阿衣古不满28周孕龄的宝宝就提前“报到”，体重仅仅1300克，出生后呻吟、气促，十分危险。

如何为患儿建立一条生命通道是问题关键，新生儿科医护团队苦思冥想，最后一致把目光投向了广东省科技厅农村科技特派员重点派驻任务、广东中山大学孙逸仙纪念医院援疆专家欧阳颖教授负责的“新生儿复苏技术及脐静脉置管术（UVC）”。“它就如脐带一样，源源不断给宝贝输送营养。”第二天，欧阳颖带领广东省农村科技特派员团队为阿衣古的宝宝成功实施了南疆首例“脐

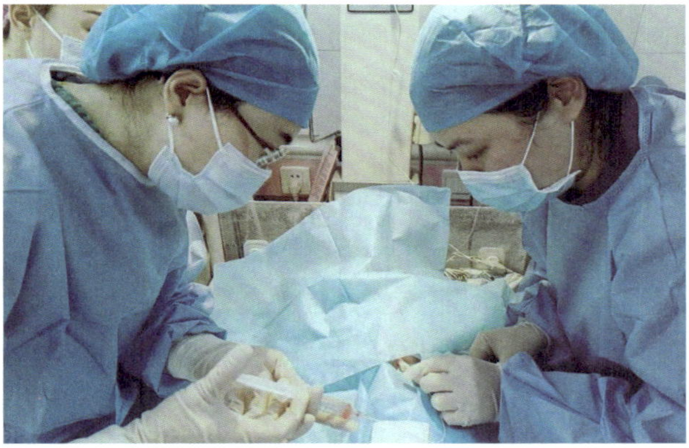

广东省农村科技特派员欧阳颖带领团队为患儿宝宝实施脐静脉置管术

静脉置管术”。有了第一次的经验，随后的一个多星期里，欧阳颖携手团队多次为胎龄小于32周、体重小于1500克的早产儿进行脐静脉置管术，帮助喀什极低体重早产儿渡过难关。

同样为南疆宝贝撑起爱的蓝天的，还有来自中山大学附属第一医院血液科的苏畅，到任之际，她结合区情，在喀地一院筹建了儿科血液肿瘤组，有效对付急性白血病这一儿童健康的第一“杀手”，而苏畅也被孩子们亲切地称作“广州妈妈”。

作为妇科专家的叶润英，当得知在喀什地区许多妇女受困于宫颈癌这个“噩梦”时，不禁有些感慨，也促使了她决心迅速启动“自取样HPV检测技术在南疆地区宫颈癌筛查的应用研究”的农村科技特派员项目，致力于做好当地妇女一级预防的科普宣教和二级预防的宫颈筛查。自项目活动开展以来，受益妇女达1000人次。

三年来，用广东科技智慧与力量守护喀什地区人民群众健康的故事在这群“女特派员”身上屡屡上演。年龄最长的黄艳，是受援科室里最受欢迎的“黄妈妈”，她努力引进了十人共揽显微镜重量级科技“武器”，用于基层带教诊断；秉信“科技是发展动力”的孙蕊，依托农村科技特派员项目，迅速引进AI放疗靶区勾画智能科技，为恶性肿瘤患者保驾护航；不惧艰苦的张群英，多次登上海拔4000米以上的国门之地塔县，为当地基层医院和群众送去智能血糖仪等先进医疗科技；身兼心内科和教学主任职务的谢旭晶，不遗余力在基层县市推广经食管心房调搏技术，现在超数百人已经熟练掌握心律失常的鉴别诊断；深知口腔疾病患者之痛，邱小玲在祖国边疆启动了最先进的，也是南疆首个“3D打印手术导板辅助下的显微根尖手术微创治疗”项目……

在这支队伍里，还有一名95后的“小花”胡晓丹，她也在用自己独特的力量为广东科技援疆发声，一年里她深入科研临床，扎根基层一线，采访撰写科技援疆报道超200余篇，独立策划的《“粤”来越健康》科普专栏深受群众欢迎，用真情与文字，记录下了科技成果带给受援地千家万户的实惠以及希望。

柔情似水是她们，坚毅无比也是她们，这群广东女性农村科技特派员以“深入基层、服务南疆、辐射全疆”为己任，立足本地做好科技扶持与医疗服务，用温暖的双手传递爱与能量，滋养着这片西北大地，留下了不尽的成果。科技援疆、粤喀融合、人才造血、民族交往交流交融，在她们身上体现得淋漓尽致。

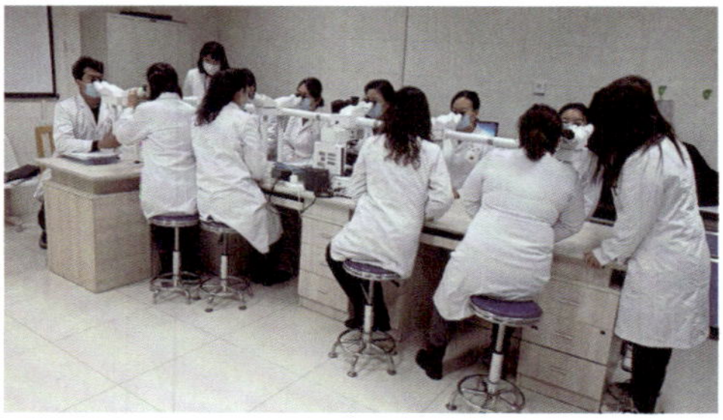

● 广东省农村科技特派员黄艳利用十人共揽显微镜开展多人诊断带教

● 广东省农村科技特派员项目宣传干事胡晓丹下沉基层一线开展采访报道

三年来，近百名广东省农村科技特派员承担的重点派驻任务项目涵盖了医疗新技术应用推广、临床调查研究、临床诊疗体系规范、医学平台建设、管理能力提升多个类别，带动了喀什地区医疗卫生与科技水平的整体发展进步。他们的事迹被《人民日报》、《科技日报》、《中国科学报》、《中国妇女报》、《南方日报》、《南方都市报》、“广东新闻广播”和“今日头条”、南方$^{+}$等20多个国家级、省级媒体和地方媒体报道200多次。广东省对口援疆工作前方指挥部也被评为广东省农村科技特派员优秀组织实施单位。

（作者为广东省前指项目计划与产业处副处长）

平凡的坚守就是伟大

□冯大丰

援疆已两年余，我依旧像住在湛江乡下时那样酷爱夜读，也依旧有在阅读后写些东西的冲动，但对于写什么内容常常有种“狗咬泰山”的感觉，无从下笔。有人说过，历史最大的特点就是重复。生活和工作也不例外，就像我每日在粤新楼散步，被人问“走了这么久，有什么感受？”，突然词穷，只叹“熟悉的地方没有风景”。这不正是对平凡之路无感的真实写照吗？

因疫情滞留在穗一月余，我心里竟然偶尔莫名地想起生活了两年多的粤新楼，这可是多变的季节，不知后山的小白杨是不是已经变成了“金腰带”，抑或叶子早已迫不及待地投入了土地的怀抱。于是，我时常用微信问粤新楼的景色变化。然而，相比之下，我更爱冬天银装素裹的粤新楼，踩在未融化的雪地上发出的吱吱的响声，像过年研磨花生的声音，特别亲切。援疆的生活有点像看雪地，每天都是一成不变的白色，长此以往，以至于有人的“煎熬”来形容寒冬，只有当某些地方的积雪融化，露出了湿润的土地，才宣示寒冬渐远去。但只要有耐心去细品，就不难发现粤新楼的雪其实每天都在变化，似乎在挣扎中期待着快速渡过疫情的寒冬。所谓的平凡不正像粤新楼的白杨和冬雪吗？需要细品其变化，才能发现其美丽的瞬间。

《守望天山》是我多年前看过一部电影，援疆之后，我偶尔会想起当中的故事情节，它讲述了军人陈玉柱为修筑新疆天山公路而牺牲的168位烈士义务守墓25年的故事，从平凡坚守的新角度诠释了天山精神，赞美了当代军人高尚的道德情操、大爱守义。我们总是习惯称赞那些建立丰功伟绩的伟人，却极少去关注陈玉柱这样的人，他们的坚守如融雪细润大地般平凡，却值得称赞。

思绪到此，我不禁想起了高原雄鹰拉齐尼，当然，今天不是要讲他的英雄事迹，我想讲讲那个小孩落水的缘由。据说小孩的父亲是一名警察，母亲是喀什大学汉语言文学系的教师。一个冬天早晨，因父亲在驻村、母亲要上课，小孩被带到了学校。小孩在母亲上课时，在无人看管的情况下，不慎掉进结冰的人工湖。幸运的是小孩被拉齐尼救起来了，不幸的是拉齐尼永远离开了我们。

援疆期间，我曾有一段时间到塔县驻点督导口岸的疫情防控工作，那里海拔很高，加上冬天氧气稀薄，特别辛苦，晚上失眠头痛是常态，基本上要靠在房间吸氧才会舒服些。记得2021年冬，在海拔4000多米的某口岸，大雪封山，寒风刺骨，有一批装载重要货物的集装箱需甩挂出关，接到“到出关口附近确保货物出关万无一失”的指示后，我和相关部门的人员一起冒着风雪，到了出关口附近。当我们站在寒风雪中看着集装箱甩挂出关时，有一个长期驻点出关操作区的人员“啊”一声，轰然倒到雪地里，手扶胸部，表情很痛苦。我当时惊呆了，然而，有个中年男人大喊着：“快拿救心丸给他吃！”一个小伙子熟练地从口袋中拿出一个瓶子，将一把小药丸子塞入了倒地者口中。约十分钟后，倒地者症状缓解并逐渐清醒过来。有人说：“哎，幸好把他从鬼门关拉回来了！”到休息室后，我好奇地问刚才塞药的小伙子：“刚才那位看起来年纪也不算大啊……你们还随身带着救心丸？”他看了看我，微笑着说：“好像刚满40岁吧，干了十来年了，很快可以退休了……今天这种情况又不是头一回，我们每个人必须都随身带着速效救心丸，说不定明天其他人要把这玩意塞我嘴里。”这一回答让我为之愕然，看着大雪覆盖的国门，如果没有这些人日复一日的坚守，今天的我还能不能站在这块雪地上？心里有一种说不出来的感动和敬佩！

“援疆是来帮忙的！”这是我们来到喀什的原因之一。我们在工作理念、技术等方面也许见识多些或接触多些，偶尔可指导一二，但是，在家国情怀、守卫边疆、吃苦耐劳等方面，喀什的干部绝对是我们的老师、榜样。不到新疆，不知祖国之大；不到喀什，不知祖国治理之难。没来喀什之前，我只觉得“哪有什么岁月静好，只是有人替我们负重前行罢了”这句话很有道理也很煽情，但无工作方面的感性认识；来到这里之后，我才知道“负重前行”就是每一名干部的日常。正是这些干部接续坚守着平凡的岗位，才换来今日喀什之安宁，边陲之稳定。

（作者为广东省前指财务与资金审核处干部）

小小新梅带动大发展

□ 李启新

2022年10月16日，中国共产党第二十次全国代表大会在北京隆重开幕。广东省前指驻伽师县工作队组织全体在伽援疆干部人才集体收看。本人深受鼓舞，更加坚定了投入党的伟大事业的决心。习近平总书记在报告中强调，全面推进乡村振兴。坚持农业农村优先发展，坚持城乡融合发展，畅通城乡要素流动。扎实推动乡村产业、人才、文化、生态、组织振兴。其中，产业是发展的根基，也是巩固拓展脱贫攻坚成果、全面推进乡村振兴的主要途径和长久之策。结合援疆三年来的工作实践，我更加深刻感受到只有做到产业振兴，才能全面巩固拓展脱贫攻坚成果，铸牢乡村全面振兴的物质基础，实现乡村高质量发展。

刚到伽师县时，我经过调研，得知全县种植新梅43万亩、挂果8万亩，亩均产果600千克左右，全年总产约5万吨，是伽师县特色产业，也是农民致富增收的重要产业之一。但是，产业发展仍存在不少问题，如：缺乏先进种植和管理技术，新梅深加工产业薄弱，冷藏保鲜技术落后，冷链物流成本较高，品牌建设和保护工作欠缺，等等。为解决这些棘手问题，我们发动一切可利用资源，大力推广先进种植和管理技术，引进“专精特新”新梅深加工企业，推动冷藏保鲜库提升改造工作，逐步降低物流成本，开展品牌创建和保护工作。

结合伽师县新梅产业发展的实际，针对存在问题，我们引进了广州市城市规划勘测设计研究院编制的总体规划，高标准规划新梅小镇，明确了伽师新梅第二产业核心带动，第一产业与第三产业双轮驱动的发展思路，全力打造伽师县新梅一二三产业链，以产业振兴引领乡村振兴。在伽师干部群众和援疆干部的共同努力下，2021年，我们以援疆资金撬动扶贫资金、债券资金、中粮储援建资金等各方资金，总投资3.8亿元，历时百天建成集新梅种植、采摘、分拣、保鲜、加工、研发为一体的粤伽新梅产业园，园区占地360亩，配套有冷藏保鲜区（25万立方米）、加工生产区、配套服务区、创新研发区4个区域。同时实施精准、定向招商，2021年成功引进京东、百果园、金安达等行业龙头企业落户园区，以企业需求规划、建设厂房，彻底解决了分拣分级靠手、冷藏保鲜粗放的问题，实现了鲜果分拣现代化、鲜果保鲜专业化的目标。2021年8月，粤伽新梅产业园投入运营，带动超2000人就业，当地果农收入翻倍。2022年，我们根据产业发展需要，引进了汇源、元亨、优珍等5家精深加工企业，大滋然、宏丰农业2家果肥生产企业，启创包装、伽乡美2家包装生产企业，完成中荔新梅出口基地备案，京东农场、百果园等新梅示范（采摘园）基地不断建设完善，初步形成从种植到采摘、分选、冷藏、包装、销售、加工的全产业链条。

除了引凤筑巢，我们还积极培养本土先进典型。经过多次调研和评选，在英买里乡选取了2名少数民族致富带头人进行培养，20村致富带头人帕孜力新建新梅加工厂，制作新梅果干、果脯；4村致富带头人沙那瓦尔发展温室大棚育苗项目。帕孜力带动了当地20多人稳定就业，新梅采摘收购高峰期解决200多人就业问题。沙那瓦尔提供就业岗位5个，计划在广东援疆的支持下，再使用10座以上的温室大棚，从事杏李、葡萄、无花果、石榴等果树苗木的速繁工作，再创造稳定就业岗位25个以上。此外，我们还争取广东省前指科技援疆专项经费20万元，支持英买里乡依托新梅培训中心，开设种植管护技术培训班25场次1万余人次，计划三年内实现培训全覆盖。组建1178人的新梅专业服务队，制定印发新梅管护工作历，做到“一户一册”，精细做好技术服务指导。

在做大做强生产端的同时，驻伽师县工作队还从消费端双向发力。深入推进消费扶贫工作，通过打造伽师新梅IP形象“美梅”、广州塔和广州市中心位置的公信屏宣传推介伽师新梅、引导线上销售等为伽师特色农产品拓展销售市场，伽师特色农产品在粤港澳大湾区的品牌影响力进一步提升，促进伽师县各族群众增收致富。

伽师人民用勤劳的双手在盐碱土地上栽培出甘甜的果实，小小的果实饱含了援疆队员的辛苦付出，更饱含了伽师人民对未来幸福生活的殷切希望。也正是伽师新梅，让华南沿海的广东消费者和南疆内陆的伽师人民心手相牵，用点滴爱心善举，汇聚成乡村振兴的强大力量，大力推动伽师人民增收、经济发展，开创伽师社会发展新局面。

（作者为广东省前指驻伽师县工作队副队长）

“疆”来

——敬过往、致良知

□黄　晶

十二月的疏附，零下五度。我一直期盼着一场大雪的来临，像三年前初来乍到时在异乡看到的久违的漫天雪舞的景象一样。那一刻的疏附，银装素裹，格外美丽。或许美丽的邂逅总需要耐心等候。此时，窗外的天空一片苍茫，蒙蒙的灰尘又让这个时节的空气质量指数显示着“严重”。稍一推开窗，寒风便乘虚而入刺进皮肤，瞬间感到一阵冰冷。于是，我又坐回书桌前，继续构思着我的这篇援疆三周年记。三年来的每个十二月，我都会写一篇周年记来记录点滴感悟和成长收获。这将是我援疆周年记的最后一篇。我想，总该做个样子，像跟朋友离别一样，恭敬起身，然后整整装束，正式握个手道别一下吧！道别三年前的我，道别三年来的风景和坦途，也道别我生命中的第二个故乡……

其实，人生一直在不断地遇见和告别，像往复不息的春夏秋冬、寒来暑往。正因为有了这个时间和空间的系统循环，我们才能成为我们，我们也才能够成就我们。所以，来疆的那一天，就注定有我们的“疆”来！

因为援疆　所以缘疆

2019年12月20日，我出了一趟有生以来最远的“门”。当飞机落地喀什机场，迎接我们的是料峭寒风，或许因为兴奋，当时已全然不觉寒冷。疏附距离喀什尚有30分钟的路程，现在的我已经忘了大家欢声笑语的内容，只记得路边一排排早已凋零的白杨不停闪过，它们直立的躯干和密密麻麻的枝丫收拢在一起，一直延伸到道路的尽头。当冬天一过，白杨发芽，待到枝繁叶茂，便可抵御常年不息的风沙。那时，一首《小白杨》突然在我的脑中响起，我不觉小声哼了起来，“根儿深，干儿壮，守望着北疆”。下午四点的新疆，仍然日上中天。当白杨树印在车窗上的影子一排排飞速滑过时，我想起了王维《使至塞

阿亚格曼干村风景

上》中那句千古名言：“大漠孤烟直，长河落日圆。”三年来，我曾多次期盼看到这种气势雄浑的场景。可是，一直未能如愿。后来，我才逐渐明白，当漫无边际的戈壁升起一缕袅袅孤烟，诗人王维感受到的或许不是壮观，而是孤独和悲凉，是远离家乡和亲友的唏嘘与哀叹。然千余年来，沧海桑田早已物是人非，大漠犹在、长河犹在、落日犹在，却再不见孤烟袅袅了。

在压茬交接的短暂日子，我对新疆的一切都充满了好奇和热衷。托克扎克镇，是疏附县的中心区。托克扎克，意思是地丰人富，美好的名字充满了美好的期望，事实上也确实如此。2014年4月28日，习近平总书记来到这里，走进阿亚格曼干村看望村民和正在念书的孩子们，他的声声嘱托和寄语激励着当地干部群众为幸福生活不断奋斗。多年来，这里发生了翻天覆地的变化，宽阔的马路、高大的牌坊、整齐划一的富民安居房、路旁弥漫的烟火气，让阿亚格曼干村成了众多游客的打卡地。每年的4月28日，就是疏附县的感恩节。这一天，村民载歌载舞，赞美幸福祥和的美好生活。

三年前，我怎么也不会想到，我会与习近平总书记看望的村民阿卜都克尤木•肉孜一家结下“亲戚”之缘。他的儿子艾尼也和我两个儿子成了好伙伴，在艾尼家一起钻鸡笼、一起抓鸽子、一起跳进牛圈喂牛……我想，这俩小子在课堂从没听过的内容、在生活中从没尝试过的体验，竟在万里之外的亲戚家体验到了，他们在这里留下了最美的童真记忆。这一刻，让我嫉妒！

到了新疆，就不能不去尝尝地道的美食。谈到美食，就离不开“巴扎”，意思是集市。每逢周日，托克扎克镇上的巴扎就会热闹非凡，巴扎附近的马路挤满了小汽车、摩托车、三轮车，车上搭载着赶集的农民们。我也第一次看到了现实版的“赶着毛驴去赶集”的场景，坐在身后平板车上的“阿达西”（朋友）用手里的驴鞭轻轻拍打着驴屁股，毛驴便扬蹄前行。白色的驴唇、长长的耳朵、飘逸的长尾、一身灰褐色的毛，可爱的形象与蹦跶蹦跶有节奏的奔跑声相得益彰，又与巴扎密集的人群和不断传来的吆喝声融为一体。走进巴扎，映入眼帘的就是琳琅满目的各色手工艺品、服装、蔬菜，还有挂着一只只整羊的肉铺，师傅们会根据顾客需求，直接从羊身上割下想要的部位，新鲜的羊肉就这么往面前一扔，简单粗犷，但又深得人心。

当然，巴扎也少不了成排的美食档口，一些特色美食对我来说均是头次见：米肠子、面肺子、胡辣羊蹄子、羊缸子肉，还有热腾腾的馕、烤包子、手抓饭……就连耳熟能详的烤羊肉串，我也是第一次见到这么大块的肉被串在红柳枝上，一串下肚已经可以解决温饱了。三年来，我深深体会到，每个地方有它自己的特色，的确是可以专属的。就拿一个馕来说，即使你将同样的面买回家，也未必能做出同样的味道，可能是因为发酵的环境难以复制了。即使是一样的馕，刚出坑就吃和打包带回广州后再品尝，味道已相去甚远，因为馕里散发的面香，只有在趁热时才能品尝和嗅得到。老母亲此前一直不以为然，直到去年来新疆探望我时，才真正认同了我的说法。那天，她饶有兴致地站在馕坑旁用手机记录了整个制馕过程，尝到了新鲜出炉的香喷喷的热馕。新疆美食不像粤菜那样精雕细琢，这或许是因为“一方水土养一方人”。南方人活得精致，北方人活得旷达；南方人活出了楷书的颜筋柳骨，北方人活出了草书的洒脱不羁；南方人活出了山水的青绿黛染，北方人活出了大漠的天高阔远。所以，作为一个湖北人，在经历了中原、南方和北方的三重地域环境浸润后，更加能体会到中华文化多元而又归于统一、奔放而又相互交融的大中华情结。

进疆伊始，我去了疏附县委组织部报到。这是唯一坐落在县委大院的部门机关，也是公认的长年累月灯火通明的机关。一幢三层高的独体楼，里面是忙碌不停的“组工干部”。这种场景，我一点也不陌生。从人事干部到组工干部，转变的是职业范围，不变的是职场状态。但是，我仍然要为这样一群常年奋战在组工线上的同行致敬。他们当中很多是“90后”，远离父母和亲朋扎根在帕米尔高原的西北小城，他们朴素和勤奋。我记得2020年12月，我和一群临时抽调的小伙伴们参加年度考核工作。那时，每天早上都要顶着风雪和夜色驱车前往几十公里外的乡镇考核。进入偏远乡镇的路上没有路灯，只有两束车灯照着前方泥泞的雪地，那段时间我的内心也不免打颤。现在想来，或许正是有了这些经历，才让我记忆深刻吧。一天结束后，我们又连夜驱车返回驻地汇总材料。白杨林里穿行的村道上，帕米尔高原的夜幕下，颠簸着疲惫不堪的小伙伴们。那段时间他们没有一个叫苦叫累。一天，有人悄悄告诉我，今天是其中一个小伙伴的生日，恰逢饭点，我本想订蛋糕，可惜已来不及了，于是紧急在路边餐馆打包了几个菜，就这样他们吃到了近一个月来最丰盛也最多肉的饭菜。每次在乡镇考核完后，我们赶回驻地往往已过了晚饭时间。厨师给他们煮的一碗鸡蛋肉丝面，成为这群小伙伴至今回味的经典。他们让我感动，也颠覆了我对“90后”这一群体的认知。事实上，我更加共情，共情“组工人”这种不为名、不为利而又不断重复的艰难行程。

十年援疆　百炼成钢

广州对口帮扶疏附的这十年，穗疏两地结下深厚情谊，长久以来疏附也被当成“广州第十三个县”来建设。在疏附县内，随处可见广州的身影。从喀什市穿过八里桥一进县城，首先看到的就是投资数十亿打造的广州新城。转入新城，仅路名就让你怀疑是不是回到了广州：花城大道、天河路、越秀路、黄埔路、从化路……沿着广州新城辐射开的规模较大的食品加工、服装生产等企业也坐落在附近。这些区域经济块的打造非朝夕所能完成。我记得刚到疏附县那会儿，在企业里听到老板说得最多的一句话就是“感谢历届广州援疆工作队的支持”。起初，我总把这些当成恭维话。三年来，我已知此话非虚。三年的疫情，见证了企业在援疆资金支持下突出重围的坚挺和强韧，对于当下仍然能够在疫情中逆生长的企业来说，这无疑是最好的激励。

我这次跨行业系统来到另一个城市，或多或少接触了行业以外城市治理、经济发展、基础建设、乡村振兴的一些事务。如今，即使仍然是一个门外汉，我也想真心地说上一句：建设和发展一个城市真的很难很难。过去的十年，充满着各种困难和挑战。在艰难中跋涉并非一件易事，历批援疆同行们，他们经历了什么、改变了什么、完成了什么、想过什么、纠结过什么……我想，他们一定有破解难题后的欢呼，也一定有面对难题的彷徨和迷茫。但最终的事实是，十年后的疏附已经不再是十年前的疏附，一点一滴的变化是心血和气力的

● 新疆“菜篮子”生产基地与疆果果农业科技公司

凝聚。这是一个城市的突围，就像苏东坡当年实现黄州突围一样，在那里他写出了千古流传的《念奴娇•赤壁怀古》：“江山如画，一时多少豪杰。”

沿着他们的足迹和手笔，承接的是新一批援疆人。2020年，疫情突如其来。于是，我们肩上又多了一重担子——抗疫，这一抗就是三年。面临筹集抗疫物资、冬季停工、城市封控等现状，援疆工程只能见缝插针推进，企业也在停工停产和复工复产中来回循环。一场突如其来的疫情，让防疫物资很快变得稀缺，甚至到了“口罩难求”的地步。严峻的形势再次考验着我们这批工作队。所幸的是，后方给予了强力支持，广州这个大城市在自身需求量大的情况下，仍然将一批批防疫物资运抵疏附，送到了医院、学校、乡镇抗疫一线，缓解了燃眉之急。援疆医生驻扎在医院，援疆乡镇干部下沉到村防疫点，援疆老师和学生同住在校……其实，那个时候他们很多人并没有问为什么，而是竭尽所能干实事。疫情初期，在核酸检测速度无法跟上采集速度时，援疆医疗队通过各种途径从广州引进技术和设备，从零基础很快提升到日检11万人次。帮这个有着28万人的县城解决了疫情防控的大问题。

三年来，虽然有疫情的侵扰，但是援疆工作却从未落下进度。挑战总与机遇并存。这便是乡村振兴的开局。于是，在这三年中，毗邻喀什市的吾库萨克镇建设如火如荼。夜幕降临，走进吾库萨克镇一公里长的民族团结街，路两旁的琉璃灯如千万条垂下的会发光的枝条，与两侧平改坡的房顶围绕的灯带一齐将道路衬托得极具浪漫氛围。这里引进了广深农业龙头企业，建成了以粤港澳大湾区为目标市场的“菜篮子”生产基地、中草药种植基地及果蔬供应基地。正是在这个基地，疏附县的老百姓第一次看到了粤果疆栽成功的岭南水果——火龙果，第一次看到了培育的新品种草莓——白雪公主，第一次看到了广东豆苗。农业氛围的吾库萨克镇还弥漫着音乐的气息。疏附县民族乐器村就坐落在镇政府对面。三年期间，这里被重新翻新和修缮，建成了乐器制作区、展示区和表演区于一体的多功能村落。陈列馆收藏了两项吉尼斯纪录：世界最大的热瓦普和弹布尔（两种乐器）。进疆之初，我曾拜师学习热瓦普，但是才刚开始就因疫情和诸多事务停止了。现在看来，已无机会再学，于我是深深的遗憾。

三年来，我体会最深刻的就是文化润疆。我记得，刚到喀什就被领着参观了喀什古城。一路上，我们跟老人打招呼，他们听不懂；跟中年人打招呼，似懂非懂；只有跟小朋友打招呼，才能够交流顺畅。当时，我觉得特别奇怪，后来我才明白，原来不仅仅是喀什古城的居民，疏附县很多居民也是这样，可见双语教育的重要性。三年来，中华优秀传统文化进校园如沐春风，剪纸、书法、舞龙、舞狮、戏曲等让学生们乐在其中。不仅如此，疏附的孩子们还将舞龙舞狮玩出了新高度，在全国比赛中夺得第一名，可谓青出于蓝而胜于蓝。我们乐于看到这样的场景，来自广东的师傅带着维吾尔族的孩子们登顶冠军，这不正是文化润疆的生动体现吗！我在想，中华文化最大的魅力就在于其血脉的同根同宗，经千年而不散、历沧桑而不乱。三年来，每逢过年我们都到亲戚家包饺子、贴对联、挂灯笼。张灯结彩的门庭廊院，一时间显得特别温馨和喜庆。我记得，有一户人家，女主人带着两个儿子学着包饺子。当各色面皮的饺子煮好端上来时，女主人开心地说，这是他们一家第一次吃到饺子，很“亚克西”。

饺子在中华传统文化中具有特别的意义。除夕之夜，窗外雪落无声，一家人围坐在一起，一边看着春节联欢晚会，一边包着饺子，那时的饺子是喜乐

● 中华优秀传统文化进校园

团圆；儿女常年打工在外，当风尘仆仆赶回家里，年迈的母亲给儿女下一盘饺子，那时的饺子是慈爱祥和。千百年来，饺子总是出现在最动人的地方，用最质朴的形象包含最动情的况味。所以，当听到女主人说的那声“亚克西”，我就感悟到文化的流通是永远无法阻隔的。

峰回路转　无问西东

既然谈到了文化，我就不能不谈谈三年来文化对我思想的洗礼和我的认知的转变。于我而言，这是我最艰深的感悟。说它艰深，是因为或多或少带点哲学的味道，而我又对哲学体系一窍不通，从思到悟如泥泞蹒跚、举步维艰。所以，直到今天，我仍对其确定性惴惴不安。写下这些内容，算是记录心路历程的所获吧。我想一开始就表明的是，感悟来源于阳明心学，其核心思想归结为三个字——致良知。

王阳明的心学理论建立在孟子的性善之理上。所以，王阳明是儒家的代表人物。王阳明在贵州龙场悟道，参透“心即理”，心外无物。以前，对他提出的“知行合一”，我往往理解为，认知和行动要保持一致，也就是我们常说的“说到做到”。但是，在理解了“心即理”的逻辑后，我才重新认识到，王阳明提及的知与行并非二维，而是一维。当我们选择做一件事情的时候，往往会先考虑为什么要做这件事。我们自以为清楚做这件事的原因，但在王阳明看来，仍然是不清楚，即所谓的“未知”，弄清楚的原因也为“假知”，而非“真知”。那怎样才是王阳明眼中的知行合一呢？当你做这件事的时候，就已经是知行合一了。就像吃饭前不会思考为什么吃饭、走路前不会思考为什么用腿一样。行在知中，知在行中。那怎样确定知行合一置于公序良俗之上呢？王阳明给出的答案是：致良知。遵本心、顺本意、守本真。这些看似有点唯心的理论，实际上已经超越了王阳明所处的那个时代的理论体系，对朱子理学形成了巨大的冲击。在今天看来，仍是石破天惊的思想壮举。

兜兜转转说了这样一个哲学话题。我想，该将笔锋转回援疆的路途了。三年来，我听到有许多人说过诸如“援疆是一份荣誉”的话，起初我也自觉无错。援疆承载的是一份光荣的使命，能够有这样的经历，的确是人生的一道光环。也有人说“退休以后，在与朋友闲侃时多了一些谈资”。或许这的确是人生中一段不可多得的经历和财富，因为你有，别人没有。每个人的人生都是一维的空间，在这个空间你活得潇洒也好、窝囊也罢，畅快也好、痛苦也罢，唯一的演员和观众都是你自己。所以，怀着这种触动，当我再次回想曾经读过的魏晋风骨，我终于对嵇康临行前演奏完那首《广陵散》后“今绝也”的仰天一叹有了触通；对阮籍在母丧期间大快朵颐，却在素未谋面之人的葬礼上痛哭流涕有了理解。《广陵散》，绝的不是曲子本身，而是心性。

我说这些，并不是说援疆不重要，而是无须自我感觉良好，落花流水，淡然处之。若遵心性，则为知行合一，本就无从夸耀。若有思虑，则不为知行合一，更无从夸耀。因此，无论有无援疆之说，每个人都可以拥有精彩绝伦的生命体验，都可无悔于过往、对得起将来。这便是我对援疆经历的认知。

接下来，我想讲的是一位同事。她是一位急诊科医生，援疆期间因病做了一次手术，在组织安排援疆一年半后，又主动申请继续援疆。领导曾问她，为什么会选择继续援疆？她说，因为舍不得。一年多来，她和同事们相处非常融洽，出诊之余就是尽快将自身所学传授给这群维吾尔族小姑娘们。渐渐地，那些年轻的姑娘们都把她当“妈妈”看待了。当她在广州做完手术躺在病床上时，那群小姑娘争着要和她视频连线，亲眼看看“妈妈”的情况。那一刻，她感动得热泪满面。这种情感的羁绊瞬间直抵内心的本真，不图报答、不图给予、不图赞赏，只为心甘情愿的付出。当我们再用阳明心学诠释这位同事当时的心境，其知与行已是统一，遵从心性而顺其所为，这就是知行合一而致良知。正是这种真知，在她看来，淡然；在我们看来，可贵。

不知大家是否看过电影《无问西东》？今天我将这部电影最后的独白抄录如下，或许你们就会恍然顿悟了：

无问西东，只问自由，只问盛放，只问深情，只问初心，只问敢勇，无问西东。如果知道青春不过就这些日子，你是否还会在乎世俗希望你在意的。愿你在被打击时，记起你的珍贵，抵抗恶意，愿你在迷茫时，坚信你的珍贵。爱你所爱，行你所行，听从你心。在这视真实为矫情的时代，对自己骄傲，对世界善良。人生南北，无问西东。

跨越山海　一往情深

我曾向组织部一位维吾尔族同事讨教疏附县的维吾尔族语称呼，她告诉我：喀什噶尔阔纳协海尔，意思是喀什噶尔老城。疏附，地处南疆帕米尔高原东麓，东接喀什和伽师，西连乌恰，南临疏勒和阿克陶，北与阿图什隔天门山相望。我们所知道的，中国最晚看到太阳的地方就在乌恰县境内。当乌苏里江上的渔民迎着第一缕朝阳撒网捕鱼时，乌恰还是一个满天繁星、睡梦沉沉的地方。而疏附就在这样的天幕下，安静地栖息等待新一天的到来。

一个古老的名字，一块古老的地域，两千年间疏附伴随着朝代更迭，在西域史上留下了深深的烙痕。从汉代起疏附就属当时的疏勒国，唐代属疏勒都督府，清朝时属疏勒府附城。如今，疏附和疏勒已经共同属于喀什地区两个行政县城。但是，曾经融为一体的血脉还在默默流淌，城市间往来贸易、合作交流从未间断。张骞公园就建在疏勒，那是一位名垂千古的西域凿空者，河西走廊的巨人。古丝绸之路实现了文化交流的互通互容，西域与中原从此密不可分。了解了这些，如果我们抛开吏治，单从历史文化的角度，再来审视疏附这个面积2700余平方公里、人口却只有28万的现代县城，我们仿佛能感受到脚下那股历经千年沧桑却依然生生不息的生命力。不因历史而消亡，却因历史而倔强。

疏附县内居住着维吾尔、汉、柯尔克孜、蒙古等13个民族的居民。县委大院出门左转，就是三年来打造的民族团结路，对面的人民公园树立着硕大的石榴籽标志，这是民族团结的象征。民族间的交往交流交融一直赓续延绵。有时候，当我和同事们一起在路边散步时，时常会遇到一些玩闹的维吾尔族孩子们主动用普通话打招呼“你好！”，而我们也会报以微笑，对他们招招手说“你好！”。有时我也会用维吾尔族语回复“亚克西木色孜”，而他们也会笑起来连忙再用维吾尔族语回礼“亚克西木色孜”。虽然只是简单的对话，但彼此都心生温暖。我有一个同事在援疆期间一直默默帮扶着一位维吾尔族奶奶，工作之余他都会买些水果和羊肉去奶奶家探望。虽然语言上很难沟通，但是每次同事默默地切开水果、默默地帮搬一些重物时，奶奶也会默默地撕开馕递上一块、默默地抓一把坚果放在他手上，其实再也无须言语表达了。临走前夕，他最后一次去看望了奶奶，奶奶仍然没有过多的话语，只是抱着同事哭了很久很久。

茹柯耶姆•热合曼是我在工作中认识的一名女孩。她在一家食品加工企业上班。三年前，当我第一次在工厂车间看到她时，她还是一名车间流水线上的工人。她是一名大学毕业生，刚入职不久，也是企业准备培养的骨干对象。那时，我正好有一块业务与企业党建有关。于是，我们就有了第一次会面。我问她，想入党吗？她说，很想。我鼓励她说，只要你有理想和目标，就一定会通过努力来实现。后来，在企业的培养下，她自己也勤奋工作，从生产线上的工人一路努力，最终成为一名中层管理者。三年来，我每次在党员发展培训会上，都能见到她，她变得越来越开朗、爱笑和自信。现在的她已经是一名共产党员，由于业绩和能力突出，2022年她又被派驻广州分店，实现了“广州梦”。我还清晰地记得，当时我将入党积极分子证书发到她手上时，她突然捂着嘴惊叫了一声，激动之情溢于言表。三年来，我们在相互赠予一种精神价值，我给她的是信心，她给我的是珍惜。

这些年与维吾尔族同胞的相处，让我越来越能体会到广大普通百姓的善良和真挚。我理解了为什么上一批工作队在与他们的“亲戚”联欢告别后带眼含热泪，也理解了为什么有的维吾尔族同胞在同事离别时不愿相送，只因怕哭。就像诗人艾青的一句话“为什么我的眼里常含泪水，因为我对这土地爱得深沉”，是的，这是中华民族共有的土地，同一片沃土，理应有同一种深情。

跨越山海的遇见，从南国明珠始，至丝路明珠终。两颗璀璨的明珠都在中国历史上闪耀了千年。从南到北，从东到西，横跨万里的征程让我也实现了某些认知的突围。纵观中国历史，尽管曾硝烟弥漫、狼烟四起，但是中华文明屹立千年而不倒，中华民族的文化始终源远流长。如今的疏附是一个安宁祥和的地方，就像它自身那种底蕴和气质，静静地俯卧在祖国边陲一角，静静地看

喀什胡杨林

天山

着云卷云舒、花开花落，承载着苍生的创造和回馈。我相信，每一个参加援疆建设的成员，在行将离别之际，都愿意把祝福和情怀寄存于此，感恩所学、所悟、所获。我也相信，每一个参加援疆建设的成员，在民族情谊交融中都能感受到，现在的新疆是一个有温度的地方，将来也一定会是一个有热度的地方。

（作者为广东省前指驻疏附县工作队援疆干部）

师者烛心 照亮边疆技工教育高质量发展之路

□李 明

2020年2月，我带着组织的重托，惜别亲人，跨越千里，援疆挂职喀什技师学院党委委员、副院长，主管教育教学、技能竞赛工作。援疆三年来，我深入学习贯彻新时代党的治疆方略，恪尽职守、扎实工作，充分发挥喀什技师学院的引领、示范作用，推动地区技能人才培养质量不断提升，为地区经济发展和脱贫攻坚做出了贡献，我所带领的技工教育“组团式”援疆工作队获新疆维吾尔自治区先进基层党组织、喀什地区推进经济高质量发展先进集体称号，个人先后获优秀援疆教师、师德标兵、优秀共产党员、民族团结先进个人、优秀指导教师、优秀裁判称号。

深入一线调研 当好“掌舵人”

我定期下到教学一线和企业调研，撰写了《推进一体化教学实施》《提升教师文化润疆技能水平》《课程思政建设》调研报告3篇，就学院发展、系部管理、专业建设、一体化教学改革、校企合作、师资培训、技能竞赛等方面积极建言献策，以开阔的眼界、创新的工作理念、丰富的工作经验、娴熟的业务能力为全院教职工打开了全新的工作视角。我还谋划编制了《喀什技师学院高质量发展“十四五”规划》和《喀什技师学院二期建设规划》，从而进一步理清了工作思路，明确了工作方法，增强了做好学院教育教学工作的能力。

提升教学质量 当好“助力人”

强化普通话教学，增强文化认同。我以教研活动为载体，指导教师在备课、教学设计、课件制作、作业布置与批改等环节做出周密的安排。改革传统的“灌输式”教学，通过设计对话、设计活动以提高学生的“听、说、读、写”能力。通过每周的普通话考试，及时掌握教学效果，在校园内形成了说普通话、用规范字的良好氛围。

对接产业发展，提升专业适应性。我组织建立了学院专业动态调整机制，对接喀什产业布局，在原有六大专业群的基础上新增了建筑工程专业群，并组织申报了建筑设备安装、建筑施工、建筑装饰、物业管理、电子技术、楼宇自动化设备安装与维护、电梯安装与维护7个新专业。烹饪工艺系中式烹调专业、现代服务系电子商务两个专业被评为自治区重点建设专业，获得专项建设资金40万元。我不断提升专业实训基础能力，突出“一体化”教学和“项目实训”的需求，依据新修订的教学计划、课程标准，组织对已有的实训室进行了全面整合，确保实训室使用率、实训课程开课率均达到100%。同时积极争取援疆资金1.4亿元用于产教融合实训基地建设，并牵头做好机电工程、现代服务、烹饪工艺、旅游管理、信息工程、建筑工程六大专业群14栋实训大楼112间实训室的规划设计，编制了实训设备需求方案，新增实训工位3580余个，缓解了实训工位不足的压力。我积极组织开展社会化培训和认定，坚持以服务企业用工为宗旨，对接企业需求，开展产业工人技能水平、职业素养培训，社会化培训项目立项13个，参加培训1266人，其中承办的“喀什地区技工院校师资培训”项目，年均参加培训人数近300人次。学院成功申报技能等级认定机构，可面向在校学生开展14个职业（工种）41个等级的技能认定，面向社会开展13职业（工种）39个等级的技能认定。为适应国家职业技能等级评价体系改革，组织了学院职业技能等级认定督导员、考评员培训，共培训校内督导员30名、考评员102名。年均开展职业技能等级认定150余场，参与认定17 000余人次。

规范一体化教学，提高课堂教学效果。我将学院专业实操课时的比例提升至63%，构建了以“项目教学”为主线或以公共基础模块、基本技能模块和拓展技能模块为主干的课程体系。积极开展一体化课程改革，组织编写、修订了《焊接基本技能》《电工基本技能》《电力拖动技能训练》《钳工基本技能》《PLC编程与操作》《电子产品焊接组装》《电梯装调》《智能楼宇安装调试》《汽车电气维修》《汽车发动机维修》《广告设计与制作》《网络搭建》等12门核心课程的学习工作页。依据优化后的课程体系要求，我组织修订了2022级20个中、高级专业的教学计划和课程标准等教学顶层设计类文件。拟定、完善了教师教案的书写格式、教案审批制度、实训室管理制度、教材／耗材的使用管理制度、常态化技能竞赛训练制度等，同时进一步完善了教学资料明细及管理归档流程。编制了《喀什技师实训室建设提升工程实施方案》《喀什技师学院教师业务能力培训工程实施方案》《喀什技师学院实训室管理办法》《喀什技师学院课题管理办法》《喀什技师学院教学管理工作规范》等教学管理文件。以“教室对接车间、教师对接企业师傅、教学过程对接工作流程、教学任务对接企业产品”为引领，突出工学结合、岗位实践等双元化教学特色，创新课堂教学形态。

以赛促学促教，强化师生技能培养。我加强对技能竞赛的协调、统筹和保障，做好对竞赛工作的精细化研究，不断创新训练方法、手段。学院师生参加各级各类技能大赛获奖248项，其中国家级奖项14项、自治区级奖项88项、地区级奖项146项，特别是参加2021年全国乡村振兴职业技能大赛，获金牌1枚、银牌1牌、铜牌1枚、优胜奖2枚，竞赛成绩在全疆技工院校中名列前茅。

强化师资培养　当好“引路人”

为培养一支业务精、素质高的师资队伍，我积极发挥“传帮带”作用，深入课堂推门听课，举办讲座，面对面交流，手把手带。我丰富了校本培训，针对师德修养、教学常规、教学技能、班主任工作、技能竞赛等专题，每年组织培训近20次，参训人数近5500人次。我严格安排教研活动，每星期安排一个下午开展教研活动，做到有计划、有督导，26个教研组每年开展教研活动近230次，教师参与近4400人次。我积极开展结对培养，组织43名援疆教师结对培养148名年轻教师，助力青年教师成长。我积极开展“走出去”学习，每学期选派20名教师赴援疆省市重点技工院校开展为期三个月的跟岗学习，提升学科专业带头人的职业素养和技能水平。我积极开展“请进来”培训，充分利用援疆省市优质技工教育资源，引进一年期柔性援疆教师20人，通过开展技能指导、专题培训和学术交流，全面提高教师的专业化水平。目前学院一体化教师占专任教师的62%，有2名教师获“全国技术能手”称号。2022年，学院教师参加第三届全国技工院校教师职业能力大赛新疆区选拔赛，获二等奖3个，优胜奖2个，有2位教师代表新疆参加全国赛。6位教师成功申报地区级技能大师工作室；2位教师成功申报自治区级技能大师工作室，获专项经费20万元；1位教师被自治区总工会授予开发建设新疆奖章。

坚持扶贫帮困　当好“贴心人”

我组织工作队成员积极联系协调，向建档立卡贫困学生捐赠棉服300件、保暖内衣200套和1万元生活补助，向莎车县阔什艾日克乡和谐村大学生捐赠手提电脑6台，为喀什市色满乡小朋友捐赠足球服20多套，为疏附县萨依巴格乡阔勒其5村销售农产品3万多元。

讲好援疆故事　当好“宣讲人”

教育援疆，筑梦未来，责任重大，使命光荣。我的援疆之举，得到了广东省前指的大力支持，先后投入援建资金1.74亿元建设喀什技师学院，重点建设了产教融合实训基地、汽车实训大楼、烹饪工艺实训大楼及实训设备，并于2017年组建了全国首支“技工教育援疆工作队”，先后有20所广东技工院校派出援疆教师153人开展援建工作。在广东省大力援建下，学院办学层次实现了“三级跳”，短短三年时间就由技工学校升格为高级技工学校、技师学院，成为喀什地区唯一的一所技师学院。学院办学规模实现了大跨越，办学用地从75亩增加至630亩，教职工从165人增加至562人，在校生从不足2000人扩增至近10 000人，成为自治区办学规模最大的技师学院。学院办学品牌日益彰显，被评审认定为国家级高技能人才培训基地、自治区特色旅游公共实训基地、自治区专业技术人员继续教育基地、“新疆镶师”高技能人才培训基地、自治区级职业技能竞赛集训基地建设单位，技能竞赛成绩在全疆技工院校中名列前茅，年均培养技能人才近3500人，开展社会化培训及职业资格鉴定17 000余人。2020年9月，人力资源和社会保障部在我院召开了对口支援南疆技能人才发展工作推进会并开展了“技能中国行2020——走进南疆”活动，学院在会议上代表南疆技工院校作了技能人才培养经验介绍，人社部主要领导对学院取得的成绩给予了充分肯定。

（作者为广东省前指驻喀什技师学院直属队队长）

让南疆各族同胞在家门口看好病

□ 林天歆

近8小时跨越5000多公里，是广州到喀什的时空距离。2019年11月20日，我登上了这条国内最长航线，自此也与新疆、与南疆喀什地区产生了亲密而久远的连接。

遥望雪山皑皑，沙漠峡谷横亘，如此雄奇瑰丽的景色就在新疆，这里占国土面积的六分之一，居住了我们千千万万亲爱的各族同胞，我们的兄弟姐妹。援疆，这份被视为光荣使命的事业，自接到组织的委派任务起，我便心驰神往，渴望到祖国边疆留下足迹。

素有“丝路明珠”之美称的喀什地区，正是我援疆的目的地。初来之时，这里还是全国“三区三州”深度贫困区，医疗卫生水平相对落后，遭受着因病致贫、因病返贫之苦，然而她又是祖国向西开放的桥头堡，是“一带一路”倡议重要节点，是南疆区域中心城市，承载着守护各族人民健康的重任。

习近平总书记在考察新疆时一再强调，“做好新疆工作事关大局，是全党全国的大事。全党都要站在战略和全局高度认识新疆工作的重要性，加大对口援疆工作力度”。援疆工作，尤其是中共中央组织部医疗人才“组团式”援疆，关乎百姓切身的健康，也是最能“体现中央关怀、惠及各族群众、促进民族团结”的民心工程、品牌工程，意义可想而知。

正是这份厚重的期许，让我深感国之伟业、民之所需，这里就是祖国需要我们的地方。医生的使命是治病救人，不论时空地域民族，“治愈一名患者，幸福一个家庭，凝聚一片人心”是最好的职业注脚，也是我到喀什后始终坚持的信念。

接过中共中央组织部广东省第五批、第六批医疗人才“组团式”援疆队队长的接力棒，我在喀地一院任职院长、党委副书记。在广东援疆前方指挥部王再华总指挥、冉波副总指挥的带领下，我和前后两批来自委属省属大型三甲医院的62位战友，在这里重新出发，为共同的目标、共同的事业，竭尽所能奉献所学，相通的心愿就是把党的关怀和祖国大家庭的温暖化作健康的春风，吹到南疆的千家万户。

再华总指挥在不同场合总叮嘱我们，“援疆医生就是拿着手术刀的战士”。我们一群广东医生就带着这么一股拼劲、一腔热血，在喀什的两年间，围绕“双百”目标（每年转诊人数少于100人、进入全国地市级医院前100名），带来了最高、精、尖的医疗技术，“传帮带”培养了一批批本土医生人才，开创了研究生“组团式”医疗援疆先河，打赢了两度突如其来的新冠疫情硬仗，南疆第一家国家区域中心拔地而起，耗尽心血的《基层全科医生手册》被派到南疆的每一位村医手上……

我们想做的事情很多，首先就是健全完善临床学科建设，提升当地的医疗卫生水平。针对南疆的“疑难”和“危重”疾病，我们创新推行临床多学科诊疗模式，实施“院包学科群”，对肿瘤、心血管、传染性疾病精准出击，线上线下开展MDT，还引进实施100多项新技术、新项目，手把手毫无保留带教开展三、四级高难度手术，担任教学督导培训师资，深入全院开展23个学科群地毯式调研行动。援疆第一年，喀地一院就成功建设并获批南疆第一个生殖辅助医学中心、国家心衰中心、国家高级卒中中心，还有国家紧急救援中心南疆分中心，通过了国家ISO15189医学实验室质量认可。

其次，就是变输血为造血。本地人才培养是重中之重，我们推行实施“师带徒”，每一位广东援疆专家与当地民汉骨干师徒结对，一同出门诊、上手术、写课题、下乡义诊，在工作生活里做思想的交流，既是师徒，又是亲密朋友。据不完全统计，一年间我们在喀什地区培训本院及基层医护人员5000余人次，带动培训基层医疗机构人才逾万人次，同步培养出国家级师资36人、自治区师资168人。与此同时，在中山大学的支持下，全国首个“援疆研究生特派计划”由此诞生，连续两年由中山大学派出博士、硕士研究生近150人，第一年驻点喀什开展新疆常见多发病的科学研究，立足新疆土地产出成果。

我们的脚步还遍布了喀什地区12县市，也到了南疆四地州。不畏路途崎岖、高原严寒，医疗队多次组队登上5000多米的红其拉甫国门，驱车数小时远到莎车县、麦盖提县、英买里乡等基层医院送医送药，累计服务基层群众2万余人次。前面提及的《基层全科医师手册》，正是我们在见到、了解到村医资源匮乏所萌生的集体智慧。我联合援疆和广东后方专家，立足南疆常见病、多发病，历时一年搜集材料、调阅资料、下乡访谈，编写成了一本口袋书，免费派送到各县村卫生院、村医的手中，同步开展村医培训班，希望能打通健康扶贫的“最后一公里”。

援疆过程中，2020年7月和10月，喀什的两场突发新冠疫情是意料之外，也是摆在我面前的最大考验。一名党员，一面旗帜。作为定点医院临时党委副书记、中心院区疫情防控工作总指挥，我全力以赴参与到地区和医院疫情抗击的防、控、治、保、稳的全链条工作中。还有我们的援疆医生，都毫不犹豫地冲在了疫情最前线，用使命践行担当。连轴转，不分昼夜成了常态。出色的抗疫表现，让喀地一院成为南疆唯一的新冠定点救治医院，受到了国家、自治区及地区多方高度评价。

我也深刻地记得，在疫情中，我们开展了“为了一名维吾尔族姐妹”生命大救援行动，维吾尔族大姐在康复出院那天手捧鲜花，欢快地跳起了新疆舞，嘴里不停感谢医院、党和国家，那一刻在场的医护人员无不鼓掌落泪。生命可贵、同胞之情，在祖国援疆事业中也不断地升华，越发浓烈。

党和国家的关怀关心，是人民最大的精神支柱，支撑我们战胜了疫情，也迎来了发展的新机遇。2020年11月4日，时任国务院副总理孙春兰到喀什调研并作出指示，南疆第一家国家区域医疗中心依托喀地一院建设落地喀什。在后面半年里，我奔走在喀什、广州、北京各地，牵线中山大学、中山大学附属第三医院作为输出单位，编写可研方案，无数次的沟通协调。终于，在2021年5月，我们与自治区正式签约合作共建中心，6月取得了国家正式批复文件。我所希望的是，集广东力量，打造南疆第一家示范性的国家区域医疗中心，为南疆健全公共卫生体系、解决疑难危重症，打造医疗高地、培养高质量本地人才、产出高水平临床研究保驾护航。相信这将是南疆医疗卫生事业上的重要里程碑，也是广东医疗援疆事业的硕果，惠及南疆千万群众。

时间来到2021年8月，援疆近尾声时，喀地一院转诊人数已经从原本的2400多人降到了300多人，急危重症患者的抢救率也大幅提高到98%，综合排名跃升到全疆前三、南疆第一。可以说，昔日的“疑难危重症不出喀什”的愿景如今几近成真，离“双百”目标也越来越近了，南疆百姓再也不用辗转千里问诊求医，实现了在家门口看病的愿望。

每一项成绩、每一个数据的背后，其实凝结的都是一代又一代广东援疆人的心血和汗水，离不开国家、广东省委、省政府的亲切关怀以及支持。自2011年起，广东省开启了对口支援新疆喀什的“万里行”，以保障和改善民生为重点，从产业、教育、医疗各方面出发全链条援疆，不计成本投入大量资金和人才，努力实现习近平总书记提出的全民健康、全面小康的美好愿景。以广东省医疗人才“组团式”对口支援喀地一院的援疆模式，已被树立为全国医疗援疆的典范和标杆，在疆内进行全面推广。

在麦盖提县，我见到中山大学援建的百万亩防风固沙林时的那种震撼感，依然刻骨铭心。它们将扎根于此守卫绿色家园。春去秋又来，扎根喀什的1年8个月援疆岁月，也成了我人生中最难忘的时光，是我一生事业的高光时刻。我为自己是一名广东援疆医生深感骄傲和自豪。

一次援疆，终生无悔。天山脚下，南疆喀什，如同那千年不朽的胡杨林，一批又一批援疆人、广东援疆医生，在祖国最需要的土地接续奋斗，守护各族同胞健康。

（作者为广东省前指第五、第六批驻喀什地区第一人民医院直属队队长）

伽师兴业孵化基地企业党校诞生记

□ 吴龙飞

2020年以来，驻伽师县工作队按照广东援疆前方指挥部工作部署，坚持以铸牢中华民族共同体意识为主线，深入实施“百工程”，探索南疆地区非公党建新路径，为受援地巩固拓展脱贫攻坚成果同乡村振兴有效衔接锻造一支坚强有力的少数民族党员队伍，以实际行动贯彻落实习近平总书记第二次、第三次中央新疆工作座谈会重要讲话精神、对新疆系列重要讲话重要指示批示精神和新时代党的治疆方略。

激活非公党建动力　探索“园区教学”模式

伽师兴业中小企业孵化基地成立于2015年，占地1049亩，累计投资4.3亿元，建设标准化厂房18.8万平方米，可提供就业岗位6000余个，是伽师工业园区的园中园，也是喀什地区第一个民营中小企业孵化基地。基地针对单个企业技术力量薄弱、人力资源匮乏、市场竞争力差等问题，移植广东“工业地产”模式，吸引各类企业低成本“拎包进驻”，促进当地群众就地就近就业。

基于工业园区集聚大量少数民族群众就业，劳动力素质、管理水平参差不齐，工业园区远离县城中心等客观因素，非公企业党建工作的重要性日益突出，广东援疆坚持从需求处入手、问题处着力，探索“园区教学”模式，整合教学培训资源，充分挖掘园区内人力资源，加强支部建设及党员队伍建设，激活非公党建动力，以党建引领推动园区发展。

在广东援疆的大力支持下，兴业中小企业孵化基地将党的政治优势和组织优势延伸到企业发展的各个方面，助推党建稳企、党建兴企。2020年以来，驻伽师县工作队按照广东省前指工作部署，坚持以“一中心两所”为平台，以园区援疆企业为载体，以产业工人为重点对象，稳步推进实施“百工程”，积极开展系列党性教育活动、培养和发展少数民族入党积极分子。2020年5月，伽师兴业中小企业孵化基地党支部升格为党总支，持续加强自身建设及基地内企业党支部的管理。2020年7月，广东省前指临时党委牵头组织，与喀什地委党校、伽师兴业中小企业孵化基地党总支联合开展了广东省前指“党课进园区”培训班，邀请广东省前指领导及地委党校老师作专题授课和经验分享，主动把党课送入园区，开创了园区党课培训的新方式。

建设企业党校　做强党建工作主阵地

广东援疆在总结探索园区教学模式、推进“百工程”、集中组织开展系列党性教育活动等实践经验基础上，提出了企业党校的建设方向。广东援疆联合受援地组织部门走访调研园区内各援疆企业，听取各援疆企业的经营发展情况、各基层党组织的党员管理现状、教学培训需求、党务工作开展情况等，有针对性地制定企业党校建设方案，以“四个一批”方式储备建立师资库，即县委党校教师兼任一批，县直单位业务骨干兼任一批，企业党支部党务干部兼任一批，离退休老干部兼任一批；设计授课类型包括政治理论培训、党建实务培训、业务技术培训、管理技能培训等。配套党员服务驿站、红色广场、红色文化和党史学习教育长廊、党建文化室、阅读室、党员之家等阵地建设，整合党建、培训、宣传、服务等资源，实现统筹布局、完善功能、互联互通。并选派广东省前指及驻伽师县工作队骨干挂点联系园区企业、常态化选派援疆干部人才到企业党组织任职，发挥“头雁”效应。选用有其他省市大学学习经历的少数民族企业员工担任党务工作者，发挥其思想先进、视野开阔、国家通用语言水平较高的优势，搭建起党组织与少数民族员工之间的连心桥。

2021年4月，伽师兴业中小企业孵化基地建成南疆地区首个企业党校，把党校教育拓展到生产一线，把党校课堂延伸到企业党员及入党积极分子身边。兴业中小企业孵化基地党总支充分发挥核心作用，以企业党校作为党建工作主阵地，按照“党员群众在哪里，党的组织和党建工作就覆盖到哪里”的要求，以落实“把党建工作成效转化为企业发展优势”“有形有感有效做好铸牢中华民族共同体意识工作”“全面深入实施文化润疆工程”为核心工作任务，持续加强非公企业党建工作，充分发挥企业党组织的独特优势和作用，促进非公企业健康发展。2021年7月，伽师兴业中小企业孵化基地党总支获评自治区“先进基层党组织”。

企业党校成立以来，充分利用党员远程教育站点功能，持续大力开展多元化、科学化、常态化学习教育，已成功举办入党积极分子培训、党员发展对象培训、党务工作者培训、企业管理层培训等各类培训20期，共144家企业参与，累计培训超2000人次，经过一年多的实践，企业党校已成为与伽师县党校互为补充的教学和实训基地、培养少数民族党员的“摇篮”以及锤炼党员干部党性的“熔炉”。

赋能“1＋9”党建矩阵　助力园区高质量发展

依托企业党校、党群服务中心、国家通用语言文字讲习所、乡村振兴讲习所等“1＋9”党建矩阵，不断增强党群阵地建设和党员教育服务，以党建引领助力园区高质量发展。在推动党建工作的具体实践中，突出四大亮点：

把握一个关键。把配强党组织书记、党建指导员作为党建工作的关键，在广东援疆的支持下，常态化选派援疆干部到企业党组织任职，担任基地党总支的第一书记、党总支书记、企业党校校长，统筹推动党建工作规范开展。

坚持各级党组织协同联动。以“一盘棋”统筹推进“一十百千万”工程，吸引企业中劳动致富意识强、积极参与国家通用语言文字学习、技术本领强的先进少数民族员工向党靠拢。在企业、村委（村民小组）之间构建党员双向培养机制，鼓励企业骨干担任村委（村民小组）干部，或者村委（村民小组）干部到企业学习先进管理经验。2020年以来，举办528场次国家通用语言文字教学，培训员工超过2万人次。举办技能培训43场次，培养各类技术人才89人，先后有215人纳入各类人才储备库。

坚持围绕铸牢中华民族共同体意识，深入推动各民族交往交流交融。在广东援疆的支持下，大力开展“粤伽亲”“红色之旅”等活动。通过“粤伽亲”活动，先后投入资金1300万元，推动佛山13个镇街与伽师县13个乡镇结对，不断扩展两地文化交流的覆盖面。通过“红色之旅”活动组织少数民族优秀党员、入党积极分子先后到上海、浙江、贵州遵义、陕西延安等地，实地接受红色教育，不断推动“三交”活动走向深入。

坚持多方向培养和输出人才。结合产业发展、生产技能、思维能力等培训需求，持续优化园区内职业技能培训体系，深化产教融合，充分发挥企业自主培养技能人员的主动性、积极性。所培训的党员成为党组织中坚力量、成为企业管理骨干、成为村（社区）和村民小组（村委）干部，或自主创业做老板。当前，已有3人成为村干部，助力村级党组织的发展；2人成为卫星工厂厂长，3人自主创业，坚持党建引领，带动村民增收致富。

2022年，为进一步赋能“1＋9”党建矩阵，探索设立党建工作室。以自治区先进基层党组织——兴业孵化基地党总支为依托，以党建工作室为支点，壮大党建指导员队伍，联动企业党校、园区党建矩阵，辐射指导园区内所有企业党组织，通过形式多样的项目化运作，提供高质量、标准化、流程化的党建服务和工作指导，持续做好常态化党课开讲、举办特色党建活动、业务技能帮带等工作，常态化组织党员“亮身份”，深入开展党员志愿服务和“我为群众办实事”活动。在思想引领、学习互动、活动策划执行、技能帮带、党建品牌培育等方面充分发挥党建引领作用，提升党建质量，促进园区高质量发展。

（作者为广东省前指驻伽师县工作队援疆干部）

推动产业集聚　展现援疆担当

□ 林均瑜

发展是新疆长治久安的重要基础。2022年7月，习近平总书记视察新疆和兵团时强调，要加快经济高质量发展，培育壮大特色优势产业，增强吸纳就业能力。自治区党委和兵团党委深入学习贯彻习近平总书记视察新疆重要讲话重要指示精神，要求从产业兴疆、富民兴疆的高度，立足新疆资源禀赋和区位优势，做大做强特色优势产业，积极培育新产业新动能新业态，大力发展新能源新材料等战略性新兴产业集群，建设具有新疆特色现代产业体系，加快推动经济高质量发展。

2020年以来，驻兵团三师（简称“三师”）工作队始终把产业援疆、富民兴疆作为重要职责和重大使命，认真思考，主动谋划，结合三师资源禀赋和产业现状，在前期成功推动打造纺织服装产业链的基础上，积极构思培育发展绿色清洁能源产业的有效路径。两年多来，在广东省前指的具体指导支持下，工作队将打造光伏产业链作为招商引资主攻方向，围绕这个目标先后促成广东省能源集团、广东省水电集团、东莞易事特集团、广东金羊建材等多家广东国企、民企到三师投资，为三师经济发展增添了新的动力。

结缘热电厂

图木舒克热电厂（简称“图市热电”）于2013年3月开工建设，总装机容量70万千瓦，是南疆重要的电源支撑点，也是第三师图木舒克市电力能源产业重点企业和唯一热源。热电厂自2017年12月投产发电以来，由于电煤运距远、发电小时数不充分、资本金不到位、财务成本高等，连年亏损。为实现第三师图木舒克市热电长期可持续发展，三师党委希望借助广东援疆力量化解困难。驻三师工作队急受援地所难，时任队长梁杰钊同志多次返粤拜访广东省能源集团，动员企业到三师实地考察，寻求合作机遇，并促成政企双方领导多次实现互访。

在2020年10月5日召开的广东兵团对口支援工作座谈会上，三师正式提议希望广东省能源集团收购和管理图市热电厂，获得时任广东省省长马兴瑞同志的肯定和支持。广东省能源集团迅速作出“布局新疆、走向全国”战略决策，组织专业团队进疆开展业务洽谈和尽职调查。当年10月和次年2月，双方在广州、东莞先后签订两份《合作框架协议》，框定合作范围。12月10日，广东省能源集团旗下上市公司粤电力注资8亿元，完成对图市热电的增资扩股，图市热电由原独资公司转变为合资公司，粤电力持股79.5%。月底，粤电力完成管理移交工作，并全面对接广东能源集团管理体系，选派22名生产经营及专业技术骨干组成专家组进驻图市热电厂，热电厂开始以崭新的面貌展现在三师面前。三师与广东省能源集团也以此为契机正式启动在能源领域的全面合作。

发力新能源

在大力推进图市热电改制的同时，驻三师工作队深入贯彻粤兵两地党委关于进一步加大产业援疆工作力度的要求，积极与广东省能源集团共同研究探讨在光伏新能源等领域开展合作的具体内容。结合国家碳达峰、碳中和“双碳”战略目标，双方逐渐形成在三师打造光伏产业集群的强烈共识，期望通过深化合作，推动广东企业在国家构建新发展格局中展现新作为，更好发挥新疆和兵团在保障国家能源供给方面的重要作用。

2021年5月，粤电力公司与三师签署《关于建设200万千瓦光伏发电项目的投资合作协议》。12月，粤电力公司中标三师45团40万千瓦光伏发电项目。该项目总投资22亿元，预计2022年底实现全容量并网，投产后每年可发电8亿千瓦时，年缴纳税收超过4000万元。2022年8月，在广东省代表团和自治区、兵团领导见证下，广东省能源集团与三师又签订了3.5 GW新能源合作协议，计划在三师投资建设350万千瓦光伏发电项目，总投资约170亿元。广东能源集团参与新疆绿色能源发展全面进入快车道。

培育产业链

驻三师工作队始终坚持“以市场换产业”的思路，计划通过光伏发电项目落地来带动配套产业引进，推动光伏上下游产业加快发展。在广东省能源集团布局新疆新能源产业的同时，广东省水电集团、深圳能源集团等广东企业也抓住机遇全面加大在疆新能源项目投资力度，目前上述粤企申报中的项目装机规模达到三师现有40万千瓦光伏装机容量的数十倍。随着光伏发电项目在南疆地区多点开花，市场容量急剧扩大，把产业上下游企业引进三师，实现光伏组件配件就地生产、就地消纳提上日程。

2022年以来，驻三师工作队积极推动以广东省能源集团为首的在疆粤企加强合作，在厂房租赁、项目申报等方面给予大力支持，成功促成粤电力与粤水电合作建设广东光伏产业园。产业园选址于兵团三师41团草湖镇，服务范围覆盖南疆四地州，总投资3.5亿元。2022年7月，园区内2条光伏支架生产线正式投产。同时，在队长曲洪淇同志及工作队招商服务组的不懈引荐推动下，广东省能源集团与东莞上市企业易事特集团达成合作协议，近期将在草湖广东光伏产业园内落地年产150万千瓦时储能设备及集中式光伏逆变器项目，项目达产后年产值约26亿元；计划与广东金羊建材公司在三师合作生产光伏管桩，项目总投资预计6000万元，年产值约4亿元。

勠力新征程

大力发展新能源产业既是国家战略，又是投资风口，也是产业援疆很好的抓手。2022年8月，由时任广东省委书记李希、新疆维吾尔自治区党委书记马兴瑞率领的两省区党政代表团到41团草湖镇广东光伏产业园进行考察，对项目给予充分肯定，勉励产业园区充分调动各类市场主体布局高质量产业链的积极性，集中力量打造新能源产业集群。

党的二十大擘画了全面建设社会主义现代化国家、以中国式现代化全面推进中华民族伟大复兴的宏伟蓝图，将极大鼓舞我们奋进新征程、推进中国式现代化的信心和力量。作为新时代的广东援疆干部，我们深感责任重大，使命光荣。接下来，我们将完整、准确、全面学习贯彻党的二十大精神，深入落实粤新两地党委的工作要求，聚焦光伏新能源行业，持续推进精准招商，形成“以项目带动产业、以创新链带动产业链”的循环互促模式，努力在兵团三师形成相对完善的光伏产业链条，打造南疆新能源重要产业基地，为三师高质量发展贡献更多广东力量。

（作者为广东省前指驻兵团第三师工作队援疆干部）

退伍不褪色　援疆立新功

□陈　伟

援疆是一种情怀，是一种奉献，是一种追求，曾经是一个兵的我为援疆事业奉献付出，我感到无比骄傲与自豪。

时光荏苒，岁月如梭，我来到新疆疏附县塔什米里克乡已经有三年的时间了。当时报名时的情景仍然历历在目。作为军转干部，受了部队和党的多年教育和培养，走到哪里，我就要把军队的好作风带到哪里，把党的关怀和恩情播撒到哪里。在塔什米里克乡，哪里有困难我就在哪里。

关心困难家庭学生　用爱浇灌祖国花朵

我第一次来到塔什米里克乡中心小学的时候，就被学生们团团围住，不少学生热情地拉着我合影留念。看着孩子们好奇的眼神，看着他们稚嫩的小脸，我有种说不出的欣慰。同时我也给自己定下了援疆之旅新的目标：一定要关注学校教育，尽自己最大的努力去点亮每一个孩子的梦想。

2021年9月，正值开学之际，我看到一些家境还不富裕的孩子们书包破旧，也舍不得买新文具。我心里非常难过，随即与苏酒集团取得联系，经过深入沟通协调，由苏酒集团出资，组织开展了一次公益助学活动，为疏附县塔什米里克乡中心小学和萨依巴格乡中心幼儿园捐送书包200个、笔袋200个、彩色笔200盒、笔记本400本，价值4万余元。

“他就像我的家长一样，无微不至地关心着我，有时候我的爸爸都没有这么细心，我现在穿的这个花裙子就是陈叔叔给我买的，我非常感谢他，我一定要好好学习，考上大学，不辜负陈叔叔对我的期望。”阿依谢•阿不力孜充满感激地说。其实接受帮助的不仅她一人，在塔什米里克乡中心小学还有很多。我只要一有时间就会来学校和孩子们进行交流。和孩子们在一起时才是最无忧无虑、纯洁天真的时光，同时还能通过和孩子们的聊天了解民族同胞的家庭情况

● 萨依巴格乡中心幼儿园和萨依巴格乡中心小学捐赠学习文具现场

和困难，我很享受这样的时光。我通过各种渠道、各种方式为孩子们争取各种社会资源，一批批新文具发放到孩子们手中。鼓励孩子们好好学习，教育他们要学会感恩，将来回报社会。“陈书记是一个有教育情怀的人，塔什米里克乡中心小学在教育水平上能取得今天的成绩是离不开陈书记的支持和关心的。”中心小学的党总支书记马艳朝深有体会地说。

情系维吾尔族同胞冷暖　助力美丽乡村建设

2021年8月，我在得知塔什米里克乡13村部分困难家庭庭院和围墙年久失修的情况后，实地调研，得知村里并没有多余资金可用于解决该问题。这种情况不光影响了村容村貌，最重要的是存在安全隐患。随即我与村委商议决定，由村里选派2—3名泥瓦工，石头、沙子就地取材，水泥由我来协调解决。经过多方联系，我最后找到了深圳移动迭代科技有限公司，由该公司出资购买30吨水泥。半个月的时间里，我们为13村6组萨吾提•艾麦提家修缮了围墙和进行门前路面硬化；为13村7组阿娜尔古丽•约麦尔家、如仙古丽•喀斯木家修缮了围墙；为13村6组喀日•图尔迪家修缮了围墙和进行院内路面硬化。现在不光解决了安全隐患问题，也改善了村容村貌，从农户的笑容间我感受到了满满的幸福感。

2021年10月，塔什米里克乡党委研究决定，对沿街主干道进行扩宽修建，实现人车分离，保障学生出行安全。由于这属于自筹自建工程，没有项目资金。我联系了老战友，最终，东莞市鑫川建筑装饰工程有限公司为乡村级路面改建硬化项目捐赠建筑水泥40吨，及时填补了建设急需的水泥缺口。沿街道路建成后，得到疏附县党委和领导们的一致好评，并号召全县学习塔什米里克乡“不畏困难，敢于担当，创新思路谋发展和克服困难办实事”的精神。三年

● 企业捐赠水泥仪式和沿街路面硬化后效果

来，我参与协调企业2次，捐赠水泥共计70吨，价值5万余元。

我始终认为自己身为转业军人，现如今又是一名援疆干部，肩负党和人民的重托，一定要为国家的援疆事业贡献全部的智慧和力量。为了实现广州援疆工作队提出的让家乡人民放心、让新疆人民满意的工作目标，也为了让自己更多地为群众办好事、干实事，我定要再接再厉，再创佳绩。退伍不褪色，援疆征程上再立新功。

（作者为广东省前指驻疏附县工作队援疆干部）

难以忘却的驰援伽师抗震战“疫”

□ 林志保

我于2018年8月开始参加援疆工作，至今已近5年时间了，时常想起2019年12月在顺利完成新旧批次援疆工作交接后至2020年3月新一批全体队员进疆前伽师发生的事：那就是我作为留任到新一批的援疆干部，充分发挥老队员的桥梁纽带和“传帮带”作用，在帮助受援地抗击地震灾害及防控新冠肺炎疫情工作中奔走在前。

心系伽师抗震战“疫”不停步。2020年1月19日，新疆伽师县发生里氏6.4级地震，造成1人死亡，2人轻伤，并对伽师县居民自建房、公共基础设施造成巨大破坏。当时，我刚刚结束上一批次援疆工作回到广东佛山休整，得知地震消息后，心急如焚，主动向领导请缨返疆参加抗震救灾：“我是新一批工作队中唯一留任党政干部，那里需要我就回去。”

随后，我加入省专项工作组紧急奔赴灾区，1月21—23日间从广州到乌鲁木齐到喀什再到震中的西克尔库勒镇，马不停蹄，一路上与工作组同事一起收集研判灾情信息。工作组到达灾区后马上深入一线了解灾情、慰问群众，让伽师人民切实感受到了广东人民的关爱。广东省和佛山市分别向伽师拨付300万元、200万元慰问金。从2020年援疆资金中安排1200万元用于220套安置房建设，于当年6月底全面完工。

抗震救灾同时，伽师又迎来一场战“疫”大考。2020年1月下旬，新冠肺炎疫情来势汹汹，伽师县坚守疫情防控一线的工作人员口罩等防护用品告急。得知情况后，我迅速行动，同工作队其他队友一道，衔接广东佛山市援疆办、佛山团市委，经多方努力，2月14日筹措到1万个口罩。为第一时间将口罩送达伽师县，在广东省前指大力协调下，我护送物资前往机场，通过南航物流紧急运往伽师县。“真是雪中送炭，这些口罩来得太及时了！这1万个口罩不仅缓解了一线工作人员的物资需求，也极大地鼓舞了我们的士气。”2月16日，1万个口罩由南航物流送达伽师，当地政府收到口罩后不禁感叹。

授之以渔，推动口罩生产线落地伽师。2020年初疫情之下，口罩既是防疫的必需品也是快消品，1万个口罩只能暂时缓解伽师的燃眉之急，难以满足当地长远所需。根据喀什地委、广东省前指的指示精神，工作队积极争取口罩等紧缺物资生产企业落地伽师县。

作为工作队中熟悉伽师县情况的老队员，我积极参与到驻伽师县工作队落实有关工作的过程中，并承担了引进企业落地的重任。经多方协商，选定伽师县现有企业厘米电子科技有限公司作为口罩生产落地企业。当时最大的难题是引入物资生产设备。疫情当下，防疫物资生产需求激增，物资生产设备更是“一机难求”。为了更好更快地助力伽师县引入口罩生产线，我和队友们多路出击，紧密沟通各方，在3天时间内，与厘米公司跑遍了佛山、东莞、广州等地多家设备供应商，从设备供应商工厂现场考察到协调设备物流及人员进疆，再到引荐厘米公司管理人员到佛山必得福口罩厂参观学习、了解生产有关问题，事无巨细、全方位做好企业服务。经多方磋商，厘米公司于2020年2月16日签订设备购买协议，通过改造伽师现有无尘车间，立刻上马两条医用口罩生产线。

党的二十大报告指出，十年来，我们经历了对党和人民事业具有重大现实意义和深远历史意义的三件大事：一是迎来中国共产党成立一百周年，二是中国特色社会主义进入新时代，三是完成脱贫攻坚、全面建成小康社会的历史任务，实现第一个百年奋斗目标。这是中国共产党和中国人民团结奋斗赢得的历史性胜利，是彪炳中华民族发展史册的历史性胜利，也是对世界具有深远影响的历史性胜利。佛山对口支援的伽师县，在历届佛山援疆工作队和伽师县各族干部群众的努力下，于2020年11月14日退出贫困序列，这让我们感到无比兴奋与激动。

2023年5月我就要结束弥足珍贵的5年援疆工作了，接下来务必做到“严字当头、稳中有进，善始善终、善作善成”。根据巩固拓展脱贫攻坚成果同乡村振兴有效衔接的工作要求，结合伽师实际，使出“佛山功夫”、拿出“广东精气神”、输出“广东温度”，努力把对口援疆打造成推动发展的工程、民族团结的工程、凝聚人心的工程。

（作者为广东省前指驻伽师县工作队援疆干部）

一片菜叶承载粤喀深情

□阮良基

习近平总书记在河北阜平县考察时强调“只要有信心，黄土变成金”，为打赢脱贫攻坚战注入了强大的精神动力。广州市对口支援喀什地区疏附县。作为广东省第九批援疆干部，而且是第一批派驻乡镇的援疆干部，即是到乡镇开展援疆工作，如何结合“疏附所需，广州所能”，发挥牵线搭桥作用，助力受援地巩固拓展脱贫攻坚同乡村振兴有效衔接，成为摆在我们面前必须完成的答卷。

刻苦钻研一个致富点子，推进资源禀赋转化为产品优势。入疆前，我对照拟任职岗位职责，通过网络资讯、借阅扶贫日记等渠道，学习产业发展、电子商务等知识技能，提高工作本领，而且，自认为作为来自农业系统的援疆干部，基层一线工作对我来说应该没有什么难度。到岗后，我的援疆工作单位是中共疏附县萨依巴格乡党委，我任职乡党委副书记，分管招商引资、农产品销售、产业、就业等，先前的工作设想与实际情况大相径庭，生活习俗差异、语言沟通障碍、蹲点现场办公等吓住了我的雄心壮志，让我像尚未踏出校门的学生老老实实、规规矩矩。萨依巴格乡原党委书记王志政是一位在本乡有近20年工作经历的领导，他大学一毕业就来到萨依巴格乡工作，常常勉励我说“你在这片土地上走得越多，你对它的爱就越深沉”。王书记的肺腑之言又燃起了我的工作热情，脚踏实地做好调查，了解掌握实际情况。从调查发现，新疆瓜果飘香，久负盛名，是名副其实的。得益于南疆地区光照充足、干旱少雨、昼夜温差大的气候条件，瓜果、蔬菜含糖量高，口感好，芳香味浓郁。由于受援地农民习惯于统货销售，缺乏商品标准意识，瓜果、蔬菜品种单一，到了5—9月集中上市时就会发生滞销现象，导致丰产不丰收。我作为来自农业系统的援疆干部，琢磨分析这种价格倒置现象，由于5—9月是南方地区高温多雨季节，蔬菜难以种植，蔬菜价格普遍较高，例如宁夏菜心等高附加值叶菜，品质好能卖到20元／千克，而受援地农民种植的甘蓝、大白菜等，同时期在山东、河南等

广州市协作办领导考察新疆昇永农业科技有限公司蔬菜基地

地也集中大量上市，南方蔬菜采购商自然就近采购。我将喀什和宁夏的气象资料和地理位置进行对比，发现两地不但在同一纬度——39.39度上，而且，气候条件也非常相似，甚至喀什地区大田地温比宁夏至少早半个月升至10摄氏度以上、气温至少迟约一个月降至0摄氏度以下。我大胆设想喀什可以尝试借鉴宁夏发展高附加值蔬菜产业的做法，将本地资源优势最大化地转化为产品优势，提高地区农产品竞争力，拓宽农民增产增收渠道。

成功试种一批广东叶菜品种，坚定探索发展蔬菜产业信心。夏秋季节尝试种植高附加值蔬菜销往广东市场的设想得到了乡党委王志政书记的同意，他安排萨依巴格乡拱棚蔬菜基地负责人艾买提江配合我先开展试种实验，试种成功后再深入开展可行性研究。试种实验也得到广州市增城区农科所萧旭林高级农艺师的大力支持，他表示给予我们的试种实验全程技术指导和帮助，并且迅速寄来了广东菜心、增城迟菜心、茼蒿等12个广东叶菜品种。然而，当菜苗育成后准备移栽到20个拱棚时，受援地农民认为叶子蔬菜是牛羊的牧草，农民拿着菜苗说："这些叶子苗我们从来没有见过，喂牛羊的东西需要种植的吗？"我反复给农民解释清楚这些是蔬菜苗子，蔬菜长大是一种美味的食材。农民还是不相信，当我不看紧他们时就敷衍乱栽种一番。我理解农民的情绪，就组织了5名普通话较好、积极性高的农民当小组长，手把手教会他们种植后，再由他们分别带一个小组种植，我也亲自下地移栽，农民被我们的耐心和真情感动，积极配合完成全部菜苗移栽。当这批蔬菜长成后，我又带着当时一起移栽菜苗的农民学习采摘蔬菜，并教他们怎样烹饪蔬菜美食，农民食用蔬菜后对我说：

“叶子菜‘亚克西’，我的家人喜欢吃。”并让我给他们一些种子种来自己吃。我们把这些广东叶菜批发给当地大型超市以及库克兰、曙光农博城等蔬菜批发市场，受到广大消费者青睐；并配送给广东省前指、广州援疆工作队、喀什广建公司、喀什粤菜饭店等，他们纷纷表示这些蔬菜味道正宗，吃到了儿时的蔬菜味道。疏附县电视台的凯丽比努尔记者对我带领农民种植广东叶菜的工作进行了采访报道，推介广东叶菜种植技术，鼓励市民群众食用叶菜类蔬菜，改善食谱结构。消费者的口碑是真实公道的评价，说明在受援地试种的广东叶菜性状品质表现很好，促使我们更加坚定探索种植高附加值广东叶菜的信心。

招商引进一家龙头企业，推动蔬菜产业园区化品牌化发展。广东援疆前方指挥部总指挥、喀什地委副书记王再华来到疏附县考察调研，在乡镇援疆干部座谈会上，我汇报了成功试种广东叶菜的情况，得到王再华总指挥的肯定，鼓励我说：“你可以结合本乡实际，探讨发展蔬菜产业，为受援地提升自身造血功能。”广州援疆工作队队长、疏附县委副书记郭文高度重视探讨发展蔬菜产业，叮嘱我抓紧做好可行性研究，争取后方支持和协助，适当时候邀请有实力有意愿的农业龙头企业来疏附考察交流，希望引进1—2家企业落户疏附发展蔬菜产业。领导的肯定和支持，鞭策我更加用情用心用力探索推进蔬菜产业。通过广州援疆工作队协调疏附县农业农村局，我会同县农业农村局农产品质量安全中心的阿迪力主任等，对吾库萨克镇、萨依巴格乡、乌帕尔镇等3000亩的蔬菜拱棚和温室大棚抽取12个土壤样品和12个灌溉水样品，按照广东叶菜种植技术指标，检测土壤、水pH值、腐殖质有机物含量、重金属残留量等，各项指标符合种植要求，为大面积种植广东叶菜提供技术支撑，消除了投资企业家的顾虑。于2021年1月29日，在广州增城—喀什疏附蔬果订单种植收购座谈会暨颁授2020年喀什地区脱贫攻坚奖协作扶贫先进单位仪式上，广州援疆工作队副队长、县委常委、副县长张武养给参会的大型超市和农业企业推介疏附县蔬果产业招商项目，展示广东叶菜试种成功情况和疏附县土壤、浇灌水检测数据，并邀请企业家赴疏附考察交流，得到增城区对口支援办的大力支持，参会企业家踊跃表示：“今天张常委的介绍让我们知道新疆气候地理条件适宜种植广东叶菜，我们有意向春节后到疏附县考察交流。”疏附县委县政府获悉这次推介活动非常成功，表示同意和欢迎广东农业龙头企业来疏附考察交流，安排广州援疆工作队、县科工信局和县农业农村局、吾库萨克镇、萨依巴格乡等单位部门做好招商对接工作。于2021年3月29日，广州市增城区人大常委会副主任廖如带领广州市昇永农业有限公司（简称“广州昇永公司”）等12家农业龙头企业赴疏附县考察交流，考察了疏附县农业产业园、大棚种植基地等农业基地和农业企业后，广州昇永公司等拟在吾库萨克镇和萨依巴格乡开展“广东叶菜”种植项目，该公司董事长黄庆燕说：“通过这次实地考察，我司进一步验证了疏附县气候和地理条件非常适宜种植广东叶菜，今后在疏附种植的蔬菜刚好能够补充我司宁夏、云南、河南等基地蔬菜上市的空档期，而且，我司疏附基地将主要种植高附加值蔬菜品种。”2021年7月，广州昇永公司在疏附县注册成立新疆昇永农业科技有限公司（简称“新疆昇永公司”），注册资金5100万元，流转土地2200亩，运营1712座蔬菜拱棚和83座温室大棚，常年种植豆苗、红菜苔、广东菜心等蔬菜品种，稳定就业150多人。

协作共建一套申报流程，深化粤喀两地交流合作。新疆昇永公司正式运营后，蔬菜产品主要销往香港、广州、深圳等大湾区市场。大湾区大型商超、供港市场等对附加粤港澳大湾区“菜篮子”农产品标识的蔬菜产品给予认可入市上架销售，即进入粤港澳大湾区流通市场的蔬菜产品必须符合供应粤港澳大湾区“菜篮子”农产品质量安全标准要求，如果销往大湾区的蔬菜产品被检测出农药残留，不但会被查处，还会被列入禁止入市黑名单。为有效避免这种生产销售风险，农业生产基地可以申请办理粤港澳大湾区“菜篮子”基地认定，在蔬菜生产各环节严格执行粤港澳大湾区“菜篮子”农产品质量安全技术指标，对每批次蔬菜产品贴注粤港澳大湾区“菜篮子”农产品标识。广州援疆工作队和疏附县农业农村局了解到新疆昇永公司的意愿后，立即表示这是一个好事，支持新疆昇永公司申请办理粤港澳大湾区“菜篮子”基地认定，这样既可以帮助企业畅通销售渠道、打造品牌，又可以引领当地农业向标准化、现代化、品牌化发展，并且，安排我兼职当好联络员，全程跟踪协助新疆昇永公司申请办理粤港澳大湾区“菜篮子”基地认定工作。一方面，我联系设于广州市农业农村局的粤港澳大湾区“菜篮子”领导小组办公室，咨询申请办理流程，得到了大力支持，他们表示穗疏是一家人，会给予受援地企业申请办理绿色通道。另一方面，我又联系疏附县农业农村局向喀什地区农业农村局报告申请办理粤港澳大湾区“菜篮子”基地认定事宜，也得到同意申请办理的答复。穗喀两地部门单位通过我牵线联系，增强了互信协作，双方协作共建一套粤港澳大湾区“菜篮子”基地认定的便利流程，鼓励宣传动员喀什地区农业企业申请办理粤港澳大湾区“菜篮子”基地认定，推动更多喀什优质农产品销往大湾区市场。新疆昇永公司对照申请办理条件清单要求，完善基地种植设施设备等，将第一批上市的蔬菜样品送往粤港澳大湾区“菜篮子”基地认定第三方检测机构检测合格后，经过穗喀两地部门单位审核公示，顺利获得了粤港澳大湾区“菜篮子”基地认定证书。新疆昇永公司的蔬菜产品正式有了“身份证”——粤港澳大湾区“菜篮子”农产品标识，通过航空、冷链运输等方式销往粤港澳大湾区市场，大湾区供港市场、大型商超对来自新疆喀什的蔬菜产品非常认可。来自新疆喀什的蔬菜产品迅速成为畅销产品。2021年10月新疆喀什的豆苗曾在香港市场卖过58元／公斤，蔬菜经营者朱悦忠对新疆昇永公司总经理倪伟成说：“新疆昇永的豆苗品质上乘，是我做蔬菜批发十多年来吃过最好吃的豆苗，以后有货到香港，我可以全部包销。”

带动建成一批认定基地，打造喀什现代蔬菜产业名片。新疆昇永公司的蔬菜产品销往香港市场，而且是香港蔬菜经营者非常认可的蔬菜品牌，这个消息迅速在喀什乃至周边地市传开，上门向倪伟成取经的农业企业负责人络绎不绝。通过我的介绍，萨依巴格乡拱棚蔬菜基地承包商张政伟、阿克陶县老驴头农业公司吴国洪、喀什华海农业公司宋征海等企业负责人与倪伟成洽谈合作，共享农产品销往粤港澳大湾区市场的渠道，商议订单种植收购合作模式，共同将粤港澳大湾区“菜篮子”基地的蛋糕做大做强，扩大喀什地区优质农产品在粤港澳大湾区市场份额。广州援疆工作队了解到受援地企业的需求，安排我协

疏附县萨依巴格乡花生产业化种植示范基地之一

助组织编印《疏附县粤港澳大湾区“菜篮子”基地种植技术手册》，宣传介绍粤港澳大湾区“菜篮子”基地认定申请办理流程和粤港澳大湾区畅销且附加值高的蔬菜品种种植技术规范。我按照穗喀两地达成的申请办理便利流程，积极协助萨依巴格乡拱棚蔬菜基地、萨依巴格乡水果种植基地、阿克陶县老驴头农业公司成功申请获得粤港澳大湾区“菜篮子”基地认定证书，并且，新疆德汇公司、喀什昆仑园区公司和喀什华海农业公司等企业也联系我协助其填报申请表。截至目前，喀什地区粤港澳大湾区“菜篮子”基地种植面积达10 800亩。同时，喀什昆仑农批公司计划申请粤港澳大湾区“菜篮子”配送中心，将打通农产品出疆入湾渠道，进一步带动周边地市建立粤港澳大湾区“菜篮子”基地，形成基地集聚效应，为配送中心提供源源不断充足的符合粤港澳大湾区“菜篮子”农产品质量安全标准的货源，合力打造喀什地区粤港澳大湾区“菜篮子”农产品知名品牌和声誉。

党的二十大报告指出，要全面推进乡村振兴。在新时代新征程上，我们将时刻牢记习近平总书记的殷殷嘱托，多谋长远之策，多行固本之举，为大力发挥粤港澳大湾区“菜篮子”基地示范带动效应作出更大贡献，助力培育壮大“菜篮子”农产品产业，推进受援地产业振兴，全面推进乡村振兴，为实现农业农村现代化而不懈奋斗。

（作者为广东省前指驻疏附县工作队援疆干部）

文化沁人心　歌谣溢共情

——记我和我的原创歌曲文化润疆纪实

□杨　宁

依稀记得2021年8月27日下午，佛山市高明区教育局组织全体支教老师进行了一次出发前的座谈会。当时在会上，我表达：“新疆各民族同胞能歌善舞，我是一个热爱创作的音乐老师，希望此行除了做好援疆支教工作以外，能够多领略西域边疆风土人情，感受当地的音乐文化，出去采采风、取取经，把当地有特色的音乐带回来。”实际上，许多佛山的朋友和同事得知我去援疆时，都非常期待我将来能带回有新疆特色的音乐作品。

我来到新疆伽师后，渐渐熟悉了当地环境，深入了解了自己的职责与使命，开始转变了想法：我们来到这里，并不是要带走点什么，而是我们能带来些什么。除了助力伽师教育质量提升以外，我们的援疆工作是否有更为深刻、更为长远的意义呢？“五十六个民族像石榴籽一样紧紧拥抱在一起”“铸牢中华民族共同体意识”“五个认同”不断地在我脑海盘旋，我觉得文化的力量是深刻的、文化的影响是深远的，我们只有对文化产生认同，才能达到心灵的共情和“意识”的共鸣，于是，我想到了文化润疆，希望能够运用自己的专业创作深入人心、朗朗上口、喜闻乐唱的歌谣或歌曲，长久地留在新疆这片大地，即便援疆结束后也能够让“歌曲文化”继续发挥余热、产生影响。

功夫不负有心人。机缘巧合下，我了解到新疆伽师县窗口学校伽师二小和伽师三小都有积极创建新疆维吾尔自治区“红色教育基地学校”和“爱国主义教育学校”的意向。我找到学校负责人，表达愿意为学校品牌创建赠送原创主题歌曲，助力学校品牌创建的内涵式提升与发展。学校领导非常赞同，认为原创歌曲的文化支持一定能为学校带来深远的影响和意义。于是，我根据伽师二小注重红色教育和少先队组织建设的特征，以及伽师三小爱国主义教育的办学特点，将少年儿童原创红色歌曲《高举队旗跟党走》与少年儿童原创爱国主义歌曲《祖国，美丽的家园》赠送予两所学校，并深入学校参与主题歌曲的教学与推广。歌曲得到了学校师生的热烈欢迎和高度喜爱，被广泛应用于校园各项活动当中，如校园广播、红歌大赛、六一展演、合唱团演唱、为党的二十大献礼等，在校园里掀起了一股传唱热潮。每当我听到学校老师们反馈说，“学生特别喜欢你的歌曲”“学校用你的歌曲排练舞蹈呢”“学校举办红歌大赛许多学生选唱你的歌曲”“学生都非常期待你来学校教他们唱歌呢”……我都倍感欣慰。每当我驻足学校大门前，静静地聆听萦绕在校园上空的我的原创歌曲时，都会不禁流连忘返、热泪盈眶。

援疆一年后，随着援疆工作的全面开展和不断深入，我与朝夕相处的援友共事多了，建立的情感也深了，一起体会到许多的艰辛与困难、欢乐与喜悦，当时我就在想，这份珍贵的援疆情怀和援疆友谊，更应该找到一个共同的情感依托来永久珍藏。于是，我联合了援疆干部、驻伽师教育局副局长曾庆国和支教团团长黄伟羡共同创作支教团团歌《石榴籽的心愿》，描绘我们的支教生涯，抒发援疆情谊，表达支教心愿，鼓舞团队精神。歌曲得到业内人士和各级领导的高度肯定与赞扬，许多援友说：“歌曲很好听，也让人非常感动，可以立马唤起援疆时期的画面记忆。”我创作的初衷也是如此，希望将来援友们听到这首歌时能想起援疆支教路上的点点滴滴和珍贵情谊。

三首原创歌曲，总时长不超过15分钟，但充满正能量、富有深刻情感内涵，承载着我的心血、寄托了我的希望，我相信，歌曲一定能够在新疆广袤的大地上让更多人共情、共鸣，长久传唱。

（作者为“组团式”教育援疆佛山驻伽师支教团援疆教师）

微光如炬 携爱前行

——我的援疆支教故事

□ 龙月如

追逐光——以热爱之名，播下篮球梦想的种子

小时候，家里没什么玩具，只有爸爸从外面买回来的篮球。我每天都要到篮球场玩耍几个小时，篮球成为我最好的伙伴。一天，我如往常一样，在篮球场玩耍。有个人一直看着我们玩耍，他走过来，问我：“你想加入篮球队吗？”我十分惊讶，我的篮球天赋一般，身高和身体素质只能算勉强合格，怎么会被教练看上？看出我的疑惑，他拍拍我的肩膀，说：“你对篮球的痴迷和付出，这种态度，我很欣赏。孩子，有梦想，努力就有希望。”启蒙教练的肯定，给了我莫大的鼓励，我开始接受正式的篮球训练。那时，我在想：我也要成为篮球老师，发掘并培养执着追求篮球梦想的孩子。大学毕业后，我成为一名体育教师，执教学校篮球队，实现篮球教学的梦想。我的求学成功之路，被中学母校当作励志故事给学弟学妹们分享。

成为光——以师爱的力量，传承篮球梦想的精神

踏上工作岗位后，我常常思考：如何在平凡的岗位实现价值，如何帮助更多的学生实现人生的梦想？为此，我开始十几年的探索。担任学校篮球队教练期间，我阅读《体育心理学》《孙子兵法》等书籍，并尝试把其运用到球队的日常训练和管理中。学校男子篮球队曾获全国冠军1次、广东省冠军7次、东莞市冠军7次等成绩，我多次被评为广东省、东莞市优秀教练员，篮球世界杯优秀工作者，培养了一大批优秀的篮球后备人才。很多同事和家长笑称我是“篮球伯乐”“神奇教练”。其实我很清楚，成绩的背后没有捷径，只有平时默默地耕耘付出，工作做得更加细致认真。多次关键比赛中，在球队实力不占优势，

甚至对手几乎是职业俱乐部梯队队员的情况下，我们不言放弃、敢于拼搏，球队多次以弱胜强，赢得荣誉，传承了东莞篮球精神。

散发光——以大爱的情怀，开启文化润疆的新篇

2021年，东莞市教育局选派有篮球教学经验的教师赴疆开展篮球训练、组织比赛等工作。但我想到家里的小孩（当时女儿9岁，儿子刚满周岁），心里五味杂陈。这时，我想起了最美教师张桂梅老师，她用心许了孩子的梦想、用手托起了孩子的明天、用爱给了孩子的未来。她用行动诠释了“什么是最美”，让我对“爱”有了更深的体会和理解。是呀，“舍小家，为大家”“伟大源自平凡”，我有了坚定的抉择。

赴疆后，我迅速调整状态，适应新疆气候、生活、工作环境，主动调研当地的篮球社团状况，了解少数民族地区的学情，发挥自身的专业优势，分享工作经验。在受援学校，我成立学校篮球队，吸收以少数民族为主的学生，带教当地年轻教师，指导他们有计划地开展训练。我还主动承担教研任务，到周边基层学校送课、送训，开展主题讲座，指导年轻教师参加“同课异构”等教研活动。

一次球队训练，一个维吾尔族小男孩跑到我跟前，说：“老师，我叫比拉克，我可以加入篮球队吗？”“哦，你有篮球基础吗？”他回答：“我只有一点点基础，但我有个大大的篮球梦想！我的偶像是阿不都•沙拉木（中国国家队队员）。”接着他玩起了花式运球、三分投篮等，很是自信。多么熟悉的一幕呀！这不就是儿时的我吗？经过一段时间的观察，我发现他虽然个子小，但态度非常积极，很渴望有机会参与，是一个可塑之才。于是，我让他加入球队，鼓励他努力练习，追逐梦想。

2022年春季开学，我们如期回疆，根据疫情防控要求，居家隔离两周。一天，我收到维吾尔族学生莫加依拉迪发来的信息：“龙老师，这学期您不来新疆了吗？我们都等着您回来带队训练。”以为我不回来，孩子们很失望，知道我已经回来了，孩子们顿时高兴地跳起来。回校后，同事告诉我：“这段时间，篮球队的学生常常跑来问，龙老师什么时候回疆？学生们对你的训练很是期待。”没想到，我的微小行动，竟点亮了新疆地区孩子的篮球梦想。我踏出了文化润疆的第一步。

在常规教学工作之余，我主动协助当地教育局、文体局、三师工作队等开展工作，譬如：协助文体局开展首届“三人篮球赛”，培训当地篮球裁判员，实现三师举办三人篮球比赛零的突破，在当地影响较大，意义深远。

新疆基层学校办学条件差，虽然很多学生家庭困难，但他们渴望知识的眼神清澈而坚定。我与援友一起为学校和困难学生捐赠了一批体育器材、书包和文具等，寻找热心企业为该校捐赠了一千多支乐器（竖笛），解决了学校的迫切困难，为学校体育艺术发展尽一份微薄之力。

一年的援疆支教，是艰辛的、忙碌的，但却是充实、快乐的。我更加深刻地理解“什么是国家，什么是民族，什么叫担当，什么叫奉献”，更加坚定了文化润疆的工作方向。

新学期，我将继续根植新疆，厚植家国情怀，逐微光之梦，携大爱而行，让文化之树生根发芽、枝繁叶茂，一起“育”见未来！

（作者为“组团式”教育援疆东莞驻兵团第三师支教团援疆教师）

“援”来有我 一往情深

□严 泉

“到西部去，到基层去，到祖国和人民最需要的地方去。”我还记得大学时，校园里悬挂的大学生志愿服务西部计划宣传标语，当时没有那么大的勇气报名参加，但心里从此埋下了一个支援祖国边陲的梦。

2020年3月，我从广东跨越祖国5000多公里的山河来到喀什开展对口支援工作，来到了这片完全陌生的土地。犹记得离家时父母的叮嘱：“新疆气候干燥，饮食习惯和时差都和我们这不一样，你去了要受苦了，一定要保重身体。”我跟家人说：“援疆是组织的决定，更是光荣的使命，我作为党员干部，不怕苦不怕累，理应带头。”就这样，我告别了年迈的父母和稚嫩的儿女，毅然踏上了援疆之旅。

真情奉献 告别父母妻儿

我永远都忘不了刚离家的那一刻，老母亲湿润的双眼中透出来的不舍和担心。刚来到喀什地区伽师县克孜勒博依镇时，我每天最期待的就是下班后和远在千里之外的家人视频聊聊天。一颗心全扑在工作上，对自己的小家却是满心的愧疚，因为受援地脱贫攻坚等工作任务异常繁重，我作为包联村领导，时刻履行着“全心全意为人民服务”的宗旨。三年多来，我始终坚守在援疆基层一线并始终提醒自己：忠孝难以两全，对父母尽孝、对家庭尽责是小义，为国尽忠为大义；只有保持乐于奉献的精神，把援疆当作人生难得的一种历练，当作磨炼意志、提高能力的一种机遇，才能真正做好援疆工作。

记得刚来到受援地时，我积极克服饮食和生活上的差异，注重与其他干部融洽相处。为了尽快熟悉业务，进入工作角色，更好地履行援疆干部的职责使命，我每天注重乡镇内基本情况的掌握，向乡镇党委政府领导、干部请教了解乡镇产业经济的基础情况，积极参与脱贫攻坚、庭院整治、庭院经济建设、

“三新”入户宣传落实、卫星工厂（乡村车间）复工复产等各项重点工作，开展进村入户，实地了解乡情民情，主动努力熟悉掌握乡镇的现状情况。在最基层工作中，我始终发扬艰苦奋斗的优良作风，坚持全心全意为人民服务的宗旨，充分展现了广东援疆干部快速适应、主动作为的工作作风，并获得了当地干部的好评。

踏实肯干 多行固本之举

作为援疆干部，本人始终坚持顺应民意、保障民生、凝聚民心，秉承“受援地所需，我们所能”的工作思路，多办好事实事，让维吾尔族乡亲真真切切感受到我们广东援疆带来的获得感和幸福感。

奋战在脱贫攻坚一线。伽师县是国务院挂牌督战的深地贫困县，为了顺利“摘帽”，让乡亲们过上更加幸福的生活，我每天下村下户调研，致力于改善乡亲们的生产生活条件，拉资金并指导帮助乡亲建厨房、建水冲式厕所，并统筹经费使用为包联村200多户困难群众实施“阳光路”工程，为他们实现入户道路硬底化，切实改善他们的生产生活条件。同时，为了增加乡亲们的收入，致力破解招商难题，让乡亲们在家门口就业。年内走访对接后方客商12批次。充分发挥以情拓商、以商招商的精神，引进客商2批次在驻点乡里开设了8家假发产业的卫星工厂，为459名当地群众提供就近就地就业的机会，使乡亲们既可以在家门口稳定地就业，又可以照顾家庭、兼顾农业生产。

化身“红娘”。通过牵线搭桥、上门做家属思想工作等方式方法，促成5对不同民族青年通婚，加强了民族间交往、交流和交融并促进民族团结，同时在一定程度上改变了乡亲们的思想观念。小东和小丽（化名）这一对让我印象尤为深刻，我见证了他们开始谈恋爱到步入婚姻殿堂的全过程，小东比较腼腆，我那时作为他的“大哥”，多次陪同他上门去做小丽父母的工作，在一系列的“推波助澜”下，有情人终成眷属。

做好党的“宣传员”。我充分发挥援疆党员干部的良好形象，积极引导优秀群众向党组织靠拢，在分管的卫星工厂和包联村中积极宣传共产党的先进性，并作为介绍人发展思想先进的乡亲为预备党员3人、入党积极分子2人，凝聚人心向党，积极做到永远听党话、跟党走。在3村卫星工厂，我发现身材娇小的残疾女生小依始终坚持每天出勤，她用自己的毅力对抗命运的不公，用自己

● 民族团结小公园的游乐设施

勤劳的双手改变生活。于是，我找到她谈话，发现她身残志坚，始终有一个积极阳光的心态。说起了家乡这些年的变化，她始终对党怀有一颗感恩的心。我问她是否想成为我们党的一员，她马上瞪大眼睛，眼里充满期待的光，肯定地说“一直都想”，通过介绍人向村党组织推荐，并按程序培养，小依最终成为中国共产党的预备党员，她说：“我一定会时刻严格用党员的标准来要求自己并带动影响身边的乡亲。”

为乡村振兴添砖加瓦。村里并没有可以让小孩子开心玩耍的场地，我每次下村经常看到小朋友在渠道边玩水或者在公路边追逐，存在一定的安全隐患。于是我萌生了一个想法，在包联的库木买里斯村打造一个标准篮球场和一个占地2200平方米的“民族团结小公园”，配套儿童游乐、凉亭、廊道等设施，给群众提供了一个业余消遣的好去处，每次下村看到孩子们在篮球场开心地打篮球、在小公园忘我地玩滑滑梯，看到干完农活疲惫的乡亲在凉亭里休憩吃馕的幸福的模样，我心里总是美滋滋的。

为民服务　带领乡亲发家致富

从普通养鸽人到致富带头人，从销量有限的庭院经济到小具规模的养殖合作社。20年前初涉家禽养殖的伽师县克孜勒博依镇库木买里斯村的村民吐尔逊江•阿布力米提不会想到，有一天他的兴趣爱好会成为他发家致富、身份转变的契机。

通过下村入户调研，我了解到2003年吐尔逊江就是从养鸽子开始了他的家禽养殖事业。起初，他养的只是普通肉鸽，2011年时受一名和田鸽友的影响，开始养殖观赏性鸽子。慢慢地，鸽子的品种越来越多，有圆墩墩似小母鸡的落地王鸽，有头上长冠状似鹦鹉的鹦鹉鸽，有羽毛卷曲的皱胸鸽，有爪子上长满长毛的筋斗鸽，还有尾巴羽毛张开似扇子的孔雀鸽等各种观赏鸽，其中最贵的品种一只能卖到5000元，普通的也能卖二三百元一只。吐尔逊江成为当地小有名气的养鸽人。同时，他还发展起了其他特色家庭养殖项目，在庭院里养起了爱国鸡（矮个鸡）、孔雀、鸵鸟、火鸡、珍珠鸡等特色禽类。虽然特色禽类经济价值可观，如鸵鸟一只可卖到3500元，一枚鸵鸟蛋也可卖到250元，利润非常可观。但由于庭院面积的限制，产量、销量有限，吐尔逊江始终无法扩大生产，一年的收入仅仅在3万元左右，虽然已经超过脱贫标准，但距离富裕尚有差距。

吐尔逊江的难题，在我推荐他参加广东援疆指挥部遴选，成为第一批致富带头人后迎刃而解。“一十百千万”工程是2020年广东援疆为决战决胜脱贫攻坚探索出的扶智扶志新方式，其中做好“培育十个以上少数民族致富带头人”工作，就是要把有梦想、有能力、有计划的农村群众发展成为现代农村经济新型主体，发挥“头雁”作用，培育致富光荣的种子，充分发挥榜样带动作用，让致富带头人与周边群众共同创业致富，共奔小康，一起走向致富光荣之路，为乡村振兴提供强有力的支撑。

我经过前期深入基层考察调研，发现了吐尔逊江既有基础，又掌握技术，还在村里有一定影响力。于是我建议吐尔逊江扬长避短、择善而行，利用好自己的养殖经验走市场化方向。通过推荐和选拔，吐尔逊江成为克孜勒博依镇库

观赏性鸽子养殖

木买里斯村“致富带头人”，并于2020年7月成为第一批培育对象，获得了广东省前指30万元的帮扶基金，吐尔逊江个人也出资23万元，养殖合作社终于成立了。在我的建议下，合作社取名为“向荣畜禽养殖农民专业合作社”，寓意“欣欣向荣”。在工作队的帮助下，合作社很快办好了营业执照。

好事多磨，合作社启动建设之际，恰逢喀什遭遇两次新冠疫情，工作一时停滞。2021年一入春，工作队就迅速开始了合作社的建设项目。这时，工作队和吐尔逊江遇到的最大的难题是合作社的选址问题，到哪儿去找一块交通便利、面积够大的地块呢？在选址的那些日子里，每天我都带着国土所的工作人员在村里四处找地，跑遍了村里的每一处，终于找到了一块适合建合作社的土地。这块地有2500平方米，属村委会用地。在我多方沟通和不懈协调下，吐尔逊江与村委会签订协议，吐尔逊江负责合作社的管理运营，完全独立，而村委会以土地入股的方式，每年也能获取一定收益，实现村集体经济的增收，由此实现了双方共赢。

土地的问题解决后，向荣合作社马上投入施工建设，只用了不到一个月的时间，就建起了一座小具规模的养殖基地。我积极帮助吐尔逊江协调解决用水和用电问题，引导成立村里的第一个养殖专业合作社，并与其一起精心设计了养殖场，里面不仅有硬化的标准笼舍、脱温房等，而且还专门用挖掘机挖了一个标准池塘，供小鸭小鹅戏水嬉戏。2021年7月合作社建设完成投入使用，11月就卖出了第一批鸡、鸭、鹅，到春节前已销售一空，收获了18万的利润额。目前，养殖合作社已进入良性循环，又一批小鸭、小鹅即将出栏，脱温房里也即将迎来新的住户——三黄鸡。

从前，吐尔逊江主要辗转于各个乡村巴扎来售卖他的产品，现在已经可以足不出户，在抖音、快手、朋友圈里发小视频来吸引客户上门订货了。

致富带头人的榜样带头作用也开始显现出来。2022年3月，乡政府在向荣畜禽养殖农民专业合作社召开了一场现场会，让吐尔逊江为四邻八方的乡亲们现身说法。现场会结束后，有50多户农民回到家后拆掉了旧的鸽子笼，搭建了标准鸽笼，由吐尔逊江提供鸽苗和技术服务，与合作社一起发展规模化的肉鸽养殖。

对于合作社下一步的发展，吐尔逊江信心满满。他派弟弟去阿克苏学习孵化技术，等弟弟学成归来后，就可以实现合作社孵化、养殖一条龙，进一步增加收益。此外，由于鸵鸟养殖成本低，利润高，他一直想扩大养殖规模，但合作社成立前，因为场地受限，始终无法如愿，现在终于可以实现这个设想了。他计划再购入五十只鸵鸟，形成规模化养殖。

对向荣合作社，我是充满感情的，只要有空，就会去合作社看看。合作社发展得欣欣向荣，我也感到非常欣慰。合作社墙上写着“广东援疆”四个大字，让群众真真切切看到了我们广东援疆带来的实惠，让我很有成就感。

动人心者，莫过于行；初心如磐，使命在肩。这三年，我为了工作熬过无数个不眠的夜晚，怀着对援疆事业的无限赤诚和对援疆工作的炙热情怀，以夙夜在公、勇于担当的精神诠释着铮铮誓言！援疆三年度过的难忘日子，我在往后的人生岁月长河中想起时，必然嘴角微扬，心怀感动！

（作者为广东省前指驻伽师县工作队援疆干部）

争分夺秒护心跳　援疆年余逐见效

□ 邓启垣

急性心肌梗死是导致心搏骤停乃至心源性猝死的最常见原因，是危害人们健康的重要杀手。

2022年5月20日早上，喀什地区伽师县人民医院急诊科接诊的患者图拉·阿卜都（化名），男，82岁，以“间断性胸痛4天”为主诉来院，急诊科完善心电图示：Ⅱ、Ⅲ、avF、V2-V6导联T波压低，心肌三项结果正常，考虑急性冠脉综合征，不排除急性心肌梗死，给予常规处理后立即收治心内科住院治疗。

患者刚到心内二科过床不久，突然出现呼之不应、不省人事的情况，值班医师发现大动脉搏动消失，考虑心脏骤停，立即实施心脏按压并上报。而此时，我正在查房，便迅即赶往患者床旁，组织心内二科团队进行心肺复苏，开通静脉通道，紧急实施气管插管，静推肾上腺素，期间患者曾发生室颤两次，在进行电除颤后心律由室颤转为窦性心律。经过15分钟的紧急抢救，患者最后能自主说话，意识恢复，随即转入ICU进一步治疗。

随后，我到ICU对患者作进一步诊查后，结合心电图动态改变和复查肌钙蛋

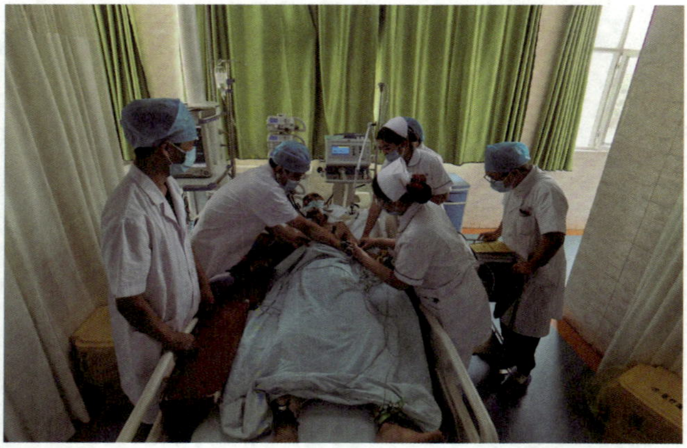

诊治患者

白明显升高，考虑为急性心肌梗死引发室颤、心搏骤停，并现场指导了患者的治疗方案。

抢救结束后，我对心内二科医护进行病例分析讲解。据有关数据统计，目前有80%的心脏骤停发生在家中。但由于人们缺乏急救知识，往往容易错过最初4—6分钟的“急救黄金时间”。目前我国心搏骤停的急救成功率不到1%，而发达国家存活率达到60%，而心脏骤停每延误1分钟，抢救成功率下降10%。随后，我组织心内科医护团队进行心肺复苏及电除颤知识培训，并让团队仔细回忆抢救过程及细节，随后对此次抢救的过程进行复盘，对存在问题进行了逐一剖析，使团队温故而知新。

在此次抢救中，由于患者高龄、心肺功能较差、基础病较多、病情变化急，抢救难度较大。此次成功抢救，得益于我此前丰富的临床经验。在我的跟进诊疗下，患者病情逐渐好转稳定，于5月31日康复出院。

以上的故事就是我在伽师县人民医院心内科开展医疗援疆工作的一个日常写照。自2021年8月，我作为广东省第九批援疆技术干部参加援疆工作进驻伽师县人民医院心内科（一区和二区）以来，共参与指导诊治患者1700余例，成功抢救如急性心肌梗死、急性心力衰竭和恶性心律失常、心搏骤停等心血管危重急症550余例，参与科室间会诊140余次，为本科室和医院的专科诊疗提供有力支撑。期间还获得两面康复患者赠送的锦旗，得到了患者的充分肯定。

为了提升科室专科诊疗能力，跟上专科最新诊疗理念，我在进驻科室后，根据科室实际情况和最新心血管病诊疗指南和专家共识重新梳理科室专科疾病诊疗流程。这既保证了专科医疗安全又提升了专科医疗质量，还提升心血管专科疾病救治的成功率。

在提升科室诊疗能力的同时，我还经过深入调研，发现科室内大多医师的学历水平多为大专，基础理论知识尚薄弱，部分临床技能不熟练。针对此状况，我每周在科室至少开展一次如基础诊断学、专科辅助检查解析、最新专科诊疗指南和专家共识及专科诊疗新进展等理论业务学习，每两周至少开展一次如各种穿刺术、心肺复苏、危重心血管疾病抢救和医护配合流程、阵发性室上速复律、除颤仪的使用等专科临床技能学习，以提升科室整体和个人的专科和理论技能。至今，现已开展科室讲课65余次，临床技能课30余次，带教专科医师10余人，提升科室专科发展的软实力。

对心内科团队进行CPR培训

在新技术方面，我陆续开展引进如高血压五项、间甲变肾上腺素、去甲变肾上腺素、尿香草基杏仁酸、皮质醇、自身免疫17项等检查，提升医院对继发性高血压和自身免疫性心血管疾病的诊疗水平，开展阿托品试验提升科室对病态窦房结综合征的诊治能力，引进遥测心电监护仪提升科室团队诊疗患者的能力，不断拓展科室的诊疗宽度。

此外，我还立足本科室，联合兄弟科室，聚集乡镇卫生院的力量，积极筹备医院心衰中心的建设，争取尽快完成评审，提升专科心衰诊疗水平。同时，我还多次组织科室开展如“世界心脏日”“世界高血压日”“中国房颤日”等的主题专科义诊活动，在帮助病患的同时，提升科室的专科品牌影响力。

我决心从制度和硬软件等方面下手，全力提升伽师县人民医院心内科综合实力，做好“传帮带”，打造科室品牌，锻造科室可持续发展能力。我的成长得益于国家多年的培养，现在就是自己响应国家号召报效祖国的时候！自己的力量是渺小的，以后我一定会依托广东省“组团式”医疗援疆团队的支撑继续努力开展援疆工作，服从组织安排，促进民族团结，向领导和同仁学习经验，争取为伽师县人民的健康卫生事业作出更多的贡献。

（作者为广东省前指驻伽师县工作队援疆医生）

躬身入局 打造带不走的"双师"队伍

□ 冯远日

我作为广东省第九批中期轮换援疆专业技术人才，派出单位为顺德职业学院，于2021年8月赴疆开展为期一年半的援疆工作，现为伽师县中等职业技术学校中餐部副部长、中餐烹饪专业教师。以服务求支持，以贡献求发展，我凭着共产党员的赤诚，挚爱着职业教育事业，从教以来始终坚持在人才培养、科学研究、社会服务等一线工作，以世界美食之都、中国厨师之乡、粤菜重要发源地的顺德餐饮产业和烹饪工艺与营养专业群资源优势来服务巩固脱贫攻坚成果、助力乡村振兴，以"粤菜师傅"工程培训落实文化润疆、教育援疆工作任务。

立足岗位，积极推进专业教学工作。我在工作中尽职尽责，对分管的教学工作进行深入调研、理清思路、狠抓落实，提出了教学计划、实训管理等的工作思路，针对教学中存在的问题，制定了严格执行学校教学管理的措施，带动职校中餐部实训教师听课、评课，并与任课教师共同商讨解决教学存在的问题。

师徒结对，打造一支带不走的专业教师队伍。我协助伽师职校大力开展

● 给当地学员培训

专业师资队伍建设。伽师职校中餐专业招生形势好，但专业师资十分缺乏，更没有具备企业实践经验的专业师资。我从事粤菜烹饪教育行业11年，曾担任过餐饮名店的厨师、餐饮培训项目的负责人等。进校后，通过师徒结对“传帮带”，收了两位不是中餐专业毕业且基础非常薄弱的年轻教师为徒弟，我毫无保留地把自己的专业技能、教学经验传授给他们，手把手教给他们刀工、勺工、翻炒等基本技能，并通过公开课、专题讲座、专题培训等方式，帮助两个徒弟提升实操能力和理论水平。通过“传帮带”活动，带出了中餐理论基础扎实、实训教学能力强的青年教师，初步建立了一支带不走的专业教师队伍。

兴趣引路，积极培养学生专业情感。我想方设法采用多种方式方法激发学生学习兴趣。到伽师县职校后，积极主动了解南疆的饮食文化，传统饮食习惯，以及南疆的食材特点，运用粤菜的烹调手法，不断创新教学内容，深入浅出开展实操教学，激发伽师中职中餐烹饪专业学生的学习兴趣。根据当地人们偏好口味浓重菜式的特点，把粤菜中的焖、煎、焗、炒等的制作手法引入教学中，受到学生的喜爱。我毫无保留地把自己的粤菜烹饪技能传授给新疆学生，将新疆食材与顺德厨艺结合起来，碰撞出新火花。学生的学习兴趣浓郁，很多学生都申请过来旁听实操课。

统筹开展烹饪实训基地升级及改造工程。我主动向校领导申请开展伽师职校新校区中餐烹饪实训基地设计工程，对当地餐饮行业发展、餐饮企业人才需求、专业发展现状和建设要求等展开调研，组织调动专业教师为设计工作出谋献策，并向后方征求资源及指导意见，最后向学校汇报设计思路可行性，确定新校区3层实训厂房可分别设计建设为中餐烹饪区、中西面点区、新疆风味区，根据“工作过程系统化”的实训教学及管理思路，对照设备工具尺寸与厂房面积手绘设计方案，并与设计院对接修改完成了八稿设计方案，设计出6000余平方米的理实一体化烹饪实训基地。学生实训条件得到全面优化，学习兴趣更浓了。打造对标广东的先进职业教育发展理念实训基地，为培养优秀烹饪技术技能人才提供优良环境。

落实广东省“粤菜师傅”工程，巩固脱贫攻坚成果，助力乡村振兴。2018年5月至今，我深入参与落实精准扶贫、乡村振兴的各项工作中，积极参与社会服务：在顺德职业技术学院落实乡村振兴、精准扶贫的厨艺培训工作中，承担每期培训班的教学设计、实验教学、学生管理等工作，承担顺德职业技术学

烹饪实训成果

院大量的校内培训教学工作量，并配合中央电视台《焦点访谈》栏目拍摄报道（《美味的扶贫》）；曾六赴四川凉山开设厨艺培训班，在顺德职业技术学院落实精准扶贫、乡村振兴工作中做出较大贡献，配合主流媒体宣传报道，践行“一人学厨全家脱贫，一人学厨全家幸福”的教育扶贫理念；承担学校落实国务院侨办“中餐繁荣基地”相关工作，于2020年参与《粤菜师傅年夜饭》栏目拍摄，制作两个教学视频并在海内外广泛播出；配合顺德区委宣传部组织拍摄《追梦顺德》栏目、配合组织拍摄《十二道锋味》栏目等，为宣传、传承顺德饮食文化作出贡献。

作为顺德职业技术学院派出的首批援疆教师，我团结同事，以诚待人。从繁华的大都市、“世界美食之都”顺德来到偏远的西部边陲，爱人和孩子都不在身边，但我无怨无悔，全身心地投入工作，很快融入环境，融入生活，融入伽师职校烹饪教育发展的大事业之中。

援疆工作经历可遇而不可求，援疆支教让我更全面地认识自己，看到自身的不足，个人思想获得全面提升；也更深刻地认识党的正确领导，祖国的伟大建设成果来之不易。我深感任务艰巨、使命光荣，把传播顺德职业技术学院的大爱情怀和粤菜师傅工匠精神作为重要抓手，为伽师职校学生实现“一人学厨全家脱贫，一人学厨全家幸福”积极贡献自己的力量。

（作者为广东省前指驻伽师县工作队援疆教师）

留下一支能胜任现代职业教育的教师队伍

□龚　天

2021年9月，我接到援疆通知后，就在思考，到了新疆，我能做些什么呢？作为教务处副主任，培养一支能胜任现代职业教育的教师队伍，是我的首要职责。为了更好地完成这个任务，出发前我就带上了30倍变焦的DV、高清图传设备、手持稳定仪、带有蓝牙数据传输功能的万用表、路由器等信息化教学设备。来到第三师图木舒克市职业技术学校（简称“三师职校”），我被学校党委任命挂职教务科副科长，接到其中的一个任务就是完成“2020—2023提质培优行动计划”中的三级教学能力比赛，这个任务与我的初衷一致，于是我便欣然接受，开始了这一年半的教学能力比赛组织和辅导工作，并全力以赴地去完成。

从制定校级教学能力比赛方案到最后国赛作品的提交我全程都参与其中，校级教学能力比赛方案是参考兵团赛方案制定的，其中设置了线上材料评分、线下评委现场评分和现场答辩三个环节。考虑到老师们没有参加此类比赛的经验，为增加老师们的参赛积极性，本着以赛促学的思想，在比赛环节不减的前提下对参赛题目进行精简，同时通过一系列的培训让老师们更加有兴趣和信心参加本次校级教学能力比赛。

2021年是学校特殊的一年，学校从老校区搬来新校区，新校区只完成了一期建设，二期还未动工，校园网还没有建成。为了更好地完成这个任务，我就亲自讲解比赛方案，对方案进行解读，邀请专家进行线上讲座，做到全员参与校级比赛的培训，提升老师们的教学理念、课堂驾驭能力、专业素养以及信息化手段的应用。最终，有10支队伍40人参加校级比赛。我把整个兵团赛的流程在我们三师职校的阶梯教室演绎了一遍，看到选手们站在台上激情洋溢地演说“实施报告”，流利地回答现场评委的提问，我感觉他们的身上闪着光芒。这种别开生面的比赛现场让老师们惊叹不已，一位老教师说：“我从来都没见过这么精彩的教学能力比赛。”是啊，这是他们第一次见到模拟兵团赛现场，以前没有老师晋级到兵团赛。

校赛决出三支队伍代表学校参加兵团赛。通过解读方案等专题培训，辅导三组选手参加兵团教学能力比赛，通过给思想、给理念、给方案、给设备、给信息化手段，如开发AI语音评测助手、申请软件著作权等，帮助选手完成教学能力比赛。

兵团赛的备赛过程困难重重，老师们本身的教学任务和事务性工作比较多，加上没有兵团赛经验、缺乏信心、没有设备，我就一样样给予支持，请专家给予一对一辅导，不断鼓励他们，并提供信息化设备。

面对老师们本身的教学任务和事务性工作比较多的情况，我到各小组的办公室去单独辅导，询问课题选了什么、是否根据实际工作过程选课题、是否选用了国家规划教材、是否做到了与“1＋X”课证融通、运用了哪些信息化手段、有哪些特色与亮点等。通过与老师们交流，我发现其中有一组旅游团队，有两个组员迪丽努尔•吾斯曼江和努尔比亚•玉素甫是维吾尔族老师，他们的普通话非常标准，选的课题是红色文化，加上我们和唐王城千年屯垦文化中心有一定的合作基础，我眼前一亮，这就是我想重点打造的队伍。老师们也想干出一番成绩，但不知道怎么干，我就从选题、教案模板分析、特色与创新提炼等方面进行指导。援疆期间，我们发现少数民族孩子的普通话水平不高，团队里面的涂银涛老师提出了AI语音训练的概念，这时，我想起自己写过的名为《VR、AR、AI在中职汽车专业教学中的应用》的论文，于是我便组织计算机老师，连夜成功地开发了“AI语音助手”小程序，老师们可以根据上课的内容自定义学生训练的内容，这个有自主知识产权的信息化手段，是本次教学能力比赛的特色与亮点；为了让红色文化根植于学生心中，我们从不同的子课题里面提取八种精神进行传承，这也是本次教学能力比赛的特色与亮点。为了实现翻转课堂，我将使用多年的考试酷平台的智能组卷功能进行了分享，用问卷星进行数据的采集和图形化表达，不断给老师们带来帮助的同时，也给他们带来了希望。

在教师遇到困难时，我不断给予鼓励。有一次迪丽努尔老师说：“龚科我们完了，我刚刚在网上看到了一个国赛视频和我们这个相似度很高。”我就安慰她说：“不用担心，反而要开心。第一，这说明我们的作品水平已经接近国赛水平了；第二，教学有法、教无定法，理念工具就那么多，有相似，也不奇怪，说明这是主流的思想，并且我们有自己的特色与创新。”经过一番开导，她笑了，继续努力写材料。

除了鼓励，我还不时给予他们一些压力。五一劳动节，我把队员们组织起来集体备课、写教案、写实施报告、讨论应该怎么上课，初稿成型以后再通过经贸的张绍华老师邀请后方的专家进行一对一指导。一个团队邀请一个后方在国赛获奖的专家进行指导，将专家的意见融入我们的教案和实施报告，经过几十次的修改，最终呈现出高质量的文字材料。

提供拍摄方法和拍摄设备，我们邀请后方专家指导教学片段录制，包括拍摄机位、脚本、镜头呈现等方面。我从东莞带过来的高清DV、猛犸图传设备、手持稳定云台、无线麦克风等信息化设备全部派上用场，最终高质量地完成了兵团赛作品。

功夫不负有心人，三师职校在2022年7月的兵团教师教学能力比赛中斩获一、二等奖和优秀组织奖三个大奖，这是学校首次在兵团教学能力比赛中获奖，难能可贵的是两组均被推荐代表新疆参加国赛。

2022年秋，为了更好地完成国赛作品，我们援疆12人组织参赛老师共同研讨，研读国赛文件，制定备赛方案，邀请专家进行远程指导，根据专家意见一遍遍修改教学设计，修改教案、实施报告和拍摄脚本。根据国赛要求重新布置教学场景，编写45分钟拍摄脚本，到唐王城千年屯垦文化体验中心进行校馆合作拍摄，在拍摄现场我们12位援疆教师担任“编剧”“导演”“场工”“收音师”“灯光师”，大家分工协作，最终高质量地完成了课堂实录任务。为更好推进普通话的学习并助力本次教学能力比赛，我们援疆教师团队继续优化设计并开发了“AI语音训练小组手”小程序2.0版本。最终在10月10日高质量地完成了课堂实录任务。

三师职校教学能力比赛的奖项从无到有、从有到优，我们用了一年的时间，创造了一个奇迹，这证明了我们三师职校老师的优秀。在夜以继日的工作中，我们收获了一份友谊，一份援疆情谊，民族老师们学到了先进的教学理念，能够将信息化手段很好地融入课堂。参加兵团教师教学能力比赛的选手通过这次比赛已经成为专家型、学者型的老师，体现了文化润疆中的育苗工程成效显著。通过援疆，我们为三师职校留下一支能胜任现代职业教育的教师队伍。

（作者为广东省前指驻兵团第三师工作队援疆教师）

援疆路　女儿情

□ 李雪玲

大学毕业那年，我参演了毕业晚会的小品《十年约》，它讲述的是大学生毕业后支援西部约定回校的故事，没有想到的是毕业多年的自己在现实中也会有相似的经历，有一种实现了梦想的感觉……

2021年暑假，我从《广东省教育厅关于第九批援疆专业技术人才中期轮换的通知》中了解到此次选派自己专业对口，系里的老师也推荐我报名，作为一名共产党员，我积极响应号召主动报名援疆，当时学院领导只问了一个问题：“如果你去援疆，家人是否理解和支持？”

我放心不下的首先是女儿，她年纪尚小，正好处于小学四五年级的关键阶段，即将面临小升初，而且从小都由我照顾和教育，因此我一开始是想把她带在身边作为“小援疆”。但我没想到女儿非常懂事，她说：“妈妈您放心去援疆吧，我想留在广州上学，爸爸可以教我做作业，如果有不会的地方我可以自己问老师，老家的小学生都是四年级就住校了，等你回来我应该就长大了！”

家中年迈的母亲做过两次大手术，每年要定期检查身体，我跟她讲了一些援疆同事和医生的故事，她不断地重复一个母亲对女儿的关爱：“援疆任务光荣也艰巨，作为一名土生土长的南方人，你一定要在生活上照顾好自己……”我知道此刻的她是多么不舍得跟我保持那么遥远的距离。

有了家里的理解及全力支持，我坚定了援疆的决心，2021年8月28日我作为广东省第九批援疆干部的一员跨越了5000多公里，从锦绣木棉的南方来到了戈壁胡杨的西北，开启为期一年半的援疆工作。

虽然每次视频电话女儿都问我什么时候回家，说我出差的时间好长啊，但是她却从来没有哭过鼻子。援疆期间不能在家中陪伴她，我心里十分内疚，她遇到困难时，我却帮不上忙，心里七上八下的，很是难受，她需要关心和支持时，我却只能在万里之外的喀什用迟到的言语给予安慰，这一刻我真正体会到了“天各一方”的真正含义。

转眼间，一年半的援疆工作已接近尾声，一节节课堂、一份份作业、一篇篇论文、一项项交流、一场场慰问、一次次微笑，传递着一丝丝的温暖。每当看到课堂上的学生理解了新知识，脸上露出会意的微笑；每当看到学生领会了笔记上的评语，脸上绽放出舒心的微笑；每当看到做实验的学生克服了困难，脸上洋溢成功的微笑……我都倍感欣慰。在喀什大学生命与地理科学学院的日日夜夜里，我得到了不一样的历练、成长和进步，我为大爱援疆感到骄傲和自豪，一批批援疆人在南疆挥洒自己的青春和汗水，在智力援疆、文化润疆、项目对接等方面持续推进。

虽然和家人相隔万里，但我想我可以学习援疆人因梦想而飞扬、因拼搏而精彩、因奉献而厚重，把人生理想融入国家和民族的伟大事业中，不忘初心、不怕艰苦、不断探索，成为女儿的榜样。就像福建援疆干部陈雄标所说：“一个人，如果把自己的理想融入国家和民族的伟大事业中，那么，人生将因此而熠熠生辉。作为一名援疆人，我想用自己的实际行动为女儿树立榜样，诠释什么是真正的家国情怀。”

女儿上小学前就学会了贵州乡村教师梁俊那首平凡而卓越的《苔》：“白日不到处，青春恰自来。苔花如米小，也学牡丹开……风一来，花自然会盛开，梦是指路牌，为你亮起来，所有黑暗，为天亮铺排……世界是纯白，涂满梦的未来。用你的名字，命名色彩……”我想我们这一批批援疆人，也是这如米小的苔花。在广州，我是一个平凡的老师，当国家召唤时，我义无反顾来到喀什，为南疆高等教育事业添砖加瓦，为国家效力，给自己的生命增添了一抹色彩……希望她长大后能理解其中的含义。

（作者为广东省前指驻喀什大学直属队援疆教师）

拳拳赤子心　殷殷融媒情

□刘　宇

2021年8月，带着台领导的殷殷嘱托，我辞别妻儿，跨越大半个中国，来到西北边陲小城——第三师图木舒克市，开展为期一年半的援疆工作。从开始的陌生到逐渐适应到喜欢这里，我有了一种别样的人生体悟。

第三师图木舒克市，地处塔克拉玛干沙漠西缘，位于南疆四地州的地理中心。小城虽毗邻沙漠，其市区却是树木葱茏、鸟鸣清脆，道路如网、车水马龙。深秋的第三师图木舒克市更是色彩斑斓、景色宜人，令人喜爱。

初识三师融媒

我的受援单位是第三师融媒体中心（简称“三师融媒体”），在来之前，我了解到三师融媒体于2020年4月正式挂牌成立，业务涵盖了报纸、广播、电视、新媒体等多种传播平台；有员工130余人，从人数上来说，在第三师图木舒克市已经算大单位；融媒体中心的新大楼在2021年进入内部装修和技术系统建设规划设计，这就是我掌握的全部情况。从一个技术专业岗位，到一个感觉无处着手的新岗位，我心里有对挑战的期待，但更多的是担心，担心无法胜任新的工作岗位，担心与新的同事不够默契。就这样，我怀着忐忑的心情，踏上新的征程。

初识三师媒体人，心是温暖的。我是作为第九批援疆技术人才轮换人员来接续同事吉秋霞的援疆工作的，在秋霞返粤那日，众多三师融媒体同事前来欢送告别。他们紧紧握住她的手，久久不愿松开，再三道着“珍重珍重”，留下不舍的泪水。初见这群媒体人，感受到他们真挚的情感，看着他们依依惜别的样子，我也不由此湿了眼眶，暖了心房。

走上新岗位

9月的南疆，骄阳似火，这一天是我和南方报社援疆同事一起去新单位报到的日子，虽然车内冷气开得很足，但仍赶不走我心底的些许焦躁。三师融媒体离我住地不算远，10分钟左右，小车就从大路拐入一段绿荫遮盖的小道，映入眼帘的是一幢略旧的三层办公楼，没有显眼的单位招牌，只有楼顶特有的大大的卫星接收锅和高高的无线发射天线，表明了这幢楼的身份。

单位领导们已经在楼前迎接我们，年轻的贺书记热情地向我们介绍，带领我们熟悉单位的各部门和新同事。单位不大，但承担了报纸、广播、电视、新媒体的宣传业务，除几位年龄稍大的部门领导外，以“90后”年轻人居多，工作氛围充满了活力和冲劲。三师融媒体成立时间虽然不长，但结满硕果，荣获“第九届全国服务农民、服务基层文化建设县级融媒体中心”和“基层广播电视机构先进集体”，16件作品获兵团新闻奖，位居14个师市第一名。能加入这个蓬勃向上的集体，我的内心是激动的。

我在三师融媒体任职副总编辑，承担电视中心的节目审核和安全播出工作，并配合融媒中心新大楼技术系统设计建设。援疆前，我一直在广东省台电视融媒中心负责网络技术和安全播出工作，在新单位，除了节目审核是新领域，其他工作基本都找到了熟悉的感觉。办公楼后是一片接近3个篮球场大的花园，种满了杏树、桃树和格桑花，树下散落着几处藤椅，散步其中，来之初心头的焦躁已化解不少。

人在三师就是三师人

走进三师融媒体，逐渐熟悉单位发展情况与创作瓶颈，我发挥自身的技术特长，充分利用后方广东电视台的丰富资源，以媒体人的思维方式，拿起镜头，记录着在三师融媒体每一天的工作生活。

第三师图木舒克市总面积8163平方公里，地域辽阔，外出采访拍摄都非常辛苦，如果去叶城二牧场、托云牧场等地，来回一次都至少需要3—4天的时间。为了能迅速熟悉工作，与同事打成一片，我积极参与配合央视新闻的《兵团精神谱系》《石榴红了》《棉花丰收了》等直播节目，时长7小时40分，与同事共同制作完成《神秘唐王城》《逐浪》等纪录片、宣传片20余部。

做一名合格媒体人

“电视播出技术工作不容半点马虎。”在三师融媒体，我的另一项工作是安全播出保障，在这项需要细致和认真的工作中，坚持“大处着眼，小处着手”，对照广东台的岗位规范，积极引导三师融媒体健全管理机制、优化宣传平台工作流程。坚持敢为人先、务实进取、开放兼容、敬业奉献。“工作时间不够，周末时间来凑。”在援疆这段时间，两手抓受援单位和援疆工作队任务，积极协助完成工作队宣传工作，先后在广东台和触电新闻发表稿件20余篇。

为光荣梦想

“援疆为什么？援疆干什么？援疆留什么？”是我日思夜想的问题。邀请广东台电视融媒中心、电视制作部、电视播出部、广播融媒中心等多部门的核心技术力量，对三师融媒体新大楼的新建技术系统的设计方案进行评议，提供了大量专业的技术支持和修改建议。受援单位采纳了提供的大部分建议，保证了新建技术系统的先进性和经济性。

协助三师融媒体技术部完善安全播出的制度，反复落实应急演练，梳理补充技术系统资料，顺利通过了兵团组织的广电行业安全播出大检查。沟通协调三师融媒学员赴广东台进行电视节目制作、新媒体、电台节目运营、新闻电视摄像等业务跟岗学习，从2022年6月开始，共4批次合计12人次，每批次学习周期为1个月，目前已完成2批次6人次。

援疆人，援疆情，一辈子的梦想与坚守，有了付出才会信心更足，收获鼓励才会动力更强劲。援疆时间虽短，但收获颇丰。路漫漫其修远兮，如果党和人民需要，我愿意继续为新疆贡献自己的绵薄之力，把这份情谊传承下去。

（作者为广东省前指驻兵团第三师融媒体中心副总编）

中国梦　援疆梦　我的梦

□ 韦广莹

1967年，我的父母响应党和国家的号召，奔赴贵州支援三线建设，在那里建厂、建学校、幼儿园及生活区，老一辈的三线建设者深刻地诠释了艰苦创业、无私奉献的三线精神和兵工精神。还记得老父亲的那句话："没有远行谈何理想？没有经历谈何生活？也许是冥冥之中的安排。"

我来自广州医科大学附属市八医院，肩负着组织的重托、领导和同志们的期望，2019年受中共中央组织部派遣，作为广州市第九批援疆干部来到疏附县人民医院工作，任职疏附县人民医院急诊重症医学科主任。

如今，我已在新疆工作三年，这一段时光深深地影响了我的人生轨迹，也深深地刻在我的信念之中，我亦将铭记一生。正所谓，人的五层需求包括：生理需求、安全需求、归属与爱的需求、自尊需求、自我实现的需求。而援疆工作是我的哪一类需求呢？我想，是"自我实现的需求"！

我一直为此需求而努力坚守着！患者的病情不会因三甲或二甲医院的不同而分轻重，医生不会因患者有钱或无钱随意更改治疗方案，这是牢记"医者治病救人"的初心，在治疗原则上的坚守；深入基层详细调研，开展师带徒及"传帮带"活动，这是培养一支带不走的医疗队伍而永不放弃的坚守；同时，我不会因人情世故改变理想信念，我也不会因远离亲人改变初心使命。

作为主任医师、喀什疏附县人民医院急诊重症医学科主任，2020年在疫情防控阻击战中，我第一时间递交一线抗疫《请战书》，按下了鲜红手印，做出了表率。我发挥自身优势、贡献巾帼力量，先后获"疏附县人民医院最美医生""抗疫先进个人""民族团结先进个人""民族团结好对子""优秀乡村振兴人"及"优秀临床带教老师"称号，所管理的科室连续两年获"先进集体"称号。

根据广东省"十四五"援疆规划要求，我在疏附县人民医院重点加强急重症科室硬件配备及提高人才储备要求，同时按照等级医院评审细则规范及专科发展需求，独立设立院前急救。院前医疗急救是医疗卫生事业和社会保障体系的重要组成部分，也是公共事业管理的重要组成部分，同时，院前医疗急救工作开展的情况，也反映了一个地区公共事业管理能力、公共卫生水平和公共福利等综合能力。随着社会经济的快速发展，突发公共事件时有发生，人们对健康保障的要求不断提高，如何合理配置与有效利用院前医疗急救资源，为广大人民群众提供方便快捷、优质高效、功能完善的院前医疗急救服务，已成为当前亟待解决的问题之一，也是医疗卫生事业深化改革的迫切需求。为了规范建立县域院前急救体系［共设置9个站点，分别为1个中心站（我院）和铁日木、塔什米力克、布拉克苏、吾帕尔、站敏、兰干、木什、吾库萨克8个乡镇站］，需要打造一支分秒必争、技术过硬、设置合理、设备先进的院前急救队伍，精准服务全县经济社会发展，切实保障人民群众生命安全和身体健康。从2022年4月我开始撰写院前急救中心筹备方案，方案写好后邀请院领导、医务科、护理部人事科、绩效科、医疗设备装备科、总务科等参加院前急救中心推进会，重点讨论包括场地（外科诊室、清创缝合室选址方案）、车载设备问题、医护人员及救护车司机定岗定位薪资等问题。急重症科的医生们院前急救技能培训及重症技能培训也在如火如荼地进行着。目前，新院区急救中心大楼已经建好。

麻雀虽小，我也要让它五脏俱全，于是进行急诊环境的大改造。回忆自己初次来到疏附县人民医院，除了卫生条件令人担忧，狭窄混乱的就诊环境也让我记忆犹新。上班第一天，在急诊科几乎“看不到”医生，因为就诊的患者将

● 喀什疏附县人民医院急重症医学科全体医护人员合影

医生团团围住了，医生现场问诊效率很低。看到这一切，我下定决心要改变这一切。没有电子分诊，我自创了“卡片分诊法”，采取“颜色和序号”双结合，重病患者采取红色标记，优先就诊，这样既有了绿色通道，也实现了有序就诊。

如今的疏附县人民医院急诊科，已焕然一新：大厅墙上贴着“绿色通道”“各大病种救治流程图”“胸痛分诊流程图”，地面上贴着三种颜色的地标，真正做到了急而不乱、急而有效。医生办公室墙上一面面锦旗也仿佛诉说着患者的感激与信任……

几年前，当地被毒蜘蛛咬伤的死亡率很高，许多患者还没来得及到医院就诊就中毒死亡，有的甚至不清楚死亡原因。随着广州援疆医生的到来，毒蜘蛛咬伤被重视起来。

我们告诉患者，被毒蜘蛛咬伤后出现不适一定要尽快到医院就诊。与此同时，我们也正在采集血清及毒蜘蛛尸体的标本，研究当地毒蜘蛛的种类，拟与广州“大后方”的医院共同合作，希望可研制出抗毒蜘蛛血清。

边查房边教学，开展全方位、多层次、多角度培训。“心功能的分级标准？”“急性左心衰、急性肺水肿是几级？”……查房过程中，我仔细询问患者病情的同时，也会突然抽查，不断地向身边的年轻医生抛出“连环提问”。

这里的医生动手能力很强，气管插管、气管切开、深静脉穿刺这些操作从零学起，教了一两次后便很快掌握；但是临床基础知识相对薄弱，特别是面对病人的各种主诉，医生们往往抓不住重点。对此，我换了一种当地医生更容易接受的方式进行理论知识的培训——不按照PPT来讲，而是按病例来讲，边查房边教学，通过反复提问进一步巩固年轻医生的理论知识。尤其是急诊医生，需要掌握更多的临床知识，需要拓展思路分析疾病。比如昏迷不只是脑血管意外，还可能是药物中毒、糖尿病酮症酸中毒等导致的。遇到问题先独立思考，从而提高鉴别诊断能力。在这样的严格又细致的“训练”下，当地医生的理论与实践能力快速提升，最直观的感受是现在晚上医生打来“求助”电话减少了，这说明他们独立思考及解决问题的能力提高了。

2021年12月，我和疏附县人民医院心内科主任，开展了为期一周的“急心联合临床思维训练营”，此训练营秉承“共谋、共融、共发展”的理念，创新开展“急诊疼痛故事会”“急诊心电图应用优秀案例分享”等多个特色版块，同时也有“技术进阶之胸痛时间管理、电击除颤、心电图”等主题专场，此次

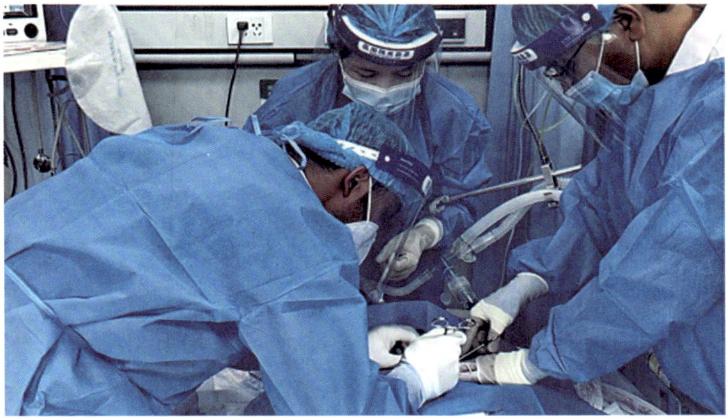

● 和同事一起完成重症患者床旁气管切开术

培训对象为疏附县7个乡镇卫生院，训练营分享了代表性病例及急诊常用临床思维，因地制宜、因材施教，结合各种案例：“以为带状疱疹，其实是心肌梗死”，“以为是牙疼，其实是心肌梗死”，临床案例生动却“一针见血”，学员们听得胆战心惊，直呼：“还好，没漏诊，没误诊。”此次训练营乡镇之行，同时也是响应国家医共体号召。

我按照医院医护人员的能力水平，分级展开相应的培训——能力强的进行“高级生命支持培训”，能力弱的进行“基础生命支持培训”，循序渐进、因材施教。平日根据毒蜘蛛咬伤、农药中毒、糖尿病酮症酸中毒、呼吸衰竭、心肌梗死等疾病高发时间段，有针对性地安排即时培训、全院培训、强化培训，“学习潮”从急重症医学科延伸到各个乡镇，各乡镇卫生院的医生们纷纷提出要尽快去我所在的科室参加轮科培训学习。

广州援疆医生放不下牵挂，主动申请延期，继续并肩作战。疫情期间，我还主导设计并建立重症医学科“三区两通道”，严格落实防护、消杀、抢救及隔离等措施，确保全体医护人员“零感染”；细化及制定预检分诊流程，为发热的重症患者开辟绿色救治通道；同时，心系肿瘤患者，优化肿瘤患者及孕产妇转诊流程，联合医务科及各乡镇领导，为肿瘤患者统一安排车辆，及时送至喀什地区第二人民医院行化疗。优化远程会诊流程，确保全县重症患者救治及时。

让我牵挂的不仅是自己全程跟进的新院区急救中心大楼的建设，还有一群平时与我并肩作战的“孩子们”。

生活中的相互帮助，工作中的共同进步，几次疫情的“并肩作战”，让我与当地医生建立起亦师亦友的珍贵情谊。在急诊科，我拥有着不同的昵称——“韦主任”“韦妈妈”。“每次韦主任休假回广州的那几天，我们每个人都很想念她，因为她是我们的定心丸，她教会我们很多抢救技能，只要她在，我们就不害怕收治重病患者，我们也有信心让重病患者好转出院。”疏附县人民医院急诊科副主任热依汗姑丽•吐拉甫说。2020年12月底，我回广州做肺部手术，术后身上插着几条管子，这时，医生们想和我视频通话，我拒绝了，因为我不想让医生们看到我生病的样子而难过。医生们便留言：“主任，手术疼不疼？我们想飞去广州做鸽子汤、羊肉汤给你喝，像照顾自己妈妈一样照顾你。”

援疆一年半的时间太短，我还是放心不下。新院区急救中心大楼的建设是我亲自参与设计的，因此想留下来继续跟进。医院急诊是个大科室，医护人员多，分急诊门诊、院前急救、重症医学科三个部门，我还没有完成每个人的强化性、阶段性培训，希望医生们打好了基础，在新院区建好后更好地胜任接下来的工作。

积极将医疗援疆工作与民族团结进步相结合，推动各民族像石榴籽那样紧紧抱在一起。我深入持久开展民族团结工作，将民族团结交流交往交融落实在临床工作中，例如：医生24小时一起搭班，汉族医生与维吾尔族医生用普通话交流，医生和病人之间也尽量用普通话问病史；每天早上，在医生办公室早交班时，全体医护人员都用普通话大声说：“早上好！夜班的同志们辛苦啦！”

心底有爱，天地宽。

在工作中，我是严厉的科主任，但在生活中，我像一名慈祥的妈妈，在细节上关心关爱着他们，寒冬时节，我会把自己的棉衣分给他们，和他们一起分享热腾腾的羊肉汤、烤红薯。

（作者为广东省前指驻疏附县工作队县人民医院急重症学科主任）

“古丽娃娃”诞生记

□ 吴依伦

“我是一名普通卫星工厂经营者，在广东援疆的帮助下，我的服装和‘古丽娃娃’走出了喀什，走出了新疆，成了和夏阿瓦提镇的一个‘代言物’。”伽师县和夏阿瓦提镇的“致富带头人”排丽旦说道。

由排丽旦创立的祖美尔服装有限公司生产的一批又一批“古丽娃娃”运往各地市场，她和她的团队一手打造的民族特色服装及玩偶走出了乡村，挺进全国知名城市。

2007年在中国农业大学本科毕业后，成绩优秀的排丽旦又被录取为硕士研究生，但当她回到家，看到弟弟失去了生活自理能力，家中老人无人照顾时，决定放弃继续深造，回到自己的家乡接手母亲经营的快餐店。排丽旦从零开始，不等不靠，百倍付出，她的餐饮之路越走越顺畅，但是餐饮店的收入并不能很好地支撑家里的支出及医药费，在母亲的影响下，排丽旦开始琢磨起服装生意。她用餐厅的收入办起了乡村第一家服装刺绣店，快餐店和服装刺绣店步入正轨后，却遭遇了难题，突如其来的新冠疫情导致货物滞销，餐厅也时常停业。

受益于广东援疆的政策扶持及广东援疆干部的亲身指导帮助，排丽旦得到了50万元的援疆资金支持，这场“及时雨”为排丽旦化解企业危机，调整营销思路，克服疫情带来的困难发挥了重要作用，她将两个卫星工厂合并，把厂房改建为线下体验展示中心，将网络销售作为主要的销售渠道，为公司线上销售、直播带货、线下体验等搭建了平台，使“古丽娃娃”迅速在国内其他城市走红。此外，她把餐饮店改扩建为镇馕城文化大院，打造特色品牌，规模化发展，全面提升馕产业的知名度和影响力。

在广东援疆的指导下，祖美尔公司成立了党支部，由排丽旦担任党支部书记，发挥基层党组织战斗堡垒作用。截至目前，公司有党员7名，被评为喀什地区两新组织示范点，2021—2022年接待了11批次1000多人次观摩学习团。

排丽旦在广东援疆力量的帮助下，企业发展态势良好，同时也不忘回馈社会。她不仅创造了大量的就业岗位，还多次组织巴扎义卖活动及志愿者活动，参与包联帮扶群众，为包联户置办家具，为镇中心幼儿园捐赠服装，为镇里的妇女免费送出缝纫机及电视机，等等。她的公司被中华妇女联合会评为“全国巾帼脱贫示范基地”，她本人荣获自治区2020脱贫攻坚奉献奖及多项地区、县市荣誉。“广东援疆队帮助和支持我在创业路上追梦圆梦，我要带领更多的父老乡亲致富奔小康，用实际行动报答党的恩情。”排丽旦动情地说道。

如今，祖美尔公司在广东援疆的帮助下蓬勃发展，具有民族特色的服饰销往南粤大地，追逐梦想的排丽旦，仍然在用她的辛勤劳动创造价值，用行动感党恩，她坚信，只要不忘初心跟党走，她的中国梦一定会实现。

（作者为广东省前指驻伽师县工作队援疆干部）

创情境 传知识 播思政 铸灵魂

□冯 煜

大年初一拜年后，我坐在阳台晒着太阳，边喝茶边回复学生的祝福信息，一条条祝福，总能勾起我曾经与学生相处的回忆。这是一年中最美好的时刻，洋溢着幸福，充满着自豪。“冯老师，春节好，祝您虎年身体健康，工作顺利。您还记得我吗？我是二中初二（6）班的阿奇，是您的一节课让我知道地理是那么有趣，那么有用，更让我知道自己不是一无是处。老师，期末考试我进步了13名，虽然排35名，但我变得自信了，我会继续努力，学好知识，种好田。老师，有机会我还想听您的课。——您的学生阿奇。”看到这个短信，我瞬间想起瘦高、短发、皮肤黝黑的阿奇同学。我和阿奇只见过两次面，他却记住了我，我更加感受到给孩子传播知识、改变孩子的思想、影响孩子的未来是老师“教书育人”的使命。

2021年8月，我有幸成为广东援疆工作队的一员。文化润疆是工作队的一项重要任务，我们不仅要在受援学校培养教师、顶岗教学，而且肩负着扩大援疆成果、推广高效课堂、落实学科思政的任务。为了推广品质课堂，我选择第三师图木舒克市50团二中为推广点。

去该校考察时，由于接待领导正在开会，我一个人在操场碰到了孤单的阿奇。出于职业敏感，我意识到阿奇是个有故事的孩子，便和阿奇交流起来。我问他答，他的答案很简洁，没有多余的情感，眼神飘忽不定，两只手也好像无处安放。交流中我了解到，阿奇的父母离异，他在小学三年级跟随爸爸、爷爷、奶奶，从河南来到新疆生产建设兵团种田谋生。由于爸爸没有再婚，爷爷、奶奶因病去世，阿奇和爸爸开始了相依为命的生活。爸爸白天种田辛苦劳累，于是懂事的阿奇担负起煮饭的任务，他和爸爸的交流也很少。

一位男老师远远向我们走来，那是阿奇的体育老师，老师喊他回到班级队伍中去，阿奇解释道，由于他性格不太合群，在分组活动中没有同学选择他，所以他才一个人走开。解释原因后，体育老师同意我和阿奇继续交流，阿奇告诉我，在老家时他的成绩一直名列前茅，来到新疆以后不太适应，加上家庭变故，无心学习。阿奇感觉自己很没用，没有办法挽留住妈妈以及爷爷奶奶。由于不爱和同学交流，同学们不太喜欢他，加之成绩不好，老师们也不关注他，阿奇总感觉自己很多余。“你喜欢地理吗？”我问。“学不会，好多内容要背诵，记不住。”他怯怯地回答。“你有什么理想吗？”我继续问。“没有，我爸说让我跟着他种地，但种地没有出息，整天和黄土打交道，可我的成绩差，也考不上大学。”他回答道。

我们围绕着种田谈论起来，“种田是个大学问，不要以为种田没出息，为什么你爸爸种棉花和红枣而不种玉米和水稻？我国还有什么地方种棉花？新疆种田缺少什么？新疆的棉花如何走向世界？……”我的一连串问题让他有点茫然，他瞪大眼睛看着我。“随着科技发展，农业生产科技含量越来越高，没有学问种田是不行的。随着水资源紧缺问题的解决，新疆很可能成为我国更重要的粮食生产区，种田是一个很好的职业，但也需要有文化，所以要把文化课学好……”学校的接待领导来操场找我，我们的谈话也结束了，我拍了拍阿奇的肩膀，叮嘱他好好学习，并撕下一张纸写下我的电话号码，让他在需要帮助的时候联系我。

接下来的一段时间，我一直思考如何开展品质课堂，如何把思政教育融入学科教学中，如何让新疆的孩子爱上新疆、厮守边疆、建设边疆。新疆地大物博，土地资源丰富，想起了那天和阿奇同学的谈话，我决定以“土地资源”为课题，上一堂教学示范课。示范课的目的是通过示范和研讨，探索出适合本地的教学模式，以点带面、授人以渔，扩大和巩固援疆成果，学科教学和思政教育一体化，既铸牢中华民族共同体意识，又培养了一支带不走的优质教学队伍。

在工作队和二中领导的支持下，示范课如期举行，我选择初二（6）班的学生为教学对象。选择这个班和阿奇有关，我想通过观察他的转变来检验我们团队的教学方案是否适合当地学生，但我也有些担心，因为教育是润物无声的，长期才能见效，一节课改变一个学生，可能性不大。不过，我还坚信，只要埋下一颗种子，在适当的条件下，它会生根发芽的。

示范课以艾青的《我爱这土地》开始。“为什么我的眼里常含泪水？因为我对这土地爱得深沉……”我简短地介绍了诗人用对土地的热爱来表达对祖国的热爱之情。我们应该怎么热爱我们脚下的土地呢？我们的土地资源出现了什么问题呢？又该如何保护和利用呢？带着这些问题，同学们一起观看了两位学生表演的情景剧《土地妈妈求医记》：土地妈妈有四个孩子，耕地、林地、草地、建设用地，四个孩子近些年都出现了不同情况的病情，土地妈妈向医生介绍每个孩子的情况，并展示患病的图片。

接下来分组活动开始了，全班分四个小组，每个组代表医院的一个科室，分别是“耕地科”“林地科”“草地科”“建设用地科”，每个科室对应地为土地妈妈的四个孩子做诊断、开药方、提建议。活动在有条不紊地开展，阿奇所在的“耕地科”讨论最为激烈，阿奇话还是不多，他负责写诊断结果和处方，字体歪歪扭扭，但坚定而认真。我走到阿奇身边，小声地说：“写得不错。”他害羞地看看我，没有说话。

下一个环节，每个小组展示并说明自己科室的病情诊断。“耕地科”发言的同学是维吾尔族学生，一口流利的普通话，精准地表达出目前新疆土地资源出现的问题有土地荒漠化、土壤盐渍化、水资源短缺。这样的答案是我没想到的，在广东工作多年，每每给学生讲农业知识，同学们都是一脸困惑，我终于领悟到教学情境本土化是多么重要，身边的情境更能激发学生的学习兴趣。“组内同学还有没有补充？”我问道，阿奇眼睛看着我，嘴角想动。“大家畅所欲言，你们看到和想到的都可以说出来，不要怕出错，学习就是在不断试错中进步的。”我继续鼓励他们。阿奇的手慢慢地举起来了，我露出了笑容，示意他回答。“老师，我爸爸经常让我帮忙捡残留的地膜，耕地里地膜残留会不会导致耕地生病？”“这个答案很好，残留的地膜会影响作物生长，地膜不易分解，所以它对耕地的影响是长期的，‘耕地科’能从生活中的观察得到答案，组内同学配合默契，病情诊断很好。”我毫不吝啬地表扬他们，既是对这一组的认可，也是对剩下三组的激励。接下来，各个小组的同学都踊跃发言。

在第三个“开处方”环节，各小组凭借生活经验提出了课本以外的答案，都很接地气，每个小组的表现我都给予了肯定。课堂最后，我对整节课做了总结：“我们南疆土地资源丰富，但在利用过程中也出现很多问题，同学们善于发现问题，也提出了解决方案。未来南疆的发展靠你们，祖国的强大也靠你们，这就要求你们不断地学习，不断地进步，将来在这片土地上大展宏图、大有可为。”

课堂结束前，我让同学们思考两个问题：知识是背诵得到的吗？学习知识的目的是什么？同学们讨论后，我做最后总结：“学习本身是一个过程，只要我们上课时能动起来，很多知识不需要死记硬背。学习的目的是认识世界、改造世界，单纯地记忆知识只能用来应付考试，而没有真正提升我们改造世界、解决问题的能力。我给大家提出一个建议，知识本身来源于生活，大家要保持对身边事物的观察和思考。”这节课阿奇和同学们走进了真实的乡土情境，设身处地思考解决问题的方法，我因势利导地加入思政元素，做到学科思政一体化，使他们在活动中获得了知识、升华了情感。

立德树人是我们教育的目的，但如何立德树人，不能靠单纯的说教。通过这节课我更坚信创设真实情境、乡土情境更能激发学生的学习兴趣，在创设情境时融入思政元素，这样更能达到思政教育的目的，总结的一句话就是：创情境、传知识、播思政、铸灵魂。

（作者为广东省前指驻兵团第三师工作队援疆教师）

好雨知时节

□ 林均瑜

2020年4月19日，星期天，农历三月二十七，谷雨。进疆第25天。

谷雨是春季最后一个节气。谷雨过后，春天便走到了尽头。古人认为，雨生百谷，谷雨是播种的季节，是万物生长的最佳时节。谷雨到了，田间地头就要开始忙碌起来。

好雨知时节，当春乃发生。继17日和18日，第三师图木舒克市下起了第三场小雨，在年降雨量只有50毫米左右的当地实属罕见。其中谷雨当天雨量最大，我们得以见到南疆罕见的“雨过地皮湿”场景。经过连续三天的雨水冲刷，半个多月来阴魂不散的浮尘终于彻底消失，第三师图木舒克市大地容光焕发。都说人间最美四月天，即使在这沙漠边缘的西北边陲，春天也要展示她的无穷魅力。

当天上午，我们招商组4人来到44团18连新居住小区和广东援疆创业园调研，为接下来招商工作做准备。

18连是一个少数民族聚居的集体所有制连队，曾是兵团贫困连队，户籍人口823户3569人，其中少数民族占比97.3%。连队人多地少，土地资源稀缺，原有住房均为土木或砖木结构自建房，不少已年久失修，达不到抗震要求；村庄布局不合理，配套基础设施差，住户分散凌乱，院落占地面积大；生活环境差，牲畜圈舍和生活区紧邻，整体面貌“散危破、脏乱差”。

2019年以来，工作队投入援疆资金587万元，支持18连居住区综合整治项目。历经半年多努力，村庄面貌焕然一新。连队共拆危拆旧850户，新建一户一院式平房587户，每户宅基地0.8亩。同时，安排236户异地入住市区楼房。连队新居住区设计充分融入中华传统文化和兵团特色元素，公共服务和基础配套设施按照“五通七有”标准保障到位，基层党组织阵地、便民活动中心、卫生室等配套齐全，牡丹园、葵花园、军垦家园和钓鱼塘等设施更为群众生活增色添彩。

18连居住区整治项目只是我们支持当地群众改善居住环境的其中一个项目。为推动三师美丽乡村建设，几年来工作队累计投入1.18亿元，支持44团、51团、53团等贫困团场连队开展土地和居住区综合整治，彻底改变了当地人居环境，增强了群众的获得感、幸福感和安全感。广东援疆正用实际行动践行党中央和总书记“全面小康路上不能忘记每一个民族、每一个家庭”的庄严承诺。

在2020年3月6日决战决胜脱贫攻坚座谈会上，习近平总书记着重谈到了就业扶贫。习近平总书记指出：“移得出、稳得住、住得下去，才能安居乐业。”

正如许多易地搬迁村一样，综合整治、集中居住后的连队少数民族群众，要实现“稳得住、能致富”，最关键的还是要解决就业问题，实现生存资源接续、社会关系重构和生计能力提升。发展卫星工厂、扶贫车间，实现就近就业就是经济发达地区早期广泛采用的有效办法。在开展居住区整治的同时，我们工作队积极谋划促进连队富余劳动力就近就地就业，带动少数民族群众增收脱贫。工作队投入援疆资金1100多万元，因地制宜采取“新建＋改建”模式，对18连旧学校校舍进行改造。改造后的旧校舍华丽转型，成为一个现代化产业园，被命名为广东援疆创业园。园区总占地面积3.99万平方米，建筑面积1.12万平方米，其中原有校舍8000平方米改建为3栋厂房、1栋宿舍、1栋办公楼，新建2栋标准化厂房3156平方米。

创业园建成后，招引企业入驻工作随之展开。抵达第三师图木舒克市后，工作队就将此任务交给招商服务组，希望我们加快导入资源，推动企业投产招工，让周边连队的少数民族富余劳动力实现家门口就业。19日这天已经是我们近期内第四次来到现场，此前我们已经分三批次带领9家企业代表到现场实地考察。两年多来，经过我们和团场援疆干部的共同努力，创业园已成功引进奥欣科技、唐锦家庭工坊、妙源蔬菜、暖洋洋棉被等7家企业，空置厂房全部出租使用，累计为当地提供300个就业岗位。

古语云：“谷雨前，好种棉；谷雨后，好种豆。”我们南方人完全无感。来到新疆后才知道，棉花的确是在清明之后的4月中旬开始播种。广袤的棉花地上，机械化播种场面实为春天一景。正当大伙为雨从天降欢呼雀跃时，微信群里一位在团场任职的队友给大家浇了一头冷水，他认为这场雨水对于刚刚播种的棉花不一定是好事。原来，南疆棉花地大都由戈壁或盐碱地开荒屯垦而来，碱含量很高。一场大雨冲刷，上返的盐碱极易造成土地板结，棉花种子就无法破土发芽，需要进行人工干预。若所有棉花地都需要干预破发，耗费巨多。队友是揭阳援派的农业行家，不但解释非常专业，“哀民生之多艰”的立场也令我们十分敬佩！确实，唯有站稳人民立场，才能真正体会农村不易、农民不易。

后来我们了解到，虽然谷雨这场雨水浇湿了路面，但对久旱的第三师图木舒克市来说，还没到造成土地板结的程度，对棉花发芽影响也不大。从这个意义上看，这场降雨还是属于“好雨”那一类，总体利大于弊。没错，春雨贵如油！

我们从小读过李绅的《悯农》：“锄禾日当午，汗滴禾下土；谁知盘中餐，粒粒皆辛苦。”早年的李绅，从小和母亲相依为命，尝遍人间冷暖，因此拥有人民立场，写出了农夫耕作难的千古绝唱。

许多人不知道，李绅还写过另一首《悯农》：“春种一粒粟，秋收万颗子；四海无闲田，农夫犹饿死。”这大约也是他早期的作品，展示了“先天下之忧而忧”的胸怀格局。抛开道德评价，“四海无闲田，农夫犹饿死”的确是中国几千年农耕文明下农民的血泪现实。千百年来，无论是文景之治、汉唐雄风，抑或是康乾盛世，底层老百姓都如时代的灰尘，没有多少人会真正关注他们的存在和感受。历朝历代，让老百姓吃饱饭都是天大的难题。

如今我们所处的时代是人民的时代。拿农民来说，虽然还是活得不易，但是农业税已取消多年，没有人再会因饥饿而死；近年来的脱贫攻坚战，又举全国之力向深度贫困地区冲锋，民生扶贫、健康扶贫、教育扶贫、产业扶贫都是人类历史上前所未有的精准扶贫措施。这项作为国家战略来实施的政策，已经彻底改变中国农村和中国农民的面貌。身处民族复兴的伟大时代，任何一个人都没有理由不努力，每一个人的奉献都将在历史进程中留下印记。

从这个意义上看，精准扶贫、脱贫攻坚和乡村振兴就是这个时代的知时“好雨”，滋润华夏大地。

（作者为广东省前指驻兵团第三师工作队援疆干部）

乐其中 伴良友 齐协力

——教育援疆有感

□ 郭志强

2021年10月18日，是个令人毕生难忘的日子，广州援疆支教团40名教师经过严格的选拔、体检，来到了祖国最西边的城市——新疆喀什地区疏附县。在这里，我们开始了为期一年半的教育援疆之旅。白驹过隙，弹指一挥间，教育援疆之旅已接近尾声，整个过程充斥着苦、辣、酸、甜，但给我最深的感觉莫过于“欢喜做事，事劳而不觉其苦；良友伴行，路遥而不觉其远；齐心发力，山高而不觉其累”。

欢喜做事 事劳而不觉其苦

当初我报名参加援疆工作，是响应国家号召，是服从组织安排，更是想在祖国最需要文化滋润的地方，为受援地教育事业的发展和建设教育强国、办好人民满意的教育作出自己应有的贡献。在此前，我从未到过新疆，只是从媒体上了解了新疆的美景。然而到了以后，景虽美，但是在面对种种难关时，我心里也免不了产生一丝丝别样情愫。

在这里我脱离了原本舒适的圈子，离开了熟悉的亲人朋友，一切都是新的开始，还面临着气候、饮食、安全、工作等重重难关，好几次都在抓耳挠腮中吞下想说出口的放弃的话。但看到学生眼里渴望知识的目光，充满真诚的笑容，所有的疲倦和劳累都抛到了九霄云外，和学生们在一起，我永远充满了活力。反观自己之前的种种不安，此刻我再次坚定了为人师表的初心使命。唯有不忘初心，方能牢记使命。

援疆不仅是任务，也是使命和担当，是我们作为人民教师“传道授业解惑”的使命，更是作为广州市援疆支教团队“教育援疆，文化润疆”的使命，既然选择援疆就是选择了奉献。就这样，怀揣着这种信念，我逐渐喜欢上我的工作，享受着个中的滋味。心中怀揣梦想，就会随之而动。

良友伴行　路遥而不觉其远

在常人看来，大美新疆风光旖旎，充满浪漫主义色彩，是令人神往的地方，但真正长期扎根于此，面对的艰苦其实超乎想象，除了要有“艰苦奋斗、自强不息、扎根边疆、甘于奉献”的胡杨精神、责任意识和为边疆教育奉献精神，还需有良友伴行。

初来乍到，这里自然环境虽然比我们想象中西域大戈壁滩的情形好很多，但这里的沙尘暴让我们领略了风沙、干燥的滋味。我们刚到疏附县，就出现呼吸困难，嗓子干痛，嘴唇干裂，皮肤脱皮，鼻子出血等状况；另外因昼夜温差大，人容易着凉闹肚子，刚开始我团就有多个老师水土不服、感冒、发烧、咳嗽的，但在老师们的“一碗广东老火靓汤”、亲切问候、互帮互助中，大家都很快适应了过来。“组团式”援疆团将团结友爱的春风吹进我们的心田。有烟火的地方，才是温暖的地方。

我们来自广州市不同区、不同学校、不同学科，“组团式”援疆让我们像石榴籽一样紧紧地拥抱在一起。480天11 520小时，我们朝夕相处，我们共同工作、共同生活、共同奋斗。在援疆路上，我们彼此相扶、相伴，我们是朋友，是同事，更是亲人！知己良朋，至为可贵，有友相伴，路遥而不知其远！

齐心发力　山高而不觉其累

众志成城，齐心发力。在实际工作中，我深知个人能力有限，集体的力量才是推动个人进步的源泉。全体援疆老师通过师徒结对、课堂教学、社团活动、公开讲座、教学教研等活动，互通有无，相互促进，共谋发展；在教学行动上，步调一致，节奏同步，总结出一套切实可行的方法，快速运用到工作中去。在援疆团教师的凝心聚力中，解决了一个又一个难题，将“输血”变成“造血”。

有志而来，有为而归。援疆团的老师们深深热爱着这份援疆教育事业，用心、用情、用爱诠释了广州市教师的崇高境界和高尚情操。我们用自己一年半的实际行动回答了“来疆为什么、在疆干什么、离疆留什么”的问题。在援疆工作即将结束之际，很多学生哭着跑到援疆老师面前问：“老师，你还会来吗？明年你还教我们吗？”面对同学们诚恳、渴求的眼神，我团的老师们都被感动了，其中有十多位援疆教师向组织明确提出要再次援疆。“我们已经递交了再次援疆的申请，希望能继续援疆工作，为援疆事业贡献自己的力量。”

启程像在昨天，援疆似青春的梦。回首近一年半的援疆生活，每分每秒，都值得我们铭记终生。援疆生活虽苦但快乐着，其中的艰辛和快乐，只有经历过的人才能感受到。所有的纠结和不安、理想和抱负，都在生活的大熔炉里淬炼，让我成长，实现人生价值。

人未走，已生思念。余下的半年里，我必定绷紧弦，站好最后一班岗，不辜负组织的期望和厚爱，平安、圆满完成此次援疆任务。

不来新疆，不知祖国疆域之辽阔；不来新疆，不知山川风景之壮美；不来新疆，不知当地民风之淳朴；不来新疆，不知身上责任之重大。生命中有了援疆的经历，人生阅历变得更加丰厚；生命中有了援疆的经历，家国情怀变得更加炽热；生命中有了援疆的经历，人生境界变得更加高远；生命中有了援疆的经历，精神世界变得更加充实。调动一切可以调动的积极因素，团结一切可以团结的力量，推动广大干部群众心往一处想、劲往一处使，拧成一股绳、铆足一股劲，用新的伟大奋斗创造新的历史伟业。

（作者为“组团式”教育援疆广州驻疏附支教团团长）

加强课题研究　助力科学援疆

□邓　宏

我于2020年3月进疆工作，现任第三师图木舒克市自然资源和规划局党组成员、总工程师（援疆），广东省对口支援新疆工作前方指挥部驻第三师图木舒克市工作队（以下简称“援疆工作队”）项目管理组副组长。此外，我还参与第三师图木舒克市城市规划建设管理经营委员会办公室的日常管理，并经常与会研究审议各类规划设计方案等。援疆两年多以来，我身兼多职，参与课题研究撰写、地下管线和地形图组织测绘、国土空间规划和城市设计组织编制、规划设计方案审查审议、援疆项目日常管理和督导检查、广东省“十四五”援疆规划编制、年度援疆项目投资计划制定，第三师唐王城千年屯垦文化体验中心项目选址和规划设计、第三师49团至永安坝道路提标改造和重要节点设计、第三师44团18连和49团13连乡村振兴示范点规划设计和建设推进、第三师图木舒克市市民之家城市规划馆布展设计和建设推进等工作。我所负责或跟进的工作类型较多，相当一部分专业性较强，参与过从项目立项到实施的多个阶段性重要工作，期间学习了不少新知识，也积累了一定经验，工作能力有了很大提高。过程中我发现撰写课题研究对于做好援疆工作和促进自身发展有着重要意义，既能深化课题研究成果，又能助力科学谋划和选择援疆项目。为此，特向同志们分享“加强课题研究　助力科学援疆”的经历、经验和心得。

开展课题研究　助力城市提升

为深入贯彻落实上级党委决策部署，第三师图木舒克市把集聚人口作为核心任务，提出按照地级市的标准规划、建设、管理、经营第三师图木舒克市。在受援地经费紧张又有迫切需要的情况下，我作为重要的智力支撑，2020年承担并撰写了《关于图木舒克市按地级市标准规划建设的课题研究》，全文近两万字，主要从城乡发展和规划的角度分析了县级市与地级市的差别，通过发现问题、查找差距、明确改进和提升方向的逻辑思路，就中心城区与周边团场关系、中心城区发展、产业发展和产业结构优化、公共服务设施完善、道路交通系统建设、城市风貌管控、软实力增强、招人引智、生产生活条件提升、特色品牌打造、文化旅游发展等方面，提出了图木舒克市按地级市标准规划建设的一系列建议和意见。

我主持并撰写该课题研究数月，过程中翻阅大量文献资料，开展各类调研、访谈、会议和交流等，通过明晰地级市的“内涵”特点，并深入了解受援地实际、周边区域情况、产业发展条件和市场环境需求等，系统把握政策方向，有针对性地吸纳国内外城市先进实践经验并转化为受援地可利用的策略和措施，所积累的经验和心得，对促进第三师图木舒克市经济社会高质量发展有重要帮助，为城市进一步发展指明了方向、明确了抓手。为持续做好有关工作，进一步增强工作的针对性和措施的有效性，2022年我承担并撰写了第二篇课题研究。

撰写课题研究　推动城市发展

课题研究有力指导了国土空间规划的编制，助力方案审查审议工作，对做好受援单位工作发挥重要作用。第三师图木舒克市跟上海、广州、深圳等城市相比有着很大差别，而为受援地编制各类规划设计方案的技术咨询与设计服务单位多来自外地，他们了解受援地情况需求时，若有人能从专业角度给予引导，能结合实际做好技术把关，就能促使规划设计方案更接地气和少走弯路；另外，现实情况的不同会导致需求的差异，做好受援地的有关工作需要课题研究的引导，以实现因地制宜精准施策。借助撰写课题研究，我通过收集有关资料了解认识到第三师图木舒克市经济与社会发展、自然与人文环境、城乡规划和建设等方面的情况，并发现问题、查找差距、明确改进和提升方向，促使自己成为这个引路人，帮助编制国土空间规划和城市设计的技术咨询与设计服务单位尽快了解认识第三师图木舒克市的特点、特色及各团场的发展情况，帮助其尽快转换地域意识，促使其就如何做强优势、转化劣势、善用机遇、弱化挑战深入思考，促使其提出符合实际的策略措施和实施建议引导城镇规划建设。借助撰写课题研究，自己也能深入认识受援地历史文化、人口构成、气候环境特征、城市发展所处阶段与需求、城市风貌情况等，同时了解当地的规划建设指引及有关要求，促使自身加强学习提升专业水平以应对工作所需，在审查和审议有关项目时，能从实际出发，实事求是地判断规划设计方案是否适合受援地，策略措施是否可行有效。撰写课题研究能促使自己系统梳理和深入分析分管领域现状、问题及问题症结，并借鉴广东一些城市规划和自然资源部门的实践经验，让自己迅速清晰地认识到该领域发展缺少什么、需要什么及应该怎么做，然后把工作重点放在受援单位有迫切需求的方面上，从而更自信、有目的和精准地争取相关支持做好受援单位工作。

课题研究有助于广东省“十四五”援疆规划的科学编制，为促进援疆工作队相关工作夯实了基础。从脱贫攻坚、全面建成小康社会到巩固脱贫攻坚成果同乡村振兴有效衔接、全面建设社会主义现代化国家，广东省第九批援疆工作队恰好处在两个百年奋斗目标的历史交汇点。2020年恰逢广东省“十四五”援疆规划编制，未来五年是全面建设社会主义现代化国家开局起步的关键时期，若没有参与课题研究所打下的基础，就很难做到前瞻性思考、全局性谋划、战略性布局、整体性推进援疆工作，就很难精准发力以解受援地之急，就很难谋划提出和实施建设一批促进产业发展、文化润疆、保障和改善民生的项目。参与课题研究，系统认识受援地的优势、劣势、机遇和挑战，深入调研了解受援地所急所需、群众急难愁盼以及有关项目实施成效，从而让自己能结合问题和实际，认真总结过去的经验和不足，在此基础上研究得出哪些项目需要给予支持，并结合广东之所能深入思考其能给予怎么样的支援，继而谋划广东省“十四五”援疆新亮点，研究并思考“十四五”援疆工作主要任务，有助于做好广东省“十四五”援疆规划编制工作。课题研究的成果和心得为做好援疆工作队相关工作奠定坚实思想和知识基础，有效指导了重点援疆项目的谋划和推进。在谋划项目过程中，课题研究成果心得促使自己能更有针对性地分析项目的功能作用意义、选址和规模的合理性、实际操作的可行性、预期效益等；在推进项目的过程中，其能帮助自己结合实际，考虑项目的建筑风格、色调与所在地域的合适度以及与周边环境的协调性等。

课题研究促使援疆干部人才进一步提高专业素质，增强发现、分析和解决问题能力，积累心得经验。相信援疆工作对于大多数援疆干部人才而言都是一段难得的、难忘的学习和实践经历。没有调研就没有发言权，充分了解当地群众的基本需要和更高层次需要，系统掌握受援地的实际、特点和需求，是坚持以人民为中心的发展思想的重要体现，是推动受援地经济社会高质量发展的前置条件。认识促进学习、理论指导实践、积累提升能力，承担课题研究，能让自己更有针对性地加强学习丰富知识拓宽思路、更客观地借鉴经验提出对策解决问题、更深入地分析思考积累心得促进提升。承担课题研究，能促使我们主动融入当地，帮助我们更系统掌握受援地有关情况，帮助我们尽快进入角色，掌握案例经验，提高专业素质，充分发挥作用。承担课题研究，能促使我们尽快发现存在问题，带着问题边工作边思考并结合实际选定研究方法，提高分析问题的能力水平，继而促使自身有意识地丰富完善知识结构、更有侧重地学习借鉴先进地区相似案例经验、充分考虑可调动的资源力量，形成解决问题的方案对策，并在实践中不断优化，从而增强解决问题的能力。承担课题研究，用研究成果和过程中积累的心得体会指导日常工作，结合工作实践深入思考策略措施的成效和事物发展变化情况，反过来修改完善课题研究成果，此循环往复的过程将进一步提升自己对事物的认识水平，积累实践心得经验，促进自身发展进步。

深化课题研究　巩固援疆硕果

广东省“十四五”援疆规划需明确“十四五”时期广东省对口援疆工作总体思路、原则和目标，需确定“十四五”援疆工作重点任务，并对援建项目和资金进行安排，是未来5年科学有序推进广东省对口援疆工作的指导性文件。鉴于第三师图木舒克市中心城区和各团场的发展阶段不同、各领域又有着不同特点，其客观需求自然有所不同，不能不结合调研了解就一概而论，不能不论证地域性差异、发展阶段特征、产业发展条件、周边环境需求等就想当然觉得受援地需要什么项目，因此要实现科学援疆，需要做大量的前期工作，如了解相关情况、收集项目需求等，此时若有相关课题研究作指引，并在此基础上，继续深化课题研究成果至提出所需项目，则能帮助我们深入思考哪些项目是目前职工群众迫切所需，哪些项目有利于推进城乡融合和区域协调发展，哪些项目能帮助提升受援地综合实力，哪些项目更有助于实现各类目标，让课题研究成为做好援疆工作的重要一环，助力广东省“十四五”援疆规划项目表（兵团第三师部分）的科学编制，引导有限的援疆资金用在刀刃上，为未来强弱项、补短板、激活力，精准发力。

项目需求提出和年度援疆项目投资计划制定需要课题研究成果作为谋划

和选择具体项目的重要参考。一方面广东省“十四五”援疆规划提出的主要任务和效益分析无法直接作为谋划和选择年度具体项目（指年度援疆项目投资计划的建设内容）的判定依据；另一方面广东省“十四五”援疆规划项目表里所列的项目并非都是具体的项目，其建设内容也主要是可支持的具体项目类型和范围。具体项目的提出和研判是一个系统性工作，需充分考虑具体项目的可行性、必要性、迫切性，最好能有一定特色亮点，并评估其实施后是否能在某方面取得显著效益，对于基建类项目还要考虑规划、用地、交通、建成效果、其他资金来源可实现性等因素，对于非基建类项目则要结合有关政策和要求综合研判其合理性及需求。鉴于此，坚持问题导向、目标导向、结果导向和区域视角并具有足够深度的课题研究成果是指引团场（领域）提出符合实际和有迫切需求具体项目的指导性资料，也是引导援疆工作队和有关主管部门谋划和选择切实可行又有显著效益具体项目的重要参考，该工作的扎实开展有利于让受援地工作和援疆工作队工作相互促进、取得更好成效。

不同岗位的援疆干部人才开展课题研究的侧重点有所不同。职能部门援疆干部撰写的课题研究应立足于所在部门的职能、行业发展和未来工作重点，了解哪些问题制约领域发展，哪些短板需要尽快补齐，哪些具体项目迫切需要资金支持，哪些具体项目应该及早谋划和推进，要对这些具体项目的可行性、必要性、特色亮点及社会经济等效益做初步分析。团场援疆干部撰写的课题研究应根据团场实际和所急、所处的发展阶段及当地职工群众的迫切所需，明确哪些短板必须尽快补齐，哪些具体项目迫切需要资金支持，哪方面发展需要引导，哪个产业或产品可以争取做大做强形成品牌，如何通过援疆资金促进招商引资，如何通过援疆资金撬动投资等。参与项目管理的援疆干部撰写的课题研究应结合援疆规划和有关要求，根据团场（领域）发展阶段、形势和需求、群众急难愁盼、产业发展条件、市场环境需求、此前建设或实施的具体项目成效，注意总结经验和项目管理过程的有关心得，综合分析并提出项目筛选的基本原则和主要支持方向，对受援地各团场或部门提出的具体项目的建设内容、量化目标、预期效益、可行性、必要性、迫切性、带动作用等作归类研究思考，综合研判和提出什么地方的哪种类型具体项目应予以支持，以及该如何支持，以此指导具体项目谋划和选择，提高工作的科学性。

奉献、锻炼和成长三者之间密不可分，援疆工作既是一个奉献和实践的过程，又是一个磨炼和提升的过程。要做好援疆工作，关键要知道受援地需要什么和我们能做什么。课题研究是助力科学援疆的利器，撰写课题研究可以把受援地现状问题与解决思路串联起来，把工作重点与受援地迫切需求对应起来，把自身学习提升与所负责工作的关系建立起来。开展课题研究，能为自己树立一盏明灯，对引导做好相关工作促进学习提升有重要意义；能帮助开辟发展新领域新赛道，塑造发展新动能新优势；有利于统筹发展和安全，全力战胜前进道路上的困难和挑战。希望本文章的经历、经验和心得分享，能提供一个方式途径帮助刚到新环境的同志们尽快进入角色，科学做好援疆工作，不断实现人民对美好生活的向往，为建设团结和谐、繁荣富裕、文明进步、安居乐业、生态良好的美好新疆贡献自己的才智和力量。

（作者为广东省前指驻兵团第三师工作队援疆干部）

老麦变了

□ 章国顺

2020年5月，我根据广东省前指安排，挖掘培养一批致富带头人。经过一番深入了解，乡里推荐了10村干果合作社的老板麦合木提•艾尔西。他是一位性格开朗、年近六十岁的男人，慢慢熟悉后，我们都亲切地称呼其“老麦”。老麦是一位做干果生意的“老江湖”，从20世纪90年代就开始闯荡，骑着三轮车走街串巷卖葡萄干等土特产了。2012年4月在县乡政府动员和支持下，他自筹资金开办了现在的农产品产销专业合作社，主营农副产品收购、加工、销售等业务。他为人实在，乐于助人，有一定的经营基础和经验，因此，被顺利地评选为第一批致富带头人。三年中，老麦和他的合作社发生不小的变化。

合作社厂子形象变了。此前，合作社仅有清洗车间和部分库房，内部环境也较为凌乱陈旧，厂区院子里还有土坯房子，农产品初加工的清洗设备也已经陈旧，卫生条件较差，是较为常见的农村小作坊。他被选为致富带头人后，针对此情况，我们为其制定了提升计划，三年内分步骤投入约190万元，逐步改造厂房，完善硬件配套设施，加强经营管理软件建设，将其打造成一个规范的微型企业。当务之急是厂区硬件改造提升。2020年，广东省前指直接拨付扶持资金50万元，根据合作社实际，主要建成约400平方库房等基础设施，内部环境焕然一新，有了专门包装车间，仓储条件显著提升。第二年，乡镇干部专项经费给予配套扶持投入约5万元，帮助合作社完成了产品展现厅设计、装修，有了专门的产品展示区，合作社企业形象大大提升了。第三年，乡镇干部专项经费再给予约10万元支持设计、装修党群工作站，乡党委将作为本乡“两新组织”阵地建设示范点进行打造。三年中，合作社自行投入了约50万元，高标准建成冷库3座，完善并大大提升了仓储功能；完成了职工餐厅，高标准进行室内公共浴室、卫生间建设装修，成为第一个真正拥有卫生间的食品合作社，工人觉得合作社环境像城里一样干净，也逐渐养成良好的卫生习惯，厂区卫生环境和形象大大提升。三年来，虽受疫情影响，但各方已累计投入资金约120万元，合作社基础设施基本完善，管理水平也明显提升，厂区卫生条件全面改善，将继续按照食品加工企业要求推进生产车间建设及标准化改造计划。

生意路子宽了。此前，老麦主要批发干果，产品都是本乡镇自产的杏干、果脯、大枣，自从展厅建成后，他开始将葡萄干、核桃等各类特产一起展示。前来进货的客户看到多种选择，需求越来越广泛，老麦开始做起代为采购批发的生意，除了本县的产品，还到周边地区采购特产干果转售，每年集中做杏子、新梅收购批发生意，收入渠道更加宽泛。同时，新鲜瓜果市场行情也随着国家政策转变越来越受关注。期间，乡镇干部也积极帮助牵线搭桥，拓展销售渠道。一是直接帮助联系市场、商场或扶贫产品销售专卖店，推介新鲜水果，推荐资质较好的相关企业申报扶贫产品销售平台；二是联系后方机关事业单位工会组织支持采购干果；三是帮助联系食品饮料企业推介干果作为原材料。三年间，虽然疫情带来较大影响，但合作社实现了总体盈利，老麦看到厂子的变化和经营效益，信心越来越足，对我们的工作也越来越信任，致富带头的决心更加坚定。

老麦的观念也变了。三年中，我们积极与老麦进行沟通，用真情、做实事、真帮扶，亲自向其宣传各级政策，分析市场形势，出谋划策，陪着勘察发展用地，帮助他设计规划、联系市场、介绍客户，并给予资金支持，在建设工程实施期间几乎天天一起跟进度，可以说把合作社当成自己事，把老麦当成自家人。这个过程，让我们和老麦建立了深厚的感情，他也认识到我们是“不一样”的党员干部，建立起来牢固的信任。同时，在我们的指引下，他也看到了发展前景和希望，更愿意接受意见，按照思路推进各项工作。目前，合作社正按照规范化微型企业目标有序推进，正在筹备标准化食品生产车间、实验化验室建设事宜。老麦开始主动投入，针对鲜果、干果储存特点，今年先后投入约50万元建成鲜果冷库、干果冷库3座，这些也产生了效益。高标准建设装修职工饭堂、公共淋浴房、卫生间等设施，他表示食品加工卫生需从工作人员自身卫生开始。同时，开始内部管理的规范化建设，开始实行工人分工分组等，也开始准备网上销售渠道。在老麦的感觉中，合作社越来越像一个正规化的企业了；在我们的感觉中，老麦也越来越像一个企业老板了。

老麦的思想升华了。老麦正直善良，乐于助人，当年在其他省市做生意赚了钱，县里动员他回来开办合作社带动农民共同致富，他非常乐意地接受了。他说：“自己挣钱没意思，大家一起挣钱才开心。”我们经过谨慎考察，积极引导其向党组织靠拢，他在2020年即提交入党申请，2022年1月被吸收为预备党员，2023年1月转正为正式党员。除了平时的工作交流外，我们不失时机地宣讲党的理论知识，他的思想认识也不断升华，并在致富带头方面积极行动，三年中除了增加接受固定工人外，每年瓜果旺季，每天约一百人采摘水果，其劳务费是同行中最高的，而且免费供应一餐主餐，并承诺绝不拖欠工人工资，在疫情影响没能完成销售计划、货物积压的情况下，仍然坚持“挣的钱先要给工人发工资”，中秋、古尔邦节都给工人发慰问品。目前近30名工人中，近一半为原贫困家庭，其中接收的一对夫妻不仅顺利脱贫而且一年的收入达到五六万。2021年，他引导两名女职工申请入党，她们现在是积极分子，正在接受教育培养。三年中，老麦的思想在潜移默化地发生着变化，不但带头致富，更发挥着引导思想、稳定生活的积极作用。他表示，党群工作室完成装修后，他要亲自讲党课，要组织开展学习普通话等工作，切实发挥其教育阵地作用。

（作者为广东省前指驻伽师县工作队援疆干部）

可爱的阿娃古丽•依米提

□ 江椿成

阿娃古丽•依米提是一个美丽的维吾尔族姑娘，乐观而又善良。为了推进教育援疆工作，建立“传帮带”，学校开展民汉教师师徒结对，我们是师徒关系，平时她叫我“老师”，我叫她“古丽”。

一天，我俩在办公室闲聊。古丽突然问我：“老师，您成家了吗？”这个问题也太别扭了，突然而又直接，让我心里咯噔了一下，但还是笑着对她说：“成家了，而且有孩子了。”“有孩子”三个字声音还加重，怕她听不到。古丽此时也笑了，笑容如此善意和动人，她也感觉这个问题太突然，自己也不好意思。“老师，您真幸福！”古丽来了一句称赞缓解了尴尬场面，并且接着说：“老师，您的小孩多大呢？”闲话也聊开了，我也放开说了，答她道：“一个八岁，一个三岁。”古丽说：“老师，您的小孩这么小，离开家乡来这支教，真不容易！”这句话一下子触到我的心弦，思绪一下涌上心头。

援疆支教一直以来是我的愿望！当组织确定我去援疆支教那一刻起，家人都非常支持，特别是爱人一句“放心支教，家里有我”，让我有了力量与决心。南疆图木舒克市，离家万里之遥，气候时差截然不同，本有重鼻炎的我初来乍到也受了不少苦。随着援疆时间越长，我的思家之情越浓，特别是想着小孩老人不舒服，自己不在身边照顾的时候，心中总有愧疚。爱人却总是鼓励着我“放心支教，家里的事我会处理”。舍小家顾大家，一次次的思念，一次次的鼓励，让我安心支教工作。

这时，思绪一下回到跟前，我转移话题说：“古丽，你是本地人，在家乡工作真好！”古丽赶紧答：“老师，我不是本地人。”古丽每一句话都习惯地先叫我一声老师。我奇怪了，问：“呀，我一直以为你是本地人，那你是哪里人？怎么在这工作？”古丽保持她迷人的笑容，对着我说：“老师，我家乡是北疆乌鲁木齐（乌鲁木齐与图木舒克相距约1200公里），我是在江苏南通大学毕业后，留意到国家西部特岗教师计划招大学生来南疆工作，我就报名来这里了，在这认识了我的爱人，成家后就留在这工作了。”她又说：“老师，我的妈妈是南疆喀什姑娘，当时她从南疆去北疆工作，认识了我爸，就在北疆乌鲁木齐工作了一辈子；而我在乌鲁木齐长大，现在从北疆嫁到南疆，就在这工作了。”“啊！你和你妈妈是一个轮回，你妈妈是南疆去北疆，你是北疆来南疆，厉害！都为新疆建设和教育贡献力量！”我对古丽说道并竖大拇指。古丽开心地笑了，连连说：“是，是，老师说得对。”快乐的笑声充满了整间办公室……

这次谈话后，我思考良久，援疆精神激励着我来到了南疆，这里的兵团精神和胡杨精神更使我深刻理解了援疆的意义。在祖国的土地上，有无数个“古丽”在默默奋斗，为国家建设和发展作出自己应有的贡献！

投身援疆，终生无悔！

（作者为广东省前指驻兵团第三师工作队援疆教师）

医疗援疆　健康共享

□ 王浩渊

不拿枪的兵团战士

响应国家的号召，当第十批广东医疗援疆三师工作队踏上第三师图木舒克市这片热土的时候，烈日似火，无际瀚海刮过来的风抚摸着我们的脸庞，告诉我们南疆大地的辽阔与豪迈；黄沙飞舞，戈壁滩上苍茫傲立的棵棵胡杨用三千年情怀，向我们述说这片热土上人民的倔强与传奇；北京时间22点，第三师图木舒克市太阳才刚刚下山，金色余晖映在我们的身上，提醒着我们只争朝夕，勇往直前！

进疆后秋去冬来，寒来暑往，我记忆深处仍珍藏着入疆当晚广东援疆驻三师工作队大家庭的座谈会的情景，一群有情怀的陌生人在这里相遇，并且在以后的日子里为了共同的使命而长年累月工作奋斗，从相识相知而变得亲如兄弟姐妹，每每想起，总有一股撞开心闸的暖流涌出，周身舒泰，如沐春风。

当天的座谈会上，广东援疆驻三师工作队队长曲洪淇书记的讲话让我印象深刻，他将三师援疆干部人才定义为：一批不拿枪的兵团战士！

兵团战士！

一个熟悉而又陌生的称号！

“你们现在可以把战斗的武器保存起来，拿起生产建设的武器。当祖国有事需要召唤你们的时候，我将命令你们重新拿起战斗的武器，捍卫祖国。”这是1952年2月毛泽东同志向驻疆部队发出的命令，从此兵团人一手拿枪，一手拿镐头，怀着对国家的赤胆忠心，扎根天山南北，创业戈壁荒原，无怨无悔戍边，成为共和国“不穿军装、不授军衔、不拿军饷、永不换防的哨兵”！

“献完青春献终身，献完终身献子孙”是兵团战士的精神写照，短短十四个字，每次读起，都振聋发聩，拨云雾而睹青云，每个字都向世人展现那段历史的厚重，每个字都凝聚着兵团战士对祖国的赤诚。如今我们也要努力成为他们那样的人，对比进疆前，我们对援疆工作有了新的认识，医疗援疆已经从心中的情怀升华至肩上的责任。

生逢盛世，当不负盛世，必有所作为！

点滴努力 为生命而歌

习近平总书记指出：“没有全面健康，就没有全面小康。”每个中华民族儿女，不论贫富贵贱，都拥有健康的权利，每个人都怀揣着一个健康中国梦！而作为医务人员，在医疗需求最迫切的地方施展自己所学解决民众“急难愁盼”问题，助力民族团结，这种幸福直抵心灵，催人奋进。

溺水濒死患儿救治后康复出院，患儿父母送来锦旗并眼含热泪对我们说道：“谢谢您救了我的孩子，谢谢您救了我们整个家庭！”是啊，这个患儿于我们只是一名普通患者，而对于他的父母而言，就是整个家庭的存在。

医疗工作队夜间返回医院抢救大出血产妇，当我们把母子平安的消息带给手术室外焦急等待的家人时，他们感激得要给大家下跪，嘴里重复着感谢的话语。善良和感恩是中华民族品质的基因代码，中华儿女总是用质朴的言行表达着他们的良善和谢意。

维吾尔族大妈看到自己的亲人转危为安，先前六神无主的面容也舒展开来，拉着我们的手用维吾尔语不停地说着“热合买提（谢谢）”。我们虽然听不懂，但维吾尔族同胞脸上的真挚让我们深深地感受到当地患者对医疗技术的渴望和对医生治病救人的感恩。

…………

一个人，当你的价值在最需要的地方得以实现，你的人生会变得光灿！同胞们的言行不断冲撞着、震撼着我们的心灵，也唤起了我们对医生这一职业价值的重新认识，也一次又一次地肯定了我们医疗援疆的这一抉择：使命光荣，责任重大！因感动常在，故激情澎湃！

点动成线 “输血”变“造血”

治病救人，是医者之本分，而医疗援疆更重要的是把这些援疆以来开展的新技术留下来，转化为当地医院的医疗救治能力，“输血”变“造血”。在推广应用新技术方面，医疗援疆工作队引入后方医院优质资源，借助医院互联网平台进行线上理论培训、经验分享、专业指导。线下援疆医生结合临床病例，理论联系实际，用实践来验证理论，线上线下相结合的教学方式使科室人员对于新技术实现了从理解到掌握再到熟练三个层次的飞跃。当前经乳晕腔镜下甲状腺全切术、儿童肺泡灌洗技术、宫腹腔镜联合治疗不孕症、俯卧位通气、人工肝技术等70余项新技术在受援医院顺利开展，大大方便了辖区群众，使患者在家门口就可以享受先前需要跨越几百公里才能获得的医疗服务。

破旧立新，让先进的救治理念深入人心，为当地打造一支“带不走的医疗队”。每位援疆医生在科室里都和2—3位本地医生结成师徒关系，尤其优先关注本地少数民族医生，促进民族团结。带教过程中改变传统的“老师教，学生听”培训模式，实施“老师教，学生听；学生讲，老师评”的新模式，既注重老师的“输入”，又关注学员的“输出”，让先进的救治理念融入学员的身心，从而保证了培训质量。近一年来，医疗工作队带学徒30余人，开展培训600余场，为医院的快速发展储备了人才，提升了医疗服务能力。

建章立制，让规范的救治流程落地生根，实现医疗服务能力的不断改进和可持续化发展。针对当地的常见病、多发病，制定出“理论先行—流程制定—演练跟进—制度形成”四步走培训策略，实现救治效果的同质化目标。当前在全院开展危重症孕产妇及危重症新生儿救治演练15次，大大提高了妇产科及儿科的救治水准。实践证明这一培训策略对于加强科室建设、人才培养行之有效，已经在全院科室推广。

线移成面　可持续发展

医院高质量发展是技术、服务、管理三位一体、相互作用、相互促进的结果，而医院管理是最重要的环节，对医院的发展起着指导引领作用。我们帮扶的新疆生产建设兵团第三师总医院始建于2006年12月26日，在短短16年间，由一家43名医护人员、60张床位规模的卫生院发展为一家拥有600余名职工、500张病床的“二级甲等”医院，尤其是近年来借广东援疆的东风，发展迅猛，但学科管理制度不全、科室管理滞后的短板也非常明显。医疗援疆工作借创建“五大中心”“二甲复审”“争创三甲”为契机，以“全院一盘棋”的思维完善科室相关制度并严控制度落实。一年时间内，妇产科门诊增开了产科高危门诊、孕妇学校、助产士咨询门诊和母乳喂养咨询室，从而对孕产妇进行全方位全过程的管理，保障孕产妇的安全；增设疼痛科门诊，解除辖区群众的疼痛困扰，提升生活质量；开设消化内科、内分泌科及神经外科三个临床科室，医院疾病诊疗的精细化得到进一步提升。“五大中心”已经通过师市级验收，顺利挂牌，开始运行，师市辖区居民的获得感、幸福感和安全感得到进一步的强化。

卫生宣教 助力文化润疆

古语云：大医治未病，中医治欲病，下医治已病。

党的十九大作出实施健康中国战略的重大决策部署，强调坚持预防为主，倡导健康文明生活方式，预防控制重大疾病。

预防是最经济最有效的健康策略，援疆医疗队积极投身第三师图木舒克市的公共卫生事业，多次深入社区、学校、幼儿园开展“心肺脑复苏”“青春期常见妇科问题”“婴幼儿急救知识”等讲座，提高了群众对常见疾病的知晓率，增强其健康意识；在“爱耳日”“爱眼日”“妇女节”等重要日子里，医疗队结合相应主题走向街头，在公共场所进行卫生宣教；三师辖区地域辽阔，各个团场星罗散布，边远团场离第三师图木舒克市有千里之遥，医疗援疆队在开展义诊巡诊活动时，也会把孕产妇及新生儿保健、高血压、糖尿病等健康宣教工作做到连队上来，打通卫生宣教的“最后一公里”；同时加强与三师融媒体中心交流合作，借助媒体力量把文化润疆的工作做实做到位。

尾记

一段援疆路，一生新疆情。在新疆经历的一切，无论是得与失、喜与忧，还是感与悟，都让我一生受用。“援疆”是一段记忆，更是一种精神传承。

星光不问赶路人，追光逐梦又一程。时间不会辜负每一点努力，梦想也不会怠慢每一个脚印。在今后的日子里，援疆医疗队将不忘初心，砥砺前行，以踏石有印、抓铁有痕的作风踏实开展医疗援疆工作，为健康中国梦助力加油，以更加优异的成绩迎接光辉灿烂的明天！

（作者为广东省前指驻兵团第三师工作队援疆医生）

民族团结一家亲　汇景明德心连心

□魏　高

2021年10月，我作为第三批援疆教师，被分配到明德小学担任体育老师。课余训练是工作的一个重要方面，根据学校工作需要，我在对舞狮舞龙完全没有了解，也没有接受培训的情况下，毅然勇挑重担，带领科组老师进行舞龙舞狮的训练工作。我自己观看视频学习动作，并带领舞狮的学生跟视频练习，并请科组参加过训练的老师和广州来援疆的舞狮教练魏开源老师利用业余时间进行指导。作为明德小学的龙狮教练，我在每周18节满课时的情况下，利用课余时间带领学生进行一日两练。我早上提前一节课到学校，下午上完课后又训练2节课，细抠舞狮技术动作，严抓力量协调性等身体素质，通过眨眼、摇头、摆尾等细化动作来表现雄狮的精气神，力求在比赛场上把雄狮的神态活灵活现地表现出来。2022年4月19—21日，在疏附县举办的首届中小学“石榴籽”杯狮王争霸赛总决赛中，明德小学获得团体总分特等奖、规定动作总分第一名、自编动作一等奖的好成绩。

我作为老教师，同时积极承担学校交给我的各项任务。2021年12月11日，我带领明德龙狮队代表明德小学参加疏附县“激情隆冬，灵动疏附”的表演活动，经我指导的明德小学龙狮队的表演收获颇丰。随后按领导安排，12月13日，我又在明德小学组织策划了“雄狮点睛暨灵动疏附表彰会”，并且联系各级领导到场，使整场活动高规格有序进行，获与会领导的好评！

我主动在所在科组开展“传帮带”工作，进行全方位的指导，与科组四位老师结对子，多次指导年轻老师备课上课。我以身作则，两个学期就上了3节体育公开课，对明德小学和塔什米力克乡13村的体育课起到了引领示范作用。每当有大的活动时，我都要与老教师托合提老师商量沟通，达成一致可行的方案后，上报学校领导审核，带领科组老师一起实施，保证各项活动和比赛顺利有序安全高效地进行。

我带领明德小学的体育科老师申请了疏附县中小学文化润疆专项课题“舞狮训练对小学生增强力量的实践研究”，推动明德小学的舞龙、舞狮运动向更深领域迈进。在2022年舞狮训练中，我们学校采购的狮子比普通小学生的大一点，五年级的队员力量不够，我们按课题研究的要求，制定一系列训练力量的方法，使我们的比赛队员能够拿起大的雄狮进行比赛，在比赛场上气势就比其他学校高出一筹，因此获得高分，这体现出科研引领的作用！

在帮扶过程中，我积极争取爱心企业及人士对学校开展社会捐赠，为学校解决办学困难。明德小学是广州对口的帮扶学校，一批批援疆教师参与到学校教育中。为了让明德的老师们感受到援疆的温暖和关怀，我联系江苏苏美达伊顿纪德品牌管理有限公司的领导，为明德小学114名教师和塔什米力克乡13村小学15名教师捐赠了价值600多元的工作服装一套，来帮助老师在参加大型集体活动时统一着装，在孩子面前体现仪式感。

我来到明德小学，与民族老师积极主动进行交流，就科组的教研、大课间的安排指挥等与民族教师托合提•帕尔哈提进行沟通，提出合理意见，在生活上受到科组民族老师的照顾关心，多次参与科组聚餐，并与帕尔哈提老师结成民族一家亲。

我作为广州市天河汇景实验学校的老师来到明德小学，不但代表我自己，还代表所在学校，是两校之间的桥梁，要把两校优秀的地方介绍给对方的学校。2022年6月底，明德小学艾校长带领两位老师到广州参加培训，我把他们带到汇景实验学校进行参观交流指导；把汇景实验学校正高级小学音乐老师江玉兰老师的课题成果“小学音乐德艺融合体验式教学的实践与探索”推荐给明德小学进行推广，并促进两校逐步在课题教学、科技及体育方面进行深度的合作，为文化润疆做出援疆人应有的贡献！

我不仅在工作上尽职尽责，在援疆团里也是乐于助人。李希列老师参加羽毛球比赛受伤，我马上和团领导到医院进行护理，放假阶段和团领导一起到李老师家里看望他。在疫情期间，我积极报名参加志愿活动，踊跃为团队服务！

（作者为“组团式”教育援疆广州驻疏附支教团援疆教师）

培育南疆龙狮少年　增强中华文化认同

□魏开源

我作为广州市花都区秀全外国语学校援疆教师，积极响应国家政策，“舍小家，顾大家”，主动承担起教育援疆、文化润疆的使命。2020年以来，我连续两次加入广东教育“组团式”援疆支教团赴新疆喀什地区疏附县支教，将广东非物质文化遗产舞龙舞狮项目引进南疆地区，以“铸牢中华民族共同体意识”为主线，以“龙狮师资队伍建设”“龙狮文化进校园”“龙狮文化进乡村”系列活动为载体，实施广东援疆龙狮特色文化润疆工程，致力于打造疏附县文化润疆工程南疆龙狮特色品牌，推动中华优秀传统文化、社会主义核心价值观、民族团结文化活动进校园、进乡村，助力疏附创建“自治区民族团结进步示范县”。

龙狮特色文化润疆主要成果

带领龙狮少年参加比赛荣获国家级奖项40多项。我带领疏附县龙狮少年参加了第十三届全国舞龙舞狮锦标赛荣获创意龙狮项目一等奖和最佳组织奖；参加“龙腾狮跃”贺新春•2022年全国龙狮网络大联动活动荣获最佳组织奖，一等奖2个，二等奖3个和三等奖3个；参加“聚龙腾飞　蓄狮待发”中国健身龙狮大赛荣获最佳人气奖2个，最具活力奖6个，最具风采奖7个；参加“龙狮少年”庆六一•全国少儿龙狮网络大赛荣获最佳人气奖，一等奖1个，二等奖8个，三等奖7个。

组建南疆舞龙舞狮队伍600多支。我指导疏附县县直中小学、各乡镇中心小学和中学共组建校园龙狮队伍500多支，疏附县第一中学、疏附县明德小学、疏附县塔什米力克中心小学等学校还组建了“班级龙狮队—年级龙狮队—校级龙狮队”三级衔接的龙狮队伍体系。同时，我鼓励、引导疏附县龙狮教师、学生狮王、舞龙骨干等将龙狮“舞”进家庭，组建了近40支亲子龙狮队伍。组织龙狮特色学校和乡村龙狮队伍结对，聘请校园龙狮教师担任乡村龙狮队伍教练，组建了乡村龙狮队伍20多支。

组织本地龙狮赛事，参与师生达1200多人。我创新龙狮赛事组织形式，采用“线上初赛＋线下争霸”形式组织了疏附县首届中小学“石榴籽”杯狮王争霸赛，线上初赛投票参与人数超过10万人次，线上点击量超过20万次，线下争霸赛上400多头狮子轮番上阵，参与师生达1200多人。广东省援疆前方指挥部总指挥、喀什地委副书记王再华，新疆维吾尔自治区民委（宗教事务局）党组书记肖健等领导出席闭幕式，欣赏了疏附县大型创意龙狮表演《雄狮向未来》《龙腾疏附少年强》《奥运五环中国行》等，见证了疏附龙狮风采。

组织龙狮专项培训，培养本地教师200多人。每学期，我开展龙狮教师专项培训，采用“引进来”和“走出去”的策略培养本地龙狮教师，不仅教授本地教师龙狮技术技能，还指导本地教师提升龙狮教学训练能力。我先后开展龙狮专项技能培训、教育科研提升培训、龙狮教学集体备课、公开课示范引领、送教下乡指导等活动120多次，培养本地龙狮教师200多人。目前，本地龙狮教师基本能胜任校园龙狮教学和训练、乡村龙狮队伍建设和管理等工作，在各自岗位上为文化润疆和民族团结作出巨大贡献。

带队参加各级文化润疆龙狮表演100多场。我带领南疆龙狮少年参加各级文化润疆龙狮表演100多场，展示广东援疆疏附县文化润疆成果。2020年参加喀什电视台、疏附县融媒体中心春晚龙狮表演；2021年参加喀什电视台“喀什我最牛”龙狮表演，疏附县“激情隆冬•灵动疏附”文化润疆活动龙狮表演；2022年参加中央电视台书画频道“喜迎二十大　文化润边疆”龙狮表演，中央电视台“奥运冠军新疆行”龙狮表演，新疆电视台少儿频道《雄狮少年》龙狮表演。在各级各类文化润疆活动中展现疏附县龙狮风采，为文化润疆贡献龙狮智慧。

组织开展文化润疆专项课题研究20多项。我引领疏附县龙狮教师专业成长，通过专题讲座、课题研究、校本教研、师徒结对、专题研讨等活动系统提升疏附县龙狮教师的教育科研能力，开展“以校为本”小课题研究专题讲座和文化润疆专项课题研究专题讲座30多次。为深入贯彻落实第三次中央新疆工作座谈会精神，增强疏附县中小学师生的文化自信，铸牢中华民族共同体意识，进一步深化舞龙舞狮文化进校园校本实践成果，提升疏附县中小学教师的教科研水平，我组织本地教师申报文化润疆专项课题20多项，积极探索龙狮文化育人路径，目前已在龙狮区域推广、龙狮教学训练和龙狮竞赛平台开发等领域取得了显著成果。

龙狮特色文化润疆经验做法

龙狮师资队伍“三团队”专业发展。在广州援疆工作队的领导下，我们成立了疏附县舞龙舞狮工作室，以“铸牢中华民族共同体意识”为主线，以传承中华优秀传统文化为目标，以“龙狮文化进校园”系列活动为载体，积极开展文化润疆和民族团结活动。由我担任工作室主持人，组建龙狮教学研究团队、龙狮训练研究团队和龙狮推广研究团队共计60多人的龙狮研究团队，对标龙狮文化进校园过程中遇到的困难和问题，开展文化润疆专项课题研究20多项，教师“学中练、教中研、研中学”，全面提升了本地龙狮技能水平、教育教学能力和教育科研能力。

龙狮文化进校园“四环节”闭环推广。针对文化润疆背景下龙狮文化进校园活动推广过程中“进什么？”“怎么进？”“进到什么程度？”的问题，构建了文化润疆背景下龙狮文化进校园的内容体系、方法体系和评价体系，形成了龙狮文化进校园“教师培训—校本实践—送教下乡—活动检验”闭环推进的区域推广路径，全方位、全过程跟进教师的龙狮教学和训练应用情况，帮助当地龙狮教师快速专业成长，尽快承担起本校龙狮教学和训练工作，传承中华优秀传统文化，铸牢中华民族共同体意识。

龙狮文化进乡村“三路径”特色发展。构建了龙狮文化进乡村“乡村队伍＋亲子龙狮＋全民健身”三路径发展特色，组织龙狮特色学校与乡村龙狮队伍结对、校园龙狮教师下乡指导、疏附狮王进村示范等活动，促进龙狮文化校村有效衔接，实现家校社龙狮文化一体化发展；组织教师亲子龙狮、狮王亲子龙狮、鼓王亲子龙狮，积极开展“小手牵大手”龙狮文化活动，推进龙狮文化进家庭、进乡村、进社区，促进民族团结发展；带领广大本地舞龙舞狮教师发挥集体智慧，创编简单易学的健身狮舞、健身龙舞、健身龙扇等全民健身套路，以点带面舞进广大老百姓身边，为健康中国建设贡献龙狮力量。

（作者为“组团式”教育援疆广州驻疏附支教团援疆教师）

永恒屯垦 不朽胡杨

□ 周恩孝

怀着对新疆的敬仰和对教育援疆的激情与憧憬，在南方“十里荷香飘千里，岭南荔枝恋红颜”的8月底，我从东莞来到了天山脚下、塔克拉玛干沙漠边缘城市第三师图木舒克市，开始了我的援疆工作。

为祖国建设边陲的初心使命时刻在心中萦绕，在后方教育学子的情景依然历历在目，面对着辽阔的疆域，遥想古人在“念天地之悠悠”时，我尚且有“独怆然而涕下”的惶恐，更何况即将在陌生环境下面对着50多颗炽热的心？我只有暗自告诫自己：要善待每一颗心！

9月的第三师图木舒克市区虽已有秋的凉意，但依然绿意盎然。永安湖畔的胡杨林在秋风的点染下，一夜之间偷偷地换上了“黄金甲”。宁静的校园中，援疆工作有条不紊，与50多颗未泯的童心相处，是一个快乐的过程！看着一张张稚嫩的脸和一双双渴求知识的眼，我倍感幸福和满足！如果不是因为一个名叫米也赛•吐尔洪的维吾尔族女学生，或许我不会对心之阔有如此多的感慨，也不会对当代的学子有如此深刻的认识，不会对教育援疆、文化润疆的意义有如此深刻的理解，更不会感到任重而道远！

米也赛•吐尔洪进入我的视线，除了她是我班上的33个少数民族学生其中之一外，更因为她是全班最高的，也是最“酷”的学生。她寡言而不合群，沉默而忧郁！但这一切，刚开始并没有引起我更多的关注，我初来乍到，人陌生环境新嘛，不足为怪！我一天天地在了解他们，也跟他们一天天地熟络起来，当初的惶恐也逐渐烟消云散。日子还在一天天地过去，我也在一天天地忙着，备课上课，堆积如山的作文、周记，永不停息的大会小会，让刚到新疆的我分身乏术、百般不惯。周记成为我与学生沟通和交流的纽带，看着自己笔端流泻而出的文字，看着学子心结解开的灿烂笑靥，我感到自己是世界上最幸福的人。

我注意到米也赛•吐尔洪周记上的文字，是在一个天气阴沉、秋风怒号、沙尘滚滚的晚上。第三师图木舒克市因为地理位置的关系，常年少雨，天气干燥，沙尘暴天气屡见不鲜。

“今天，我迟到了，虽然老师没有批评我，但我心里很难受。我努力保持了一个月的全勤没有了！那可是我答应过外婆的呀！我更不知道老师怎么看我。但外婆病倒了，很重！我得照顾她！当端着自己煮的药和粥一口一口地喂给外婆时，看着她满脸岁月留下的沟沟壑壑，看着她微微张开的眼睛和嘴巴，听着她虚弱的喘息，我的心都碎了！十五年，她是怎么把我带大的呢？我想哭，但我不能哭，在外婆面前我不能哭，现在她病了，我更不能哭！如果，我能代替外婆生病，我愿意，乃至用我的生命来交换……”水，雨水，雨水飘进来了！我惊醒抬起头，外面刮着风沙呢！第三师图木舒克市这个时候哪里有雨？这时，我才发现，我的视线不知道什么时候已经模糊了，眼眶里蓄满了泪水，是感动？是同情？是震撼？是沉重？我说不清。梳理了一下情绪，把脸上的泪水擦干，把脸洗干净，我决定去找她！

她依然那么“酷”，那么寡言，那么忧郁。她进来时，几乎不敢正视我！“对不起，老师，我今天迟到了，我保证下次不会了！”“先坐下吧，我不是为迟到的事找你的！”“那……那老师有什么事吗？”我知道，她对我还有戒心，对我还不信任！“老师能和你聊聊吗？”她迟疑了一下，“好……好吧！”她在我的对面坐下，低着头！“听说你外婆病了，什么病？严重吗？现在情况如何？”问这句话时，我依稀看到她的身子在微微颤抖。“老师，你看了周记了？”她停顿了一下，不看周记我怎么知道，她似乎意识到这一点。“肺部出了点问题，医生说，吃点药，休息一下就会好的，谢谢老师的关心！”我知道，要紧闭的心灵敞开，欲速则不达。因此，我不打算再问下去，“回家后细心照顾外婆吧，如果需要老师帮忙，大胆跟老师说，如果不能按时上学，你可以迟点，好吗？”“不用了，老师，谢谢你！”安慰和叮嘱了她一番后，我就让她回课室了。走时，她瞟了我一眼，我发现，在她美丽的眸子里布满着比乌云更深的忧郁，比沙尘更浓的迷茫！今晚，或许又是个不眠之夜了！一个月来，我的睡眠似乎已经和学生的喜怒哀乐连在一起了！

接下来的几天，她都非常准时。我一方面关注她的周记，寻找蛛丝马迹，一方面动员几个和她要好的同学经常安慰她，探望她外婆；另一方面私下了解她的家庭状况：2004年，在第三师图木舒克市挂牌建市后，她都是党员的双亲在参与屯垦、建设第三师图木舒克市中出了事故，刚出生没多久的她由外婆抚养，一直与外婆相依为命，这期间靠政府的资助和几位援疆干部接济生活。或许，我能做的只有这些。受过苦难洗礼的女孩，可能会更坚强和自尊！这种坚强和自尊，是不能轻易伤害的！

“今天，我外婆终于能自己进食了，看着她用差不多掉光的牙齿慢慢地咀嚼稀粥，我心里很兴奋，老师今天上了什么课，讲了些什么，我真的不知道……”

“外婆终于能下地走路了，医生说，基本没什么问题了，只是需要好好休息。我一定要让外婆休息好！感谢上帝，感谢帮助我的人，感谢老师……”

“外婆的病，让我感受到了许许多多的关怀和照顾，原来我身边的同学心地都如此善良！特别是广东援疆的周老师，他真像个哥哥，如果我有哥哥就好了，如果他是我哥哥就好了！为了我外婆，为了我身边善良的人，为了关心帮助我的老师，我会更加努力学习，来报答他们、报效祖国的！”

阴霾从来都遮不住艳阳，风沙也挡不住晴天！沙尘洗礼后的天空展现了秋高气爽的魅力。远方驻守在沙漠和河畔的胡杨树，似乎在展示着它们的坚守与坚强，在述说着这座城市的屯垦历史和援疆人的美丽故事！我在第三师图木舒克市从来没有呼吸过这么新鲜的空气，也从来没见过这么美丽灿烂的太阳！我更从来没见过她如此灿烂的笑靥！

如果没有爱心的滋润，生命会不会枯萎呢？如果没有关心和呵护，心灵会不会孤独呢？如果没有坚强和坚守，会不会有诗与远方呢？我想，这就是教育援疆、智力帮扶、文化润疆的要义所在。西域绵延2000多年的屯垦史，壮丽了祖国山河，富裕了人民生活，但心灵上的屯垦、文化上的浸润、智力上的帮扶、教育上的援助，还需一代代屯垦人、援疆人像胡杨一样执着和坚守！

（作者为广东省前指驻兵团第三师工作队援疆教师）

愿做你们生命中的贵人

□ 田佳英

2021年8月底，我和援疆教师、医生团一起踏上了援疆之旅，远赴第三师图木舒克市第二中学开展援疆工作。遥想我的学生时代，“70后”的我，要是没有恩师们的引领和帮助，现在可能会在某工厂打工，正因为在求学之路上，我遇到了很多生命的贵人——老师们，是他们在我人生的关键转折点为我指明了方向，所以，我也一直不忘选择当老师的初心，愿在平凡的岗位上做更多学生生命中的贵人。以下是我在一年半的援疆生涯中与学生和徒弟之间的小故事。

故事一：没伞的孩子跑得快

夏依旦•吐尔洪是我教高一时的英语科代表，她乖巧懂事，工作认真负责，还喜欢黏着我说这说那，感觉非常亲切，我有时候还会不由自主地把她和我读初三的女儿作对比，两个女孩算是同龄人，但是我怎样对比，都觉得我女儿是个好吃懒做爱怼人的叛逆“神兽”，而夏依旦却是懂事会照顾自己和别人的乖乖女，有时候我甚至在想要是两个女孩互补一下该多好啊！一次偶然的机会，我在和她的聊天中发现她是从来不吃午餐的，我顿时惊呆了，问及缘由，才知道她的家庭背景。在和她的聊天中，我得知她三岁时父母离异，父亲一直没有出现在她的生活里，母亲改嫁后又生了三个孩子，而当时她和一岁的妹妹一直跟着外婆和舅舅生活，并称舅舅为爸爸，后来舅舅结婚后也生了三个孩子，她每个星期的生活费是一百元，但是怎样算吃饭的钱都不够，所以她就只吃早餐和晚餐，中午在教室做作业等到大家都吃完饭了就回宿舍休息，偶尔还要给妹妹几块钱的零花钱，每周回家后都要帮外婆干农活做家务，或者帮着舅妈带孩子，还要给妹妹辅导功课。了解了她的处境后，我惊呆了，我也只能宽慰她说，等她这个老大有出息了，家里的负担才会减轻一点，最好的途径就是考上大学。她当时的成绩在班级只能算中等，离考上本科还有一段距离，但是毕竟她才刚上高一，一切皆有可能，我就鼓励她，要专心学习，改变命运，命运掌握在自己手中，看着她坚定的眼神我就知道她把我的话听进去了。从那以后，我会每个月给她的饭卡里充值两百块钱当她的午餐费直到她高中毕业，要求她必须一日三餐都吃饱，我也会给她一些学习和生活用品，但是我也会在学习上对她严格要求，她每两周要主动来找我谈谈学习进展和学习心得，我每个月要和她一起去饭堂吃一两顿饭，了解她的学习和生活状况。她说自从结识了我以后，她在学习上能量满满，每次想要懈怠的时候，又会想到我对她的期待和鼓励，然后又会继续努力学习。高一第二学期选科分班后，她进了理科班，虽然我不再教她，但我们的关系仍然很亲密，在校期间我还会不定时过问她的学习和生活情况，在周末或者寒暑假，我们会经常聊天，相互分享一些生活中的琐事，每次聊天快结束时，我都会提醒她一下她的学习目标是什么，高中阶段的奋斗目标是什么。慢慢地，她的目标更加明确，学习也更加用功，在后来的几次考试中，她稳居班级第一名。

故事二：爱哭的孩子有糖吃，懂事的孩子有人疼

努尔比亚•吐尔洪是一个工作非常负责、特别有正义感的女生，她的脸上总是洋溢着坚毅和镇定。要是有人扰乱课堂秩序，她都会像纪律委员一样出来制止，然后又开始专心听课。可是，曾经有那么一小段时间，她上课时无精打采，总是想睡觉，心情似乎也不太好，曾经眼里脸上洋溢着的自信和坚定再也找不到了。有一天我正在上课，她突然大哭起来，这让我有点不知所措，下课后，我就想要找她谈谈了。当天下午刚好有个第二课堂她有空，我就把她带到学校一个安静的角落，想了解一下她的情况。刚开始谈话时，我从她和我的站立距离和神情判断出她很拘束，后来我调整了一下氛围，我说起我的女儿和她是同龄人，和我女儿相比，她有很多优点是我女儿没有的，当然我也承认每个孩子都是独一无二的，各有特点，但是我很羡慕努尔比亚的懂事和能干。慢慢地，她和我有点亲近了，她主动说起了自己不快乐的原因，一方面，她来自单亲家庭，到爷爷奶奶家，要拼命帮着他们干农活，但是吃力还不讨好，爷爷奶奶似乎爱唠叨她，把好心情和好吃的都给了堂哥堂弟，而回到妈妈家，她要帮妈妈看店并承担所有家务，尽管她已经忙碌到没空完成学校的作业，但是妈妈还是抱怨她做得不够好；另一方面，回到学校，她一心想着好好学习，加班

加点地学，但是同宿舍的个别同学竟然嘲笑她没有男朋友，整天就知道学习。这两件事情，让她越来越想不明白，她反问我："老师，是不是爱哭的孩子有糖吃，懂事的孩子没人疼？"一般说来，大多数时候爱哭的孩子反而有糖吃，那些懂事的孩子往往会被人忽略，这也是不争的事实。我对这个问题起初还有点不知所措，但我告诉她事情都有两面性，懂事的孩子更多的时候是吃了生活的苦，所以才会变得乖巧懂事，虽然懂事的孩子会失去很多应有的福利，但是他们往往是坚强的人、能干的人，这给自己以后的生活和工作奠定了坚实的基础。后来我又劝她不能因此而丧失快乐，有时候作为一个懂事的孩子，更应该理解父母的艰辛和不容易，也可以因此让自己内心更加强大，长大了更有能力，让下一代不受这样的苦，这就是一个人的进步，如果很多人都进步了，整个社会就进步了。至于舍友的话，从三观上来说，是不对的，我们怎么能让扭曲的三观使自己不开心？开导一番后，她和我紧紧拥抱在一起，并且说以后要端正自己的心态，一切都会好起来的。后来，在周末或者假期，她偶尔也会主动和我聊几句，从聊天中，我感觉她信心满满，也开心了不少，并下定决心一定要考上本科。之后几个月的日子里，她慢慢恢复了原来的样子，不再无精打采了，曾经那个眼睛里充满了光的女孩又回来了。

一日为师　终生是友

2021年9月，我与本校的教研组长刘晓佳老师结为师徒。晓佳作为学校的英语教研组长，在教学教研和科组管理上她游刃有余，但是她唯一遗憾的是没能带组员们做过课题，所以我的使命就是带着她一起探讨如何做课题。首先，我们选出了一个本校英语教学最难攻克的课型——口语课，然后探讨如何通过做这个课题让本校的师生在这个课型方面得到突破。从课题申报、立项、开题，到最后结题，她都在积极学习，也在不断地探索和实践，每个单元的口语课她都努力用各种方法尝试着上，也带动课题组的组员们上相关的公开课并撰写相关的论文。功夫不负有心人，一年后这个课题顺利结题。晓佳说这一年虽然需要操心很多事情，但是这是值得的。她大致知道了做课题基本步骤，以后她还会带着组员们做更高级别的课题，正所谓"授人以鱼，不如授人以渔"。

2022年3月，我和本校新调入的熊锦瑶老师结为师徒，锦瑶虽基本功较扎实，但是毕业后一直在团场里教初中，对高中的教学和高考考点了解甚少。为了让她快速成长，少走弯路，我在上讲评课的时候都会知会她一声，想让她在听讲评课的时候，了解高考的考点和解题技巧，并通过研究高考的考点，把握和调整自己在听说读写各个课型的教学重点和难点。一个学期下来，她所教的班级成绩优秀，她也被学校评为优秀教师。这个学期，她被学校调到高三去任教，在一轮复习中，我建议她把学生的基础打牢，狠抓词汇、语法和书写，在将来的二轮复习中，要点对点教学生如何攻克各种考题考点。在我的建议下，她很快就适应了高中的教学。

2021年9月，我和伊丽米努尔•热亚孜结为师徒，她刚30岁出头，育有两儿，在孕育二胎时得了高血压和心脏病，但是她很坚强，上班带娃治病三不误。有时候她也很苦恼，毕竟身体有时候顶不住，所以在办公室，我就是她的话友，至少在心理上能给她一些安慰。2022年新疆疫情暴发时，她在伊犁娘家，家里没有上网课的工具，我就毫不犹豫地把她的两个班接手过来，线下上课的那段时间也是我上她的班级，我虽乐意帮忙，但她却很过意不去又没有别的办法。后来，不知什么原因，她病倒了，一直吐血不止，在医院里她还不忘她的两个班级的学生，我让她不用担心，各种宽慰的话说了一大箩筐，她说她要是还能回第三师图木舒克市，一定要再见上我一面，我的心里也是五味杂陈，好在后来她的病情得到了控制，我也从此松了一口气。

既然我选择了教师这个职业，选择了教育援疆，就应该把爱融入我的日常教学和与师生的交流中，虽然辛苦但是快乐。以后无论我在哪里，我的入职初心不变，我将继续做更多学生和老师生命中的贵人。

（作者为广东省前指驻兵团第三师工作队援疆教师）

援疆生活的苦酸甜

□陈　澄

2020年是极不平凡的。一场突如其来的疫情，让我的援疆支教行程一拖再拖。终于在2020年4月3日，我开始了到5000公里外的第三师图木舒克市支教的生活。临行前，我写了几句感悟为己壮行：“此行边疆万里路，驻足唐城百年树。青春无悔似从戎，援境育林为国睦。”

说起援疆支教，其实我并不认为自己是在援疆，我只是作为一个普通的教育工作者，在为祖国的花朵输送着营养，相比在这里落地生根的兵团人而言，我这只是九牛一毛……一句“誓把荒漠变良田”，道出多少兵团人的辛酸苦楚，道出多少兵团人的青春热血，道出多少兵团人的青春汗水。

苦苦的在舌尖

2020年9月28日，是我在新疆最难忘的一天。五十三团中学的于桂贤老师和我们一起进行篮球训练时突然晕倒。在场的老师迅速跑到于老师身边查看情况，发现其身体僵直，呼吸微弱，瞳孔正逐步放大……我立即指挥在场老师进行急救，于老师正在咬舌头，李春林老师拿手当作阻挡物防止他咬舌，我进行胸腔按压，做心肺复苏术，经过10多分钟的心肺复苏术，于老师逐步恢复了一点自主呼吸，这时急救车赶来了，于老师被顺利送去医院进行抢救。虽进行了抢救，但由于病情严重，治疗一个月后，他还是离开了我们。泪纵能干终有迹，语多难寄反无词。虽然在平时学习过急救的知识，但当面对突发状况时，我也没能够进行很专业的操作……如果能更专业地进行心肺复苏，或许于老师能够康复？这让我久久不能释怀。

2020年冬，听同事说第三师图木舒克市很久都没有下过这么大的雪了。久违的大雪让第三师图木舒克市银装素裹，异常寒冷的天气给我们出行、上班造成了极大的不便；在骑单车的路上，一阵阵刺骨的寒风、地面湿滑的雪迹都是拦路虎。每天上班我都需要小心翼翼地骑自行车到几公里外的学校。尤其是晚上11点下晚自习，手套对寒冷竟是毫无抵抗之力，逆风骑行更是举步维艰。一周18—24节的体育课，面对寒冬酷暑，别有一番滋味。体育课在空旷的操场上进行，不得不说这是一种“修行”，那滋味叫一个酸爽！每当沙尘暴到来的季节，空气中弥漫着浮尘，眼睛鼻子里全是土，我深刻地体会到“浮尘遮望眼”的滋味，在南疆，人们管这叫“吃土季节”。

酸酸的在味蕾

爱妻一句：“家里一切有我，放心去新疆支教，我等你回来。”来新疆时，我的女儿4岁，儿子1岁半，照顾2个孩子的重任就压在妻子的身上。2021年3月14日，凌晨近两点，电话铃声打破了夜晚的寂静，电话那头传来了清脆刺耳的婴儿哭声，我瞬间清醒从床上坐了起来，因为那是我孩子啊。手机的那头，却迟迟没有人说话，只有孩子的哭声，过了一会，一个带着哭腔的声音，奶声奶气地说：“爸爸，爸爸，我想爸爸了！我会很乖，听医生的话打针针，等爸爸回来。”此时此刻，只有80斤的爱人背着儿子，带着女儿在医院的急诊室，焦急地等着医生给孩子治疗。和爱人沟通后我才知道，孩子得了急性肺炎，得打针治疗。因太久未见爸爸，害怕打针，想和爸爸说话，想爸爸抱抱，所以刚才哭得厉害。妻子总和我说，没事的，她会照顾好一切，让我心无旁骛，安心援疆。当君怀归日，是妾断肠时。身为丈夫和父亲的我，在家人最需要的时候，却未能尽己之力照料妻儿，心里的酸楚，谁懂？我非常感谢家人的支持，让我顺利完成援疆之行。

甜甜的在心间

由于地域和语言的差异性，对于我来说，把体育课上好，使其变得有趣，就成了眼前的难关，试问：路在何方？我多角度地去了解，结合当地实际学情，依据新的教学理念，探索新的教学方法，决定引进“腰旗橄榄球”这一项体育运动。在2020年暑假期间，我自费买了两套腰旗橄榄球设备。通过腰旗橄榄球课题的引领，我初期培训五十三团中学体育组教师，使得体育组老师们了解到这项运动，中期让体育组全体教师集体参与到运动项目中，初步掌握这项运动的玩法，并编写了校本教材。2021年5月，我与当地老师一起顺利组织了五十三团中学首届腰旗橄榄球比赛。千淘万漉虽辛苦，吹尽狂沙始到金。目前，这项运动在小学四年级和初中七年级已经得到铺开。“星星之火，可以燎原”，这项运动项目已经在五十三团中学学生中埋下了火种，未来可期！

2020年父亲节，我在写给支教团男同胞的慰问信中写道：来此援疆，带着国家的嘱托，为着心中的远方，远离妻儿，父爱却没有因为距离而变淡，反而让这份爱得到升华。还记得朱自清的《背影》一文，父亲在月台的那一幕始终不能忘却，我们的子女也会因为我们的援疆之行，去慢慢体会这份父爱。其实，最好的父爱就是做子女的榜样。有人说，离家万里生活苦；有些人说，离家万里心里苦；又有些人说，离家万里不是苦是心酸，援疆生活之苦辣酸甜，只有体会过才知道。苦苦的在舌尖，酸酸的在味蕾，甜甜的在心间！

（作者为广东省前指驻兵团第三师工作队援疆教师）

医者初心

——一名援疆医生的独白

□ 周友芬

我是一名妇产科医生，很庆幸自己选择了医学，得以从事这份充满意义的工作。作为一名有着25年党龄的共产党员，心中始终抱有家国情怀，希望在有限的人生中，尽量多做一些有意义的事情。三年援疆，舍小家为大家，就是这样一件有意义的事。时光飞逝，我进疆已有两年多了。自从参加医疗援助任务以来，我遇到了很多以前想象不到的困难，竭尽所能为当地医院带来一些看得见的改变。这些经历对我来说既是极大的挑战，更是不断锤炼了自己的初心。

自从2020年进疆，新冠疫情反反复复，医院的正常诊疗秩序被打乱了，很多科室一度不再接收平诊患者，我所在的妇产科却是一如既往地忙碌，并且绝大部分患者是入院时没有来得及进行核酸检测的高危人群。急诊手术通常要二级防护，双层帽子、口罩、手套、鞋套，穿戴洗手衣、防护服、手术隔离衣、护目镜，从头到脚，包裹得严严实实。一台台手术下来，汗水已然湿透衣背。科学防护，我选择和援助科室并肩战斗、共同抗疫。

记得最危险的一次，是穿着防护服抢救一名子宫破裂的患者。当呼叫我到达手术室的时候，新生儿已经停止抢救了，产妇血压极低，靠麻醉医生用药物维持。我上台检查，子宫严重撕裂大出血，年轻的生命危在旦夕！当时的情景，切除子宫对抢救生命来说应该是最稳妥的措施，然而病人才20岁，切除子宫就等于宣告她将永远失去成为一名母亲的资格。我迅速思考，决定将沉甸甸的责任扛在自己肩上。我细心地修补子宫，采用了各种子宫缝合止血技术。在密不透风的负压手术间，穿着防护服、戴着护目镜，即使坐着不动，每一次呼吸都是粗重的，而站在手术台上进行各种困难的手术操作则更加艰辛。手术进行到关键阶段，我觉得呼吸困难，头晕头痛，眼冒金星，我意识到自己缺氧了，而且越来越重，我可能快要倒下了。这时脑海里响起另一个声音，提醒我抢救还没有完成，我还不能倒下，我得坚持、坚持、再坚持！凭着意志的力量，我咬牙坚持着缝完修补子宫的最后一针。下了手术台，我穿的洗手衣可以拧出水来，人也几近虚脱，但病人年轻的生命得救了，而且子宫也得以保全。在不远的未来，她将有机会孕育另一个新生命，逐渐抚平身体和心灵的创伤。

类似的抢救还有很多，我的手机始终保持24小时开机状态，科室遇到紧急情况，可以第一时间与我取得联系，休息时间我也经常回医院指导手术，边疆的医疗条件真的不是我在后方可以想象的，我甚至一度发生了睡眠障碍。预防总是大于治疗，作为一名医疗援疆人，我肩负的最重要的使命就是传帮带，通过理论授课、实操培训、开展新生儿窒息复苏以及危急重症模拟应急演练等多种形式提升医护人员的职业素养，力求练就一支带不走的妇产科团队，最大限度地把援疆成果保留下来，让更多患者受益。

当一个即将逝去的生命被抢救回来，当一个年轻的子宫得以保全，当一个鲜活的新生儿托举起整个家族的希望，我觉得所做的事情、所付出的努力都是值得的。

作为一名共产党员，我经常在思考：我的初心是什么？身处和平年代，为人民服务已经不再需要付出生命的代价，那么我又能做些什么呢？为边疆提供优质医疗服务，为当地医院培养适宜技术人才，为民族团结、边疆发展贡献一份力量。我想，这些应该就是自己援疆的初心和使命！

医疗援助的时间是短暂的，我个人的能力也是有限的，但我所付出的点点滴滴，却可以永远地留在这里，化作绵绵细雨，继续滋润这片沃土和生活在这片沃土上的人民！

（作者为广东省前指驻伽师县工作队援疆医生）

同心战“疫”聚云端 拨开云雾见月明

——“停课不停教、停课不停学”线上教学有感

□ 刘震伟

“云”相伴，心相连。美丽的金秋十月，受疫情影响，根据疏附县教育局的部署，自2022年10月8日起，在学校的统筹安排下，我们迅速研究制定教学计划，有条不紊地开展线上教学，实现“停课不停教、停课不停学”。

从线上到线下，改变的只是上课方式，不变的是老师们的责任与担当。针对线上教学特点，大家运用钉钉群、微信群等平台进行线上授课、互动答疑等，广州援疆老师们克服各种困难保证线上教学正常开展。

“德智体美劳”五育并举，线上音乐课、美术课、信息技术课、体育课等课程一样不少，老师们通过直播、录播、共享课堂等多种方式实现学生在疫情防控期间快乐学习、健康成长。

我们积极交流分享授课平台的操作方法与技巧，保障线上教学的质量。课堂互动，在线答疑，班级、备课组每日小结，反思提升，力求更好。

自主自律，收获成长。线上学习，没有所谓的“被同桌打扰”，没有所谓的“看不清黑板”等理由，比的就是自律，越自律越优秀。学生优秀作业展风采，生活处处是课堂，“get”劳动新技能，特殊的日子里，拥有不一样的课堂，采撷别样的收获。

家校“云”端相约，共同为孩子们的学习、生活保驾护航。班主任经常以各种形式及时与学生、家长保持沟通，召开线上家长会实现家校合力，携手同行。

没有一个寒冬不会过去，没有一个春天不会到来。秋收归来日，重返校园时，期待遇见更好的自己！

（作者为“组团式”教育援疆广州驻疏附支教团援疆教师）

希君生羽翼　一化北冥鱼

□唐秀农

第三次中央新疆工作座谈会于2020年9月25日至26日在北京召开。习近平总书记强调：当前和今后一个时期，做好新疆工作，要完整准确贯彻新时代党的治疆方略，牢牢扭住新疆工作总目标，依法治疆、团结稳疆、文化润疆、富民兴疆、长期建疆。作为中华文化传播的第一阵地，如何在课堂教学中融入“文化润疆”，树立“四个自信”，增进“五个认同”，是激发疏附县第二中学数学科所有教师自身活力和创造力的原动力。

习近平总书记对承载着立德树人、为党育人、为国育才光荣使命的人民教师寄予殷切的希望，他多次表示：“今天的学生就是未来实现中华民族伟大复兴中国梦的主力军，广大教师就是打造这支中华民族‘梦之队’的筑梦人。”这对一线教师提出了很高的要求，教师不仅要有“一棵树摇动一棵树”的专业知识，也要有“一朵云推动一朵云”的学术知识，还要有“一个灵魂唤醒另一个灵魂”的思政知识。如何全力打造德才兼备的筑梦人？如何以切实高效的课堂形式融合思政？教师如何在学科教学中有效促进灵魂的成长？这也对援疆教师提出了很高的要求，“一个人走路，可能会走得很快，但不一定能走得很远，一群人走路，不一定走得很快，但可能走得很远”。如何做好本职工作培育民族的希望？如何做好“传帮带”，打造一支带不走的教师队伍？“志之所趋，无远弗届，穷山距海，不能拒也”。第三次中央新疆工作座谈会中的“文化润疆”给长期盘踞我内心的疑问和阴霾指出了一条光明大道。

“教育的发展，必须放在两个大局之下去看待：世界百年未有之大变局和中华民族伟大复兴的战略全局。”这是新时代对教育高屋建瓴的要求。作为一线教师要更进一步地认识到新时代教书育人的真谛所在——人民对于美好教育的需求。它是我们教育人的初心和使命，是深化课堂教学改革的目的，是实现教育高质量发展的必由之路。

文化润疆是党中央根据当前新疆发展形势，立足新疆历史文脉和民族宗教文化的现实，聚焦中华民族文化对新疆各族人民交融、交往、交流的促进作用，构建指向核心素养的新的学科课堂教学形式。我很荣幸接到了疏附县首届民族团结文化节示范课的任务，现在距示范课开课已经过去了两年，但从接到任务至完成教学的一幕幕仍然历历在目，久久难忘……

时间回拨到2020年9月14日，接到援疆工作队和学校教务处的通知后，我怀着忐忑的心情在备课组进行集体备课。从研读第二次中央新疆工作座谈会习近平总书记发表的重要讲话、琢磨“四个自信”、解读“五个认同”开始，首先确定选题内容和融入思政内容的课堂形式。选定主题之后，前期教学应该做什么准备工作？如何基于学情把握课堂预设与课堂生成的生态差距？如何设计低起点高容量的学案以供全校教师学习？……问题一个个涌现，让疏附县第二中学本地教师和援疆教师的头脑风暴激荡至夜幕悄悄降临……

为了充分发挥数学学科“思维的体操”的作用，落实立德树人的根本任务，有效实现“文化润疆”，我本次示范课的总目标定位是：课堂有德，课堂有智，课堂有人。课堂有德，指树立远大奋斗理想、形成健康文明的生活方式；课堂有智，指课堂中充满人文积淀、理性思维，要批判质疑，勇于探究，乐学善学；课堂有人，指课堂充满信息意识、技术意识、社会责任、国家认同、国际理解。示范课的名字定为《简单的密码学》，意在从学生熟悉的设置密码问题，追根溯源，让学生感受到中华文化的源远流长，并把文化自信、民族认同、热爱中国共产党融入教学内容中，引发学生的共鸣共情。

“明窗数遍在，长与物华新。”“唐秀农老师的这节课立足于生活，立足于学科素养，利用高中的框图思想大大地提高了课堂的有效性，结合中央新疆工作座谈会精神融入‘四个自信’‘五个认同’，增强了课堂的思政性。他用自己的‘辛勤指数’提升教师的‘专业指数’，用‘奉献指数’保障学生的‘幸福指数’，这节课是一节成功的示范课，也是一节精准的传帮带课。”疏附县第二中学数学科组长郑科学老师如是说。

（作者为广东省前指驻疏附县工作队援疆教师）

万里飞赴育桃李　唯愿南疆留芬芳

——援疆支教之感想

□ 许燕装

南疆喀什，丝路重镇，祖国宝石般的地方。

喀什疏附，虽与广州相距万里，但我对它却十分亲切。自2013年担任广州市协和中学新疆部副主任以来，我时刻牢记习近平总书记对于新疆工作特别是教育工作的殷殷嘱托，带着感情、满怀热情地接触、教育了一届届内高班学生，对新疆学子充满关爱，对新疆这片土地充满热爱。所以，我主动报名参加广东省教育厅新一轮“组团式”援疆工作，自2021年10月被选派到新疆喀什地区疏附县职业高中任教以来，我就一直保持着感恩之心、奉献之心、主人翁之心，兢兢业业履职尽责，尽己所能授业传道，用情用功维护民族团结，并且乐在其中、融在其中、爱在其中。

凝心聚力　智慧育人

给我一个课堂，给我一班学生，那就教好管好。这是教师的本职，走到哪都一样。让我教思政课，那就让思政课充满活力，让学生积极参与到课堂来。比如，利用希沃白板等现代化教学设备，丰富课堂形式，增加师生互动环节，调动学生积极性；利用互联网资讯，多讲实际案例，提高教学趣味性。这些学生喜闻乐见的方式，帮助我更好地宣传党的理论和路线方针政策，让学生真正喜欢上思政课。教学生一天，便有一天的师生感情，有教无类。我真诚地欣赏我的学生，激励学生，教育学生。课余或课间，我与学生谈心，一起跳舞，一起唱歌，一起欢乐；学生若在课堂违纪，我也敢管敢教。以爱关注、以理服人，反而能够赢得学生更多的尊重。

多元一体　文化自信

书法艺术是我国的传统文化，源远流长、博大精深，我虽技艺不精，也算是书法爱好者之一。春节来临之前，在广州支教团郭团长和疏附县职业高中蒲书记的支持下，我们即席挥毫，迎新春送春联，以爱好特长践行“文化润疆”，促进广大师生对中国书法文化的了解，加强对中华文化的热爱，进一步坚定文化自信，为铸牢中华民族共同体意识贡献笔墨力量。

烟火日常　有暖有乐

在边疆工作，“援友们”都是背井离乡的人，虽然当地的领导、学生和群众十分热情，但是夜深人静时也难免想念家人，也难免有感到孤单的时候。好在“组团式”的援疆工作里，“援友们”一起办公，一起上下班，在一个小区生活，左邻右里，只隔一碗汤的距离，和谐相处、团结友爱、其乐融融，让我们切实感受到“大家”的温暖。一天的时间很多，工作之余，还能做点日常小事。所以，我很乐意做拖地、做饭等小事杂事。清洁自己的屋子，顺便也清洁公共地方；做饭自己吃，顺便做饭给大家吃，煲上一盅广东的靓汤，既是家的味道，也是冬日里团聚的味道。有烟火的地方，才是温暖的地方；日常里的琐事，也是有趣的故事。

我理解的援疆，不是简单的援助、帮扶，而是在全国各地各部门的大力支持下，在当地党委政府和人民群众的共同努力下，一轮轮接力，一代代奋斗，努力建设各族人民共建共享的富强美丽新疆，这才是援疆工作的应有之义。在接下来的支教日子中，我将牢记嘱托、感恩奋进，春风化雨、教书育人，不辜负南粤乡亲对新疆人民的深情厚谊，不辜负各级领导对我们的关心信任，更加努力为援疆工作发挥师者作用、付出心血汗水、作出巾帼贡献，用自己的倾情付出在南疆大地灌溉团结之花，结出幸福之果，留下遍地芬芳。

（作者为“组团式”教育援疆广州驻疏附支教团援疆教师）

新疆再见　是再见

□ 麦绮萍

“纸上得来终觉浅，绝知此事要躬行。”短暂而难忘的援疆支教生活如同白驹过隙一般，飞梭而过。而在伽师支教的这短短三个月，终将成为我一生难忘的日子，支教的点点滴滴像五味瓶一样酸甜苦辣咸什么都有，而我们从中领悟的也是无穷无尽的。

2020年9月30日，我们在同事的目送下，坐上了广州飞往喀什的飞机，穿越茫茫云海，看着地面上连绵起伏的山脉、远处蜿蜒的雪山，不由感叹“不到新疆不知中国之大”。“大漠孤烟直，长河落日圆”便是我对新疆的第一印象。

作为援疆支教队一员，我克服了生活上和工作上的困难，以满腔的热情投入到援疆支教工作中。在受援学校伽师县第一小学，我担任英语老师，承担三年级5个班级21课时的英语教学工作，我积极发挥个人音乐专业优势，拓展跨学科融合课程教学。尽管支教在线上开展，我难免有“第一次”的兴奋和无措，而今回想，脑海中却装满了学生们一张张渴望知识的脸庞，我很庆幸能够将自己的所见所感与他们分享。

线上教学并没有阻隔我们灵魂的碰撞，化身为“主播”的我，每节课的参学人数达250人以上，第一次就收获了两万个“赞”，讲解课程内容时，最有趣的环节就是通过弹幕和同学们互动——“同学们，明白吗？明白给老师扣1”。弹幕内容丰富多彩，或幽默诙谐，或发人深省，总能瞬间提振全场精气神儿。因此，同学们在网络端变得更活跃了，气氛也更加放松。每次直播结束前，大家总会互相道别，此时屏幕就会被弹幕刷屏，一声声“老师辛苦了！”“谢谢老师！”，就是对整堂课下来口干舌燥的老师最好的清凉慰藉。

同时，网络授课的时间不受拘束，课后也有充裕的时间和老师互动，距离虽远，但心却更近了。小小的聊天框成为家校沟通的桥梁，隔空传递爱，“老师我很喜欢上你的课，我现在喜欢英语了。”“老师谢谢您，孩子进步很大。”“老师我长大要成为英语老师，我一定会实现的。”这让我感触很深。当我真正了解学生特点，开始和他们建立起感情时，我觉得自己学到了很多，特别是认真负责，也尝到了当老师的酸甜苦辣，感受到学生的真诚。

也许在这短短的时间里，我能带给他们的知识不多，但是他们对英语产生了兴趣，那这次支教就很有意义了。我希望，我们相遇的经历，可以变成一串串珍珠，永远珍藏在我们的记忆匣子里。祝愿你们每一个人都能够成人成才，为国家的建设贡献自己的青春力量，新疆再见，是再见，一小的孩子们，我们有缘再会啦！

（作者为“组团式”教育援疆广东省大学生支教团援疆教师）

师生间的“必修课”

□叶　欢

如果不是这段援疆经历，我大概做梦也不会想到，有一天会有一个维吾尔族小伙子从乌鲁木齐给我打电话，用广东话对我说“你好”。这个维吾尔族小伙子叫阿不都乃比•塞米，2020年刚考上北京体育大学。这个学生为什么给我打电话，我与这名学生又是如何结缘的呢？这得从2020年3月说起。

2020年3月，我来到第三师图木舒克市第二中学负责高三年级的政治科的教学。我所教班级全是维吾尔族学生，普通话水平比较薄弱，听课存在语言障碍。起初，班上的阿不都乃比在课堂上不是睡觉就是发呆，不愿回答问题也不写作业，这种状态引起了我的注意。于是，我发挥政治老师的长处，找他谈心，得知他因为基础差，考试成绩不理想产生厌学心理，不想参加高考，只等一毕业就回家种地去。阿不都乃比的父母也甚少关心儿子的成绩，家里讨论的话题永远是一日三餐、果树、棉花等，对于为何要孩子们读书、孩子们将来去哪里读大学比较好，从不谈起。了解到这些情况后，我开始有意识地表扬他体育科成绩优秀，肯定他在专业课上的努力，赞赏他执着于体育训练的行为，并引导他把这种执着、这种坚韧不拔的精神放在文化课学习上；给他讲《资治通鉴》“孙权劝学”的故事，讲“梅花香自苦寒来”的人生哲理，勉励他不要放弃，奋勇直追，考一所理想的大学，为将来的美好人生打下基础。

此后谈话成了我们这对师生的“必修课”，话题从高考到读书的快乐，从南疆到疆外的世界，渐渐地，阿不都乃比重新拾起了学习的信心，根据我的指导，每天坚持抄写、背诵，一点点学习，一步步紧跟，学习基础逐渐扎实了，汉字书写水平也得到了提高。高考前最后一个月，我常常对他的试卷进行面批面改，阿不都乃比把批改的试卷当成复习资料抄写、背诵。苦心人，天不负，最终，阿不都乃比高考时文科综合取得了令人惊喜的全班最高分，成功考入全国体育最高学府——北京体育大学。

和当年孙权劝服的吴下阿蒙一样，在新疆师范大学读预科的阿不都乃比与高中时已迥然不同，时常兴奋地告诉我他的大学见闻，欢快得像个孩子。他说他在预科班当了班长，他说宿舍的同学都很友善，他说班上的同学来自全国各地。他想有一天要跟同学一起去游历全国的壮美山川，尝一尝全国各地的美食，他还想到我的家乡去，看一看广东的舞狮子。他说如果没有遇到叶老师，他可能一辈子都被埋没在一个西北边陲的几百人的维吾尔族小村庄里，如今他已经将祖国藏在了心中。就连阿不都乃比的父母，这对大半辈子都不关心外面世界是什么样子的农民夫妻，现在也开始关心起乌鲁木齐的天气，关心起北京冬奥会的新闻了。他们逢人便说，有一群从遥远的广东来的老师，改变了他们的儿子。

信仰与执着，是人生最大的宝贵财富。虽然教育援疆环境是艰苦的，条件是有限的，但我将继续秉持自己对教育的初心和信仰，发扬胡杨甘于奉献的精神，为学生的成长、学校的发展、三师的教育贡献广东智慧。

（作者为广东省前指驻兵团第三师工作队援疆教师）

牢记使命，不忘嘱托，把援疆工作踏实完成

□ 余燕萍

为贯彻落实第三次中央新疆工作座谈会和全国教育大会精神，根据广东省教育厅通知要求，广州市教育局从广州市各区选派了40名老师参加援疆支教工作。我响应号召，主动请缨，也得到了学校领导的大力支持，肩负使命，踏上万里援疆路。

在开始的几个月里，因为南疆干燥的气候和单一的饮食，我经常睡不好觉，嗓子火烧火燎地干疼，流鼻血，有时还会拉肚子。我面对这些身体上的不适，没有退缩，而是咬牙坚持工作。从踏上新疆土地的那一刻起就下定决心，要踏踏实实做好每一件事。我牢记离开广州市时校领导的殷切嘱托："此次援疆工作责任重大，使命光荣。在援疆工作中注重维护民族团结，建立良好的人际关系，为顺利开展工作创造条件；树牢规矩意识和纪律意识，以高标准、高质量完成援疆任务，援疆工作的顺利开展对增进民族团结和睦、维护社会政治稳定，对构建社会主义和谐社会具有重大意义。"

一年来的援疆工作让我充分体会到"一段援疆路，一生援疆情"的真正含义。同时也提高了我个人的政治站位和大局意识，加深对党的民族政策的正确认识和深刻理解。

在课堂指导学生

聚焦立德树人 服务学生成长成才

我坚持立德树人的根本任务，践行社会主义核心价值观教育，细化培养学生核心素养的六项育人工程，推进学生持续发展。强化思政课程建设，推进课程思政教育，构建三全育人体系，每节课落实好立德树人根本的教学建设任务。

强化学生行为习惯养成教育，提升学生自我管理能力。从礼仪教育、行为规范教育和养成教育潜移默化去影响和教育学生，提高学生内涵。

推进课程建设 提升教育教学质量

按照国家课程标准要求和疏附县职业高中教学要求，我认真备好课，上好每一节专业课，开展思政教育教学，为立德树人做出贡献。我积极参加疏附县职业高中电子商务专业教研活动，相互沟通、相互学习，把广州先进的教育理念引入疏附县职业高中。我担任疏附县电子商务专业兼职教研员，坚持到疏附县各中学开展听课、评课活动，开展县、校级公开课，通过各学校的教学沟通、交流，推进课程建设，提升教育教学质量。

疆粤同心协力 竞赛显教育本色

为全面贯彻落实习近平总书记对技能人才工作的系列重要指示和致首届全国职业技能大赛贺信精神，我们通过举办技能竞赛，鼓励和引导广大从业人员、教师积极投入到行业技能提升、技能研发和技能创新的行列中来，促使成员之间相互交流、合作，选拔一批理论功底扎实、实操技能过硬的创新型互联网营销优秀人才。2021年10月24—26日三天，由新疆维吾尔自治区职业技能竞赛委员会主办的全国新职业互联网营销师技能大赛自治区选拔赛在喀什技师学院举办。在来自新疆维吾尔自治区20多名选手教师的激烈竞赛中，疏附县职业高中的吾拉伊木江•吾普尔、阿卜杜拉萨拉木江•阿力木两位老师在我的悉心辅导下，在比赛中熟练运用技能，沉着应试，最终一举夺得“互联网营销师”选拔赛第三名和第五名的优异成绩，并顺利获得二等奖、三等奖荣誉证书，晋升相应职业技能等级和“双师型”教师，开疏附县职业高中电子商务教师获奖的先河。

为深入贯彻落实十九届六中全会精神和第三次中央新疆工作座谈会“文化润疆”精神，展示疏附县舞狮文化进校园系列活动成果，广州援疆工作队联同疏附县教育局举办疏附县中小学首届“石榴籽”杯狮王争霸赛。这次比赛是一个全新的起点，是疏附教育的一次盛会，是中华优秀传统文化的盛会，更是凝聚穗疏深情的一次亲情盛会。这个原本来自珠江之畔的习俗，如今在天山脚下扎了根，为穗疏两地架起了友谊的桥梁。本次争霸赛中我担任了裁判工作，被疏附县教育局评为“优秀裁判员”。

同时，我们为首届“石榴籽”杯狮王争霸赛搭建线上平台与视频制作和修补，让首届“石榴籽”杯狮王争霸赛按时、按质、按量顺利地进行，被疏附县教育局评为“特殊的贡献奖”。

发挥实践育人、文化育人的作用

为庆祝中国共产党成立101周年，落实立德树人根本任务，全面贯彻落实社会主义核心价值观，传承中华传统优秀文化，弘扬中华民族伟大精神，发挥实践育人、文化育人的作用，培养学生欣赏和创造美的能力，展现当代中职学生的艺术素养和青春风貌，加强学生社团和校园文化建设，并发扬校艺术文化的优良传统，我作为总策划，开展了以“服装艺术展秀”比赛为主题的校园文化活动，取得了圆满的成功，还赢得受援学校领导、老师对我工作能力的肯定以及对广州援疆团队的感谢。各民族在相互交流学习中增进团结友爱，更好地和睦共处，让援疆工作走得更稳更好。

在援疆期间的每一天，我牢记使命，不忘嘱托，把援疆工作踏实完成。我将继续保持良好专业素质，把工作经验带到援派的疏附县职业学校中，努力为新疆职业教育质量的提升发展贡献力量。我会践行胡杨精神、兵团精神，奉献边疆，代表学校为市教育局对口援疆工作任务作出新的贡献，继续积极响应党中央和国家的号召，紧紧围绕广州市教育局援疆工作战略部署，充分发挥自身优势，推进援疆工作的落实。

（作者为“组团式”教育援疆广州驻疏附支教团援疆教师）

援疆之自我问答

□易 萍

援疆前

我是一名医学检验技术副主任技师，援疆前就职于广东省江门市开平市中心医院检验科免疫组。我从事医学检验专业28年，理论扎实、技术熟练、经验丰富。

援疆工作是新时代党的重要治疆方略和国家政策，是光荣而神圣的历史使命。我时刻提醒自己，我们代表着广东省医务工作者的形象，要珍惜这个机会，做到严格要求自己、尽职尽责、不辱使命！

2013年我爱人曾参加过江门市援藏医疗工作队，他与队友在林芝工作，当地虽然环境艰苦，但他们却敬业、乐观，这种工作情形一直深深地影响着我。丈夫为了让我安心参与援疆工作，在百忙之余也主动承担了每周两次去给患有严重膝部关节炎的母亲送药送生活品的事务，女儿寒暑假期也经常去陪伴与照顾，家人的理解与无条件支持让我再无后顾之忧。在单位领导的鼓励下、在家人的大力支持下，我决定报名参加援疆工作。我已做好克服一切困难、在艰苦条件下工作的心理准备，全力以赴完成一年半的援疆任务！

2021年8月底，我随广东省第十批援疆工作队来到兵团三师，异常干燥的气候，还有对千里外亲人的思念令我有一段时间处于身体心理都不太适应的状态中。

好在来新疆前带有防晒和保护用品，我努力调整饮食与生物作息节奏，工作队食堂也每天为我们提供可口的广东菜品与老火汤，饮食和住宿方面都照顾周到，到9月中旬我已适应了在新疆的生活。

援疆中

2021年9月，我担任第三师总医院图木舒克院区（简称"图市总院"）检验科第一主任。通过对图市总院检验科现状进行初步了解与摸底，我发现了当地实验室的质量控制管理流程不够完善，生物安全观念有待加强；实验人员操作不规范，缺乏必备的实验器材；部分项目结果报告不够严谨；开展的检验项目少，许多项目仍需外送检测，如当地尚未开展对治疗有重要意义的乙型肝炎核酸定量检测（HBV-DNA），不利于乙肝的防治，部分已开展的项目方法又相对落后等。我积极向当地检验科主任提出建议，商讨改进措施。一方面制定实验室质量控制管理规范，加强人员生物安全观念，改造实验室污染区与清洁区布局等。另一方面积极申报购进相关实验室设备器材，如购进连续加样枪、高压蒸汽灭菌仪、全自动洗板机、酶标仪、混匀仪等，改善工作条件，提高工作效率。我们利用2022年广东省捐赠的一批先进的检验设备，先后开展新项目与技术共31个单项，填补本地区检测项目空白，提升检验科自动化操作程度，极大提高了本地区医疗质量水平。规范检测策略，组织新项目讲座，并把检验科开展项目的临床意义制成键盘垫发放科室进行宣传，帮助新项目的开展，加强与临床科室的沟通。我们努力改进实验室现状，全面助力提升当地临床诊疗服务水平。

第三师图木舒克市新冠疫情防控期间，我在一线指导实验室人员规范操作，加强生物安全防护；积极发挥“传帮带”作用，在日常工作中手把手带教传授，并制作PPT课件，通过科室业务学习、临床科室宣传、医共体视频讲座等方式，全方位培训当地医务人员。因疫情影响，部分新项目厂家技术人员无法前来装机培训，我积极联系，决定先由厂家对我进行网上视频教学，指导安装与调试，我掌握后再对科室同事进行培训，从而保证疫情期间检验科新项目开展工作的推进。培养科室团队的科技研究能力，我充分利用当地资源，带领和辅导有关骨干技术人员撰写本地研究性论文三篇。我还担任三师总院“二甲复审办”小组成员，负责医技科“二甲”评审条款的落实与督导，督导条款完成进度和持续改进，协调解决复审工作中实际问题。

通过一系列的改进与努力，图市总院检验科实验室质量管理水平有效提高，人员生物安全意识得到加强。检验科在2022年职称晋级考试中，7人成功通过国家线，新项目技术在临床科室得到顺利开展及推广，对提升三师医务人员诊疗水平有积极的意义，协助总院医技部门在“二甲”评审落实工作中取得显著成效。

图市总院检验科是一支平均年龄不到30岁的队伍。在新疆疫情防控期间，除要正常开展日常医疗检测工作，还承担了第三师图木舒克市每日近4.5万人的核酸检测工作。在如此繁重的任务下，检测人员每天早上10点前进入核酸实验室，不吃不喝坚持奋战到下午7点多才从实验室出来。他们这种高度负责任的工作态度，团结一心、吃苦耐劳的品质，给我留下了深刻的印象。截至2022年10月，检验科顺利协同图市总院完成核酸检测450万人次。

一年来我多次参加医疗队下团场基层的义诊活动，许多民族同胞得知义诊消息，早早地在连队大会堂等候，看到他们对我们充满信任与期盼的目光，我由衷地感动，也体会到自己肩上的责任。

总结

援疆经历是我人生中的高光时刻，这段时间我收获满满，我在思想上积极向党组织靠拢，在行动上向身边优秀的共产党员学习，2021年9月我提交了入党申请，2022年7月被兵团三师总院通过，成为入党积极分子，这是对我极大的肯定与鼓励。兵团精神将会不断地激励着我保持进取向上的斗志，在未来的人生道路上勇往前行。

因工作出色，2021年我被三师卫健委授予“优秀援疆医生”称号，被三师总院授予“优秀援疆专家”“医德医风年度考核优秀个人”，并荣获广东省开平市第三届“文明家庭”称号。

我和三师总院检验科同事们如同家人一般，早已结下了深厚的友谊，未来我们也会继续保持沟通，尽力协助第三师图木舒克市检验科的发展，我将继续秉承“大爱无疆，无私奉献”的职业精神，发扬广东医务人员积极进取奋发向上的风采，努力打造一道粤新两地医疗事业互建互助的桥梁！

愿以三师的风沙与霜雪，磨砺我人生最美好的时光！

（作者为广东省前指驻兵团第三师工作队援疆医生）

南疆盛开“红棉花”

□ 许曜东

时光荏苒，岁月如梭，三年的时光年华，似流沙般，弹指间留在昨天。在这段漫长且短暂的时光里，每天我都感受到边疆地区日新月异的变化，和各民族人民像石榴籽一样紧密团结在一起。

我是广东省第十批援疆干部，挂职喀什疏附县布拉克苏乡党委副书记。回顾三年的援疆工作，我想用三个词语来概括，那就是：情怀、实干、收获。

援疆是国家战略，是民族大义。回望援疆岁月，在日日夜夜的坚守中、在点点滴滴的感悟中，总有一种情怀在心中激荡。援疆期间，我们深入开展群众工作，曾经一度每个月15天在单位上班，15天下沉住村，与农民同吃同住同劳动同学习同娱乐。我们用脚步丈量民生民情，用真情感悟人间烟火，用心聆听群众心声，用行动书写援疆答卷。我深感这是一次灵魂的再回归，是一次心灵的大洗礼。

2022年3月9日上午，我带着一名维吾尔族大叔在广州医科大学附属第一医院泌尿外科中心急诊科排队就诊，和我在一起的维吾尔族大叔是我们正在积极培养的乡村致富带头人沙迪克江•塔什，同时，也是我的结对亲戚。我们此次广东之行是为了参加广东省宣传工作会议，而在会议前一天，沙迪克江却因“突发腹痛”就诊。沙迪克江还要代表广东援疆致富带头人发言，怎么办？我说：“明天我们不参加会议，在医院把身体养好。”沙迪克江却说：“只要我有一口气在，都要去参加这个会议，我一定要把我想说的话说出来，把广东援疆如何帮助我的故事汇报给领导和媒体朋友听，为广东援疆发声。”

好在，善良的人自带福报。经过医生精心诊疗和CT确认，沙迪克江患的是突发急性尿路结石，止痛和排石药物用上后，症状缓解，他紧皱的眉头终于舒展开来。他如期参会，也把想说的话也说了出来。

沙迪克江•塔什自从2020年被遴选为广东援疆“致富带头人”后，工作非常努力负责，精神面貌也是焕然一新。乡里和村里的干部，还有家里亲戚朋友都说他完全变了一个人，变成了拼命三郎。

他的家乡在疏附县布拉克苏乡，面积200余平方千米，人口4.8万多人，人均耕地不到2亩，乡域内沙漠、戈壁滩占大部分，可耕种的土地盐碱度高，自然环境是比较恶劣。他小的时候，村里道路是泥巴路，大家住的是土房子，喝的是沟渠水，由于村民们没文化、缺技术、少设备，农业的收成也很差，他们生活得非常艰苦。回想起往事，他的眼泪就像断了线的珠子一样从眼眶里滚滚落下。自此，沙迪克江下定决心，希望通过自己的努力奋斗改变家乡，让家乡的人民过上幸福的生活。

2019年，沙迪克江毅然决然响应国家脱贫攻坚的号召，关闭县里的榨油坊回乡创业，承包了疏附县布拉克苏乡阔纳霍伊拉村卫星工厂，成立了疏附县感恩榨油厂。成立初期，沙迪克江担心资金周转跟不上。他当时只有20多万元，要成立一间榨油厂，专家告诉他仅设备就要60多万元。正当他为了启动资金犯难的时候，我找到了他，并告诉他，广东援疆正在疏附县各乡镇遴选致富带头人。我鼓励沙迪克江参加了致富带头人遴选，最终他以第一名的成绩，争取到了100万元的项目资金。这资金一下子就解决了他的燃眉之急。资金到位后，沙迪克江就马上按照计划开始改造，更新了变压器，购买了脱蜡机、清粮机，还增加了一套自动灌装设备。

产品生产出来后，沙迪克江担心产品质量和销量问题。我多次上门为他解决销路问题，我对照食用油脂生产标准，帮助沙迪克江对生产工艺和质量管控等方面进行了全面梳理，还手把手教他如何制作食品进出台账，如何使用快检设备等。同时为确保产品质量安全，我们还对产品进行了抽样，并将抽样样本邮寄到广州的食品检测机构进行检验。当得知检测结果均为合格后，沙迪克江开心地笑了。后来，在广东援疆的积极跟进协调下，沙迪克江还与广东援疆企业疆果果和疆油悠公司对接，签订购销协议，将榨油厂主打的被业内专家称为“陆地鱼油”的红花籽油和亚麻籽油产品销往其他省市，销路非常好，深受消费者的喜爱。

“通过广东援疆的帮助，我的榨油厂规模也得到了进一步扩大，生产量和销售额不断攀升。2019年，榨油厂年产量仅有25吨，2020年产量扩大至100吨，2021年年产量达到150吨，销售额达300万元，刨除成本和人工工资外，年净利润在30万元。2022年预计产量能达到200吨。这些都是广东援疆带给我的，我和我的工人们一辈子都不会忘记。”沙迪克江说。

好事总是一件接着一件来。随着沙迪克江的榨油厂不断发展壮大，经过乡党委的批准，榨油厂成立了疏附县第一个民营企业联合党支部，发展厂里2名优秀员工成为入党积极分子。我和沙迪克江互相认了亲，还时常给员工上普通话课，组织他们观看爱国主义教育电影，教大家学习新风尚，宣讲党的好政策，现在厂里的大部分员工都会说普通话，在2022年疏附县“卫星工厂”普通话大赛中还获得了第一名的好成绩。通过学习普通话，厂里的员工精神面貌都有了很大的变化。现在，大家都穿着整齐、干干净净地来上班，每个人的家里也都有了许多可喜的新变化。

现在，沙迪克江的家乡变得越来越美了，群众的日子变得红红火火了，他们住的是新农村，出门就有大马路，马路两边都是绿树和红花，很多家庭都开上了小汽车，购买了电视机和电脑，用上了智能手机，偏远的农户家，网络信号也能全覆盖，不仅我们县，整个喀什地区都发生了翻天覆地的变化，道路越来越宽敞，人居环境越来越美，教育、医疗、大型商场、公园也应有尽有，人民生活发生了翻天覆地的变化。

一分耕耘一分收获。2022年，沙迪克江的榨油厂被评为“自治区级合作社”。沙迪克江也被自治区党委授予“优秀共产党员”称号，被广东援疆授予“致富带头人”称号。学习强国平台、《南方日报》、《新疆日报》、《广州日报》等媒体均对他的事迹进行了报道。这是党和政府对他的一种莫大肯定。

援疆确实需要付出。要适应不同的气候、饮食、生活习俗，要面对陌生的社会文化环境。更重要的是，要远离亲人，作别同事朋友，这会给家庭带来很多困难，会影响工作的延续性。但是，援疆的收获也是别具一格的。它成就了岁月的芳华，它赋予时间特殊的内涵，它因奋斗而充实，它因奉献而美丽。

（作者为广东省前指驻疏附县工作队援疆干部）

登天门山

□ 戚德峰

山不在高，有仙则名。人在山上即为仙。我不是为了成仙，但我爱山，爱爬山。我愿做山中的翩翩少年，我愿做山中的风、山中的尘、山中的雨、山中的云、山中的鹰。明天就要登天门山了，我们心情非常激动。

说起天门山，大家一定会想到湖南张家界、湖北天门市和安徽芜湖的天门山，但是我们明天要登的是南疆的天门山。天门山，是因山上有个天门而得名。天门也是传说中的神仙上天之门、天界与人间的连接之门。入此门，便是仙境；出此门，便是人间。南疆乌恰的天门山是世界最高的天门山，海拔3000多米，当地人叫它神天门。

因为在疏附县工作，我路过木什乡，遥看天门山。这里有怪坡，有峡谷，有古战场，有重峦叠嶂。怪坡很是奇怪，即使车熄了火，也可以向山上行。古战场是左宗棠将军最后全歼阿古柏叛军的地方。正是因为远眺天门山常有，而近观天门山从无，我心中愈发惦记。

机会终于来了，明天是五一，终于可以登天门山了。我们十六个男子汉，外加两位巾帼早早备足水和干粮，吃完早餐就出发了。从疏附县到克州乌恰天门山景区门口大约两小时车程。一路上是戈壁、险滩、山谷，偶尔有几只野山羊和我们远远地打打招呼。到了景区大门，再开车30分钟到了游客服务中心。要登世界最高的天门山，我们的心情非常激动。5月的天有些凉，风一吹，有点冷，但丝毫没有影响到我们欢快的情志。

我们走的这条山路被美国探险杂志确定为全球20条最值得探险的路线之一。1932年美国记者夏合拉格欧曾到过此地。1947年英国探险家希普顿曾游猎于此。

过了验票口，步行800米，远见一尊雄狮，仰天长啸，像要吞尽天下之万物，这正是第一道景观衔天台。继续前行，远远看到山脊上有两个小天门，似太阳像月亮。我想这就是人间的日月同辉吧。峰回路转，右拐500米，两张巨帆映入眼帘，似两艘扬帆启航的巨轮，沉甸甸的，载满了铁矿石。配上呼啸的山风，真是惊涛骇浪。然后进入峡口，就是沟壑了，据说中间要过三道台梯。沿着前人的脚步，踩着鹅卵石，简直就像来到小溪边的感觉，唯一的缺憾是没有水。我们向着幽深的山谷前进，偶尔停下来歇歇脚，贪婪地欣赏着两边的山峦，一切都是神奇的迥异，一切都是原初的味道。我仿佛一位仙人，马上醉入到一个蛮荒的世界里。山势陡峭，山体上镶嵌着密密麻麻的孔洞，像鸟窝，像蜂巢，像壁画，像眼睛……真乃仁者见仁，智者见智，看什么像什么。沿路有大大小小的沟壑汇入我们这个大山谷。再看看两边的绝壁，顿时回到一亿年前，茫茫大海，我们就是海上的精灵。随后地壳发生变动，两边渐渐高出水面，千山万壑渐成大大小小的小溪河流，我们游弋在河流中，激荡在山谷中。地壳在不断地变化，这里继续升高……森林、草原、恐龙、牛羊……

两边只有突兀，脚下偶尔一棵骆驼刺或一簇红柳树。像是大山在提醒我们，当年这也曾是植被丰盛、水草肥美、众生向往之地。不知不觉到了第一道台梯。说是台梯，其实就是一线狭缝，仅容一人通过，幸亏有人铺好了条索和钢筋架，否则此路不通，只能戛然而止了。攀过第一道天梯，走了10余米，又到了开阔地带，真是别有洞天。前进前进，继续前进，到了第二道台梯。第二道台梯，更长更险，更难行，弯更多。“雪！雪！”不知谁惊呼起来。惊叫声马上串起来了，游弋在山谷中。看来真是风光在险峰呀。其实雪并不多，只是隐藏于山谷背阴的一面。对于看惯了山清水秀、泉水叮咚的南方人来说，5月看雪，的确是奇迹。

爬山登山，其实很简单。就是拐拐拐，不是左拐就是右拐，每一拐都是风景，都是奇迹。人们只有在拐拐拐中才能欣赏自然、体会人生，领悟开悟顿悟。马上一个右拐，又是一番景象。到了观景台，向远处眺望，群鱼戏珠。顾名思义，山像鱼，鱼像山，山是鱼，鱼是山；山像宝珠，宝珠像山，宝珠是山，山是宝珠。我们对群鱼挥挥手，匆匆赶往下一站。

钻过第三道台梯，艰难险阻，才刚刚开始。我们个个汗流浃背，气喘吁吁。稍事休息，我们十六个男子汉和两位巾帼，怀揣着梦想，怀揣着憧憬，继续前行。路越来越险，山越来越峭，脚越来越滑。山谷中，积雪加冰块，步步惊心，趔趄声不断。大家相互提携，一个也没少。摔倒声，欢笑声，跨过一道道梁，翻过一道道坎，终于可以远眺天门山了。又是欢呼声，又是尖叫声，声声入耳，声声入心。那是久违的忘我，那是久违的开心。像是在漂流，像是在过山车，像是在骑奔驰的骏马，像是在开沙漠车。无暇顾及两边的风景，我们向天门山冲去。

忘了时间，忘了自我。我就是山，山就是我，我们和大山融为一体，那就是快乐。近了近了，观景台、天门山和两边的群山组合如此精致，像一把亿万年的金丝楠木太师椅，上面搭着白色的丝绢。天门山是椅背，两边的群山是扶手，观景台是椅座，来时的路是踏脚的地方。天门在椅背的中央，宛如太极图，变化无穷；也像个太阳，普照大地。天门山顶和两边的山顶上还是白雪皑皑，下方的山体是淡灰色的。白雪正在融化，挂着长长的冰溜子，泉水叮咚，冰雕玉砌，甚是壮观。

终于登上天门山观景台了。风很大，直穿过天门，大概是向仙界报告：我们来了。天门呈“n”字形，宽约20米，高500余米，鬼斧神工，天造地设，山势雄奇、险峻，山谷幽深、宁静和神秘。吹过你吹的风，算不算相拥，走过你走过的路，算不算相逢。如果有神仙，那我们也算是相拥相逢了吧。观景台也是天门的门槛。传说中跨过此门即是仙界。我向下仔细观察了一下，深不见底。扔下一块石头，听不到回声。透过天门，向前平视，对面就是我们疏附县的木什乡了。向上看，是蓝天白云，偶有苍鹰在盘旋，偶有鸟儿在飞翔。仔细寻觅，没有神仙的影子。我想若真的有神仙，他们姑且就是天界的使者吧。看完椅背，再看椅子两边的扶手，雕刻甚是精致。两边的画面截然不同，一侧酷似眼睛，一侧酷似波纹；一侧孤立，一侧连续，形成了各种奇特的景观。回首来时的路，万千沟壑尽匍匐在脚下。我的思绪也飞向远方，孔子登东山而小鲁，登泰山而小天下。我登山而小我。在大自然面前，我们是这么的渺小。我爱大自然，我爱山，我爱登山。正因为爱，我才心生卑微、恭敬、敬畏和期盼。

天门山我们来了。天门山我们就要走了。带着依依不舍的眷恋，心中充满着卑微、恭敬、敬畏，满怀着期盼，我们小心翼翼地下了山。

天门山，天门山，什么时候我们再相见！

（作者为广东省前指驻疏附县工作队疏附县人民医院院长）

万里援疆　赴一场心灵之约

□潘永亮

那一天，听从着组织的召唤，我带着简单的行装，随着心的脚步，一路向西。

出发的时间是凌晨5点，妻儿还在熟睡。我没有叫醒他们，我害怕我会走不动。当他们醒来后，小儿的一声啼哭足以让我迈不开腿。我给妻子发了一个信息话别，然后毅然决然地背上行李出门了。

西域，一个在我梦中萦绕许久的地方。读大学的时候，每读到西域这个地方，我都满怀向往。张骞通西域，并由此而开启文明的交汇，让每一个喜欢历史的人都对这片神奇的土地心生向往。也许，从那个时候开始，我便有了这份念念不忘。

飞机降落喀什是下午4点多。走出飞机，太阳的光芒让我有些睁不开眼睛。西域，此刻真实地出现在我的面前了。那一刻，我有一些恍惚。也许是在喧闹的城市太久，当心心念念的事变成现实，我便有一些醉了的感觉。心像被白云怀抱着，轻轻地、慢慢地飘了起来。我听不清别人在说什么，耳边只有风的声音，像有一种遥远又古老的声音传进耳朵，刻进心魂。世界在那一刻只剩下我自己，随着云朵漂浮。

接机的同事告诉我们，我们的目的地叫第三师图木舒克市，还有350公里的路。于是，在他们的带领下，我们上车继续赶路。汽车上了高速后，沿途两旁都是戈壁滩和没有绿植、完全裸露的山头。同事告诉我，我们4个小时的车程，沿途都是这样的戈壁荒漠。汽车在高速路上疾驰，路两旁的风景在视野中迅速向后退去。一种前所未有的自由意境从心底泛起。那戈壁竟在我的眼里丰富和生动了起来。这一路的荒凉也是一首意境深幽的诗。

大自然的壮美，会净化人的心灵。西域是一个神奇的地方，每年都会有很多人从世界各地来到这里。他们来这里的目的各种各样，有人为了景色，有人为了美食，有人为了邂逅，有人为了洗涤灵魂，甚至还有人“不怀好意”……

在这些人中，我比较单纯，仅是为了安抚自己浮躁的心。看着这一路的荒凉，我的心瞬间安静了下来。

戈壁滩是荒凉的，但是，人生却不可以荒凉。每一个生活在尘世中的人，都被世俗的纷扰所羁绊，不能快乐，不能自由。当遇到困难的时候，或者打败它，或者臣服它，或者逃离它。然而，如果你看不清楚生命的形状，无论是哪种选择，你都会做不好，都始终会有一种东西困扰于心。在经济发达的东莞，我有着一份体面的工作、一个不错的职位、一个温馨的家庭。然而，我的内心却甚是苦恼。我无法安于现状，又看不清楚未来，更无法对人言语。

这个时候，一个领导的电话唤醒了我。到新疆去！到西域去！在那里，我会找到答案。

信仰是一种巨大的力量。在生活中，很多时候，我们靠信仰活着。在我们孤独无助的时候，在我们陷入泥泞的时候，在我们快要跌入深渊的时候，只要内心还有信仰，那么我们就能够坚持下去。

西域是一个神奇的地方。这个名字似乎有一种力量。如果你带着信仰而来，那么，你会更加地坚定；如果，你是惘然无措地到达这里，那么，你也将在这里找到自己的方向。这里有绝美的风景。昆仑山，号称是“中国第一神山”。它的山体终年白雪皑皑，一尘不染的雪，在阳光的照射下，反射出五彩斑斓的光，仿佛自带彩虹般令人神往。在白沙湖，湖泊、雪山交织碰撞，纯白的流沙、淡蓝的湖水，为荒凉的帕米尔高原平添了一丝柔美。塔克拉玛干沙漠，面积巨大，苍茫天穹之下，无边无际的大漠黄沙，产生一种震慑人心的力量。无论是谁，此刻，内心的感慨或许都是人的渺小。

伴随沙漠的是胡杨林。胡杨林、沙漠与湿地，错综交杂的景观，形成南疆特有的秋色。随处可见的胡杨林，每一处都能带你打开一个金黄的秋天。

胡杨在地球上的生存历史超过了6500万年。走进胡杨林，你会看到那一棵棵的胡杨，或站或躺，或蹲或卧，摆出奇特的姿态，以最有张力的姿态来震撼你的心灵。它们虽然历经大自然风雨的剥蚀，但依旧保持着原始沧桑的风貌，依旧展示着自己的美好。“生而千年不死，死而千年不倒，倒而千年不朽”的胡杨，曾孕育了整个西域文明。每一棵胡杨树，都有着千年的不凡故事，等待着你去解读。

据说，胡杨也会流泪。烈日下，胡杨的树身会流出咸咸的液体。人们说，那是胡杨的眼泪，只要洒在脚下的沙土上，就能够化出漫天的甘露，让战士胡杨能够继续屹立在那里。今天，胡杨不屈不挠、坚韧不拔、顽强抗争的精神，早已成为南疆的精神象征。

这里有厚重的人文。不到喀什就不算到过新疆。当年，汉武帝派张骞通西域，作为皇帝的侍从官，张骞最初承担这个任务，也许是主动的选择，也许是被动的选择。但是，无论是哪一种，他已经自觉或不自觉地走到了人生和历史的巅峰。当张骞领着他的随员走出长安的那一刻，一条连接亚欧非大陆的古丝绸之路在成形，一场震古烁今的中西文明大碰撞也开启了。

古丝绸之路，无论是走南路还是北路，它都要在今天的喀什交汇。这里成为中西方各大文明交汇的舞台。在高山高原、黄沙大漠中的这一歇脚地，看似最没有文化的地方，却变成了文化的交融之地。在这里，印度文明、波斯文明、巴比伦文明、阿拉伯文明渐渐传入中国。在这里，中华文明不仅以恢宏的气度接纳着各大文明，也向西传输着“天下大同”的观念。更重要的是，中国古代的四大发明也从这里走向西方。

无论是东来还是西往，到了喀什，人们都会停下来，好好收拾自己的心情。因为，这里可能是人生辉煌的起点，也可能是人生的终点。即使是今天，关山万里，沿路前行的人都可能面临着突发的地震、山洪倾泻等生死考验。而在古代，既没有今天的道路条件，也没有今天的装备配置。他们要面对的不仅仅是恶劣的自然环境、气候条件，还可能有土匪、豺狼虎豹的袭击。古丝绸之路上的每一名行人都是英雄。在人类文明交汇史上，他们留下了厚重的脚印。

新时代，新征程。一批又一批不忘初心的人响应着组织的号召，从四面八方汇集到新疆这块土地上。追随着援疆前辈的足迹，我也带着心中的信仰，来到了第三师图木舒克市——大漠黄沙边上的小城。在这里，我的浮躁不知所踪；在这里，我的初心焕发光彩；在这里，胡杨精神在不知不觉中已在我心中绽放。在这里，我将短暂停靠，和这里的胡杨一起坚韧生长，书写一段难忘的岁月。

（作者为广东省前指驻兵团第三师工作队援疆干部）

因地制宜，才能因材施教

——教育援疆感悟点滴

□ 刘思明

2021年来新疆之前，我对自己的教学水平充满了信心，因为我探索和实践小组合作管理模式长达十余年，认定小组合作是放之四海而皆准的教育管理模式，运用到新疆一样也能提高老师的教学效率，提高学生的学习成绩。可是真正到了新疆之后，我才认识到，原本好用的模式、好用的办法在这里根本行不通！

经过大约两个月的观察、思考和尝试，我逐渐认识到：只有因地制宜，才能因材施教。

用“棉花”教作文

学生的期中考试成绩一出来就惊掉了我的下巴。以七年级（4）班为例，仅作文一项，全班得零分的有12人，得几分的有9人，全都是因为抄袭试卷上的现代文阅读题。问他们为什么要抄袭，回答是：不会写，抄阅读题凑字数。

我做教师三十年，见过的学生不计其数，但像这样大面积抄袭阅读题的，还是头一回遇到。我不得不冷静下来，仔细分析原因。

七年级（4）班民族学生占比75%，他们从小学三年级开始全面接受普通话教学，到现在已经是第五个年头了，时间不算短。但依然有这么多学生不会写作文，我分析：一是因为普通话基础不扎实，二是因为写作方法有欠缺。提高普通话水平，不可能一蹴而就，但教授一些实用的写作方法，或许有立竿见影的效果。

怎么教呢？空谈理论不行，一定要找到一个通俗易懂的“例子”才好。正好遇到“双减”开始实行，我在跟学生聊天时了解到，很多学生周末回家要去摘棉花，极少数学生虽然没有亲自摘过棉花，但也看过别人摘棉花。新疆学生对“棉花”如此熟悉，何不用“棉花”这个例子来教作文呢？于是我布置周末作业：回家跟父母去摘棉花，或者去观察别人摘棉花，以“这一次，我不再袖手旁观”为题，写一篇反映劳动生活的作文，不少于五百字。

虽然我心里早有准备，但收上来的作文还是大出所料，绝大部分字数少得可怜。比如一个学生这样写：

“星期六早上，我跟着妈妈去地里摘棉花。我们带上了馕和水，是中午要吃的。我们到棉田后就开始摘棉花了，妈妈摘得很快，我摘得很慢。经过漫长的一天，妈妈摘了八十多公斤棉花，我累得腰都直不起来，却只摘了四十多公斤棉花。天快黑的时候，我们用电动三轮车装着满满三大袋棉花回家了。”

明明有生活经历，为什么写得干巴巴的呢？主要原因是学生不懂得在叙事的过程中加入各种细节描写。一定要让学生懂得细节的重要性，一定要建立起写细节的意识！于是，在讲评环节，我问学生：“摘棉花有哪些动作？”我请一个学生上台演示了一遍。我帮学生仔细分解了摘棉花的动作，启发学生：“你在这篇作文中写到这些动作了吗？”接着又问学生：“除了动作，你在劳动过程中有没有跟妈妈说过话？妈妈说话时脸上有什么表情？你心里想到了什么？中午休息时，你在吃馕喝水的时候，有观察过周围的环境吗？你把这些内容写出来，就是动作、语言、神态、心理、环境描写啊。这些描写还可以在文章里出现多次。有了这么多的描写，何愁文章写不长？何愁文章不生动？在叙事中加入各种描写，就是写记叙文最基本、最实用的方法！”

我指导全班学生对这篇作文进行了两次大改，到第三稿时，班级终于涌现出一批内容充实、语言生动、感情真挚的好作文。

我把这叫“棉花系列”作文，后来我又如法炮制，组织学生写了“红枣系列”“牛羊系列”作文。一个学期扎扎实实走完三个系列后，我欣喜地看到学生作文的整体水平提高了一大截。

靠“体罚”收作业

以前在广东教书时，一个班如果有五个学生没有按时交作业，那就是教学事故；如果有十个人没有按时交作业，那就是严重的教学事故。可是，这里的情况颠覆了我的认知。仍以七年级（4）班为例，平时的作业每次都有三分之一左右的人不写，即使上交了作业也有相当一部分是偷工减料的。至于周末作业，更是直接让人怀疑人生：全班只有一个女生完成！作业登记表上，经常是前天的还没有收齐，昨天的又雪上加霜，而今天的又将面临欠交。每个班那十多个日复一日地拖欠作业的学生，实际上已经成为“欠债不还的老赖”了。

“学生每天按时完成作业，就像每天按时吃饭睡觉一样天经地义，本来是不需要提醒的，可是你们的作业就没有一次全部收齐的！一次都没有！”在一节语文课上，我面对学生发出这样的感慨。我问：“是作业难吗？”学生答：“不是。”因为语文作业多数是抄写类的，是不需要智力的。我再问：“是作业多吗？”学生答：“不是。”因为自从“双减”实行以来，我每天布置的作业，少则五分钟，最多十五分钟就能写完。我又问：“那为什么每天还有这么多人不写作业？”学生纷纷说是因为懒，欠揍，老师不够凶。课代表姑尔尼沙说，小学的时候语文作业没谁敢不写，谁不写就要受“体罚”。

一语点醒梦中人！我当即宣布：“从明天开始，对于不写作业的人，我像小学老师一样：打！”我当然知晓《中小学教育惩戒规则（试行）》的全部条款，知晓对学生最严厉的惩戒不过是罚站一节课，但我的目的是“狐假虎威”，借小学老师的余威来震慑那些“老赖”！

果然，到了第二天，作业上交的情况大为改善，全班只有四人未写未交。这既让我高兴，又让我忧愁，因为毕竟还是有四个人“知法犯法，顶风作案”，如果放过这四个人，那么“破窗效应”会引发更多的效仿者。骑虎难下之际，我想到一个妙招：还是要“打”！

语文课铃声响起，我脸带怒色走进教室，大声说道：“语文作业没有交的四个人，站到前面来！”那四名“老赖”一看今天架势不对，恐慌地走上讲台。我接着说道：“教你们快一个学期了，竟然没有一次全班交齐作业。这到底是为什么？听说有的学生只服打，那我今天就打打看，拿尺子来！”下面有学生迅速递上尺子，兴奋地等待看好戏。我首先抓住阿不都热合曼这名“老赖”的手，扬起尺子，重重地打了下去！当“啪！啪！啪！”的声音在教室响起时，下面学生兴奋的表情却凝固了，因为他们发现——老师是在打自己的手！在打完第一个学生后，我又以同样的方式，“打”了另外三个没写作业的人。等全部打完，教室里安静得连呼吸声都能听见。

我停顿许久，说道：“今天的惩罚，老师先替你们承受着，因为我实在舍不得打你们。老师爱你们，就像爱自己的孩子一样！”说到这句话时，我的眼泪毫无征兆地、不可抑制地流了下来。十多年前，当我的儿子沉迷游戏、不学习时，我也曾多次打他，他至今都记恨我，我一直非常内疚。难掩伤感的我走出教室擦拭眼泪，等我回到教室时，我能看到许多学生的眼中也闪着晶莹的泪光。教育就是这样，用一颗心去感动另一颗心，用一个人的生命去影响另一个人的生命。真正的教育哪有什么妙招，不过就是爱的付出罢了。

第二天的早晨，课代表姑尔尼沙搂着厚厚一沓作业本来到办公室，高兴地对我说："老师，今天全部交齐啦！"我露出了久违的笑容，没有想到，一次"体罚"收到了这么好的效果。

凭"武力"降班霸

援疆第二年，我执教了一个重新组建的班级——八年级（11）班。这个班的纪律很差，老师上课时大概有五分之四的人在说小话、搞小动作，真正听课学习的不超过十人。批评教育、罚背罚默、表扬鼓励、课后谈话等常规方法都用过，收效甚微。我还尝试过以前在广东行之有效的小组捆绑式管理，结果用了一周就用不下去了。后来我意识到，当一个班级百分之八十的人缺乏守纪意识和集体观念时，我之前的经验方法就失去了底层的土壤，完全不会生根发芽。

课堂不能一直这样乱下去，总得想出一个对策才是，但解决问题的突破口又在哪里呢？

一天上课，调皮捣蛋的伊里扎提又在那里跟人搭肩拍背、说说笑笑，我警告多次后他依然如故。这个伊里扎提，长得人高马大，平时爱欺负同学，上课从来没有正眼看过黑板，不但自己不学习，还影响后面一大片，可谓班级"一霸"。今天看到伊里扎提又在那里搞事，我很生气，只有祭出教育惩戒中最重的一招，我厉声说道："你给我出来，到后面站着！"可是他仍坐在原位，脸上流露出一种挑衅的神情，仿佛在告诉我：我不站你又能把我怎么样？我更加生气了，走到他眼前，把他往座位外拉，费了好大的力气才把他拉出来。人是拉出来了，但他仍然不老实，站在后面还时不时跟旁边的人讲话。教育惩戒中最重的一招都用上了，对他没起什么作用。

但是事后回忆起来，一个细节引起了我的注意：在我拉伊里扎提的时候，我感觉到他的手劲很大。我之前在学生宿舍跟学生掰过手腕，没遇到过这么大手劲的。一个手劲这么大的人，肯定以自己的力量为荣。再联想到这里的学生普遍争强好胜、崇尚实力的性格，我突然灵光一现：跟他“比武”，用“武力”征服他！

第二天课前，我早早来到教室，我把伊里扎提叫到跟前，提出要跟他掰手腕。伊里扎提很是高兴，欣然接受我的挑战。就这样，在八年级（11）班教室里，以一张课桌为擂台的师生掰手腕比赛开始了！学生围了里三层外三层，有的为老师加油，有的为伊里扎提助威。这个伊里扎提还真不简单，我用了十分的力气，才把他的手扳倒。伊里扎提一时尴尬，说要用另一只手再战。好，再来！在第二回合中，我拼尽年轻时积累的老本，再次把伊里扎提的手扳倒。比赛结束后，面对尴尬的伊里扎提，我拍拍他的肩膀，竖起大拇指夸赞道：“我以前跟很多学生掰过手腕，就没见过你这么大手劲的。你毕竟年龄小，等你长大了，你一定会超过老师的。伊里扎提，你真不愧是咱们班的力量之王！”听我这么一说，伊里扎提笑逐颜开。

铃声响起，上课时间到。这一节课，伊里扎提似乎没有说过一句话，他的眼光开始投向老师，投向黑板，教室的后半部分也随之安静起来。当然，后来伊里扎提依然会反反复复，但我不会气馁，我深知教育的对象是人，是发展中的人，教育对象出现反复，才是真实教育的真实常态。后来我又多次找他谈心，还任命他为语文课纪律监督员。从总体趋势来看，现在的伊里扎提变得越来越少违纪，越来越专注学习了。这样的变化，不正是我期望的吗？

“八方各异气，千里殊风雨。”教育也是有地域差异的，教育也要因地制宜。教师只有及时作出适应地情、符合学情的策略调整，才能更好地因材施教，取得较好的教学实效。

（作者为“组团式”教育援疆东莞驻兵团第三师支教团援疆教师）

遇见南疆　邂逅兵团

——记援疆点滴　抒所思所悟

□陈学勤

遇见南疆，是2020年3月27日。飞机在中国的版图上划了一道长长的对角线，我和广东省第九批援疆干部人才一起跨越5000多公里，从“层峰叠翠起烟峦，碧水环流汇海滩”的南粤，来到“明月出天山，苍茫云海间”的南疆，踏上为期三年的援疆路，开启了必将永生难忘的兵团岁月。

经常听援友说，援疆是使命，更是情怀。但经过这几年，我的理解是，援疆更是一种政治历练、能力锻炼、意志磨炼。援疆征程很快就结束了，回首近三年的点点滴滴，酸甜苦辣，百感交集，有太多值得回忆和铭记的瞬间。

我还清晰记得出发那天，领导同事们都来给我送行，太太也来了。互道祝福之后，纵有千般不舍，终须一别，临上车前我轻轻地捏了一下太太的肩膀，不是不想紧紧地抱抱她，只是我怕她情绪会崩溃。果然，黄豆大的眼泪挂满了她的脸颊，那情那景，人生初现，心如刀割。但我拼命表现得很轻松，一直在心里默念“一定要绷住，一定要绷住”。我更多时候担忧的不是自己在新疆会经受心灵和肉体的双重考验，而是这三年她将承担多大的压力和重任，近百岁的奶奶，长期患病的母亲，年幼的女儿……但我只能在心里对她说“对不起，我是一名共产党员……”

我初到新疆就与女儿约定好，每天都与她视频连线，但是后来工作太忙，这件让人期盼的事情也没办法坚持了。每次视频女儿都会和我“汇报”学校和家里的事情，最后总不忘啰唆叮嘱“不要喝酒，按时吃饭，早点休息”。科技的强大使得我们即使相隔万里，也能如在眼前，慰藉挂念之情，可每次看到女儿神情失落的样子，虽然她的声音依然稚嫩，但感觉她突然变成了大孩子。言语中有着对我的理解支持，更多的却是无奈和思念。那一刻，心中最柔软的地方总会感到疼痛，我竟无语凝咽，才意识到手机屏上咫尺的距离，却是天涯之隔。

进入工作状态后，我才真正明白为什么要有意识地把年轻干部放到攻坚克难第一线、放到处置急难险重问题最前沿、放在直接面对群众的最基层去锻炼。因为只有这样，干部们才能在直面一线问题的实践中不断提升调查研究、应急处突、抓落实等能力，才能真正做到从群众中来、到群众中去，成为群众的贴心人，切实解决群众“急难愁盼”问题。这一年多，在与群众的接触中，我处理过各种各样的事情，碰到过形形色色的人，每个过程都让我受益匪浅。在思考、总结工作的时候，我常常感到很庆幸，常常感恩组织的培养，能被选派来援疆，能到祖国边陲来历练，能投身到新时代党的治疆方略中来，这个经历将会是我人生中最大的一笔财富，这三年我可以在兵团这个“大熔炉”中练就一身的本领，淬炼坚定的党性，锤炼过硬的作风，磨练坚强的意志……每每这个时候，幸福感、满足感油然而生。

进疆时我把《习近平的七年知青岁月》带上了，我想这本书应该能给我带来一些帮助。让我意想不到的是，这本书后来成了我碰到困难时的精神支柱，成了我遭遇瓶颈时的行动指南。书刚出版时我在广东看了一遍，有收获，但是感受不深刻；到新疆后，我又连续看了两遍，一次比一次激动，一次比一次振奋，有豁然开朗的顿悟，有心领神会的惊喜，有奋力前行的强大动力，我给很多同志都推荐了这本书。虽然时代不同、地点不同、人物不同，但是全书贯穿着一个历久弥新的宝贵经验——那就是坚持以人民为中心的发展思想。该书讲到习近平总书记在回忆知青岁月时说：“当年我离开梁家河，人虽然走了，但是心还留在这里。那时候我就想，今后如果有条件有机会从政，就要做一些为老百姓办好事的工作。”看到这里我们就能明白为什么党的十八大以来，党中央提出的各项国家政策，如精准扶贫、乡村振兴、“两不愁三保障”等，无一例外都是贴近民生和老百姓切身利益的重大决策，我想就是因为习近平总书记在梁家河看到了老百姓的疾苦，了解基层的实际情况，也曾多次在不同场合提到“最挂念的是困难群众”。三年援疆的经历，让我明白一个简单却深刻的道理——“一定要对老百姓好”！结束援疆任务返回广东后，不管在哪一层级，不管在什么岗位，我执政施政、制定政策时都不能脱离群众，不能脱离实际，一定要接地气，因为我在国家最基层的地方待过三年，我知道群众在想什么，他们需要什么，这一点很重要。

那天女儿说：“爸爸，你还要半年才能回来啊。”我说：“是只剩下半年就要回去了。”每每想起结束任务后要回去的那一天，我内心都是矛盾纠结的，既期待又害怕那一天的到来。因为我在这里投入了非常多的感情，第三师图木舒克市已经成为我的第二故乡，49团的干部职工群众以非常宽容的姿态接纳了我，让我可以在这里为老百姓做一些力所能及的事情，所以我深爱着这片热土和这些可爱的人儿……

邂逅兵团的三年，必将是我人生最美好的时光，没有之一！只希望不忘初心，不负重托，不虚此行，不留遗憾！只希望很多年后，49团的人们能记得曾经有个广东来的援疆干部在这里做了点事情……

（作者为广东省前指驻兵团第三师工作队援疆干部）

铸牢中华民族共同体意识
弘扬中华优秀传统文化

□ 陈连欢

有一个梦，叫中国梦；有一种爱，叫无私的爱；有一条路，叫支教之路；有一种情怀，叫教育情怀；有一种文化，叫中华优秀传统文化……

我，来自广州市海珠区宝玉直小学，是一名资深的小学英语高级教师。2021年的金秋，我怀揣着一个梦想，怀揣着一份教育情怀，再度踏上支教之路，来到疏附县明德小学开启为期一年半的援疆工作，默默奉献着绵力。

来到明德小学以后，我发现众多维吾尔族的娃娃们的汉字书写不到位，书写习惯有待养成。于是我在每一节美术课里抽出10—15分钟教孩子们写汉字。为了让孩子们的课堂更直观有趣，我得到广州爱心人士的资助，为孩子们购买了第一批价值5000多元的援疆物资：200多本国学经典书籍、书画用具、春联纸等。从此我的课堂上，总能听到孩子们朗朗的读书声：从《千字文》《弟子规》《三字经》，到《唐诗三百首》。随后我从规范汉字的角度一笔一画地教他们去书写，从笔画顺序到字形结构，到汉字的由来、字意乃至经典字句的意思，无不仔仔细细娓娓道来。

书法是中华优秀传统文化的瑰宝，承载着中华民族上下五千年的历史。我以“做好中国人，写好中国字”为主题给五年级的孩子们上书法课，带着孩子们一起走进中国书法史的海洋，一起赏析三国时期有着“楷书之祖”之称的大书法家钟繇的《荐季直表》，还有元代著名书画家、被称为“博学多才、能诗善文”的“元人冠冕”赵孟頫的《三门记》。钟繇的好学上进，其与好友季直患难与共、互相帮助的精神将影响着孩子们。我带领孩子们学习赵孟頫书法之“妙”，一起认识了赵孟頫深厚的功力、丰富的学养和超凡脱俗的气质。孩子们一次又一次被我“渊博”的书法知识深深地折服了。每一次在校道上相遇，孩子们总会围着我亲切地问：“陈老师，今天有您的书法课吗？”“陈老师，我好喜欢您的课！”“陈老师，我好想再听您讲书法家的故事！”看到和听到孩子们这么喜欢中国传统文化课，我非常欣慰。

我用自己独特的教学魅力结合生动有趣的教学方法让孩子们陶醉于书法的海洋里。无论是硬笔还是软笔书法，我总是特别细心和耐心，从中国汉字的由来、书写笔顺，到每一个笔画在田字格的哪一个位置，事无巨细，娓娓道来。我希望能通过这样的课堂，在孩子们心中埋下一颗颗小小的种子，让他们拥有感恩之心，并培养孩子们良好的书写习惯和阅读国学经典的习惯，学习做一个高尚有为的中国人。

援疆工作一年多的时间里，我常常用周一、周三中午的休息时间为明德小学的老师进行粉笔字培训，曾开展主题为“教师如何写好粉笔字”“如何教学生写汉字”两场讲座，效果良好。我还精心准备课件，手把手指导民族老师们书写汉字，帮助他们提高汉字书写水平，为留下一支带不走的师资队伍而努力奋斗。

今年4月，我利用午休和第二课堂的时间培训参加2022年疏附县首届“规范汉字书写大赛”的师生，共计7名学生获得一等奖，20多位学生获得二、三等奖，多名教师获得殊荣，明德小学获得“优秀组织奖”。捷报传来，孩子们的脸上绽开朵朵笑容。随后，我成为“笔墨中国”喀什地区的书法评委，在发着低烧的情况下带着学生古丽米热参加在麦盖提的现场比赛，学生获得二等奖，自己也圆满地完成评委的工作。周末的时间，我还用心地指导伊力扎提同学练习毛笔字，暑假的时候喜讯传来，他代表学校参加疏附县的书法现场比赛，获得了二等奖。功夫不负有心人，我的努力得到了回报。

在“铸牢中华民族共同体意识”“民族团结一家亲”的引领下，我心系学校，身为“明德人”，在得知大队部组建的100人的鼓号队参加县级比赛但却缺乏乐器时，我再次争取广州爱心人士的援助，为学校捐赠价值三万多元的乐器及服装：大鼓6个、小鼓24个、小号12支、大小镲各3对、鞋42双、礼仪服42套、礼仪帽100顶等。带着广州人民浓浓爱意的物资顺利到达，既解决了学校的燃眉之急，也为加强学生们的爱国主义教育提供了有效的途径和保障。我还开设了书法、国画、戳戳绣和手工制作等社团，丰富了孩子们的第二课堂。在缺乏资源的情况下，我自己为孩子们买来2000多元的工具和材料，让孩子们跟着我学绣花、学做布艺书签和信封包。当一个个成品展示出来时，孩子们受到了援疆工作队的领导的认可和表扬。

端午节教努尔斯曼古丽老师包粽子

此外，我响应号召，与维吾尔族老师努尔斯曼古丽结对子，在端午节期间，我自掏腰包买好包粽子的材料，到她的家里手把手教她和热西旦老师包粽子。先从洗粽叶开始，泡糯米、花生、豆子，在糯米里加碱粉；接着教她们叠放粽叶、加糯米、花生、豆子；最后裹好粽叶，用线缠好粽子。我一步一步、反反复复地去教她们。整个过程最难的就是裹粽叶，教了多遍她们才基本学会粽子的包法。最后用线缠粽子也是不容忽视的一个环节，如果缠得不对，糯米就会漏出来，甚至是整个粽子散开。等所有粽子包好，放锅里煮两个小时以后，香甜软糯的粽子就完成了。大家尝过以后都说没有吃过这么好吃的粽子。我还给她们普及端午节的由来和各种传说故事，她们听得津津有味，还把自己的孩子叫到跟前，一边让孩子跟我学包粽子，一边加上了一些自己的体会与感受绘声绘色地转述刚刚听到的故事。这不就是对中华优秀传统文化的传承吗？得到他们的认可，我的努力没有白费，再辛苦也是值得的。

援疆支教的工作很快就要结束了，回想自己做的点点滴滴，也许都是一些微不足道的事情，但我一直在尽自己的微薄之力为铸牢中华民族共同体意识、弘扬中华优秀传统文化而默默奉献。

我骄傲，因为我是一名“中华优秀传统文化”的传承者。

不忘初心，牢记使命，为中华民族之复兴贡献一份力量。

（作者为“组团式”教育援疆广州驻疏附支教团援疆教师）

在追梦路上　打造“教育援疆34351模式”

□ 黄伟羡

已经有23年校长经历的我，心里常想：每个人都很平凡，但平凡人生中，也可以做出不平凡的事情。就这样，我荣幸地出任佛山市驻新疆伽师支教团团长，带领佛山支教团40人从珠三角来到我国西部边陲新疆伽师县支教，真可谓：一万里路云和月，漫卷风沙写征程。

在援疆追梦路上，如何把广东先进的教育管理经验带到新疆来，我开始探索打造“教育援疆34351模式”，探索新时期广东教育援疆新思路。一路走来，我特别讲政治、强实效、创特色、铸品牌。我结合伽师教育实际情况，整合资源，创造性启动“教育援疆34351模式”，实现了“输血工程”向“造血功能”的转化，希望在新疆伽师县真正打造一艘带不走的“教育航母”。其实，“教育援疆34351模式”就是3个目标，4校联动，3个平台，5项措施，1个品牌。

3个目标指的是，一个核心目标：文化润疆，教育先行；一个重点目标：推广国家通用语言文字和铸牢中华民族共同体意识；一个提升目标：教育教学质量的提升。

4校联盟指的是，通过四所受援学校（一所高中、一所初中、两所小学）结成“四校联盟”，并以“课题研究”为载体，遵循教育规律，运用科学方法，有目的、有计划，课程化、系统化实施人才发展战略，构建阶梯式、链条式的多元成长体系，促进学生综合素质与核心素养提升，促进受援地学校高质量发展。

3个平台指的是，第一个平台是教育交流平台，按照广东省前指的安排，积极搭建佛伽35所中小学结对共建“手拉手”交流平台。第二个平台是文化交流平台，自筹经费，投入50多万元成立首支“西部学生民族乐团”，为文化润疆、促进学生多元发展与参加艺术类高考搭建平台。第三个平台是打造名校长、名教师平台。作为“佛山市黄伟羡名校长工作室”主持人，我联合佛山援疆干部曾庆国副局长“佛山市名教师工作室”主持人的身份，一起以工作室在伽师挂牌成立为契机，大力推进伽师名校长、名教师培养工程，并带动伽师“石榴籽”等名师工作室的发展，实现了“输血工程”向“造血功能”的转化，在新疆伽师县打造一艘带不走的“教育航母”。

5项措施指的是，对每位援疆老师“传帮带”精准定位、精准发力，每位援疆教师按照“五个一”工作策略开展工作，即：开展一项课题研究；上一节示范课；作一次讲座；结对一位徒弟；帮扶一位学困生。发挥示范引领与辐射作用，改变受援学校教师的教育理念，促进教学方式的变革，推进伽师县课程改革、内涵发展和教师专业发展。

1个品牌指的是，发展“西部田园教育”的品牌。我在过去二十多年的校长生涯中，沉淀出自己的教育风格和教育思想，刚在广东人民出版社出版了一本书《田园教育的探索与实践》，我把这方面的经验移植到新疆来，大力开展“西部田园教育”的品牌探索与实践，大大提升伽师教育品牌的发展，高质量培养民族地区学生的中华民族共同体意识和社会发展需要的各种高质量的人才，真正回归到“人之为人”的教育，尊重学生差异，尊重个性发展，让每一位学生成长为最好的自己。

来到新疆支教，在追寻梦想的路上不可能一帆风顺，我常告诫自己，千难万难，善于攻坚就不难；大路小路，实干苦干就有出路。面对困难，我要发扬佛山人的实干精神，发挥见招拆招，逢山开路，遇水架桥的拼劲，要有咬定青山不放松的韧劲。坚信，海到尽头天是岸，山至高处人为峰。拥有自强不息的信念、坚持梦想的勇气，我们终能走过布满荆棘的路，来到梦想之光照耀的地方。

（作者为“组团式”教育援疆佛山驻伽师支教团团长）

胡杨刚劲驼铃响　传过天山记“郭妈”

□ 李建丽

如果要讲一些身边能代表中国形象的援疆故事，如果要找一位能为铸牢中华民族共同体意识传递正能量的人物，如果要总结“一团一品”的做法和成果，那么，广州支教团郭志强团长和他的事迹当之无愧。

2021年10月，郭志强同志被任命为广东“组团式”第三批援疆教师广州支教团团长，带领支教团40名教师，启程前往新疆疏附县开启一年半的援疆工作，开启了他有信仰、有担当、有格局、有情有义、有品德的援疆支教团团长工作。

在工作中有信仰有担当有格局

“倾囊相授、科学指导、精准帮扶”是郭志强带领驻疏附县中等职业技术学校10名援疆教师工作的总方向。2022年2月，疏附县职业高中申请晋升为疏附县中等职业技术学校。准备申请材料和程序流程困难重重，郭志强带领援疆老师利用自身的专业素养和特长，和全校老师日夜加班对职业技术学校申报文件里的可行性研究报告、项目建设的意义和必要性、项目建设的可行性、建设目标、建设项目与内容可行性分析、管理及保障措施等六大方面进行修改和完善。他又联系后方学校在师资配备、专业课程建设上给予鼎力支持。在经历了无数个寒春夜里加班、周末加班加点整改材料的日子之后，于4月，我们成功帮助了疏附县职业高中顺利晋升为疏附县中等职业技术学校，这对于疏附县中等职业技术学校来说，无疑是有历史性意义的一刻。在加班的那段日子，郭志强总是最后走出办公室、关灯关门的那一个。

郭志强带领援疆老师们根据疏附县中等职业技术学校的专业和办学的资源优势以及喀什地区产业结构和支柱产业发展需求，实事求是，利用有效条件，科学分析，重点加强对电子商务、建筑、中餐烹饪等专业的指导和帮扶。

2021年10月25日，在新疆维吾尔自治区职业技能竞赛委员会主办的全国新职业等4项技术技能大赛自治区选拔赛中，疏附县中等职业技术学校的吾拉伊木江•吾普尔、阿卜杜拉萨拉木江•阿力木两位老师在“互联网营销师”比赛中荣获二等奖、三等奖，获“双师型”教师资格，开了疏附县中等职业技术学校电子商务教师获奖的先河，指导老师为援疆余燕萍老师。

2022年6月19日，在新疆维吾尔自治区第一届职业技能大赛喀什地区选拔赛中，疏附县中等职业技术学校的阿卜力克木•阿森获得砌筑项目第一名，奖金5000元，获颁发国家二级技能证书，入选地区集训队；如斯太木江•麦麦提敏获得瓷砖贴面项目二等奖；约麦尔江•玉苏尹获得瓷砖贴面项目三等奖；艾尔帕提•亚库普获中式烹饪项目三等奖。指导老师为援疆陈子烽老师和陈国永老师。

在一系列的获奖名单和各种场合下的先进事迹的报道中，我们没有看到过郭志强的名字，但备赛时的训练过程却无时无刻不存在他的身影。他连续几个周末陪陈子烽老师早出晚归加班加点，提供外卖服务、影像服务、联系车辆服务等；为陈国永老师建立“中餐大师”工作室，披荆斩棘，完成工作室的选定、原材料的准备、各种心理建设的辅助……

在援疆工作中，郭志强有多大的奉献和担当，他的援疆老师们就会有多大的成就和收获。他是援疆老师们干事业时精神上的支柱和依靠，更会为老师们所需的各种条件提供坚定的物质保障。他总会尽力去成全和帮助有才能的老师们施展才华和援疆抱负；他会主动帮助年轻老师们成长，但是从来不跟老师们争荣誉；他努力为老师们谋福利，却从不提及个人的私利，充分诠释了一位共产党员干部的胸怀和格局。

跟他一起做事的援疆老师和疏附县中等职业技术学校的老师们，都会敬佩他做事的胸怀格局和智慧，也会纷纷表示，跟着他干活会感受到被认可、被鼓励、被肯定、被分担的正向能量的循环，同时也能学到技术特长以及提高处理解决问题的能力。

在领导40人的广州支教团的日常工作中，郭志强也是坚持事事身先士卒、配合成全的准则，只要老师们有需要，只要是对粤疏两地教育有促进作用的事情、对援疆事业有着积极促进的事情，他一定会同意并且积极协调提供帮助。

郭志强经常对支教团老师们说：“在援疆工作中，要以尊重新疆的各种管理制度和风土风俗为前提，我们去做我们能做的，努力把它做好，给广东人民和疏附人民好的交代，为粤疏两地的教育事业贡献出我们尽可能多的力量。”

这就是工作中的郭志强，一名援疆的共产党员干部，援疆工作的一点一滴都展现了他的家国情怀、忠诚干净、团结奉献和责任担当。

在生活中有情有义有品德

郭志强团长被援友们亲切地称呼为“郭妈”，每次提起“郭妈”，被“郭妈”管着的团员们都是又亲昵又赞叹，就连平常有些桀骜不驯又崇尚自由的老人家，说起“郭妈”也是连连点头。

从2021年10月，广东省教育厅召开了广东“组团式”第三批援疆教师广州支教团第一次援疆动员大会，到现在在疏附县一年半的援疆生活即将结束，“郭妈”兑现了他的承诺：这一年半期间，他会跟他的团员们一直在一起，24小时开机，随时为支教团服务。

548天，从早到晚，你都能看到“郭妈”在支教团忙碌的身影。

日常生活中，团里有老师受伤或者遇到大的病痛，“郭妈”忙前忙后安排医院医生；遇到住院的团友，“郭妈”基本上日日去医院看望、慰问、鼓励；有团友遇到小的病痛时，“郭妈”也会记得经常打电话或者发信息关心询问，让团友们在离家万里之外，在病痛时仍能感受到“家人”温暖的关心和陪伴。

“郭妈”经常站在驻地的门口，送团友们去上班。疏附的冬天，黎明前是最冷的时候，9点左右，天还是黑蒙蒙的，需要上早读的同事们已经步履匆匆从宿舍出发去受援学校。我们不知道“郭妈”几点钟起床，但知道“郭妈”会站在驻地楼栋的门口，向去上早读的老师们问好。这隆冬中一站估计要一个多小时，才能送完去上班的老师们。“郭妈”说：只要有空我就会送你们去上班，跟你们打个照面，问个好，看到你们精神开心的样子，我才放心。

送完团友，他的校车来了，他就又急匆匆跟着同事一起坐上校车，去受援学校开启一天繁忙的工作。

“郭妈”知冷知热，善解人意，对援友体贴操心，很是“婆妈”。但是你可不要觉得他只有婆妈，在管理上执行纪律时刚硬有力、铁骨铮铮、不愿低头也是“郭妈”的属性特点。

为了保证支教团40位老师的生命安全，支教团有打卡制度，要求在晚上10：00—10：30回到驻地，用钉钉打卡。在“郭妈”日复一日不可动摇的刚性督促和坚持下，即使40人的支教团成员性格迥异，有爱自由的“胆大包天”的老同志，有爱玩耍“无知无畏”的年轻人，还有经常加班“深夜返航”的有志青年……却从没有出现过人身安全问题。在打卡问题上，团友们也从一开始的反感不理解，甚至故意设障，到后面积极配合5分钟、7分钟就全部打完卡，这期间“郭妈”可真没少费心、操心，在“郭妈”毫不动摇毫不留情的坚持下，大家也越来越了解“郭妈”的用心。打卡代表的是安全问题，安全第一是“郭妈”一直坚持的原则，保证支教团40人人身安全是“郭妈”对广东省对口支援新疆工作前方指挥部、广东省教育厅，以及对支教团后方家庭的承诺和交代。

“人品好”，是团友们对生活中的“郭妈”的一致评价，即使是之前有过误解和矛盾的同志，也会由衷地佩服“郭妈”的为人和品行，就连平常从不过问江湖是非、潜心修炼自我的一位团友，也会说：郭团是心地善良的好人，是一位能为人民服务的好领导！凡建功立业，以立品德为始基。“厚德载物、讲信修睦、亲仁善邻”体现了我们中国人民的宇宙观、天下观、社会观和道德观。人品好，才能经得起生活的考验，人品好更能经得起党和国家的考验，更是党和国家需要的领导人才。

在我们团友心里，郭志强的故事可以成为代表中国形象的援疆故事；郭志强团长身先士卒做出了示范，为铸牢中华民族共同体意识传递正能量；广州支教团在郭志强的带领下，正能量越来越多，40位老师用真情实意书写了最美粤疏故事，为粤疏教育事业作出了自己的贡献。这是广州支教团一团充实有趣又能量满满的回忆，是广州支教团40位援疆教师倾情演绎的故事，充分彰显了广东广州教育优秀的精神面貌。

（作者为“组团式”教育援疆广州驻疏附支教团援疆教师）

教育援疆　行之高远

□ 冼紫湄

“名单下来了，启程时间是……”“在此召开伽师支教学生欢送会，希望你们不忘初心，方得始终，牢记教育这一援疆主任务……”援疆支教临行前的声声话语，仿佛还在耳畔，一切事情都宛若昨日才发生。作为一名中共党员，一名大四学生，一名高一年级的援疆教师，重任在肩，我必将勇毅前行，不负党和人民交予我的使命。

以梦为马　不负韶华

为何想援疆支教？这是许多人都有的问题。面对这一问题，我的答案和无数想要成为教师的人一样——一万本卷帙浩繁的书，最初，都有良师开卷。我怀着满腔热血，誓要担当筑梦使命，为新疆的孩子们作出绵薄贡献。

一旦开始，便义无反顾。新疆伽师县距离广东佛山约5400公里，此处干旱少雨，昼夜温差大，与我自小生活的岭南的湿润气候截然不同。除却身体上的不适问题急需克服，我还要解决教学上出现的问题。与佛山的孩子不同，新疆的孩子们的学习根基不牢，如不查缺补漏，势必影响往后的发展。故而我在教学中注意采取因材施教的方法，不一味地“塞”知识给学生，而是以生为本，关注学生对于知识的吸收程度，追求“高质量”而不是“快速度”。

习近平总书记强调：“今天的学生就是未来实现中华民族伟大复兴中国梦的主力军，广大教师就是打造这支中华民族‘梦之队’的筑梦人。”我坚持为国育才，坚持以德施教、立德树人，真正将理论与知识相融合。在讲授《“探界者”钟扬》语文新课时，我鼓励学生思考课文中所蕴含的人生哲理，向钟扬教授学习，时刻牢记自己的身份，须知时不我待，把握时间和机遇，勇敢地开拓属于自己的未来，追寻生命的高度和广度，为中华民族伟大复兴而努力。面对“教书和育人哪个更为重要”的问题，我一直秉持育人更为重要的观念，坚持先育人再教书，始终保持教育青春与事业热情，在坚守中不断学习和研究，在坚持中不断进取与创新，将奋斗二字写在每一代中国青年的基因里。

支教过程中，我也曾有无助迷茫的时刻，也曾遇到“装睡的人”，也曾收获同学们的支持——“老师，以后我也想读汉语言文学专业，成为像你一样的语文老师……”“老师，还没上课吗？我迫不及待想听你的课了呢”“老师早上好”“老师辛苦了……”，种种经历，都警醒我是时候降低期待值，认清现状，先成长，再成功，不急于求成。我想要的，是和学生的共同学习，是彼此都有所进步，是他们能够心怀梦想，抵达想去的远方。

三寸粉笔，三尺讲台系国运；一颗丹心，一生秉烛铸民魂。希望我们带给学生的不仅是学科上的教育支持，还有文化的传递、希望的延续。

艰难困苦　玉汝于成

教育是一场修行，德国哲学家雅斯贝尔斯曾说：“真正的教育是用一棵树去摇动另一棵树，用一朵云去推动另一朵云，用一个灵魂去唤醒另一个灵魂。”

疫情期间，如何与学生一道上好网课，提升网课效果，成为对我教学的一种考验，促使我不断从学生和自身寻找问题的答案。

正如“孟母三迁”的故事一般，学生在安静整洁的环境学习会全神贯注，摆脱一切干扰因素，重视学习氛围方能让学习效果事半功倍。上课前，我常会提醒同学们整理好个人物品，尽量给自己营造安静的学习环境，亦会督促学生做好预习，把不懂的地方圈画出来，课上提问认真听，积极发言，细心思考课上的问题并即刻解决，课后及时回顾知识，完善课堂笔记，如此才可以构建出自己的知识体系。同时我让学生时刻谨记无论是生活还是学习，都应今日事今日毕，勇敢进取，不畏艰难，勇攀高峰。

日日行不怕千万里，天天讲不吝千万言，时时做不惧千万事。在教学的过程中，我注重在课堂上与同学多交流互动，表扬认真完成作业的学生，对每天的教学进行复盘，不断完善自身教学方式，形成滚动式发展。期中考试过后，我也会及时总结考试中出现的问题，拒绝“分数是唯一”的心理，鼓励同学们亦要看到自己的进步，不能仅仅因为成绩而否定自己的努力，真正做到育人传授知识，让同学们将每一场考试都当作高考对待，提升对考试的重视程度。

“吾日三省吾身”，我深刻反思个人在教学中存在的问题，对在未来的教学中如何带领好学生有自己的一番考量——如何鼓励学生学习，如何让学生保留学习的激情？我要永远为教书育人而努力，永远不满足于现状，我相信每个学生都有成功的潜能并能在自己擅长的方向取得成功。

党的二十大报告指出："坚持以人民为中心发展教育，加快建设高质量教育体系，发展素质教育，促进教育公平。"这为当前和今后一个时期我国教育改革发展指明了方向。坚持教育发展为了人民，教育发展依靠人民，教育发展成果由人民共享，努力办好人民满意的教育，这一主张鲜明地体现在党的教育方针中，有力推动了我国教育改革发展。我会坚持以生为本，多向有经验的教师学习，与一同援疆支教的教师和新疆当地教师进行教学方面的交流，取长补短，提升课堂应变互动能力，结合自己的特点，因材施教，摸索出一套适合自己和所教学生特点的教学方式，在讲台上，先站稳，再站高；先有收获，再求进步，为援疆事业挥洒青春和汗水。

前路漫漫亦灿烂，未来使人憧憬，行走于通往未来的道路上，我必将踔厉奋发，以教育援疆，但行前路，无问西东。

（作者为"组团式"教育援疆广东省大学生支教团援疆教师）

诗语传边疆 教育师先行

□ 利满珍

我来自花都区圆玄小学，曾获评广州市优秀教师和广州市优秀班主任。2021年，我响应党的号召，参加了新一轮“组团式”援疆支教工作，不远万里来到了新疆喀什地区疏附县托克扎克镇中心小学，成为一名光荣的援疆教师。一年多来，我在边疆播洒热血，争做边疆教育的守望者，争当支持边疆教育的追梦人……

好老师，是边疆孩子们最需要的。托克扎克镇中心小学是一所全维吾尔族学生的民族小学，学生对普通话认知薄弱，特别是一年级的孩子用普通话交流有困难。为了提升孩子的学习兴趣，增强民族认同感，我结合维吾尔族人民喜爱唱歌跳舞的特点，开展了韵律十足的经典诗歌诵读活动。朗朗上口的儿歌，加上明快的旋律、活泼有趣的动作，一下子就提升了孩子学习语文的兴趣；我还每天利用中午的空闲时间给孩子讲优秀中华经典故事，并自费购买了大量的绘本小故事书给每一个孩子，通过读、诵、讲等形式将爱国、感恩、勤劳、进取等优良传统渗透到平时的教育教学中，增强孩子的民族认同感，提升孩子的普通话水平，教会孩子听党话、感党恩，铸牢中华民族共同体意识。

我讲课时总有办法调动学生的学习兴趣和积极性。因为教学模式新颖，理念超前，我的课堂很快就受到了当地孩子们的喜爱。学生感言道：“利老师把我们带进了一个全新的语文快乐世界。”“利老师不仅教给我知识，更教给我做人的道理和积极的人生态度，我开始在心中描绘未来的蓝图。”

在我眼里，教师不仅要传授学生知识、技能，还要教会学生做人。我常说：“一个合格的教师，要尽传道授业解惑之责，激发学生向上之心。”

我还组织开展示范课，传播优秀教育理念和方法。援教工作，没有双休日，没有节假日，有的只是责任与担当！作为一名援疆老师，为学校培养一支技术过硬的教师队伍也是一项重要的工作。

如何通过自己的努力带出一批骨干教师，让更多的孩子受益，这是我心里想得最多的问题。我积极参与学校的青蓝工程，与学校青年老师结成师徒，一有时间就去听青年教师的课，跟他们一起分析教材、研究教学方法、制定教学计划，为他们指导教学环节，把自己20多年来在教育教学上积累的经验和广州先进的教育教学理念，毫无保留地传授给当地年轻教师，并指导老师上好公开课、示范课、比赛课，做好“传帮带”工作。期间，我指导了二年级老师开展绘本阅读教学，并指导李红霞老师上了一节全县的绘本阅读展示课，得到了教育局教研员和到会老师的一致好评。喀什大学的研究生来校跟岗学习，要录制一节课参加全国大学生教学技能大赛，我先是以一节节的示范课作为阵地，让实习老师感受课堂艺术，接着从教学设计、PPT的制作、课堂的用语到肢体语言进行了精心的指导，并指导其试教、录制微课，打磨每一个细节。功夫不负有心人，我指导的两名研究生全部进入全国总决赛。

作为教师，我们一定要具有扎实的教学功底和深厚的文化底蕴。要采他山之玉，纳百家之长，不断地学习新知，慢慢地学，慢慢地教，在实践中学，在实践中研，在教和研中走出自己的一路风采！

这一刻，我感受到了一种前所未有的成就感，能够给年轻一辈教师传经送宝，让他们在讲台上快速成长起来，这是一件多么有意义的事啊！同时，我多次开展全校的示范课，将字源字理识字教学、随文识字教学、绘本阅读教学、口语交际教学等先进的教育教学理念和方法通过示范课向全校老师展示。

作为疏附县的兼职教研员，我每周下乡教研，送课下乡，开展专题讲座，听课评课。来疆后，我了解到这里的老师在口语交际这一块教学能力非常薄

指导李红霞老师上绘本阅读展示课

弱，老师们对口语交际很多都是一笔带过，甚至从不开展。而听说读写是语文必要的核心素养，听与说对学生的整体素质的提升非常重要，如何提升教师在这一块的能力呢？纸上得来终觉浅，绝知此事要躬行，我决定以示范课为切入口，送课下乡。因为地域差异，加上学生全都是一年级的少数民族孩子，上这样一节课可谓是极大的挑战。但在我的字典里没有“怕”这个字。为了上好这一课，我事先做了许多的准备：课件、卡片、奖品。2021年的11月，我在塔什米里克乡给全乡的老师上了一节口语交际示范课《老鼠嫁女儿》，孩子们第一次上这样的课，开始非常拘谨，不敢发言，发言的声音非常小。我不断地调整课堂的节奏，通过绘声绘色地讲述，通过风趣幽默的肢体语言，还有各种激励调动学生，慢慢地孩子们完全跟着老师的节奏投入到课堂中来，由开始的拘束，到后面的畅所欲言，最后甚至创编出精彩的故事。特别是上到后面的时候，听课的老师们都被孩子出乎意料的精彩发言所震撼，不由自主地响起了热烈的掌声。一节课后，孩子们围着我问：“老师，这个课太有趣了，您什么时候再来给我们上课？”事后的评课环节，各位听课的老师纷纷表示，原来口语交际课可以上得这么有趣，我们的孩子原来可以这么棒，以后要重视口语交际课的教学。我的这一节课也被刻录下来，塔乡的马书记要求将课例拿回各小学，让没来现场听课的老师观摩学习。

援疆支教一年多来，在我的脑海中一直萦绕着三个叩问灵魂的问题：我是谁？我为什么而来？我该怎么做？而我清楚知道自己是普通的人民教师，为祖国的边疆教育而来，更要把广州先进的教育教学方法带到边疆，让大家跨越地域上的距离，接触到最新最热的教育风向。援疆是一种情怀，更是人生中奋斗的过程，能到新疆走一走、看一看，为边疆的教育事业出一份力，这是值得一辈子骄傲的事情。

一年多来我以饱满的热情在教学一线工作，在边疆教育的沃土上辛勤耕耘。我用行动为孩子做榜样，践行广州援疆教师教书育人、为人师表的初心与使命，把爱心撒满新疆大地。

（作者为“组团式”教育援疆广州驻疏附支教团援疆教师）

愿有岁月可回首

□李　锋

在岭南的某个小镇，按部就班一词被我诠释得具体细致：数年的工作历程，足以让人熟练掌握本职工作所需的技能、适应一切工作节奏，在单位内建立起良好的人际关系，本职工作上得到领导足够的信赖……我有时也在想，这也许就是普通人应有的生活状态：安定、安稳但同时似乎缺少一点令人欣喜和激动的因素。我想趁着还算年轻出去看一看。

万里之遥　青春之约

2022年2月9日，来自东莞市委组织部的一份通知让我眼前一亮。查看地图，第三师图木舒克市在5000余公里之外、塔克拉玛干沙漠边缘，我稍稍吃惊但态度依然坚决，倒是能否取得全市仅有的3个名额这一点着实让我信心不足。内心有多么渴望，人就多么有勇气，哪怕只有百分之一的机会也会积极去尝试去争取。最终，在据说近300位报名者中我成为首批入选的3人之一，这个概率刚好差不多是1%。感谢组织的信赖、单位的理解与家人的支持。

从广州到阿克苏，近8个小时的飞行中，我毫无睡意。一路上飞越郁郁葱葱的岭南丘陵、奔流不息的金沙江、巍峨挺立的天山还有那传说中的塔克拉玛干沙漠，我在脑海中不停地将这些景象与初中地理课本中《我国的地形地貌》这一章节进行匹配。前往第三师图木舒克市驻地途中，当我看到晚上8时依然高高悬挂的太阳，书本上“时差”这一抽象的概念具体化了。

初到第三师图木舒克市，有太多的“没有想到”：没有想到它离塔克拉玛干沙漠如此之近，没有想到荒凉的戈壁与初具规模、错落有致的小城如此毫不违和地紧贴在一起，没有想到锦绣公园也是郁郁葱葱山水环绕……我见识到了人类改造大自然的力量，见识到了一代代创业者付出的艰苦卓绝的努力，更见识到了伟大祖国努力让各民族同频共振的魄力和能力。半个月后，我们接到通知奔赴此次援疆的具体工作地——41团草湖镇，等待我们的将会是什么呢？我对此充满了期待。

兵团重镇　有草有湖

沿着吐和高速一路向西，当行驶到阿图什附近时，目之所及，主色调瞬间由土黄切换到翠绿：一排排整齐的白杨树、一片片生机勃勃的农作物、一座座错落有致的农家院……好一派塞外江南的景象，恍如隔世。

初到草湖，正值四月，桃花竞相开放，这不正印证了白居易在《大林寺桃花》中所说的吗？人间四月芳菲尽，山寺桃花始盛开。长恨春归无觅处，不知转入此中来。连片桃花林，近乎不真实的粉红，一如张爱玲笔下《十八春》中描绘的那样，多了几分唯美、浪漫。

有绿色、有粉色，当然更少不了红色。在连队爱国主义教育基地，我感受到了国家对新疆的高度重视，见识到了对口援疆工作中的情真意切，了解到了兵团的艰苦创业史。我还参观了第一代兵团拓荒人的“公寓”——地窝子，追随了“共和国勋章”获得者张富清老英雄奋斗过的足迹。我们自古以来就有埋头苦干的人、有拼命硬干的人——这就是中国的脊梁。正是由于党中央的高瞻远瞩、科学谋划，一代代兵团人上天山、战盐碱，把地拓宽，不知疲倦。也正是因为各民族同胞的齐心协力，援疆工作者的舍家报国、接续努力，才有了今天这个水草丰茂、有鱼有虾的草湖。这一路跋山涉水的历史，就是一部所有兵团建设者们的英雄史、精神史。

善于调适　日就月将

从岭南到南疆，万里之遥，千差万别。从亚热带季风气候到暖温带大陆性干旱气候，从年均降水量1800毫米左右到不足100毫米，从海拔不足20米到超过1200米，我们跨越了5000多公里的距离。从最初的呼吸系统有应激反应到现在的安然无恙，从防晒霜防晒衣出门必备到如今的轻装上阵，从最初无比期待朵朵白云到现在开始喜欢上这种纯净的湛蓝，我用了不到3个月的时间，适应了这截然不同的气候。

从温馨小家到静心独居，我越来越能够做到内心平静安宁。从热气腾腾的家庭生活到暂时的冷清，从霓虹闪烁的都市到寂静的小镇，我学会了独处和思考，能够坚持锻炼，也能静下心来翻几本小说，培养了健康有规律的生活方式。

从精细分工的螺丝钉到指哪儿打哪儿的多面手，我的工作面得到了极大的拓宽。在后方，面对庞大的市场主体，为了高效准确地完成各项工作，我倾向于精细分工、术业有专攻。在这里，麻雀虽小五脏俱全，我得以把自己培养成可以处理文件、写总结、外出检查、统筹部门工作的人，能思路明确有条不紊地开展各项工作。

每一段经历，都有其存在的意义；每一段时光，都是在为成长积蓄能量；每一次遇见，都有其内在的价值。最终，这些促使我们成长为更好的自己。

青春岁月　我曾来过

曾经，我很害怕到了迟暮之年回顾自己这一生时没有值得回忆的事，现在我明白了该怎样竭尽全力地去把握好每一个当下，把每一天都过得热气腾腾。去努力，尽己所能做好本职工作、照顾好家庭；去体验，抓住一切机会去看大漠孤烟；去成长，尽力而为让自己变得更好，也能坦然接受每一个时期都极有可能平淡无奇的自己。等回首这一生，希望能够由衷地说一句，这辈子我曾经热烈地生活过，我的青春岁月曾经真实地存在过。

（作者为广东省前指驻兵团第三师工作队援疆干部）

红棉吉他和新疆的故事

□ 林镇桓

1988年8月，我用第一个月的工资买了一把向往已久的红棉牌吉他。在这之后的34年生活中，它一直伴随我左右，没离开过。2021年10月，我作为广东“组团式”第三批援疆教师广州支教团音乐教师，来到了新疆喀什疏附县第三中学支教。动身前往新疆时，我把红棉吉他也带在了身边。我在广州上音乐课时主要用钢琴，很少用吉他，带上是因为它是广州产的老牌子，可以解乡愁，并在课余时用以弹奏放松。不承想，这一带来，就带不回去了。

红棉吉他和班级音乐课

疏附三中有55个教学班，是一所规模超大的初级中学。受场地所限，音乐课需要在班级里上。学校没有电子琴，红棉吉他成了我课堂教学的最得力助手。新疆是歌舞之乡，孩子们的节奏感很强，但音准稍不足。我在课堂上加入了奥尔夫节奏训练，发挥他们的节奏特长，用吉他伴奏模唱来培养他们的音准，大大地活跃了课堂的气氛，教学效果显著。孩子们一下课就跑到教师办公室来找我，有的闹着让我教他们弹吉他，有的要唱歌，要我给他们弹吉他伴奏，每到课间，红棉吉他就仿佛陪着他们一起唱歌跳舞，跟着他们一起笑着闹着。有的孩子告诉我，以前他们是“喜欢音乐但不喜欢上音乐课”，现在他们是“喜欢音乐又喜欢上音乐课了”，我瞅了瞅身边的红棉吉他，多亏你啊，我的老伙计！慢慢地，我在这一群学生中留意到了一双求知欲特别强、清澈又腼腆的眼睛，这双眼睛的小主人是个女孩，名字叫艾斯玛。

红棉吉他和学校合唱团

这把红棉吉他除了是音乐课堂上孩子们的伙伴，还是七年级合唱社团、八年级合唱社团和疏附三中学校合唱队亲昵的小伙伴。除了上音乐课，我还负责学校七年级合唱社团、八年级合唱社团和学校合唱队的训练工作，红棉吉他又陪伴我开始各个合唱团的训练工作。合唱社团是学生自由报名参加的，因为没有系统的发声训练，孩子们不会用气，绝大多数孩子都是大白嗓，音域只有一个八度。从零开始的训练会很辛苦，每天早上我带着他们跑步练气，每天天蒙蒙亮的时候，他们就按照约定来到操场，根据节奏进行跑步练气活动。这样坚持了一两个月，气功就基本练成了。为了奖励他们，培养他们的台风和仪态，我带领他们一个月搞一次大型团建，团建内容是表演唱歌，上台展示自己，当然也可以申请使用我的红棉吉他伴奏。每次团建，我都会买来许多的饮料、蛋糕、水果、奖品等供123位合唱团孩子们享用，虽然每次支出对于我这样的平凡的援疆老师来说都不小，但是看到他们每一次团建都很享受，看着他们开始像模像样，越来越具有专业水准，看着他们和我的木棉吉他打成一片的场景，我就觉得一切都是值得的。数月训练磨一剑，元旦出鞘试锋芒。合唱队的水平在短时间内显著提升，使得他们信心满满地去参加疏附三中举办的元旦艺演比赛，两首合唱歌曲《青春舞曲》和《唱支山歌给党听》震撼全场，现场掌声如雷，所有人都没有想到合唱团在这短短的两三个月，进步如此巨大！最后，他们获得了元旦会演的特等奖。20多个节目只有一个特等奖，是他们的！我为他们感到骄傲，这时我看到艾斯玛那双清澈的眼睛，她双眼溢满了感动欣喜的泪水。

● 音乐课后与孩子们的合影

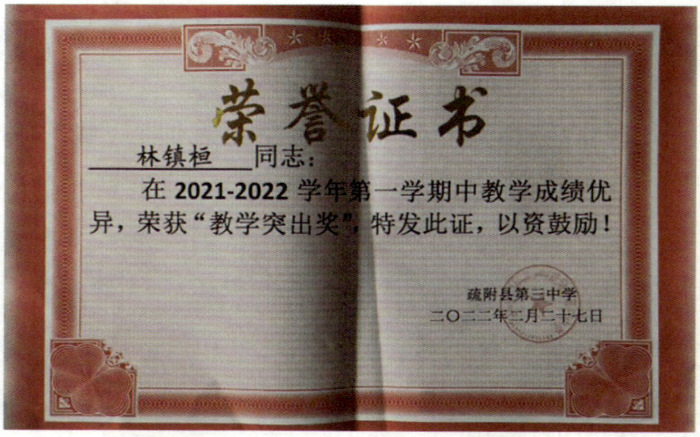

荣誉证书

林镇桓 同志：

在 2021-2022 学年第一学期中教学成绩优异，荣获“教学突出奖”，特发此证，以资鼓励！

疏附县第三中学

二〇二二年二月二十七日

● 因为孩子们的出色表现，被受援学校颁发“教学突出奖”

● 元旦会演比赛《青春舞曲》《唱支山歌给党听》获得了特等奖

红棉吉他和艾斯玛

看着合唱队员的进步，我由衷地为他们高兴。艾斯玛也是合唱队的队员，一天训练的时候，她久久地看着红棉吉他，没有说话。我说：“你可以玩一下的，你需要吗？”她说：“老师，吉他太好听了，我太喜欢听了，我想学习弹吉他。”我说：“我可以教你，但是你需要准备一把吉他，你叫妈妈买，买来我教你。”她的眼光一下子暗淡了下来，轻轻地“嗯”了一声走了。我感觉有点不对头，旁边的罗老师说：“她家庭环境很不好，作业本等学习文具都是班主任偷偷给她买的。”我忽然想起上次问她拿微信要给她发相片的时候，她说过没有手机的事情。

我看了看手里这把陪着我34年的红棉吉他，仿佛又看到了艾斯玛渴望求知又纯粹清澈的眼睛，我拍了拍红棉吉他，在心里做了一个决定。

但怎样才能更好地把红棉吉他送给艾斯玛，既不伤害她的自尊，又可以带她学习呢？正好团里给我们布置“结亲”任务，真是帮我解决了这个大问题。在征求过她妈妈和她个人的意见之后，我在“结亲”的申请表上郑重地写上了艾斯玛的名字，从此，我在新疆疏附县有了一位“结亲”的女儿，这个缘分还要感谢红棉吉他。2022年暑假之后，从广州返回疏附，时值中秋，我去看望已经读九年级的艾斯玛。她开心地跳起来，说：“老师，终于又见到你了……”我拿出了专门从广州带回来的粤式月饼，这是在之前跟她聊天时，答应带回来给她和她家人的。她带回家给妈妈尝了“老广的味道”，她也带了自己在家烤的牛羊肉给我。她又弹了简单的吉他曲子给我听。看着她一边弹吉他一边哼着歌曲那幸福开心的模样就知道，暑假两个月，她和红棉吉他相处得不错。

红棉吉他和热瓦普

热瓦普是2021年11月我在疏附县民族乐器村看中买回来的，它是我在援疆支教工作中买的第一件新疆民族乐器，乐器学习都是融会贯通的，我很快上手如何弹奏热瓦普。红棉吉他送给艾斯玛后，我需要热瓦普继续跟我一起完成红棉吉他的使命，更好地完成我的援疆支教工作。

我在弹奏热瓦普时，经常会想起我的老伙计红棉吉他。伴随了我34年的红棉吉他，就如同我的家人一样，不能再带回广州，我很不舍。

但是它留在了新疆，陪伴喜欢音乐的新疆的民族孩子长大，又有了新的使命和意义。我更多的是为它高兴，为它祝福。它已经不再是一把普通的红棉吉他，它带着广州援疆老师的浓浓情谊，传递着援疆老师们对新疆孩子们的关爱陪伴和祝福，传递着粤疏一家亲的信念，象征中华民族共同体的意义。我不禁又为它留在了新疆而感到骄傲和自豪了！

快要结束援疆支教的生活了，我给红棉吉他和热瓦普拍了一张合照，看着照片中它们相互依偎在一起，不禁想到习近平总书记说的那句话，各民族要像石榴籽那样紧紧抱在一起……

这就是红棉吉他和新疆的故事，也是我的援疆故事。援疆工作，是一项神圣的事业，每个人的支教工作都是有期限的，但援疆故事、援疆事业没有期限。继往开来的一代一代援疆人的援疆故事，一个又一个“红棉吉他”和新疆的故事，还在延续着……延续着这份神圣又艰难的事业。

（作者为“组团式”教育援疆广州驻疏附支教团援疆教师）

予人所需 成人之美

——谈援疆送教“送什么”“何时送”“怎么送”

□ 王雁燕

出发援疆前，总想多带点资料——曾到郁南、大凉山、墨脱等地支教、送教，曾带领名师工作室成员到清远市共青团希望小学交流，我深知受援学校很需要现成的优质参考资料。了解到新疆现行小学英语教材采用人教版后，我花了三周时间梳理手头上人教版教材所有资源，打包了教案、课件、教学计划、精品课例、与教材匹配的多模态素材、各项大赛备战资料等，一心想给伽师同行带一份大见面礼。

然而，在乌鲁木齐等候转机时，老队员告诉我们：伽师县小学英语采用的是人教精通版教材。我哑然失笑，此“人教版”非彼“人教版”，怪只怪自己想当然地以为“人教版”就是我们佛山正在用的教材。在援疆伙伴的帮助下，我好不容易找到一套备课资源，几经周折备好第一课。从来不打无准备之仗的我，第一次狼狈如斯。到了伽师县第二小学后，我结对帮扶的年轻教师送了我一份见面礼——北京“情系远山”项目的远程教育课件，以缓解我的燃眉之急。而我，手上却没有可以回赠的任何精通版资源！

我给学生准备的心意也遇上了非同一般的尴尬。第一次进疆，我带的是江门特产陈皮姜糖、黑橘子、雪花梅等，满心期待家乡特产可以成为文化交流的载体，孩子们会很有新鲜感。没想到孩子们一尝都皱起了眉头，“老师，这糖是酸的！”“老师，这糖像中药一样苦！”“老师，怎么会有这么难吃的糖！”孩子们天真未凿的话语，让我很是懊恼：呀，我怎么不想想孩子们喜欢什么，就一厢情愿地带了一大堆家乡特产给他们？但后来，我训练学校红石榴小主播社团，孩子们成长得很快，承担了县、校种种大型主持任务，训练强度比较大，小主播们争着要陈皮、雪花梅保护嗓子，吃得津津有味。

伽师的老师们、孩子们到底最需要什么？慢慢地，我找到了答案。

2021年秋季，正是中共中央办公厅、国务院办公厅印发《关于进一步减轻义务教育阶段学生作业负担和校外培训负担的意见》后的第一个学期。减负提质，无先例可循，老师们很是彷徨。通过听课、交流，我发现孩子们学习效率低下，跟教师在堂上、课后都没有指导他们通过梳理结构化知识建构个性化知识体系有密切关系，减负的本质在于提高课堂教学质量。于是，我通过校本小课题《双减政策下，基于思维可视化提升小学生英语学习效益的实践研究——以人教精通版五年级教材为例》带领英语科组提高教学实效。2021年11月，我参加伽师县教研室组织的送教下乡活动，来到伽师县最边远的玉代克力克乡九村小学，也以当天送教课例中的典型例子和老师们分享《双减政策下，如何提升课堂活动参与率》，老师们豁然开朗，结合自己的教学实际畅所欲言，各有所获——对老师们来说，在新的教育形势下，勇立潮头，提出切实可行的解决方案，才是他们最需要的“传帮带”。

伽师的冬天，最低温度零下十几摄氏度。孩子们出操回来，小手都冻得通红，上课好一会还在教室里蹦跳着取暖，让人很心疼，也让人头痛。因此，课间操后的英语课我都会提前到教室，给每个进教室的孩子一点润手霜，让他们把手擦热再上课。磨刀不误砍柴工，孩子们的手热了，心也暖了，师生一起在清香的教室里学习，英语仿佛也没那么难了！那个冬天，我们一起用了30支润手霜。寒假回来，我给孩子们带了300支润手霜，他们都很感动——对孩子们来说，那种被爱滋润、温暖的感觉比糖甜多了！

“合适的，才是最好的。”和伽师同行、孩子相处的这些小插曲，让我切身体会到：橘生淮南则为橘，生于淮北则为枳。在“支教”的光环下，以爱为名，自以为是地把家乡特产、佛山经验塞给伽师的老师和学生，无助于深度交往交流交融。

援疆送教“送什么”“何时送”“怎么送”大有学问。

过去一年，我牢记援疆使命，先做伽师人，后做伽师事；先做伽师老师，后做支教老师，融入伽师的同事和孩子当中，更细心地观察他们在不同的阶段的需求，学会换位思考，提升同理心、共情力，更全面地思考怎么样助力他们实现梦想。

如，接到喀什地区小学英语教学能手大赛的指导任务后，我并没有以“名师”自居，把之前的备赛资料交给他们参考，让他们模仿；而是先组建参赛智囊团队，缓解参赛老师“孤军作战”的无助感，再和整个团队为两位老师“量身定做”，设计了两节与他们的个人魅力、教学风格、调控能力相符的课例。周忠云、师海娟两位老师在大赛中表现出色，分获“喀什地区小学英语教学能手”“课堂教学二等奖”。

在喀什地区第一届小学生才艺大赛中，我没选用现成的经典剧本、故事组织学生训练，而是带领英语科组发扬伽师县第二小学“全国中小学中华优秀传统文化传承学校”特色，将红色基因教育、中华优秀传统文化融进英语课堂，指导学生创作了诗歌*My Chinese Dream*（《我的中国梦》）及情景剧*The Fox and the Tiger*（《狐假虎威》），并录制视频参赛，均获喀什地区一等奖。

伽师同事与学生的进步，也成就了我。我的“采英语华，有融乃大”教学风格在“中华文化进课程”的探索中展示了其创新价值，“基于思维可视化提升小学生英语学习效益的实践研究”的课题中期成果论文《利用思维可视化工具优化小学英语作业设计的策略》在《师道》（教研）发表，两项教学成果获新疆维吾尔自治区一等奖。2021年12月，我被评为伽师县优秀学科带头人；2022年9月被评为伽师县优秀支教教师。

暗室逢灯，绝渡逢舟，人生幸甚。能为这灯、这舟，何尝不是一种幸福？这一程援疆的收获，将启发着我继续予人所需，成人之美，做一名幸福的人民教师！

（作者为“组团式”教育援疆佛山驻伽师支教团援疆教师）

粤疏一家亲　体育传真情

□路　宽

我是广东“组团式”第三批援疆教师广州支教团的体育老师，我来自广州市从化区第五中学。在援疆一年半的体育教学和高考体育生训练中，我也经历过一些故事。我最想讲的就是我和疏附二中体育生的故事。

我本来被分配到疏附三中做援疆体育工作。后来由于疏附二中高三体育术科需要老师，而且高考迫在眉睫，我在广州有带考体育高考生的丰厚经验，所以被调到疏附二中去带领这些民族孩子们备战高考。

刚到二中体育生训练队，我对他们的各项指标做了测试，不试不知道，一试吓一跳，测试结果离高考还差十万八千里呢。如果体育生体育术科考不到线，那文化课也不用上了，斟酌再三，只能给他们加时训练参加。在全体训练计划的指导下，根据每个孩子的体能特点，我也制定了个性化方案，不管寒冷还是下雨，日日带他们训练，为了备战高考，训练必须系统化科学化。

他们从一开始的鬼哭狼嚎各种抗拒，到后面体魄越来越强壮，甚至肌肉的块状呈现出来时，很是兴奋和得意，再后面，如果一天见不到我，一天不训练，他们又开始鬼哭狼嚎了。

印象最深的就是民族学生祖力凯尔，他在备考过程中，体育基础比较差，自信心不足，但是跟他聊了之后，他又有特别想考上大学的愿望。我帮他制定了具体的训练计划，日日督促他按质按量完成训练，即使是周末他们回家了，也提醒他完成当日的训练内容。作为一名援疆老师，我特别想帮助他完成读大学的梦想。

在训练的过程中，我又得知他的父母都不在身边，属于“关爱生”行列。于是不由自主给予他更多关心和鼓励，每次训练我都会带一些饮料过去给他补充能量。他进步越来越大，本来测试只有30多分，在两个多月的训练之后，他获得了体育高考80分的好成绩，顺利达到了体育高考术科的录取分数线，可以完成大学梦想的一半了。

他拿到80分的好成绩时，激动地把我抱了起来，差点把我这老骨头摔一跤。

那一刻，我感觉自己付出多少心血，都值得！

看到孩子通过努力，达成自己心愿的开心劲，我心里好像是吃了蜜一样，为他们开心。

想起在训练的过程中，体育器材资源匮乏，为了提升技能，必须得配置一些训练器材。想着每个人都有困难，我自费买了过千元的训练器材辅助训练，希望以自己微小的力量默默为民族团结事业作奉献。

想起每两三天就做一次测试，拿到测试结果进行调整训练计划时，我为他们的进步或者退步感到高兴或焦虑、翻来覆去睡不着的情景。

…………

而这一切，因为他们的进步，都值得了。

两个多月的训练让疏附二中的体育生体育高考分数提升了很多，在送考的过程中，我始终陪伴在他们身边。他们也都取得了心仪的好成绩。祝愿他们在文化课中继续取得好成绩，圆梦大学。

这两个多月日夜的付出，风雨无阻地和学生们相约操场，让我也通过了考核，被正式借调到疏附二中继续带高二体育生和高一体育生进行训练。出于广州援疆教师扎实的专业技术和良好的敬业态度，2022年6月，我带的部分体育生参加了喀什市中学生田径运动会，获得了九枚奖牌，分别是四枚金牌、四枚银牌、一枚铜牌的优秀成绩。他们参赛时，我已回到了广州，但是他们获奖之后，都第一时间向我报喜，我在万里之外，为这些进步的疏附的孩子们感到开心，为他们自豪，仿佛又回到了女儿高考考到了她满意的成绩向我报喜的那一刻。

在疏附二中的体育生教学工作中，我和维吾尔族的孩子建立了相互信任又依赖的关系。他们加了我的微信，经常与我聊天，说他们的心事，我看到也一定会回，正面引导孩子们，给他们爱的温暖，并一直鼓励他们志存高远，努力学习，报效国家。

在疏附二中门口的团结路上，经常会有孩子们看到我，远远地跟我打招呼，远远地喊着“路老师”，远远地跑过来跟我聊天，分享他们生活的点滴。

我在疏附很孤单，因为这群孩子们，我不再孤单。我做着自己喜欢的体育生体训的事情，感受着他们一天天的强壮和进步，感觉援疆生活又充实又丰富。

和学生们的合影

放暑假了，我回到广州，孩子们还会找我聊天，我会讲一些广州的气候、文化等故事给他们听，拍一些相片跟他们分享，鼓励他们努力学习，走出疏附，考上好大学，报效国家。他们也会跟我说一说家里的事情，以及坚持训练的感受，还会分享暑假里他们在库尔邦节和家人一起的开心和快乐。

这份和疏附二中体育生孩子们的情谊是我援疆工作中最大的快乐收获，也是我最想讲的援疆故事。

作为一名援疆老师，我觉得最重要的就是培育边疆孩子们的民族共同体意识，增强孩子们对中华民族的认同感和自豪感、对援疆老师的认同感和信任感。我只是一名普通的援疆体育老师，只是在平平凡凡地做一些援疆工作，最后总结我的援疆故事，就用“粤疏一家亲，体育传真情”来做个结尾吧。

（作者为“组团式”教育援疆广州驻疏附支教团援疆教师）

光荣与梦想

——激情燃烧的岁月

□ 彭玉芳

激情而来 燃烧岁月

2011年我来过新疆旅游，20多天里在北疆南疆转了一圈，第一次不是从字面上而是眼见为实地深深感受到“我们的祖国多么广大，我们的祖国山河多么壮丽！”并为我们的国家自豪！

给我们开车的司机是疆二代，是新疆建设兵团的后代，在同行的20多天里他给我们讲新疆建设兵团的“激情燃烧的岁月”“八千湘女上天山”“献了青春献终身，献完终身献子孙”。正是有了党和政府这一伟大的举措，正是这些投身新疆建设的兵团几代人的奉献，才奠建了今天新疆的繁荣！

放眼如今的新疆，有着一片片赛江南的果园、农田；有着广大到天边的、像是天上的云的新疆棉；有着日夜不停“磕着头”的石油开采钻井台；有着漫山转动的发电风车；有着遍地蔚蓝色的太阳能电池板……

在西部大开发政策的部署下，每年都有一批批各行各业的人赶赴新疆援助建设。2021年10月，我带着激情加入了援建新疆的大潮，成为新疆喀什疏附县的一名支教教师。个人的力量微不足道，但我想在个人的生命中也能拥有一段激情燃烧的岁月，我为加入新疆建设大潮感到自豪。

初来乍到 自以为是

一来到工作岗位，我立即投入工作，上课、听课、评课、带徒弟、作青蓝工程发言。受援单位信任我，对我委以重任，让我负责学校语文学科的教研。我凭着几天的观察和感受，凭着自己对教育、教学、课程、教材、教研工作的理解和经验，开始批评这里作业太多，机械抄写，学生读不好、说不好、写字不好，教师对课程不理解、对课程标准把握不好等等。

我用我自己以为正确的方式去努力，把课文读好，读准读顺，训练学生说话的能力，一句一句地教着说；给学生讲绘本故事，打开阅读的视野，补充更丰富的人文思想，启发智慧，在共读绘本中，贯穿阅读的策略，贯穿听说读写语文能力；抓做作业的习惯、听课的习惯。眼见着班上的学习气氛好起来了，学生们都在学习的状态之中了，我得意于自己的教育成果，心想着，学生成绩肯定会有一个大的飞跃，还梦想着申请二援，把这班孩子带上去，看看三年后会是什么样子？

第一学期期末摸底考试的成绩出来了，平均分49.5分，这给了我当头一棒！甚至好多个位数分数，最低的2分，虽然平均分比我接手时期中考试的32.7分高了几乎17分，但仍然低于我的期望。我向热汉古丽老师讨教，她说这里的孩子没有语言基础，普通话语言理解能力弱，没有课外阅读的知识储备，就是要多抄写，边抄还要边读，边读要边画，要题型训练……慢慢地，能力才会培养出来。

我明白了我的水土不服，明白了全国统一教材在这方水土下生长出来的教学方式。我也敬佩这里的教师“在夹缝中教学，在困境中成长”的敬业，除了教学，他们还肩负很多其他的任务。

在接下来的时间里，我向他们学习接地气的教学方法，同时继续践行我的教育理念。

教育的本质：改变

教育的起点，不可能相同，教育没有终点，永远在过程中，我们教师要做的是追求过程中的改变。改变，是教育的本质。在援疆的一年半时间里，我力求不只是教教科书，还能播下改变的种子。阅读，是我能耕耘的田地。

来疆时，我带了几百个绘本故事（PPT），打算与学生共读，希望打开新疆孩子阅读的大门。我每天都会用PPT和孩子们共读一个绘本故事，激发了孩子们阅读的兴趣。图文并茂的故事符合他们这个年龄的思维认知和想象，他们听得专注，读的过程中让他们有时间看图，有时间提问，猜测故事的发展，说自己的看法。慢慢地，孩子们会表达了，从不习惯发表看法，到毫无顾忌地畅所欲言，从语言中学语言是最好的语文学习途径，孩子们从故事语言中学习到了很多词语，学习到了表达句式，故事也联结起他们的生活体验和认知积累，他们也开始热衷自己编故事了。语言是思维的工具，维吾尔族孩子学语文难就难在他们对生活的思维工具是维语而不是普通话，语文课本的选文对这里的孩子来说不管是内容还是数量都远远达不到需求，而贴近儿童思维和生活的绘本可以起到很好的补充。暑假，回到广州，我担心孩子已经燃起的阅读热度会因为没有组织而涣散，因为没有共读讨论不能读而有发，我在钉钉上建立了“我爱阅读群”，邀请广州的孩子和新疆的孩子共读共讨论。在语文课上，我也利用课文这一语言环境进行语言的学习和阅读讨论，进行“听说读写”的能力培养。到了第二个学期，每次让他们写作文，全班会欢呼起来，这是让我最欣喜最感动的时候！

我以讲故事和讨论的方法激活了新疆孩子们与生活情境的联结，普通话很快成为他们的思维语言。因为对语文课有兴趣，二年级45个学生，从接手时6个合格，经过一个学期的学习，已有30个合格了；接手时平均分32.7分，一年后平均分上升至67分。实践证明，阅读不会拉学习成绩的后腿，只会助力成绩的进步，阅读成为语文能力的生长力。

我随时记录和总结自己在新疆的支教阅读这块田地上的耕耘，《我的援疆支教日记》记录了援疆岁月的每一天，这将是我生命这本书里最有色彩的一页。

不管身在何处，都要认真生活，认真工作，让生命发光，照亮别人，也照亮自己。

（作者为“组团式”教育援疆广州驻疏附支教团援疆教师）

粤新一家亲　两度援疆情

□王　翠

为深入贯彻落实习近平新时代中国特色社会主义思想和党的十九大精神，打好脱贫攻坚战，根据教育部《援藏援疆万名教师支教计划实施方案》，经过层层考核选拔，我光荣地成为2020年教育部第二批万名援疆教师的一分子，2021年8月圆满完成支教任务，2021年9月我再次踏上了援疆的征程。选择援疆，不仅需要一份情怀，更需要大无畏的毅力与勇气；选择了援疆，不仅是为了诗与远方，更是一种责任与担当。我不忘初心，不负韶华，漫漫援疆路，教育记心中。援疆，是责任更是奉献，是使命更是担当！

示范引领　传帮结合

为了更好发挥援疆教师在学校教育教学中的引领示范作用，落实广东省教育援疆“造林”工程，积极开展援疆教师“传帮带”活动，我充分发挥自己作为广州市特约历史教研员的学科资源优势，主动践行广州教育的先进教学理念，勇于承担了疏附县兼职历史教研员的工作，踊跃开展了“援疆教师示范课展示活动”。我承担《中原政权对新疆地区的治理》《多民族的交往与中华文化的浸润》《中国共产党的领导与新疆的和平解放》《建设美丽新疆　共圆祖

● 县级公开示范课

国梦想》等多节公开示范课。课堂上，我通过翔实的历史资料使学生们认识到：新疆自古以来就是中国领土不可分割的一部分。新疆地区与中原地区的人们密切交往，各民族文化在中华文明沃土上孕育发展、相互影响，从一开始就打上了中华文化多元一体的印记，各地文明在相互交流、相互借鉴中，逐渐显现出一体化趋势，进一步强化学生对中华民族的认同和中华文化的认同。课后研讨活动中，得到了听课老师"紧扣史实，让历史发声，发挥历史文物的证史、育人的作用"的评价，符合地方史课程的教学要求和教学规范。

立足思政　以研促教

古人言："敬教劝学，建国之大本；兴贤育才，为政之先务。""蒙以养正，圣功也"，就是说青少年教育最重要的是教给他们正确的思想，引导他们走正路。思政课是落实立德树人根本任务的关键课程，思政课作用不可替代，思政课教师队伍责任重大。

通过课程教研助推教师课程思政素养提高。我多次在全县思政教师培训讲座《思政教师专业素养能力的提升——以〈可爱的中国〉新疆地方教材（小学版）为例》《思政教师的基本素养要求》《思政教师的成长理论基础》《深化新疆地方史学习，培养学生的家国情怀》《在青春的赛道上跑出当代青年的最好成绩——深入学习贯彻习近平总书记在中国人民大学考察时的重要讲话精神》等发言，并开展《阔步走进新时代》《元明对新疆地区的治理》《新民主主义革命时期的新疆》等思政公开课示范课，助力疏附县教育局思政教研工作，带动和培养了一批青年教师，充分发挥了"传帮带"作用，培养一支带不走的教师队伍。

我坚持以科研促教学，教学科研两相长。在我主持的广州市"十三五"规划课题《问题探究式学习在高中历史教学中的应用研究》基础上，结合新疆地方史，进一步延伸课题《问题探究式学习在新疆地方史中的应用研究》。在教学实践中我进一步践行构建高效的历史课堂教学模式，主持并完成疏附县中等职业技术学校校级课题《人物情境教学在〈可爱的中国〉课堂中的教学实践研究》。我还被聘为疏附县教育局规划课题《舞狮教学与推普工作深度融合实验研究》开题报告评审专家，积极推动提升当地的教科研水平。

文化润疆 红色筑基

为深入贯彻落实十九届六中全会精神和第三次中央新疆工作座谈会“文化润疆”精神，广州援疏工作队大力推进开展中华民族传统体育项目龙狮文化进校园活动，我被聘为疏附县教育局规划课题《舞狮教学与推普工作深度融合实验研究》的开题报告评审专家。我还组织参与龙狮社团活动，捐赠多套威风锣鼓，为学生们讲解龙狮文化的历史，有效激发学生对龙狮运动的兴趣，促进中国优秀传统文化的传承，浸润孩子们的心灵。一分耕耘一分收获，疏附县中等职业技术学校龙狮队荣获了2022年广东援疆疏附县首届中小学生“石榴籽”杯狮王争霸赛决赛中学自选动作组二等奖、规定动作组的“狮王”“鼓王”“优秀组织奖”等荣誉称号，我荣获了“优秀裁判员”荣誉称号。

课程育德培养学生的家国情怀，实施文化润疆“红色筑基”工程。历史教学不仅是在有限的课堂时空里，以挖掘教材、分析史料、总结史论等方式来达成预设的情感、态度与价值观目标，也应该遵循知行合一的教学原则。我引导学生走进历史现场，探寻历史足迹，感知历史脉搏，激发学习兴趣，以此促进学生情感、态度与价值观的积极转变。在历史教学中根植家国情怀的濡养，使历史教学呈现出无限魅力。喀什地区是我国西部的一个边疆地区，是多民族聚居的地方。因此，针对多民族高中生进行公民意识教育，一定要充分利用当地的资源。如维护国家统一、民族团结的现实历史资源有喀什古城、香妃墓、张骞公园和班超墓等，对这些身边的历史资源的了解，有助于培养学生的中华民族团结意识，从而增强国家意识。我培训多名“红孩儿”宣讲员，讲好中国共产党党史和新疆“四史”，让“红色教育”浸润每位学生的心中。在疏附县爱国主义教育馆小解说员比赛活动中，我指导的多名学生获得二等奖、三等奖和鼓励奖。

辅导学生 圆梦高考

疏附县中等职业技术学校的学生们，在三年级的时候，都要到工厂进行实习。绝大多数的同学都是毕业后直接参加工作，2022年报名参加高考的共66人，毕业生整体报考率为8.2%，这些参加高考的学生，第一学期参加实习，第二学期才回学校参加高考学习。当我接到高考班教学任务时，距离高考不到一百天，时间紧任务重，但我誓与同学同奋斗，不仅追求有效率的课堂，课下我也总忙碌地辅导着学生学习。我不仅经常给同学带吃的增加营养，还鼓励同学们学习女足精神，永不言弃，迎难而上，努力拼搏。一分耕耘一分收获，同学们在知道分数和收到录取通知书时都纷纷给我打电话报喜。2022年高考共录取45人，录取率高达68.18%，创历史新高。阿依米热同学在收到大学录取通知书时，第一时间给我打了电话：“王翠老师，谢谢您让我圆了大学梦，我终于可以展开翅膀飞向更远的天空了。”此时我脸上露出了无比骄傲和幸福的笑容。

不忘初心　牢记使命

我是毕业于东北师范大学历史系的硕士研究生，从皑皑白雪的北国来到荔枝飘香的南国，距离约5000公里；2020年我又响应国家的号召，助力新疆教育，从荔枝之乡的广州来到西部边陲丝绸之路上的古城喀什，距离又是约5000公里，爱是一万公里的距离。

因为有梦，所以勇敢出发；因为出发，便只顾风雨兼程。我怀揣着教育情怀去援疆，远航追梦，寻找诗与远方，希望能用真情谱写“传帮带”！初心不忘，使命必达。能成为时代践行者，参与到教育援疆计划中来，在边疆的土地上燃烧激情、奉献爱心，点燃孩子的希望，助力边疆孩子圆梦。我感到无限光荣，也坚信两度援疆支教必将成为我教育生涯中最幸福、最美丽、最有意义的事情！

（作者为“组团式”教育援疆广州驻疏附支教团援疆教师）

万里征程守初心　倾情援疆终不悔

□陈　平

为了响应党中央西部大开发教育对口支援的伟大号召，2020年2月，我带着领导的重托，带着父老乡亲的厚望和为国家边疆教育事业献身的决心，来到了我国的西部边陲——新疆伽师。一年半的支教任务圆满结束后，我已与伽师二小结下了深厚情谊。我又继续申请参加第一批“组团式”教育援疆项目。

三年的时间说长不长，说短也不短，但是想做、能做、做过的事情很多……是我永不后悔的经历。

直面困难　勇挑重担敢为先

2019年我的女儿考上中山大学后，我就萌生了来新疆支教的想法并且得到了家人的大力支持。经过层层审核，我终于如愿以偿，来到了新疆喀什地区伽师县第二小学。

第一个学期，学校急需数学老师，获悉这一情况后，我主动请缨，转型承接四年级12班的数学教学工作。作为一名英语教育专业毕业、长期从事中小学英语教学工作的老师，可以说我对数学教学毫无经验，面对53个维吾尔族孩子，我深深感觉到教小学数学之难之累、责任之重，真是“苦在其身，乐在其心”！这些四年级的孩子的父辈基本听不懂普通话，因此在入学之前他们很少有普通话交流的氛围，对普通话的理解能力非常有限。甚至于小数点向左移和向右移他们都要思考好一会。为了让孩子更形象地记住左和右，我甚至带孩子们跳起兔子舞，加强孩子们的记忆……凡此种种，不胜枚举。

尽心教学　只愿胡杨早参天

著名作家巴金说过：“孩子成功教育从好习惯培养开始。”

孩子们的语言理解能力只能靠平时慢慢培养，但是数学的计算能力是可以通过针对性训练提高的。因此我将大部分的精力放在孩子们计算能力的提升上。我在学生的课前、上课、作业及课后的辅导等常规方面做了详细的规范要求，协同班主任实行奖励制度，强化他们的学习习惯。看到孩子们的学习用品残缺不全，我自费给全班孩子统一购买了铅笔、橡皮、套尺、作业本等的学习用品。我要求孩子列竖式、连线等必须用尺子，甚至测验时在草稿纸上计算也要求按顺序写题号，以便于检查。大半个学期下来，孩子们在学习习惯方面有了很大的改观：课前预习、课中小组活动和回答问题、课后作业和复习巩固等方面都有了质的飞跃。现在他们在课堂上主动回答问题，声音响亮，小组合作积极参与，上台演算自信大方……

第二个学期，学校之前下乡的一批老师回来了，数学科专任老师也得到了补充，我服从学校的教学工作安排，转回我的专业进行英语教学，并接手了三年级1到6班的英语科教学工作。6个班的教学工作量相当繁重，每天备课、上课、课后辅导及批改作业连轴转，下班后的我最喜欢的就是“葛优躺”了。

三年级的孩子初次接触英语，但我一开始就基本上全英教学，尽量给孩子们创造英语环境。我利用丰富的肢体语言、夸张的语气表情、编歌谣童谣、编韵律掌声、动物动作模仿等方法，想方设法地吸引孩子们的注意力，让他们由衷地喜欢上英语课，教学效果显著。我为同行们展示的英语示范课活泼、灵动，学生沉浸其中，在游戏、歌谣中把英语交际能力自然应用于生活，并互动全场，甚至带动了听课的老师，教学效果显而易见。

语言学习要学以致用，孩子们在课余时间都会主动用英语跟我打招呼。2020年10月，因邻县出现了新冠疫情，线下教学改为线上教学。在班主任们的协助督促下，6个班的联播课基本上做到不落下一个孩子。线上提交的作业五花八门，有些孩子拍照传上来的作业本只占整张照片的三分之一甚至五分之一；有的模模糊糊朦朦胧胧，有的书写潦草、不规范等。批改完300多份作业简直让人眼冒金星！但是我每一份作业都认认真真批改和写评语。我始终坚信老师的正面示范作用，老师认真批阅作业和适时评语，孩子们自然会认真学习、认真做作业，从而养成认真对待学习的好习惯！

2021年9月，我又一次申请参加“组团式”教育援疆项目，再一次成为“伽师二小人”。这一次我任教的是四年级5个班的道德与法治。我经常带领孩子们参观爱国主义教育基地，给孩子们讲解新疆历史、民族发展史、宗教演变史等等，增进孩子们对伟大祖国、中华民族、中国特色社会主义道路的认同。

传帮带　青蓝相继薪火传

作为伽师二小教研室副主任，我积极发挥“传帮带”示范辐射作用，上示范课，在课题研究引领、指导集体备课方面作出了积极贡献。我组织了援疆教师与受援学校老师的师徒结对活动，组织了伽师二小援疆教师专题课题开题仪式，还组织了二小援疆老师参加伽师县论文评比活动。2020年6月12日，针对周忠云老师的伽师县“以校为本”小课题“提高小学三年级学生英语认读能力的研究”，我作为评议专家给出了不少建设性的建议。2021年10月申报的伽师县道德与法治小课题“小学《道德与法治》课堂体验活动设计的研究”已成功立项。2021年3月15日，伽师县教育局英语教研室直播课和直播集体备课在伽师县第二小学录播室举行，经过我多次听课磨课指导的热汗姑老师上了一堂精彩的县级直播课；直播集体备课时，我作为评课主讲老师，给全县各小学英语科组集体备课做了良好的示范，得到了县教研室专家的充分肯定。除了亲自示范和指导，我还在理论上给老师们开一些讲座。2021年5月28日，我开展英语讲座《提高小学低段学生学习英语的兴趣》，在理论和方法上给老师们做了详细的指导。同一办公室的塔吉姑老师是一位非常热情好学的老师，我经常对她进行一对一的指导。来伽师二小跟岗培训的新教师何兴秀老师，在我的指导下收获不小，迅速适应了新的工作岗位。我与伽师县第二小学青年教师周忠云、师海娟结为师徒，指导两位老师参加喀什地区青年教师教学能手大赛，周忠云老师获“喀什地区教学能手”称号，师海娟老师获课堂教学二等奖。除了在二小进行指导，我三次参加送教下乡活动，促进了本地教师专业成长。

统筹协调　引领伙伴向前走

2021年9月起，我担任佛山支教团秘书组组长，协助团部领导，以“融合、创新、高效”为团建理念，以“文化润疆，教育先行”为核心，带领支教团在民族地区主动融合，大胆创新，积极探索“新时期援疆工作策略和运行机制”的课题研究，课题在伽师立项成功；做好“传帮带”和示范引领作用，带领全体队员积极开展“五个一”工程；积极推动文化润疆工作，以项目建设为抓手，做好“三个一”文化项目；同时充分利用援疆经费并发动佛山企业捐款，目前已经为受援学校提供120多万的善款。

作为一个团部委员，我关心队员们的身心健康，创建团部温暖如春的文化氛围，争取上级支持完善运动娱乐设施，缓解援友们的思家情绪，确保大家安教乐教，为援疆作出自己应有的贡献。

浓浓关爱　情暖花开朵朵香

2020年5月佛山市民营企业家刘清海先生为四年级全体师生捐赠了价值15万元的衣服；以周光荣先生为代表的爱心人士为四年级12班的孩子捐赠了价值6000元的六一礼物；刘卫红先生先后两次共捐赠了300盒佛山宾馆月饼；2021年5月，我后方学校佛山市禅城区张槎中心小学给伽师二小捐赠手提电脑一台，学校家谊会筹集资金1.5万元用于资助伽师二小贫困学生购买学习用品。

上述都是我积极发动身边的爱心人士和后方学校为伽师二小进行的捐赠。2022年8月，我还协助禅城区教育局为伽师四中捐赠价值4000元的字帖。

在捐赠仪式上，孩子们表示一定不辜负爱心人士的关心与厚望，努力学习，做一个对国家、对社会有贡献的人，回报国家，回报社会，将爱心传递下去。

我除了关注课堂教学，也关注孩子们的心理健康成长。我常利用自习课时间给孩子们进行爱国主义教育、生命安全教育等。中秋佳节来临之际，收到后方寄来的月饼，我借此契机，给孩子们上了一堂传统节日文化课。孩子们掌握了传统节日文化知识，同时又增强了民族认同感，还以实际行动表达了对“团圆”“秋报”的理解。很多孩子分到月饼后不舍得吃，他们把分得的月饼带回家跟爸爸妈妈、弟弟妹妹一起分享。

爱是相互的，在放假回到广东后，我不仅收到很多孩子的电话和短信祝福，三年级（3）班的莱孜娜和（2）班的麦合丽亚还写了信，并自制卡片一起寄给了我，这份难得的真情让我感动得热泪盈眶。

这就是爱，这就是民族团结一家亲！三年援疆的日子一晃就要过去，又到了我和孩子们说“再见”的时候了。重温自己的支教生活，三年的援疆经历让我受益匪浅，更使我对南疆的孩子们产生了一种依依不舍的感情。作为一名援疆教师，我将不忘初心，牢记使命，在未来的日子里，继续做好民族团结的纽带。

（作者为“组团式”教育援疆佛山驻伽师支教团援疆教师）

一辆遥控车

□ 钟建文

推开课室门，坐在前排靠门口座位的一个小男生给我留下了深刻的印象。他叫瓦热斯江，长得圆头圆脑，是班里皮肤最白净的男生，褐色的眼睛带着腼腆的笑意。

随着时间的推移，我留意到一个奇怪的现象。每天课后服务之后，瓦热斯江都会比其他孩子提早十分钟收拾书包，在另一个年级的大孩子的带领下离开学校，并没有跟自己班的归程队放学。我好奇地问了班主任，了解了他的一些情况。原来，瓦热斯江的父母不在了，他在福利院生活。他的学习基础一般，有时不完成作业。每天放学，别的同学是父母来接，瓦热斯江由福利院的老师来接。那个带他一起走的大孩子也是福利院的。原来，瓦热斯江的腼腆是有原因的。此后，我更加关注瓦热斯江了，经常跟他聊天，检查他的朗读和字词积累，鼓励他认真学习，迎头赶上。

有一次，瓦热斯江捏着自己的作业本在座位上哭。我走过去问："你怎么哭啦？"瓦热斯江抽抽搭搭地回答："我昨天忘了带作业本，所以没做完作业，怕您骂我。"我听了微微一笑，抬手帮他擦去泪水，轻柔地说："忘记带本子是你的疏忽，以后记住把学习用品都分类装进不同的袋子里，就不会忘了。没做完作业的话，今天找个时间补上就行，老师不会骂你的。如果你有什么不明白的，欢迎你随时来问老师。"听完我的话，他用力地点点头，当天没多久就把作业补齐交给了我。此后，他也很努力学习，每天总是认认真真做作业，大声朗读课文。他还时不时拿着一本课外书，跟我交流他的心得。每当我上课提问时，他都很积极地举手，当我表扬他的回答时，或者朗读他写的优秀的句子和文段时，瓦热斯江就抿嘴笑着，眼睛闪着亮光。

慢慢地，他的学习成绩有起色了。在后来的一次单元练习中，他居然成绩合格了。为了奖励他，我答应送他一件礼物，任他挑选。他低着头憋红了脸，半天才鼓起勇气怯怯地说：“钟老师，我想，我想要，要一辆遥控车，行吗？可能要花好多钱。”我大声说：“当然可以啊！只要你认真学习，成绩有进步，老师愿意花这个钱！”

后来，当我把一辆红色的遥控汽车送到他手上时，瓦热斯江小脸通红，高兴坏了。他说：“钟老师，你好温柔，您就像我的妈妈一样！谢谢您！”听了孩子的话，我的眼睛一热，觉得自己不远万里来到祖国边疆所付出的一切都值得！做老师最大的享受就是被信任、被需要。孩子，我也谢谢你，谢谢你让我感受到这种幸福！

（作者为“组团式”教育援疆广州驻疏附支教团援疆教师）

传承红色星火　支教逐梦前行

——讲好新疆故事

□ 周淑珍

为响应中央新疆工作座谈会和全国教育大会精神，发扬援疆援藏工作的好传统、好作风，继续以无私奉献的精神投身援疆工作，2021年9月，我肩负着组织的信任、领导的重托与希望，怀揣为祖国边疆教育事业作贡献的情怀，激励穗疏两地学生追逐理想，开启逐梦的航船。

借互联网＋　开创智慧教育

为更好地帮助穗疏两地学生树立清晰的学习目标，我开展以“中华民族共同体视角下红领巾联动课堂”为题的主题队会活动，以从冬奥人物中收获奥运精神为契机，明确新学期的教育教学目标和方向。两地依托“互联网+”，新开设智学、智创、智造类特色综合实践课程及社团课程，使学校智慧课程体系的构架得以完善。此次“云课堂”的顺利开展，实现了穗疏两地教师智慧地“教”和学生智慧地“学”，学生由被动接受，变为主动地探究，学习的方式方法、教育的内涵外延都发生了很大变化。

● 主题队会活动

● 特色“云课堂”

以赛促学　多举措强教研

为深入贯彻落实《中共中央　国务院关于深化教育教学改革全面提高义务教育质量的意见》精神，积极落实“双减”政策，托克扎克镇小学聚焦提升教育教学质量，深入落实立德树人根本任务，不断拓展教学思路，夯实教研基础，为努力提升教育教学质量推出系列举措。

由广州援疆教师担任导师，我组织各学科老师，紧扣教材的重难点和考点，制定了年级、学段和科组逐级公开课磨课方案，利用数字化教学等资源，开展教师自主性学习，定期参加各级各类教师成果汇报交流活动。

梯度备课促实效。结合新课标要求，了解课程考点及思政切入点，制定年级公案，各年级科组教师成员结合各班学情进行二次备课，准备期中考试复习教案，实现教师个性化、特色化有效课堂的构建，实施梯度备课为上好课奠定基础。

层级授课促精致。“三人行必有我师”，学校依托“人人奉献精品课”主题教研活动，以教师自己做参照的“精品课”，以备课组、学科组中的同行为参照的组级“精品课”、校级的“精品课”作三级对照，在对比中不断调整备课思路和教法，在试教中寻求适合自身的教学方式，使教师的业务水平得到飞跃的提升。

青蓝工程即经验丰富的老教师与青年教师结对，缩短青年教师成长周期，增加老教师紧迫感和责任感；骨干教师与普通教师结对，携手并进，共同提高。广州援疆支教教师通过专题性讲座、随堂听课评课、示范课等方式，引领着年轻教师们向专业化成长。如精细化分割40分钟课堂时间，整理了备学手册，精确落实到了早读、课堂、作业、检测、辅导、晚修等环节，提升教育教学质量。重视语文学科的基础地位，有效提升了学生识字能力、阅读能力和表达能力，使各学科有机融合提升。

学校始终秉承“孩子的成长一刻都不能缺席，孩子的教育一时都不能停歇”的责任感、使命感、紧迫感，立志开好“云教研”，用专业、热情、用心打通疫情阻隔，实现且研且思，示范引领，共同成长。

送教下乡　做课程实践者

送教下乡是为了更好地把先进的教育教学理念和教学方法传输到乡镇农村，以实现教育资源的优化、教师专业的均衡发展。送教下乡活动发挥送教教师的示范辐射作用，改变了过去的教研模式，将教研重心下移，面向乡镇；到课堂上、师生中，了解农村学校在课改中存在的问题，解决教师课改中的困惑；把调研、教研与教师培训相结合，发挥典型教师“传帮带”作用，极大地提高了教研工作的实效性，有效促进送教和受教教师教学能力的不断提高，推动新的课程改革。

疏附县教育局加强道德与法治学科教学研究，搭建学习、互动、借鉴的平台。为有效提升当地教师专业教学能力水平，我在疏附县布拉克苏乡小学上了一节思政示范课《爱心的传递者》，示范课充分发挥学生的主体作用，关注学生的生活经验，把“爱”融入生活中，将“学”体现在游戏中，开展有效的教学，使课堂异彩纷呈。

我在课后安排了一个“爱心在行动”的小组计划，鼓励学生成为爱心的传递者，倡议学雷锋，树立时代新风的榜样，接过托克扎克镇中心小学大队委的传递，将爱心传递到乡村的每一个角落，让曙光在田埂上欢快地跳跃！

结合现代家校教育的形式，我作了《家校共育视角下，建时代家长团队的建设》的专题讲座，提出：新时代科学技术和信息化不断发展，在人们生活中发挥着巨大作用，却拉大了家长与孩子之间的代沟，因此家校共育是当下教育的必经之路。

牢记嘱托　不忘党的恩情

为加强对学生的思政教育，开展知恩、感恩和报恩的传承红色基因教育，时刻牢记习近平总书记在2014年4月28日在学校考察时对全体师生的关爱和嘱托，学校一直以4月为感恩月。利用每周一升旗仪式的时间，我进行国旗下献词，向孩子们宣传“爱”的教育；通过队活动时间，开展“红孩儿宣讲员”讲述红色革命故事、新疆“四史”活动，激发少先队员们从小听党话、跟党走的光荣感和归属感。

2022年4月28日的感恩节活动，我和学生代表在活动中，深情地汇报8年间学校翻天覆地的变化和感恩之情。本次活动以“培养堪当民族复兴大任的栋梁之材而不懈奋斗”为主题，共同回顾师生毅勇前进的光荣历程，共同展望建设教育强国的未来。

不忘嘱托　砥砺新征程

中国共产党第二十次全国代表大会于2022年10月22日在北京胜利闭幕。中国共产党第二十次全国代表大会，是在全党全国各族人民迈上全面建设社会主义现代化国家新征程、向第二个百年奋斗目标进军的关键时刻召开的一次十分重要的大会。

连日来，疏附县托克扎克镇中心小学的党员干部、全体师生和家长们都认真学习领悟党的二十大精神，表示要同心同德、埋头苦干，以更加昂扬的姿态奋进新征程、建功新时代。

作为教务主任，我一直怀揣为祖国边疆教育事业作贡献的情怀，来到新疆支教，用辛勤的汗水培育好边疆的孩子们，孩子们的成长就是我最大的安慰。

民族团结　结对认亲心连心

阳春三月，春风送暖。2022年3月28日，疏附县民族团结进步创建领导小组办公室组织了“民族团结一家亲结对认亲活动”。迎着南疆和煦的春风，裯局来到托小一起参加认亲活动。“结亲”就是结对子、交朋友，倾听群众意见、了解群众意愿，从小事做起，真情投入，以心换心，力所能及地帮助他们解决生产生活上的实际困难。这就是民族团结真正的意义。

以坚定的信仰扎根边疆，虽然疏远了家乡的米香，但南疆浓郁的馍香成了熟悉的味道。虽然各有其异，但我们展示着以国家大业为重、以能为民族融合发展作贡献为荣的大义和大爱，将“家”搬到万里之外的西部，将根扎在边疆。从沿海城市来到边疆疏附县，对每一批援疆干部人才来说，都是一次全新的人生体验，激发起我们内心深处奉献的激情，这种激情是对党和国家的忠诚，是对父辈革命精神的传承，更是新时代中国特色社会主义建设者对国家的责任和担当！

（作者为“组团式”教育援疆广州驻疏附支教团援疆教师）

促进民族团结一家亲

□ 黄德权

人生第一次来新疆，是为圆一个共产党员的梦！希望能以一己之长，在退休前为国家边疆发展贡献一份绵薄之力。

2021年8月底，我怀着激动的心情乘着南航的飞机来到心仪已久的新疆喀什，住进了喀什大学高台校区简朴而温暖的宿舍，开始了援疆之路。援疆至今已有一年有余，我除了承担课堂教学与教学管理外，对党和国家关于民族团结一家亲的政策及活动非常支持，并以实际行动积极参与。藉学习党的二十大之际，我将继续践行习近平总书记关于新疆建设工作的重要讲话精神，促进民族团结一家亲。

参加“三进两联一交友”活动

为促进各族师生相互学习、相互尊重、相互帮助、共同成长，我校开展了“三进两联一交友”活动，活动中的“三进”是指“进班级、进宿舍、进食堂”，“两联”是指“联系学生、联系家长”，“一交友”是指学生与老师交朋友。受疫情影响，2021级新生入学相对较晚，隔离后又进行了军训。通过摸排，每个班确定了一些需要帮扶的学生与老师结对子，老师要联系学生、联系家长。学校为了减轻援疆老师的工作压力，没有安排援疆老师参加此类活动。但是，当我得知有“三二一”活动后就积极主动要求负责人安排四个民族学生与我结对子，并在随后与学生的沟通交往中关心学生的生活、学习，多次与学生一起进餐，请学生品尝广东美食（如肠粉、烧鸡饭、烧鸭饭等），在进餐时通过闲聊掌握学生所思所想所爱。知道学生最爱吃三号食堂的鸡扒饭，我特地在学生还在上课时根据每个学生不同口味提前买好饭等待他们放学一起愉快地就餐。得知学生都爱打羽毛球，我悄悄地给学生买了两副羽毛球拍，给学生一个惊喜，并在百忙之中抽空与学生一起打球娱乐。只要办公室有什么水果、零食，我都会想着学生，叫上学生一起分享。我在尽力让他们实现人生中的第一次：第一次吃荔枝，第一次吃西餐，第一次吃广东月饼，第一次在喀什吃上火锅……

11月喀什的天气冷了，我对学生也是嘘寒问暖。当我发现阿木同学经常穿着单薄，就去阿木宿舍查看其卧具用品，并特地为其购买了棉袄一件。穿上这棉袄，温暖的不仅仅是身体，更是民族团结的心。在活动中，我始终遵循“与时俱进，情感育人”的指导思想，用细心感动人、用耐心温暖人、用真心打动人。

将民族团结融入教学科研中

在援疆期间，我在教学科研方面与民族师生一起开展了多项活动。

首先，在新生人才培养方案的修订上，结合喀什地处“一带一路”核心位置情况，不仅增加了财务管理课程这种偏向金融与贸易方向的选修课程，同时还根据民汉混班上课的要求，基于民族生基础相对薄弱的实际情况，提出难度较大的课程适当增加一定学时的建议。

其次，在教学活动中，带领民族老师与汉族老师一起进行教学研讨，观摩教师教学创新大赛与课程思政示范课，并请学校督导办孙月红主任为民汉老师举办现场版课堂示范演示，甚至亲自讲授他自己的授课经验。

再次，举办民汉学生学风研讨活动，鼓励他们树立更大目标，通过考研博取更多选择。通过在学校电子督导室观看教师课堂实况回放，组织学生发现课堂学风存在的问题，并分析产生这些问题的原因。大家通过自主发言，自觉分析原因，便知道今后如何端正学习态度。我借机鼓励他们树立更大目标，考取研究生，走到广州、北京、上海等国内国际化大都市寻找自己的天地。

● 与民族老师一起观摩研讨教学创新活动

● 督导主任孙月红做现场课堂教学演示

第四，参加民族班班会，给民族生讲解思政课程，加强其对国家快速发展、越来越强大的认识。

第五，与民族老师阿丽米热•伊布拉音等组成科研团队，一起申报了南疆经济与社会发展科研课题。课题的申报需要精心选题，不断打磨，才能碰出火花与灵感。因此，通过课题申报活动，民汉老师有机会在一起研讨交流，不仅提高了科研能力，更促进民族团结。

第六，组织了经管学院年轻老师观摩学校督导主任孙月红处长的现场课堂示范课，并从备课、授课、总结探讨了如何上好一门课、制作PPT的基本要求。

此外，通过主动参加班主任会议及与民族班主任一起开班，增加对学生的了解；给民族学生讲授课前思政课程；与民族老师一起探讨学院发展规划；参加以民族学生为主的导游大赛评选等活动，增进民族感情，促进民族团结，增强民族凝聚力。

（作者为广东省前指驻喀什大学直属队援疆教师）

我的援疆情

——一生情系新疆

□ 何显忠

2022年是我梦想成真的一年，也是人生之中最为有意义的一年。这一年，党的二十大胜利召开了，这一年，我去援疆了。

2022年5月14日，我满怀着为祖国边疆技工教育事业献身的坚定信念和热忱，与其他六位志同道合的援友进疆开展援疆工作。我来到祖国西部边陲——新疆喀什技师学院，开始了我永生难忘的援疆生涯。

我是一名汽车专业教师，对喀什技师学院汽车工程系进行专业建设支援，主要是制定汽车专业人才培养方案、建设新能源汽车实训室、培训新能源汽车维修技术师资、指导教师竞赛，其中最关键的一项任务，就是要帮助喀什技师学院汽车工程系建设新能源汽车检测与维修专业，让汽车工程系教师们掌握新能源汽车检测与维修技能以及新能源汽车专业教学，提高职业能力，提升教学质量。

● 向学生示范操作

● 担任选拔赛裁判

进入学院第一天，副院长李明同志带领我们熟悉了学院的环境，之后便安排我到汽车工程系，根据专业，我被分配到汽车工程系新能源汽车组。适逢新疆维吾尔自治区第一届职业技能大赛喀什地区选拔赛，我被邀请担任教练，利用课余时间指导训练教师与学生汽车维修技术比赛。

在没有上课任务的时候，我积极参与公开课听评课活动，了解喀什技师学院教师上课情况。原来咱们喀什技师学院的教师上课水平都很棒，普通话讲得都很标准，基本上都掌握了一体化课程的上课环节，正所谓精益求精，我提出了我的改善意见，希望喀什技师学院的教师教学水平更上一层楼。经过一年的时间，田雨桐教师已经成为骨干教师，能胜任汽车电气维修、新能源汽车检测维护等课程。在新疆维吾尔自治区第一届职业技能大赛喀什地区选拔赛来临之际，我被邀请担任竞赛裁判，比赛当天，我凭借多年的裁判经验，公平、公正、公开、专业地完成这次裁判任务，每位选手都取得了自己真实的成绩，吴克鑫获教师组二等奖，亚力坤•吾布力获学生组二等奖，田雨桐获得教师组一等奖。在选拔赛中，我的裁判工作表现突出，被评为“优秀裁判员”。记得在端午假期，我还与汽车工程系的班主任吴克鑫到班里每位学生的顶岗实习企业看望他们，了解学生的实习状况，解决学生困难，学生看见班主任都十分感动，我们鼓励学生勤奋工作，争取专业技能提升。援疆期间，让我觉得最光荣的事情就是我到喀什市武警部队给军官们培训汽车维修技术，军官们都积极好学，我把多年的汽车维修经验和碰见的维修案例都分享了给军官们。让我最为感动的是，军官们每节课都认真做好笔记，课后还与我分享讨论维修案例，培训结束之后，他们都参加了技能考试，都取得了高级工技能等级证。喀什技师学院也成为喀什地区的汽车维修工技能鉴定中心。到了学期末，我对喀什地区的教职工进行了汽车维修技术的培训，他们也成功地通过了技能等级证的考试。

到了下学期，我承担21级2个班级16课时的汽车电气维修教学工作。在上课前一周，我组织课程小组集体备课，确认课程的知识点、技能点，示范一体化课程教学。认真上好每一节课，用心指导每一位学生，关爱每一位学生。在星期六下午的课余时间，我还继续培训汽车工程系教师学习新能源汽车维修技术，主要内容有新能源汽车维修安全注意事项、新能源汽车的结构、新能源汽车维修案例分析，现在汽车工程系的教师们都掌握了新能源汽车维修技术基础和教学方法。部分教师对汽车电子维修的高端技术非常感兴趣，我利用课余时

指导学生操作

间，组织他们进行汽车电脑维修技术培训，汽车电脑维修技术属于汽车维修的高端技术，如汽车电脑板硬件与软件的维修、汽车动力升级、汽车电脑芯片焊接技术等，目前田雨桐教师已经掌握了汽车电脑简单的故障维修技术及其维修思路。

为了更好地建设新能源汽车检测与维修专业，我组织汽车工程系部骨干教师共同讨论并完善新能源汽车实训室建设方案，制定新能源汽车检测与维修人才培养方案，全面落实“十四五”规划工学一体化课程项目。

时光飞逝，转眼间一年援疆工作即将结束。我被评为“优秀援疆教师”，一年里发生的一切历历在目，深刻认识到习近平总书记“做好新疆工作事关大局，是全党全国的大事”的深刻内涵。我自觉同以习近平同志为核心的党中央保持高度一致，坚决落实新疆社会稳定和长治久安总目标，严格执行党的民族和宗教政策，维护祖国统一和民族团结。援疆已近尾声，蓦然回首，我对新疆、喀院却已产生深深的眷恋之情，诸多思绪萦绕心怀，感动之情无法抑制，我已经爱上了喀院辛勤的同事、喀院可爱的学生，在他们身上，我深刻感受到新疆人民扎根边疆、努力拼搏的昂扬精神。

衷心祝愿美丽的大新疆明天更美好！

（作者为广东省前指驻喀什技师学院直属队援疆教师）

图书馆是一座坚固的民族团结之桥

□ 张宽路

2020年刚到第三师图木舒克市图书馆值班时，我注意到一个有意思的现象，汉族读者来到图书馆时会直接走进来，但维吾尔族群众就不一样，会站在门外面，谨慎地问一句："可以进来看看吗？"他们显然是对公共图书馆不太了解。很快我又注意到，当维吾尔族的麦尔耶木姑•卡生木在服务台值班时，维吾尔族群众就不会站在门外问，而是会直接走进来问。这让我意识到，要向维吾尔族群众宣传图书馆的社会功能离不开维吾尔族的大学生。

从那之后，图书馆里遇到重大的服务事项时，我会有意识地征求麦尔耶木姑•卡生木和尼鲁帕儿•艾买提两人的看法。在具体的工作方法上，尼鲁帕儿有时并不按我教的做，就是觉得她自己琢磨的方法也一样。这给我提了一个新的要求，我要从逻辑推理上证明她的方法是不是最优。每每证明一次，我就感觉到自己也有了很大的收获，既"知其然"又"知其所以然"了。麦尔耶木姑会利用自己的法律专业知识，通过馆里的微信号开展一些法律知识宣传。渐渐地，有些文化程度不高的维吾尔族群众也知道有问题可以到图书馆来查书。

另一方面，在图书馆的读者活动中，汉族小朋友和维吾尔族小朋友共同学习的情况越来越多。最早参加故事会活动的维吾尔族小朋友是馆里保洁大姐的孩子，看到故事会活动，出于好奇，跟着汉族小朋友一起参加，后来渐渐地带亲戚家小伙伴一起参加。阅读活动成了另一种民族团结活动。

日积月累，到图书馆来的维吾尔族读者比例不断提高。2020年下半年进馆的维吾尔族群众累计有1000多人次。2021年全年进馆的维吾尔族群众达到4000多人次，占到总进馆人次20%左右。2022年，这一比例仍在提高。在今后的日子，图书馆将继续发挥着民族团结之桥的作用。

（作者为广东省驻兵团第三师工作队援疆干部）

凡人微光　点亮风雪援疆情

□ 李桂钊

三年援疆工作即将结束，随着离别日子临近，心中难以割舍的，是在风雪中建立起来的兄弟姐妹情谊，关山万里，粤伽情深。

2020年3月26日，广东省第九批援疆干部人才迎着疫情逆风而行，进驻伽师县。我被委派到伽师四中担任校长，开启了教育援疆的工作后，我便跟党支部杨书记在同一办公室办公，午饭就跟杨书记到学校对面的小面馆吃上一碗拉面，吃上一串烤肉，边吃边聊。这让我们对学校办学有了更多的共识，工作上的配合也慢慢地变得默契而高效。

为了认真贯彻落实党中央第三次新疆工作会议关于“依法治疆、团结稳疆、文化润疆、富民兴疆、长期建疆”的治疆方略，广东教育援疆以铸牢中华民族共同体意识为主线，深入推进文化援疆和智力援疆的核心工作，大力推动语言文字教育为工作的重要抓手。我着力推动学校营造积极学习氛围，弘扬爱岗敬业的高尚师德师风，实施“最美身影”和“伽师杏坛”师训活动。很多老师一次次展示“最美身影”，上台分享先进教育经验的老师们脸上洋溢着幸福的笑容，普通话说得特别好的青年教师胡西塔尔动情地对我说：“校长，是‘最美身影’给了我干劲，是‘伽师杏坛’给了我信心，我一定会帮助好民族老师们学好普通话写好汉字的！”

2020年11月25日，受疫情影响，我早上回到学校，学校只有20名昨晚陪宿的老师和5名住校的饭堂职工。大部分老师被告知在家里上网课，而支教团队在小区实施封闭管理前，还可以正常回校协助管理，在全面封闭管理前的过渡期间起了重要的作用。此时，领导班子中，杨书记和贾副校长出差到东北学习未归，小李校长也因在小区隔离不能进校开展工作。当前，管理好留校的1600多名住宿生的生活和学习，是摆在我们面前的巨大考验。

这一刻，我深深感受到一个主人翁的强烈责任感。在住进办公室、实施封闭管理的日子里，在校的25名教职工密切配合，工作虽然紧张，但我们的心贴近了。南主任知道我在饭堂吃馍馍和馕饼会引起胃的反酸，经常会偷偷地往我口袋里塞一两个鸡蛋，让我感到特别温暖，吃起来也特别有滋有味。

纷纷扬扬的大雪不期而至，校园里平添了几分苦中作乐的浪漫，寒冷的雨雪的天气持续多日，老师们守望相助，我们的友谊也在风雪之中得到了锤炼，我们的心越来越温暖了。

有一天，我发现一个小男生刚冲过水的小手依然是黑乎乎的像结了痂一样。我见状，把我茶杯里的暖水和洗手液倒在他的小手上，轻轻地反复揉搓，黑乎乎的东西褪去了，小手显得特别娇嫩。小男生腼腆地说："谢谢校长，以后，我一定会洗干净双手的。"我也会心地笑了。这"黑乎乎"的图片也一直珍藏在我的手机里，它见证了我们在文化润疆工作中，培养学生良好文明生活习惯的重要一环。

特别难以忘怀的是"民族团结一家亲"的场景，在维吾尔族老师伊布家的庭院里，精心布置的桌子上摆满了各种干果、甜品、新鲜瓜果、酸奶、馕饼，还有伊布妈妈亲手做的抓饭和特别香浓的拉面。我们手拉着手，唱起了《我和我的祖国》，挥舞着手中的小红旗，放飞心中的豪迈，浓浓的民族情谊、真切的援疆情怀满满地充盈着整个院落。

伽师四中作为广东援疆"组团式"支教托管种子学校，三年来，教育教学成绩实现了重大的提升，在2022年7月，中考成绩攀上历史新高，七、八、九年级综合成绩以绝对优势跃居全县第一名；文化润疆工作硕果累累，男子足球队获自治区"石榴籽杯"总决赛季军，女子足球队获南疆赛区第三名；"校园体艺科技文化节"从始创到第二届成功举办，开创了素质教育的新局面，夯实了校园文化底蕴；在献给伽师县人民"文化润疆"伽师四中专场晚会上，16个节目各具特色，异彩纷呈，将优秀文化润泽到老百姓的心田里。

"携教育使命不分南北，传文化心愿无问西东。"且以一首小诗表达我此刻的心情：人贵有志求正道，万般辛苦立师表，胡杨红柳千年在，甘为沙海作波涛。

（作者为广东省前指驻伽师县工作队援疆教师）

迢迢援疆路　悠悠援疆情

——我的援疆故事

□ 帅庆华

说起新疆，对于从未到过新疆的人来说，最初的印象可能是遥远偏僻、荒凉落后、自然环境恶劣。当我接到援疆的任务时，我的想法和大多数人一样，脑海还瞬间闪现出很多画面：连绵不断的广袤沙漠、寸草不生的茫茫戈壁、漫天飞舞的飞沙走石……此去万里征途有对亲人的不舍、家庭的牵挂还有对陌生环境的忐忑不安，但是一想到援疆是一种使命，也是一种责任，更是一种情怀，我就有勇气去战胜所有的困难。遥想父亲年轻时响应国家号召从繁华的都市奔赴边远山区，怀着“到祖国需要的地方去”的信念，艰苦奋斗，从青丝到白发，在边远山区奉献了他的青春和一生最美好的年华。父亲的故事一直深深地影响着我，而今我有机会去新疆支教，用实际行动追随父辈的脚步到国家需要的地方去奉献一份力量，我感到无比光荣自豪。

2021年9月18日清晨，我们从东莞出发，一路向西北，经过十几个小时的辗转劳顿，终于在次日凌晨到达援疆目的地——第三师图木舒克市。经过几天短暂休整，援疆老师们便以饱满的精神状态投入各自的岗位中去。

来新疆之前了解到南疆基层教育水平相对较弱。一支粉笔、三尺讲台，上好每一堂课，建立粤新两地教师交流的桥梁，把先进的教育理念引进来，与受援学校教师青蓝结对，带好一个徒弟，帮扶一批教师，打造一支带不走的高水平教学、教研的教师队伍，这些是我初到新疆时的内心想法。

在援疆老师们渐渐适应了在第三师图木舒克市的工作和生活后，援疆工作队的领导及时召开了援疆老师座谈会，在座谈会上工作队领导明确指出我们教育工作者在国家治疆方略中肩负着文化润疆、铸牢中华民族共同体意识的使命，不但要为受援学校引进先进的教育理念，帮助当地老师提高教学水平，我们全体支教教师还必须有高度的责任感、使命感，要从维护国家统一、民族团结高度认识这次支教任务。在课堂教学中，除了学科知识的传授外，更重要的是在文化思想领域潜移默化地教育当地学生把爱民族与爱国家结合起来，把个人的命运、民族的命运与国家命运结合起来。是啊，新疆面积占全国总面积的六分之一，所处位置有着重要的战略意义。座谈会后我对此次援疆的意义有了更高层次的认识。

第三师图木舒克市位于新疆的南疆，地理位置偏僻。很多学生没有机会到广东，对广东的经济建设、文化历史、风土人情不甚了解，课后新疆的孩子们常常会问我："老师，广东有着浩瀚无边的大海吗？广东的一线城市深圳、广州是像媒体上宣传的那样有着鳞次栉比的高楼大厦、川流不息的人群，是霓虹闪烁的不夜城吗？"……同样，我在后方学校的学生也时常很好奇地问："老师，新疆大吗？新疆美吗？新疆的羊肉串好吃吗？新疆的孩子漂亮吗？"……对于学生的问题我都尽我所能一一回答。不知不觉中我已成为粤兵两地学生了解彼此的桥梁，可我深知个人的力量是微弱的，两地青少年需要更多、更好的交流、交往、交融平台。师市二中组织的粤兵两地青少年"手拉手写书信、增进民族团结"的活动就是这样一个平台。这个活动提升了学生们规范使用国家通用语言的能力，一封封书信交流让三师与广东的青少年手拉手交朋友，让两地各族青少年开拓视野、增长见识、体验不同的文化风情，增进民族间的认同和了解，促进民族间的交往、融合和团结。我们援疆教师积极参与这个活动，我本人也因此被评为优秀指导教师并受到学校的表彰。

时间飞逝，转眼援疆已有一年，我从最初的陌生到渐渐爱上第三师图木舒克市这座宁静的南疆小城和大美的新疆。新疆是个好地方，人美、景美、瓜果甜、美食香，这里不仅仅有浩瀚的沙漠、戈壁，还有晶莹的冰川、清澈的湖泊、苍翠的雪松和云杉、金黄的胡杨林……假期的时候我们曾在沙漠中跋涉，穿梭在秋意正浓的胡杨林下，走进雅丹地貌的魔鬼城，去过一次能让人领略春夏秋冬四季风景的最美独库公路，《可可托海的牧羊人》中那一望无际的那拉提草原让人流连忘返。可是新疆太大了，大到我们的脚步无法将它一一丈量，新疆太美了，美到我们的双眸不能将所有风景尽收眼底。如果还有朋友问我新疆是否值得一去，我会用我在新疆驻足一年的亲身感受告诉他：此生不去一次新疆总会有点遗憾。

援疆一年了，随着援疆结束的日子渐渐临近，心里有太多回忆、不舍和感动。回想一年前初到第三师图木舒克市，受援学校领导和同事们对我们援疆老师热情关怀，积极帮我们解决工作中、生活上遇到的困难，让我们在远离家乡万里之遥的第三师图木舒克市感受到了亲人般的温暖。踏上第三师图木舒克市的土地之前，我以为它是荒凉和萧瑟的，到了这里才发现这个建市还不到20年的曾经的戈壁荒滩，在国家、对口援疆省市以及当地的各民族人民的共同努力下，变成了绿树成荫、繁花似锦的花园城市。人进沙退是新疆人民改造恶劣自然环境的豪情壮志，辛勤劳动创造美好家园是他们对生活的热爱，正是一代又一代的新疆各民族人民和兵团人用忠诚为国守边疆才换来了如今这安定团结的大好局面。

回首走过的援疆路，有汗水、有艰辛，也有喜悦、收获。援疆路，曾经走过，援疆情，一生铭记！

（作者为“组团式”教育援疆东莞驻兵团第三师支教团援疆教师）

传扬“粤菜师傅”工程 助力南疆乡村振兴

□ 陈国永

“粤菜师傅”工程是广东省委、省政府决战决胜脱贫攻坚、落实乡村振兴战略、推进东西部协作的重要举措。2018年4月26日，时任广东省委书记李希对全省实施乡村振兴战略进行全面动员部署，发展乡村旅游和休闲观光农业，实施“粤菜师傅”工程，推动一二三产业融合发展，走质量兴农之路。

在5000公里之外的讲台上，来自被业界誉为“粤菜师傅黄埔军校”——广州市旅游商务职业学校的援疆教师以全新的教学理念、独到的教学方法、扎实的专业技能践行着“粤菜师傅”的责任和使命，这就是作为援疆教师的我。我是中共党员、中式烹调高级技师、广东省技术能手、中国烹饪名师、国家职业技能鉴定中式烹调考评员、疏附县烹饪专业教研员、疏附县中等职业技术学校“粤菜师傅大师工作室”主持人。

2021年7月广州市第三批援疆教师队伍在招募人员，我义不容辞，坚定地选择了报名，援疆是一种使命，也是一种责任。我于2021年10月光荣地成为广州市第三批援疆支教队中的一员，为新疆喀什地区贡献广州职业教育力量。援疆以来，我争做边疆职业教育的守望者，在教育管理、教学教研、粤菜师傅大师工作室建设、团队建设、产品创新研发等领域不断探索前行，为促进新疆职业教育事业发展贡献自己的智慧和力量。

“西出阳关”：援疆支教，彰显粤菜师傅对党忠诚本色

国有所召，士有所应！当祖国召唤的时候，我把个人理想追求融入党和国家事业之中，融入人民创造历史的伟大奋斗之中。我倾情帮扶，在接续推动脱贫地区发展和乡村全面振兴中施展才华；我教书育人，在受援学校的教学科研一线忘我工作。我以扎根坚守的教育情怀，为打造“五个一”工程、“红色教育+智慧教育”等教育援藏援疆援川“广东样板”发挥了重要作用，我始终以

“功成必定有我”的担当和“功成不必在我”的境界，不断刷新着广州教育援派的成绩单，展现了广州教育援派人才不忘初心、牢记使命、勇挑重担、无私奉献的风采，树立了广州教育援派的良好形象，我时刻牢记自己的光荣使命，不惧困难，努力工作，恪尽职守，甘于奉献。面对困难，我经受考验，得到了疏附县中等职业技术学校全校师生员工的赞誉。我始终抱有这样的信念：作为一名援疆教师，就好比一颗红柳的种子，在这里播种，就要在这里顽强地生长，就要为这里增添一份新绿。在支教工作中，我深深地体会到：援疆教师不仅要有激情和智慧，有责任和目标，而且还要耐得住寂寞、守得住清贫、赢得起挑战、经得起考验。我用奋斗和奉献，在“胡杨林”里播撒智慧和友谊的种子，用心血与汗水，在南疆喀什谱写新时代的粤菜师傅“出塞曲”。

“冰心一片”：奋斗进取，谱写新时代粤菜师傅“出塞曲”

传扬广东“粤菜师傅”工程成功经验，促进民族文化交流融合和民族团结，助力喀什地区乡村振兴。援疆期间，我担任疏附县中等职业技术学校“粤菜师傅大师工作室”主持人，贯彻广东“粤菜师傅”工程精神，传扬广东“粤菜师傅”工程成功经验，积极推进中餐烹饪大师工作室建设和活动开展。为期半年的工作室建设中，我从工作室设计到一砖一瓦的建设都不遗余力，事无巨细一肩挑，弘扬中餐烹饪文化，大力培养专业技术人才，改良创新符合本地餐饮市场的产品，弘扬工匠和劳模精神，推动地方餐饮业快速发展。工作室有序开展“师带徒”、教研教改、学生技能竞赛训练、酱料研发和菜品技术改良创新等工作，带动了3名烹饪专业教师，并培养超过250名烹饪专业学生，改良创新菜品和研发酱料超10项，为地区餐饮行业培育专业技术人才和提供专业技术支持。2022年3月10日，我接受疏附县电视台、疏附县教育局采访和“文化润疆”个人专题拍摄，采访多次在疏附县电台晚间新闻播放。同时，疏附零距离、广州援疆、新花城、南方+和广州日报等多家新媒体先后转载发布，我在受援地区获得了高度的认可，为文化润疆和促进民族文化融合作出自己不平凡的贡献。

扎实推进“粤菜师傅”青蓝工程，为受援地区培养一支“带不走”的骨干教师队伍。为了受援学校的长远发展，援疆期间，我知道援疆支教教师再努力最多也只能影响一届学生，要想真正提高当地的教学水平，必须为受援地区留下一支优秀教师队伍。我明白，我们入疆不能仅局限于为新疆的烹饪职业教育“输血”，出于长远利益的考虑，我们更要在有限的时间里为当地烹饪职业教育“造血”。最终的目的，是要留下一支“带不走”的骨干教师队伍。为提高老师的教研教学水平，我在学校积极组织开展了援疆教师和疏附县中等职业技术学校“粤菜师傅”青蓝工程活动。和其他援疆教师一样，我结对带徒弟，在导思想、带技术、传作风方面做好“传帮带”，加快了当地青年教师的培养，使他们树立教育新观念，培养高尚师德，练就扎实的基本功，提高教育、教学能力，尽快成为疏附县中等职业技术学校的烹饪专业骨干教师，以带动学校各项工作更好开展。“粤菜师傅”青蓝工程活动开展以来，支教的“师傅”在课堂上“手把手”教，徒弟听课积极，听完课后，师徒互相交流，共同提高。3名教师在烹饪专业技术水平和职业教育教学能力方面都有了极大地提升。通过示范课、经验交流等方式，我交流了自己的职业教育教学心得，传播新的教育教学理念与模式，促进了当地教师教育观念、方法和手段的转变，快速提升了他们的烹饪专业技术水平。

弘扬工匠劳模精神，用心培养学生，传授专业技能。我上课前精心准备教案，做好课件，以培养激发学习兴趣为出发点，研究分析学生的特点，设计适宜的教学方法，努力做到因材施教、因人施教。课堂上，我始终以饱满的热情和诙谐的语言吸引学生，以通俗的讲解和耐心的辅导抓住学生，以丰富的知识和宽广的视野感化学生，努力使不同层次的学生都能够发展、进步。我还充分

陈国永老师在指导工作室学员进行菜品制作

利用课间、课外活动等休息时间，与学生谈生活、说人生、聊世界，与学生们打成一片，用表扬和鼓励引导孩子们积极进取、刻苦学习，弘扬新时代工匠劳模精神，努力让学生们感受到学习的快乐。针对学生基础薄弱的现状，我研究出“降低难度、调动兴趣、多加鼓励”的教学方法，逐渐使学生爱听、爱学、爱动脑。我认真研究地方饮食文化差异，精心备课，悉心传授技能。目前我培训的烹饪专业学生超过250名，基本上都掌握了中餐烹饪专业基本技能，如翻锅技术、调味技术、刀工技术等，专业基本功扎实，职业素养良好，所教授的学生都亲切地称我为“师傅”。2022年6月自治区第一届职业技能大赛喀什地区选拔赛中，我指导的中式烹饪学生艾尔帕提•亚库普荣获三等奖。2022年9月广州援疆“粤菜师傅大师工作室”4名学员荣获2022年度“粤味之旅和味酱心挑战赛”3金1银。我作为工作室主持人还荣获“优秀创作指导教师”荣誉称号。

促进后方学校对口结对帮扶工作，勠力同心做好“民族团结一家亲”。援疆期间，我积极开展“结对子”民族团结活动，除了维吾尔族学生吐尔逊江，我还与维吾尔族老师娜迪热•阿卜杜克热木进行结对帮扶工作，时刻关心他们的思想、学习、生活等情况，定期开展学习指导、心理疏导以及生活补助等帮扶工作。另外，我也促进了后方学校广州市旅游商务职业学校与疏附县中等职业技术学校结对帮扶工作的开展，2022年6月后方学校与受援学校签订对口帮扶协议，并资助16名贫困家庭优秀学生助学金，受援学校领导和学生都非常感动，有效增进了民族团结，为“民族团结一家亲”作出了自己应有的贡献。2022年9月，我荣获疏附县2022年度“民族团结好老师”荣誉称号。

援疆支教以来，我用心、用情、用爱，战胜了困难，扎实推进“粤菜师傅”工程，实现了援疆支教教师的价值，用实际行动书写了援疆大爱的光荣篇章，用真情付出在边疆实现了援疆支教的历史使命。在戈壁滩上挥洒汗水，教书育人，以身作则，立德树人，成为学生最好的榜样。

（作者为广东省前指驻疏附县工作队粤菜大师工作室主持人）

馕的故事

□ 肖向前

有一次，在语文课堂上。

“关关雎鸠，在河之洲，窈窕淑女，君子好逑。”我带着同学们正在兴致勃勃地读着《关雎》，抬头一瞬间，看到了肉孜江同学嘴巴里似乎含着什么东西，我好不容易激发的诗情画意一下子就灰飞烟灭了。

“你在吃什么，请你把它吐出来。”我虎着脸，努力压制住内心的愤怒，但还是比较客气地对他说。

“老师，他在吃馕。”“老师，他经常是这样。”其他同学七嘴八舌地说道：“老师，快点惩罚他，他天天犯错误。”他们之间经常这样互相揶揄，互相开玩笑着“出卖”，我已经习惯了。肉孜江趁着这纷扰的几秒钟，赶紧把嘴里的馕使劲咽了下去，说时迟，那时快，馕已服服帖帖地入肚了。此情此景，更加重了我心底的愤怒。

说起这个肉孜江，气就不打一处来。他上课经常迟到，课间经常给你来几个小插曲，作业经常不交，在课堂上捣蛋破坏纪律，我找他谈了几次话，都无济于事。但是馕已入肚，我生气也没用，努力克制住自己的怒火，继续讲起课来。

“参差荇菜，左右芼之。窈窕淑女，钟鼓乐之……哪一个小组来解释这几句话？”我正在询问同学们这个问题时，不经意间，又看到了肉孜江，嘴巴在轻微地嚅动，双手放在课桌的抽屉里。不用说，他又在偷偷吃馕了。

“你又在干什么，把抽屉里的东西拿出来！”我声色俱厉，怒不可遏，声调提高了八度。他目露怯色，十分不情愿地将抽屉的东西拿了出来。我一看，果然是一小块馕，干巴巴的。

“刚才吃的时候有没有提醒你？这还没10分钟，又开始吃，把它扔到垃圾桶！”我强压住怒气命令他。

“我不吃了，我放到桌子上。”他将手中的馕移到桌角边。

“不行，必须扔掉！”鉴于几分钟前他的行为，我语气十分坚定，不容置喙。

“为什么要扔掉，我不扔。”他的眼神变得倔强，甚至有些狠狠地看着我，紧紧地攥着手中的馕。

“我再说一遍，把馕扔到垃圾桶！”我感觉自己快失去理智了，但教师的素养告诉我，不要冲动，不要冲动，冲动是魔鬼！

整个教室一片寂静，感觉心脏跳动的声音都能听到。

“老师，馕不能扔的。”“老师，我把馕放到后面的书架上。”“老师，那是浪费粮食……”沉寂片刻之后，同学们三三两两开口了，都在维护着那块馕。

我仍然坚持扔掉，同学们仍然在纷纷向我求情。就这样我跟他们僵持了近一分钟，差点愤怒到亲自去把馕扔掉。正在僵持间，班长起身走过来，把肉孜江手中攥着的馕用力掰开，放到教室后面的书架上，显然肉孜江同学也认同这种处置方式。我也顺势继续上课，心里充满疑问，为何这次他们会这样同心协力保护这个馕呢，他们平常可没有这么“团结友爱”呀！

回到办公室，同事见我一声不吭，闷闷不乐，问我发生了什么事情。我把刚才在教室发生的事情一五一十地告诉了他们。

“幸亏你能控制自己情绪，没有坚持把馕扔进垃圾桶，否则你真的是触犯众怒了！”同事说。我一脸狐疑。他继续说：“在这边，宁可三日无肉，不可一日无馕。馕与维吾尔族人们的日常生活息息相关，咱们维吾尔族同胞把馕看作是吉祥美好的象征！如果平时实在吃不完，可以把它放在高处，如窗台、桌上、架子上，但绝不能扔到地上，或垃圾桶。”

天啦，想不到一块小小的馕，竟有如此之寓意，怪不得肉孜江同学今天的行为很反常，同学们的“团结友爱”也让我感到不解。

后来我去查了一些资料，了解到，新疆的馕历史十分悠久，在全国食品中，要算一个独特的食品了，它与这里人的关系非常密切，在维吾尔族人眼中，馕几乎是无可替代的。“馕作证，如果我说的是谎话，那就天打雷劈！”这类俗语印在他们的心里，馕在维吾尔族人的日常生活中，不仅是主食，还被赋予了美好的象征意义。

原来，是我粗暴地冒犯了他们，是我一味想要维护课堂纪律而没有顾及他们的习俗，我必须向他、向他们道歉。心里念叨着，我默默地向教室走去。

（作者为“组团式”教育援疆广州驻疏附支教团援疆教师）

愿做沙漠胡杨　用心用情陪孩子成长

□ 刘晓玲

心理健康教育是人点亮人的工作，能激发学子们的禀赋潜力，为学生的健康成长保驾护航。在新疆喀什地区疏附三中援疆支教期间，努尔比亚（化名）的成长故事让我印象深刻。

一天中午，八年级女生努尔比亚来我办公室，送给我一幅画《沙漠胡杨》，她欣喜地告诉我，她当班长了。我很欣慰地说，她现在和这胡杨一样坚韧。她不好意思地点点头，说想帮我扎个头发，她经常和姐妹互相帮忙扎头发，觉得我像一位很好的姐姐，想帮我扎头发。我很开心，教书十多年，第一次有学生帮我扎头发，而且是努尔比亚，这是多么真诚的礼遇，在离家万里的祖国边疆，我更觉得幸福。

我的思绪回到第一次见到努尔比亚的时候，她哭着站在心理咨询室门口，犹豫要不要进来，我上去抱了一下她，拍了几下她的肩膀。交谈中得知，她是学生干部，但管纪律的时候，有些调皮的同学不服气，背后议论，甚至直接反抗、言语攻击，她觉得委屈，上课常分心，注意力很难集中。科任老师严抓背诵，她因为有心事，没心思背书，不会背诵，被老师当着全班同学的面严肃批评了，老师语气比较重，说她作为学生干部没有以身作则，她觉得没脸在这个班待下去了，自己的世界没人懂。她有时候觉得自己太失败了，并自我惩罚，用圆规的针划自己的手臂。

我向努尔比亚表达了自己对她的理解，青少年情绪波动大也是正常的，我很想和她一起了解情况、探讨方案、共同进步。

在建立了信任的咨访关系后，我看了努尔比亚的手臂，划痕有新有旧。被同学挖苦后，她在情绪挣扎中，有时会悄悄去厕所划伤手臂。

我们一起理清思路，制定了心理咨询计划，一周一次，第一个主题是“情绪调节方法”，第二个主题是“班干部管理的语言艺术”，第三个主题是“人际关系调节方法”。

“假如在路上，忽然出现一只狼，人们会害怕得心怦怦跳是吧。这种害怕的情绪，是一个信号，它给大脑发出，有危险要全力逃生的信号。”我引导努尔比亚认识到，“委屈”“生气”“伤心”等负面情绪有信号作用。我们要感知自己的情绪，看到它，悦纳情绪，不用害怕情绪的出现，当出现太大的情绪波动，要学着用合适的方法调节情绪，如倾诉、写日记、画画、运动、唱歌等，最釜底抽薪的方法是换个角度看问题改变认知。我给小姑娘布置了第一次心理作业：记录一周里对她比较重要的事件及其对这些事件的看法、情绪。

这次心理咨询结束的时候，努尔比亚说，以后尽量不用负面方法释放情绪，承诺以后不自伤。她重新认识很多正面的调节方法，以前在书里面也学过，但情绪上来的时候，都忘了，之后要多用调节情绪的金钥匙——情绪ABC。

努尔比亚自伤的行为出现过多次，已经超出保密原则的范围。我和班主任、德育主任交流了她的情况，近期多关照她。班主任反馈，她自我要求高，对别人也要求高。

一周之后的心理咨询，我倾听了努尔比亚的近况，看了她的心理作业，管理班级的苦恼依然困扰着她。

“假如想要把一袋红豆装到保鲜盒里，保鲜盒的盖子盖着的话，再拼命倒，也效果甚微，打开盖子，才能更好地达成目标。班干部管理班级，如果有些同学敌对反抗的话，就像往盖着盖子的保鲜盒倒红豆，事倍功半。”我引导努尔比亚思考，班干部要先引导全班同学团结，有共同的班级目标，一起主动努力，自律学习。大家不是为了班干部才遵守纪律，更不是大人逼着才学习。知识本身就很有趣，学到更多知识，会更自信，体验到更多的成就感。

班干部说的话，目的是提醒、督促，同学听进去，并执行口令，不是为了发泄情绪。面对与自己同龄的自尊心强、处于叛逆期的青少年，班干部要多用礼貌用语。同时注意语气，语气和内容一样重要，尽量少用“给我闭嘴”这类生硬的字眼，同学们比较难接受，可以用“请安静、我安静”“123坐整齐”代替。

班干部在管纪律的时候，七分表扬三分批评，如“表扬第二组，最快安静坐好开始学习”，多表扬具体细节，让同学们知道，那些行为是被鼓励的，要向榜样学习。在班级氛围方面，要激发同学们的自律性，由“要我静”变成“我要静”，由“要我学”变成“我要学”。

在咨询结束时，我给小姑娘布置了第二次心理作业：记录一周同学的进步，并真诚地表扬鼓励同学。努尔比亚说，她一直想为班里好，可有时力不从心，跟我聊了这些之后，更知道怎么做班干部了，心里的大石头少一些了。

在第三个心理咨询前，我跟努尔比亚商量说，把人际关系主题的心理咨询换成班级的心理活动课，她答应了。

在人际关系主题的心理活动课中，心理游戏“大风吹”暖身破冰，同学们的情绪变得很高涨。团体转换阶段的心理游戏“巧解千千结”，创设“结”的情景，让同学们体验解开千千结的情绪变化和成就感，并通过小组讨论，让他们认识到有结不能逃避，合作、沟通、坚持、不放弃等才能解开，引申到现实的人际关系的结，我们需要开心灵之锁的金钥匙，比如沟通、换位思考、宽容、分享等，积极地将这些方法运用到实际的人际交往的情境中，改善人际关系。

课堂动静结合，同学们完成心理画设计《冬日里的第一杯奶茶》，并送给好友，体验主动送出小礼物的乐趣，最后全班一起跳兔子舞，愉快地结束课堂，同学们体会到融洽的人际关系会给自己带来愉快的体验。课后同学们表示，希望多上心理活动课，和同学一起玩心理游戏有很多欢声笑语，也能体验很多情绪，学到不少有用的方法。

多次交流后，努尔比亚下课时间经常来我办公室，她说我是知心姐姐，看到我心情就会变好，像她的家人一样。她总是过来打声招呼，和我聊几句后，再去别的科任老师那问问题、背书。我感受到她对我的信任，我用关心温暖着孩子的心，我对她的理解、鼓励、引导，让她更有力量继续前进。

心理健康教育是在孩子的心灵上耕耘的工作，每个人都是别人的一盏灯，在师生交流中，感受学子们内心的想法，一起探讨，共同进步。在与南疆学子们的相处中，他们朝气蓬勃、茁壮成长，让我感受到了做援疆心理教师的温暖和幸福。

（作者为“组团式”教育援疆广州驻疏附支教团援疆教师）

南疆孩子也会画国画啦

□ 黄华平

“三中孩子的国画作品上‘学习强国’新疆学习平台啦，南疆孩子也会画国画啦，黄老师带得太好了……”升旗仪式后，副校长在国旗下公布这个喜讯，我回忆着援疆支教的点点滴滴。

初到疏附三中，在听评课教研交流当中，我发现孩子们的文字书写水平还有较大提升空间，握笔姿势、坐姿、书写笔顺、笔画、结构、字体等知识待科普，很多孩子没有接触过专业的书法、国画训练，书法美术教学是教学短板。面临学生数量多、普通话基础薄弱、学习基础参差不齐、师资紧缺等难题，我迎难而上，探索适合边疆民族孩子的方法，用人格魅力去感染学生。

我刚来的时候，孩子们对于国画基本没有什么概念。我用了一个多月的时间完成了100多幅作品，山水画气息浓郁，花鸟画灵动多姿，还有一部分篆刻作品和书法作品，我把这些作品布置成书画长廊。在书画作品展出的时候，对于展示的书画作品，孩子们都说好，再问具体哪里好，孩子们说感觉，别的说不出来。

于是，美术课从国画鉴赏开始，赏山水花鸟，品水墨丹青。我跟孩子们介绍国画的四种境界：能品、妙品、神品、逸品。画麻雀像麻雀，是能品；熟练画麻雀，是妙品；画出麻雀的机灵，是神品；笔墨技法高超而产生的无法之法，样子可能不特别像，妙手偶得，画出麻雀在追求自由，是逸品。“那我们画的都最高端的逸品啊。”一个学生小声说，学生们爽朗地笑了。我鼓励着说：“有可能你就是下一个美术大师，都说喀什有深厚的文化底蕴，一起认真学、多练习，我对大家有信心。”

美术课的理论知识讲解伴随着笑声，可在示范讲解后，轮到孩子们练习时，孩子们的一句句“老师，我不会画”把我困住了。怎么打破孩子们的畏惧，让他们敢下笔画呢？我查阅资料，和同事交流，翻看美术教学书籍、心理书籍，甚至和心理老师交流：学生畏难怎么办？

四月的南疆，学校植物园里，桃花、杏花满枝丫，课间常常有孩子们在树旁欣赏，欢声笑语。“你站在树下看风景，看风景人在楼上看你。桃花装饰了我的窗子，你解开了我的难题。”我有感而发改编了卞之琳的诗句。忽然想起来，以前我没创作灵感时，就去写生，现在带孩子们出来观察校园，不是也能帮助他们获取无穷的创造力吗？

我带着孩子们走出教室，在校园里，用光影绘画，以阳光为笔，观察、收集、展示不一样的校园四季；带领学生到户外写生，一棵树、一朵花、一只小鸟或者一只蝴蝶，甚至画画的师生都能是孩子们描摹的对象。国画的魅力妙在似与不似之间，越来越多孩子打破魔咒，毛笔拿起来后就舍不得放下，勾、皴、擦、染、点、浓淡干湿，一幅幅作品，闪烁着孩子们的创造力。

我将有书画兴趣的民族学生组织起来，成立艺境书画社团。在书画社团里，我因材施教，分段式教授中国传统文化中的中国画、篆刻、毛笔字。一笔一画展现汉字魅力，一撇一捺传承中华文化，结合传统节日创作作品：对联、趣味福字，追溯汉字起源、演变，用甲骨文作画，画春天、画家乡、画未来……书画社团为学生提供展示书画作品的平台，学生获得成就感，进而产生更浓厚的学习兴趣，提高学习动力。我结合“国画+书法+篆刻”形成书画特色教学风格，让更多的孩子享受书画学习的过程，激励着喜欢书画艺术的民族学生，接受专业的书画学习。

社团里的伊斯马伊力同学，是创作作品比较多的同学，对书画艺术很有兴趣。我第一次见到他的时候，可是另一番景象。同学传他早恋，老师说他上课不听课，只顾画画。我听着老师们的议论，也留意起这个同学。看了他的美术作品，觉得是个好苗子，把他招到书画社团中。

在画画的间隙聊天中了解到，他这两周都不开心，也没有认真听过课，天天就是在画画或者睡觉消磨时间。原因是他把一张画送给一女同学，被同学误解为早恋，被贴了个早恋的标签。他一直在苦恼着，觉得委屈又说不明白，对学习也失去了兴趣。我倾听了学生的心事，并跟他说，我理解他的心情，我小孩跟他差不多大，初中生的情绪波动，我理解。我变成半个心理老师和半个爸爸，陪着学生在操场散步，慢慢解开孩子的心结。

经过两周的绘画辅导及对他的鼓励，他完成了四张比较完整的美术作品，自己也很有成就感。我慢慢引导他认识到，美术作品还需要落款，学好毛笔字更能表达美术作品要传达的意境。写好毛笔字，需要学好文化课知识，平时上课要认真听讲，文化课和艺术专业课要双管齐下。

学生们在练习书法

我把和小伊同学手持四张画的合照发给了他的班主任，并在课堂中展示给同学们看，同学们看后非常惊讶，称赞他是班里的画画才子，他的笑容重新挂回脸上，对学习也重拾兴趣、信心，学习也在不断进步。我指导他画的国画作品，在“学习强国”新疆学习平台上刊登了。学习国画，激发了边疆学生的爱国情感，孩子们为自己是中国人，会写毛笔字、会画国画，感到自豪。

我给学校及师生赠送书画作品，在疏附三中掀起了“感受书画魅力，传承中华文化”的写毛笔字画国画热潮。互赠书画篆刻作品也成了孩子们表达感情的方式。在学生家里，让父母骄傲的是，墙上贴满了孩子自己画的画、写的字，有亲戚朋友来做客，家长满脸笑容地告诉客人：看看，这是孩子跟广东援疆老师学的书画作品。在一片惊叹点赞中，学生和家长收获满满的幸福喜悦。

庆祝中国共产党成立一百周年之际，我带着孩子们在学校的“心灵家园”完成了大型山水画作品“爱我中华”，画面上，远山如黛，树林环绕，繁花似锦。这就是我们心中的大好河山，是我们最爱的祖国。我和孩子们的内心，满满的都是自豪感。

周末假期，走访学生家里，我带去国画书法作品送给学生，并参与村里文化墙的绘制，打通传统文化传播最后一公里，让漂亮的传统文化作品进入普通南疆学生家庭，引导孩子们小手拉大手，让更多学生家长了解国画书法，爱上国画书法，支持孩子们学习传统文化。用优秀的中华传统文化滋养南疆新一代，对增强国家凝聚力、弘扬民族团结有着重大意义。

（作者为“组团式”教育援疆广州驻疏附支教团援疆教师）

MINGYUE
CHU
TIANSHAN

第三篇 诗话天山

七绝

□冉　波

男儿立志走四方，援不成功誓不还。
挥袖何须岭南地，人生无处不舞台。

（作者为广东省前指临时党委副书记、副总指挥）

援疆赞歌

□王　罡

千古男儿闯四方，珠水天山情绵长。
父母妻儿难离舍，一片赤心志援疆。
精忠肝胆为报国，广东援疆美名扬。

（作者为广东省前指项目计划与产业处一级主任科员）

援疆路上满豪情

——记喀什大学直属队的援疆点滴

□ 吕佩玉

国家号召齐响应，无惧道远踏征程；
援疆路上并肩战，意气风发满豪情。
认真上课育英才，送教下乡促振兴；
学习讨论齐进步，出谋划策计不停。
领导慰问暖人心，支部活动增感情；
业绩超群受表彰，团结一心永向前！

（作者为广东省前指驻喀什大学直属队队长）

● 喀什大学直属队合影

广东援疆

□陈秀琴

跨越云海别故乡，跋涉远山赴边疆。
一腔热血洒课堂，春风化雨育栋梁。
粤喀两地相守望，民族团结友谊长。
不忘初心不辱命，广东援疆谱新章。

（作者为“组团式”教育援疆广州驻疏附支教团援疆教师）

援疆感怀

□邱志晴

大漠黄沙起风云，应征援疆奏乐章。
干事无分工作日，只争朝夕星伴月。
脱贫攻坚添丰乐，振兴致富为小康。
防疫靠前上一线，躬自切问访民情。
文化润疆才子梦，龙腾狮跃传非遗。
情系遍地创新境，乡村蓝图绘长卷。
硕果伽师白棉旁，秋来满院尽覆香。
礼赞辉煌迎胜日，回望岁月忆峥嵘。

（作者为广东省前指驻伽师县工作队援疆干部）

共度·援疆情

□ 徐海霖

学子同心共援疆，初到喀什赏风光。
风景旖旎映眼帘，身旁何处不诗境。
南疆风情毓秀兮，学子深感倍温暖。
纵然离家万千里，却似心中暖似火。
疆内门生好学兮，敏而好学共相长。
一朝一夕共前行，坎坷曲折无止步。
大美新疆难忘却，此行不枉来支教。

（作者为“组团式”教育援疆广东大学生支教团援疆教师）

莎车吟

□ 张宽路

昆仑艳阳照雪山，叶河两岸赛秦川。
杨柳依依渠岸树，瓜果团团路边摊。
昔有阿曼尼莎罕，十二歌舞至今传。
莎车若救赛乃姆，甘英不悔离中原。

（作者为广东省前指驻兵团第三师工作队援疆教师）

赠粤新人①

□冯仲元

遥想当年赴万里，逐梦天涯未曾停。
历经风霜和雪雨，奋战沙尘斗疫情。
维护各民族团结，勠力助西部振兴。

跨越大漠与戈壁，丈量雪域和草地。
扶持产业赋科技，提升医疗促教育。
一十百千万工程，遍地粤新人足迹。

而今匆匆逾三载，不忘使命和初心。
作别天山千丈雪，喀喇昆仑万年冰。
挥别援友暨战友，今朝砥砺再前行。

（作者为广东省前指社会事务与保障处借调人员）

● 粤新楼

①粤新人：指援疆人。同时也指粤新楼，即广东省援疆指挥部驻地。

诗两首

□ 曲洪淇

入疆行

老汉聊发少年狂，
大衍始做屯垦郎。
西域故国风沙洗，
赤子丹心戍南疆。

秋思

太平盛世疫情乱，
恰逢艾服生日诞。
但祁羁瘟神笼囿，
不日神州笑语喧。

（作者为广东省前指副总指挥、驻兵团第三师工作队队长）

诗四首

□ 林柏春

二度援疆

闹钟不解忧，
催得离人愁。
不知千山雪，
为谁白了头。

2019年12月20日于万尺高空

送广东援疆教师

别离又一春，
粉笔铸师魂。
仰头天山笑，
壮志写昆仑。

2021年6月28日凌晨于喀什

喜获“开发建设新疆奖”

男儿一生何所求，
万里边塞为国忧。
但愿三载心无愧，
不求功名写千秋。

2022年5月12日于喀什

赏黄叶

寒月料峭遍树红，
夕阳徐暮千山重。
谁人恋色不愿返，
一片落叶笑秋风。

2022年11月7日于喀什

（作者为广东省前指临时党委委员、人事教育处副处长）

诗两首

□李　宥

援疆小记

朝辞虎英露，
暮迎图城沙。
万里赴边地，
丹心照中华。

图市探春

旧年残冰未消融，
枯叶黄沙日日同。
也无江南绵绵雨，
却见浅粉与深红。

（作者为“组团式”教育援疆东莞驻兵团第三师支教团援疆教师）

西域援疆情

□陆　梅

我来了
2019年的那个冬天，
我向西而行。
飞越青山绿水，
穿越雪山戈壁，
奔向那个风沙满天的西域之都。
新疆喀什，我来了。
我将微信名唤作“西域情”，
我带上所有家当、全部身家，
我来了，
我以热情激情豪情向西而来。

我看到
大漠孤烟直的荒凉，
金黄沙漠的干涸，
三千年胡杨的坚毅，
雄鹰展翅的高远，
冰川雪山的冷峻。

我将
满怀热情，奉献我的所能；
满怀激情，贡献我的所学；
满怀豪情，付出我的一切；

不忘初心，践行援疆使命。

于是
有了我与喀什三年的热恋，
有了我与喀什民族同胞的拥抱，
有了我与喀什黄土地的亲吻，
有了广东援疆与我三年的随行。

“广东援疆者”
在企业工厂忙碌，
在校园操场奔跑，
在急诊病房旋转，
在乡村田间耕耘。

“广东援疆者”
在沙漠矗立起党员教育基地的同心圆，
扶持勤劳的民族同胞创造共同富裕生活，
培养先进的民族同胞成为引领前进的技术人才，
教会每一个美丽的民族面孔每一句话都用国通语。

援疆者
是桥梁，连接喀什民族情；
是指引者，引领喀什文明富强；
是领航员，带动喀什爱国爱党；
是播种者，播撒党的红色的种子；
是耕种者，根植中华民族爱国情。

援疆者
放下一家老小的亲人，
放弃安稳富足的日子，

甘愿身经风沙干燥，
只为援疆使命，
只为援疆奉献。

岁月静好，只是有人替你负重前行，
援疆者，就是负重前行之人。

愿新疆团结奋发向前向好，
愿喀什绿水青山民众富足安康，
愿国泰民安，
中国万岁，中国共产党万岁！

（作者为广东省前指临时党委委员、人事教育处处长）

胡杨

□叶衍宁

从霓虹灯的丛林里转身，
让双脚沾满泥土。
漫天的风沙，灼人的空气，
一望无际的荒漠戈壁中，天荒弱木。
你在连续起伏的沙丘里，
成为扎根伫立的胡杨。

背上装满思念的行囊，
与温情山水相隔。
告别年迈的父母，再抱抱年幼的孩子，
离开自己熟悉的城市，前路不知。
你把不舍留给了家人和自己，
你将希望带去了远方。

一身素白的衣裳，
融入了滚烫的黑土，
治愈着干红的躯体与面庞。
医心无界，大爱无疆，
从一道道期待的目光，
到一声声诚挚的“热合买提”[①]，
你将仁心仁术带到5200公里外的热土，

①热合买提：维吾尔族语“谢谢”。

用东莞的口音抚慰了维语他乡。

走过5点①的清晨，
也见过23点②的日落，
你带着坚定的信仰，
无数次奔波于门诊与住院病房，
用义诊的脚步把图木舒克一一丈量。
你将“平凡”挂在嘴边，
却将“不凡”践于脚下，
跋涉400天，
行医治病走遍疆原。

相隔万里，
让患者聆听远程医疗的声音，
传帮带新，
让戈壁滩上的种子长成森林。
你研究学术、带领学生、救治病人，
你工作很繁杂，
患者只知道你是他们的福音。

你是医疗的战士，
是东莞在新疆种下的胡杨。
是妻子儿女的骄傲，
是这个时代里值得反复吟唱的诗。

（作者为广东省前指驻兵团第三师工作队援疆医生）

①5点：新疆地区最早日出时间。
②23点：新疆地区最早日落时间。

胡杨传奇

□ 张竹林

这里断不是生命的乐土，
盐碱地到处泛着可怕的白霜，
你却呼朋引伴地，
把荒漠演绎成欢歌的海洋，
扭曲着身子努力地，
向上，向上！

这里也绝不是美的所在，
在长着刻薄尖刺的沙漠植物中，
你却绚烂金黄地，
把秋天打扮成盛装的新娘，
旋转着黄裙妖娆地，
招摇，招摇！

我看到了早逝的温柔的母亲，
您是生活的魔术师，
虽家徒四壁，
但家一直都温馨整洁，
虽破衣烂衫，
但孩子们都干净体面。

也许幸福本就源于苦难，
欢乐全是因为热爱，

在这薄情的尘世间深情地活着
是一种信仰！
是一种态度！
更是一种能力！

（作者为广东省前指驻疏附县工作队援疆教师）

听从一颗幼稚的心

□ 刘思明

听从一颗幼稚的心，
把耸立的身躯蹲下，
以孩子的高度，
接受一次严格的检查。

听从一颗幼稚的心，
把师道的尊严放下，
以孩子的角色，
进行一次友好的对话。

蹲下来，才能领略孩子的世界，
这个世界，鲜花烂漫，生机勃发；
放下尊严，才能走进纯真的童心，
童心如纸，洁白无瑕，好写好画。

听从一颗幼稚的心，
就是唤醒蒙昧的心，
自信正破土，责任将发芽，
好奇在滋生，梦想会开花。

听从一颗幼稚的心，
就是听从自己最初的心，
漫漫成长路，岁月染芳华，
行走再久远，也不忘为什么出发。

听从一颗幼稚的心，
心与心相印，情与情融洽，
沐浴在爱的晨光里，
身躯越蹲下，形象越挺拔。

（作者为“组团式”教育援疆东莞驻兵团第三师支教团援疆教师）

我爱祖国的南疆

□ 林桂生

雪花飘尽雨水时，闻疆情近过乌市，
我把丹心寄明月，随风直到刀郎西[①]。

我爱祖国的南疆，
一个广袤迷人的地方。

这里气候干旱，阳光充足；
这里水源缺乏，瓜果甜甘；
这里风沙万里，绿洲如烟；
这里地广人稀，风情万般。
温带大陆性气候，
铺满戈壁远荒；
润泽土地的苦咸之露，
是融水千里的恩赏；
灰头土脸的茵花草木，
是顽强拼搏的光芒！
这里有丝路古城，巍峨昆仑；
这里有死亡之海，万年胡杨；
这里有三藏的足印，张骞的驼铃；
这里有班超嘶鸣的军马，更有铸剑为犁的战场！

①刀郎西：作者住在刀郎西街的小区。

我爱祖国的南疆，
一块写满诗意的土地。

我浅尝过盐碱的泥，
也穿乱了早晚的衣，
捧起叶尔羌河的涟漪，
追逐大漠红染的落日。
笔直宽敞的公路，
纵横阡陌的灌渠；
排排杨槐沙枣，
簇簇红柳梭刺；
看不尽稻波麦浪，绵百里光电风机，
走不出连天棉海，迷失在万亩枣梨。
风起时，天地暗，听细沙打窗，声线如雨，
信念笃，异域宽，展豪情万丈，信步成诗。

我爱祖国的南疆，
一群歌舞编织的笑脸。

麦盖提的天是彩绘的天，
我们用莞邑的水墨相连；
艾买尔[1]的神笔，
木卡姆[2]的弦，
散落在刀郎画乡[3]，
点亮了校园。
热孜亚•阿不来提[4]，

①艾买尔：麦盖提县19世纪末的农民画家。
②木卡姆：刀郎文化中的一种集歌、舞、乐于一体的大型综合古典音乐。
③刀郎画乡：位于麦盖提县，主要展出刀郎农民画。
④热孜亚•阿不来提：作者的维吾尔族学生。

扎着两条小辫；
长长的睫毛，
深深的大眼；
欢快的麦西来甫[①]，
熟练的通用语言。
我教你中华你书写梦想，
心向老师报效边疆！

我爱祖国的南疆，
一生耕耘至高的荣耀。

兵地融合高考研讨，
情境设计传经送宝；
兵团赛课，
得失点拨教法指导；
公开课示范，
把松湖莞中的高效，
连成粤兵的桥。
教研会，抛砖引玉我支招，
课堂内，饱含深情耐心教，
运动场，领着学生健身跑。
工作的每一天，
喜欢经过旗杆下仰望，
仰望红旗展过的蓝高，
不说话，站着
就十分美好！

（作者为“组团式”教育援疆东莞驻兵团第三师支教团援疆教师）

---

①麦西来甫：刀郎人民的传统舞蹈。

赞胡杨

□ 覃兴龙

没有雨露，
你悄然生长在无边的荒漠上。
春天，
你坚挺的一抹绿色，
让漫漫荒原有了活力。
秋天，
你那金灿灿的一片黄色，
点燃了荒漠的色彩。
生前，
你三千年不死，
任由那漫天狂沙和狂风的肆虐，
毫不动摇。
死后，
你三千年不倒，
依然牢牢守住脚下的沙土，
抵挡风沙。
你像是一名战士，
守卫着国土。
屹立不倒的雄姿，
是站岗的你；
金灿灿的黄叶，
是你不朽的光芒。
啊！

胡杨，你是大漠的英雄，
我们为你点赞！

（作者为广东省前指驻兵团第三师工作队援疆医生）

援疆组诗

□ 吴可劲

篇一（进疆开篇）：泥石——（自寄）

若不是大地的挤压，
你不会如此凹凸不平；
若不是冰山融水，
你不会跋山涉水
来到我面前。
正因命运的苛刻，
才让其貌不扬的你。
在品悟世间浮沉中，
把内心揉成坚硬的沧海桑田。
或许有一天，
如若你能忍受千雕万刻，
我相信，
你不仅能形体成佛，
境界早已超佛！

篇二（诗与理想）：遇见，却将谈笑洗苍凉

偶尔遇上，
寻觅食物的你，
抓拍，让你成为岁月里的风景。

你肯定飞越过，
大漠胡杨的峥嵘，
也曾在疆域的花海趟过步。
似乎你不懂浪漫，
冷眼旁观，
边关的冷月，
仰天搔首，
却是洇满了苍凉。

此刻，满地破碎的暮春，
小区安详的暮色，
竟把你的孤独写成了风景。

不知你何时飞走，
其实只想知道，
你下站的方向，
是否就是翻越天山。

那么可否，
将我醉后的谈笑，
配上悠悠的驼铃，
越过天山，
去把荒漠震响。

篇三（激荡的青春）：小渠

居然被你震撼了！
一条小渠，
竟然流出交响乐般的欢唱，
流出海浪拍岸的气势。

你从不承认自己就是一条小渠，
只要有源头，
就可蓄成翻滚的漩涛。

就在夕阳西下之时，
我脱下双鞋，
如小孩般荡着双脚，
静听这生命的强音。

篇四（孤独的思念）：雨静夜思

喀什春雨滴瓦缝，窗前听雨愁意浓。
遥想老屋灯隐去，老父念儿在梦中。

粤新楼花开，南粤夏已来。
岁岁援疆情，雄心在塞外。

篇五（结束）：归

将近临别粤新楼，
窗口墨砚仍不收。
画笔飞舞画明月，
画遍春夏与冬秋。

跨越天山为准候，
援疆点滴湿眼眸。

待月已上柳梢头，
乌苏一杯仰天倒。

往事依旧人面瘦，
喀什起舞弄影清。
笑泪浸湿长衣袖，
此情已挂枯枝头。

归期已定蓦回首，
仿似浊水溪中流。
谁知桥边芦苇荡，
会否年年思忆愁。

篇六（回眸援疆情）：回不了的过去

午夜梦回，
试着把零碎的过去拼凑起来，
才发现，
一幕幕的画面，
在瑟瑟秋风中，
早已成了回不了的过去，
只是自我甘愿无处安放罢了。

天山的朗月照耀了戈壁，
唯独今夜照不到我。
鸦栖寒枝，
嘶哑长啸，
诉尽世间寂寥。

忆当初独挽背囊，
舍家万里，天山脚下。

落笔抒写诗画年华，
烟火人间，我找寻信仰的轮回。
最终，多不舍离开，
却苦笑着转身，
匆匆地把这段历程画上句号。
只是从没想到过的离愁，
居然来得如此纯粹。

如今，仍是轻装上马，
在西南继续锋芒尽露，
南疆，你可知道
我有多忆你呢？
今夜，我不想心怀世界，
翻着一幅幅照片，
念叨着，即使你已是回不了的过去，
在梦中我依然想着接你回家。

（作者为“组团式”教育援疆广州驻疏附支教团援疆教师）

原创歌曲三首

□杨　宁

新疆伽师县第二小学“红色教育基地学校”主题曲

《高举队旗跟党走》

作词：杨宁　作曲：杨宁

曾听说，我们是祖国的花朵，
曾听说，我们是未来的星火。
红领巾的诉说，孕育了梦想，
从懵懂少年，学会了成长。

红领巾，是鲜艳红旗的荣光，
少先队，是祖国后起的力量。
传承红色基因，点燃了希望，
新时代少年，齐奋发图强。

高举队旗大步向前进，
党的光辉在照耀指引。
高举星星火炬走向光明，
听党话、跟党走，勇敢坚定。

诚实、勇敢、活泼、团结。
好学、上进、快乐、自信。

高举队旗大步向前进，

党的光辉在照耀指引。
高举星星火炬走向光明，
听党话、跟党走，勇敢坚定。
听党话、跟党走，走向复兴。

新疆伽师县第三小学“爱国主义基地学校”主题曲

《祖国，美丽的家园》

作词：杨宁　作曲：杨宁

清晨的阳光照耀着脸庞，
大地万物多舒畅。
鸟儿在歌唱、花儿芬芳，
处处是美好景象。

大好河山祖国我们家园，
拥抱幸福美好时光。
爱的温床、孕育梦想，
伴我们健康成长。

啊！祖国，我们的家园，
啊！祖国，美丽的家园。
祖国是母亲的怀抱，是父亲的慈祥，
培育了我们一双翅膀，展翅翱翔。

清晨的阳光照耀着脸庞，
大地万物多舒畅。
鸟儿在歌唱、花儿芬芳，
处处是美好景象。

大好河山祖国我们家园，

拥抱幸福美好时光。
爱的温床、孕育梦想,
伴我们健康成长。

啊!祖国,我们的家园,
啊!祖国,美丽的家园。

祖国是温暖的阳光,是心中信仰。
我们好好学习掌握科学文化知识,
少年强则祖国强。

啊!祖国,我们的家园,
啊!祖国,美丽的家园。
祖国是母亲的怀抱,是父亲的慈祥,
坚定信仰为祖国,建设更富强。

广东援疆佛山驻伽师支教团团歌

《石榴籽的心愿》

作曲:杨宁　曾庆国
作词:杨宁　黄伟羡

我曾看过星辰大海,却没见过戈壁天山。
我曾看过涓涓细流,却没见过牧场冰川。
我曾有过一个梦想,告诉我要与你相见。
也曾有过一个愿望,呼唤我将希望点燃。

支教路上,你我相连,石榴籽紧紧拥抱如此甘甜。
路途虽遥远,梦想未改变,孕育的生命将拥抱明天。
支教路上,一路向前,这世界变得精彩变得温暖,
欢笑和泪水,初心未改变,共同的期盼,是美好的家园。

我曾留恋花海田园，却也崇敬胡杨三千。
我曾听说海纳百川，却也向往大地无限。
我曾有过一个梦想，告诉我要与你相见。
也曾有过一个愿望，呼唤我将希望点燃。

支教路上，你我相连，石榴籽紧紧拥抱如此甘甜。
路途虽遥远，梦想未改变，孕育的生命将拥抱明天。
支教路上，一路向前，这世界变得精彩变得温暖，
欢笑和泪水，初心未改变，共同的期盼，是美好的家园。

万水千山，情隔不断，沿着光的足迹来到你的身边。
同一片天，不同景观，踏上了征程，心心相连。

支教路上，你我相连，石榴籽紧紧拥抱如此甘甜。
路途虽遥远，梦想未改变，孕育的生命将拥抱明天。
支教路上，一路向前，这世界变得精彩变得温暖，
欢笑和泪水，初心未改变，共同的期盼，是美好的家园。

（作者为“组团式”教育援疆佛山驻伽师支教团援疆教师）

援疆的夜

□郑　杰

援疆的夜，是忙碌的夜。只要身在喀什，就是“白+黑”“5+2”的工作节奏，随时会被通知参加会议、起草各类总结计划等材料，离开宿舍就开始工作，回到宿舍才能休息。这样的夜，虽然辛苦，但很充实，时常至半夜一点左右结束，刚刚好，忙完了也就心无杂念了，很快就可入睡。

援疆的夜，是思念的夜。回到宿舍，空空荡荡，第一件事就是唤醒天猫精灵，或要求其播放歌曲，或广播新闻，只要房间有声音就好。与家人相距万里之遥，想念家人时就视频聊天，与父母唠唠家常，与妻子聊聊工作，与孩子谈谈心得，虽聊时热闹，但终有结束时候，反而加重思念。

援疆的夜，是伤感的夜。尤其是冬天的晚上，外面天寒地冻，暗夜无光，寂静空寥，连星星也仅有几颗飘荡在天际。虽然生活条件比较好，但毕竟身为过客，心中纵有千言万语，也不知托与谁说。对于援疆人来说，夜晚也许就是一种修行。

（作者为广东省前指临时党委委员、临时纪委书记）

极目千里秀　沧桑不老翁

——致最美援疆人

□吴　波

第三师图木舒克市的边缘紧邻着一片茫茫的大漠，大漠上伫立着一片片枝干粗壮的胡杨林。她盘根错节，千姿百态，美丽而沧桑，成为这片古老而年轻的土地上一道亮丽的风景线，演绎着一种独特的秋味。

正是晚秋时节，我，一个援疆人，悄悄地走进了胡杨的世界，慢慢地爱上了她的身姿与神韵。

秋天应是胡杨林最美的时节。在积蓄了一年的能量后，她惊艳登场，一夜之间，让城市“满城尽带黄金甲”！她每一片叶子镀上的金色，在夕阳下绚丽夺目，温婉动人！

她孤寂凄美。没有青山绿水相伴，没有似锦繁花相拥，没有雀鸣蝶舞相颂。默默站立在朔风中、风沙里，像一个等待情郎的少女，孤寂、凄美而执着！孤寂得让人怜悯，凄美得让人心碎，执着得让人感动。

她坚韧如磐。生长在漫漫荒原之上，浩浩朔风之中，不怕侵入骨髓的斑斑盐碱，不怕铺天盖地的层层黄沙，不怕烈日似火、朔风如割。笑看风雨变幻，笑迎严冬酷暑，挺拔傲立，千年不倒，历尽沧桑，不屈不挠，不畏不惧。给人视觉的冲击和心灵的震撼，诠释着生命的价值和力量。

她心底无私。扎根荒漠，千年不死，死后千年不倒，倒下千年不朽，默默无闻、无怨无悔，守护着身后的城市、村庄、青山绿水和并不是很理解她的芸芸众生。把浮华虚名让给了所有稍纵即逝的奇花异草。她们用一生的执着，铸造天然的保护屏障，阻止流沙蔓延，保护沙区农业和畜牧业不受侵害。她们与梭梭、甘草、骆驼草等和谐共生，共同进退，惺惺相惜。

曾经无数次地来到你的身边，在夕阳下、晨曦中，静静地跟你站在一起，是因为喜欢你的伟岸身姿？还是喜欢你的坚守神韵？或许，每一个援疆人都理解你、敬仰你、膜拜你！也默默如你、孤寂如你、坚韧如你、无私如你、奉献如你！

你，是一棵饱经风沙的树，是一棵不显眼的树，是一棵努力汲取营养的树，是一棵为希望而成长的树，最终成为一棵生机勃勃、枝繁叶茂的树！正是你筑起的屏障，护佑着西域大地的幸福，让这片土地再焕青春！

今夜，朔风敲窗，寒意逼人，在援疆楼温暖的宿舍里，我又惦记起你的坚守，而彻夜难眠。

（作者为广东省前指驻兵团第三师工作队援疆教师）

丰收

□ 吴俊杰

“我最爱秋天，
因为秋天到了，
可以收棉花，
棉花可以赚钱，
奶奶就会笑。”

那个夜晚，我在床头，读着学生写的小诗，心头不禁咯噔了一下。

轻轻的棉花呀，你承载了一个孩子多么了不起的梦呀。

那是一个关于家庭，关于未来，也关于丰收的梦。

丰收！

千百年来，它都是一个多么简单而朴实的梦想！

小时候，在奶奶的怀里，听着奶奶轻声地念叨：“田里的事是不会骗人的，你播了多少种，施了多少肥，浇了多少水，都能在收成那天看出来。”

彼时，天真的我，根本不理解奶奶的这句话。

带着这个疑问，我懵懵懂懂地长大了。

直到有一天，奶奶离开了，看着爸爸和几个伯伯在她身边流下的泪水，我知道，我再也没办法从她口中听到那句质朴的话了。也是从那时候起，我知道了，有些东西，真的是骗不了人的。

一分耕耘，一分收获。这是中华民族繁衍生息的信条。

中华民族对土地一直都有一种特别的情怀，这里的每一寸土地都凝结和铭刻着先民们的汗水和印记，所以我们更加坚信，一定要用一颗赤诚的心去浇灌每一片土地！

这种情怀串联起了我们中的每一个个体，它可以使人穿越万里，让家庭、民族、国家的观念刻进我们的血液中。

不管是地里的庄稼、树上的水果，还是课室里的学生，我们总是会怀着一种最质朴的想法：希望来年可以结出硕果，迎来丰收。

来到新疆喀什，去到离家万里之外的地方，最让我感触的始终还是田里的事。

我长长地舒了口气，离开了床，走到了窗前，望着窗外。窗外一片漆黑，可我的眼前却突然出现了一片农田。

我看着田里，孩子们真诚的笑容、农户们忙碌的身影、援疆队员们辛勤的汗水；我看着田里，一座座拔地而起的产业园、一个个遮挡风沙的新大棚、一辆辆开往各地的货车；我看着田里，那丰收的棉花，正在空中飘舞，共同撰写出“粤疆情深”四个大字。

这是田里的事，也是老乡们的事，更是我们的事，只有为老乡们守好每一片土地，才能实现那富民兴疆的新疆梦！

才能让我们的每一个孩子都爱上秋天！

我走回到床边，捧着学生的那首小诗。

那歪歪扭扭的几行字在我手中变得沉重，

我知道，

每一个简单而又朴实的梦，都值得去守护。

因为，这不仅仅是一个孩子的童心，还是一个民族的梦想！

田里的事是不会骗人的。

你播了多少种，施了多少肥，浇了多少水，都能在收成那天看出来。

穿越万里的施肥、浇水，便是为了丰收的那天，能够看见每个孩子的笑容。

我躺在床上，听着窗外的风声吹起树上的最后一片黄叶。

黄叶落地，化作春泥。

（作者为“组团式”教育援疆广东省大学生支教团援疆教师）

MINGYUE
CHU
TIANSHAN

第四篇
时光印迹

民族团结一家亲

□李　明　吴可劲　吴慧源　张许梅　阳　赞　温骏英

● 民族团结一家亲（李明　提供）

（作者为广东省前指驻喀什技师学院直属队队长）

● 在疏附县第一中学与学生的合影　（吴可劲　提供）

（作者为“组团式”教育援疆广州驻疏附支教团援疆教师）

● 到疏附县吾库萨克镇结亲户家中开展“民族团结一家亲活动”，了解结亲户家中生产生活情况
（吴慧源　提供）

● 到疏附县吾库萨克镇结亲户家中开展“民族团结一家亲活动”，了解结亲户家中生产生活情况
（吴慧源　提供）

（作者为广东省前指社会事务与保障处处长）

● 结对帮扶　（张许梅　提供）

（作者为广东省前指驻喀什技师学院直属队援疆教师）

● 广州援疆干部阳赞一家与维吾尔族兄弟沙迪克江•苏力坦一家合影　（阳　赞　提供）

（作者为广东省前指驻疏附县工作队援疆干部）

● 孩子们的合影　（温骏英　提供）

（作者为“组团式”教育援疆广东省大学生支教团援疆教师）

新时代新征程上的美好新疆

□陈　娜

● 心中的光（维吾尔族女孩）
（陈娜　提供）

● 心花怒放　（陈娜　提供）

● 幸福的放牛人（塔吉克族）（陈娜　提供）

● 腼笑　（陈娜　提供）

● 古城居民悠闲的生活　（陈娜　提供）

党的十八大以来，习近平总书记两次赴新疆考察调研，要求“在新时代新征程上奋力建设团结和谐、繁荣富裕、文明进步、安居乐业、生态良好的美好新疆”。沿着习近平总书记指引的方向，新疆2500多万各族儿女，团结一心、砥砺奋进，过上了老有所依、少有所盼的幸福生活，并满怀信心在新时代新征程上不断谱写建设美好新疆的新篇章。

（作者为“组团式”教育援疆广州驻疏附支教团援疆教师）

创新援疆工作载体

□徐志谦　邓静波

“粤新同行新时代”夏令营

● 穗疏两地青少年共同完成民族团结作品　（徐志谦　提供）

2022年7月，驻疏附工作队组织39名民族团结代表学生赴广州市参加“石榴籽一家亲、粤新同行新时代”穗疏青少年夏令营活动，不断推动民族团结事业走深、走细、走实。

（作者为广东省前指驻疏附县工作队援疆干部）

“广东红娘”项目

● 组织民族间联姻的新人代表到广州参观交流活动　（邓静波　提供）

驻疏附工作队围绕“凝聚人心，促进民族团结”的工作目标，创新援疆工作载体，开展“广东红娘”活动，2020年以来在受援地疏附县举办28场次青年联谊会、相亲会、集体婚礼、到广东参观交流等活动，共有108对不同民族的青年通过活动相知、相爱成为夫妻，其中已有58对夫妇生育了民族团结宝宝，民族团结之花绽放。

（作者为广东省前指驻疏附县工作队援疆干部）

推进文化润疆工作

□郭　文　禤乐钰　朱　毅

我们都是石榴籽

● 和疏附三中中国舞社团学生一起参加“民族团结一家亲”快闪活动
（郭文　提供）

广东援疆驻疏附工作队扎实推进中华优秀传统文化进校园工程，指导受援学校建立舞龙、舞狮、剪纸、戏曲、书法、国画、经典诵读等300多个学生社团，参与学生超3万名。

（作者为广东省前指副总指挥、驻疏附县工作队队长）

广东龙狮耀南疆

工作队组织疏附县首届中小学生“石榴籽”杯狮王争霸赛 （栩乐钰 提供）

广东援疆驻疏附工作队将广东非物质文化遗产舞龙舞狮项目引进南疆地区，三年来共培养了本地龙狮教师200多人，组建龙狮队伍500支，学生龙狮队伍共获全国赛一等奖4个、二等奖11个、三等奖10个、最佳组织奖2个、最佳人气奖3个，龙狮文化已成为新疆维吾尔自治区文化润疆的特色品牌。

（作者为广东省前指驻疏附县工作队援疆干部）

文化润疆 浸润心田

在广东省援疆指挥部的部署、广州援疆工作队的领导、广州援疆体育老师的帮助下，广州援疆乡镇干部将广东传统文化中的舞龙舞狮活动带到乡镇，组织当地群众在闲暇时间舞龙舞狮，得到了当地群众的热烈欢迎。

（作者为广东省前指驻疏附县工作队援疆干部）

当地群众参与舞龙活动 （朱 毅 提供）

提升医疗援疆水平

□曾奕彬　林育能

您的健康　我来守护

● 为群众坐诊看病　　（曾奕彬　提供）

驻疏附医疗援疆队开展精神卫生巡诊工作，重点到辖区内各个乡镇为民族同胞进行现场疾病诊治与评估，同时开展科普教育工作等，目前已建档1000余案，成效良好，进展迅速。

（作者为广东省前指驻疏附县工作队援疆医生）

无痛支气管镜检查

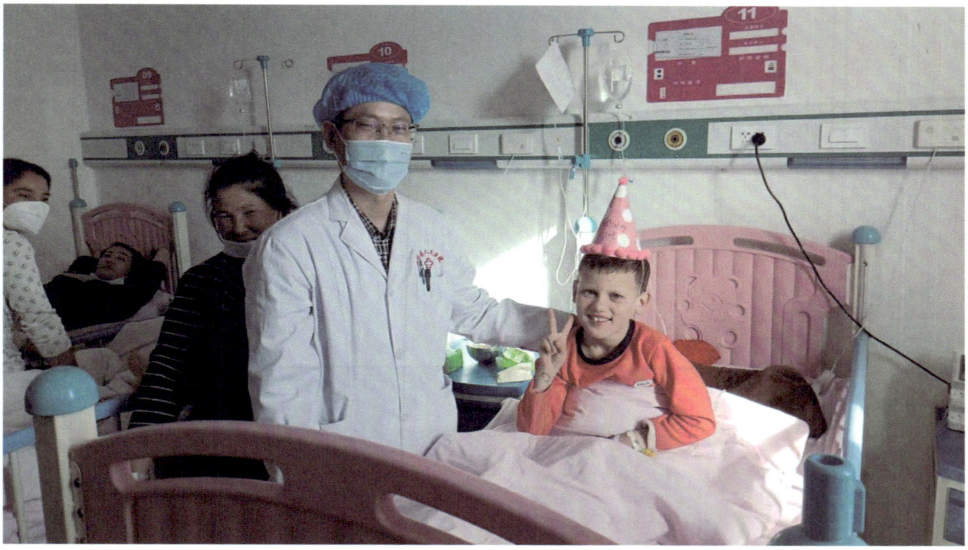

● 疏附县人民医院首例儿科支气管镜检查术后3小时　（林育能　提供）

这是疏附县人民医院首例儿科支气管镜检查术后3小时的画面。该手术开该院儿童支气管镜检查术先河，进一步地提升医院的整体医疗水平，更好地为老百姓服务。

（作者为广东省前指驻疏附县工作队援疆医生）

培育致富带头人

□ 许曜东　邬国平

广东援疆　我的亲人

● 沙迪克江在自己工厂展厅，拿着广东援疆帮忙设计的第三代新包装产品（许曜东　提供）

沙迪克江•塔什，男，维吾尔族，53岁，中共党员，疏附县感恩榨油厂负责人。2020年10月，他参加广东援疆致富带头人遴选并以第一名入选，得到顶格扶持资金100万元。广东援疆驻疏附县工作队从他的榨油厂入手，出谋划策，协助其购置了先进设备，优化了生产线，设计了包装商标，打通了线上线下销售渠道，目前该厂运行平稳。2021年，解决本地群众就业35人，销售额达到300万元，纯利润30万元，前景可观。

（作者为广东省前指驻疏附县工作队援疆干部）

创业传帮带　援疆有新为

● 带领致富带头人开展直播卖核桃活动　（邬国平　提供）

通过致富带头人的培养活动，乌帕尔镇3村村民阿布力克穆•麦麦提明已经成为喀什地区远近闻名的核桃经纪人。目前每年可收购销售核桃2000吨，解决了50人的就业问题，更提高了乌帕尔镇农民改良核桃品质的积极性，达到了致富一人兴一业的目标。2022年他的女儿考进了东北财经大学电子商务专业，全家都非常感谢广东援疆干部的支持和帮助。

（作者为广东省前指驻疏附县工作队援疆干部）

助销新疆优质农产品

□许名涛　韩彦铭　张武养　侯湘源

丰收的喜悦

● 粤港澳大湾区菜篮子基地　（许名涛　提供）

粤港澳大湾区菜篮子基地位于疏附县现代农业产业园，由广东援疆企业——广州昇永农业科技有限公司投资建设。基地经营1172座薄膜拱棚、83座日光温室，主要种植豆苗、红菜苔、菜心和芥兰等广东叶菜，产品主要销往粤港澳大湾区市场，“粤菜疆种、疆菜输粤”这张名片日益擦亮。基地以促进群众增收、助力乡村振兴为使命，现稳定就业150多人，季节性用工超过500人，年销售额5000多万元。

（作者为广东省前指驻疏附县工作队援疆干部）

广东援疆助发展

● 广东援疆提升受援地内生发展动力。图为浩朋服装产业园一期 （韩彦铭 提供）

● 广东援疆助发展，南疆有了疆果果。图为疆果果健康食品产学研基地 （韩彦铭 提供）

● 线上线下多形式助力“疆品”拓展市场 （韩彦铭 提供）

喀什浩朋服装科技有限公司（简称“浩朋”）于2017年11月由广东援疆招商引资落户疏附县，2021年建筑面积2.09万平方米的浩朋服装产业园一期建成并投入使用，是2017年以来喀什地区第一家购买工业用地自建厂房的援疆企业，广东援疆增强了浩朋落户新疆并发展壮大的底气，提升受援地内生发展动力。

喀什疆果果农业科技有限公司（简称“疆果果”）成立于2015年11月，是广东援疆培育的农业龙头企业。2022年在广东援疆产业扶持政策的支持下，疆果果在广州新城片区购买工业用地62亩新建疆果果健康食品产学研基地，一期1.6万平方米厂房已建成并投入使用，疆果果现已成为南疆地区首屈一指的集研发、生产、营销于一体的农副产品精深加工龙头企业。

广东援疆充分利用东西部扶贫协作市场、广州消费帮扶联盟等平台，组织推荐援疆企业参加各类展览展会和电商直播活动。其中，援疆企业疆果果在广东援疆的帮助下抵御住2022年多轮新冠疫情的影响，逆势上涨，1—10月的销售额已达到2.2亿元（2021年全年销售额为2.2亿元）。

（作者为广东省前指驻疏附县工作队援疆干部）

火龙果铺就“火红”致富路

● 农户手捧丰收的果实 （张武养　提供）

广东援疆驻疏附工作队从广东移栽36亩火龙果到疏附县吾库萨克镇进行试种，如今已经硕果累累，年亩产达到4500斤左右，“粤果疆种”的可持续经济发展已经连起了农户百姓的“钱袋子”和乡村振兴的动力引擎，成为吾库萨克镇一张响亮的名片。

（作者为广东省前指驻疏附县工作队副队长）

伽师新梅小故事

2020年8月，“伽师新梅，京东鲜到”——京东新疆智能供应链中心满载着伽师新梅的物流车驶出粤伽新梅产业园，该中心位于新疆伽师县粤伽产业园，是京东物流建立的全国第二个、新疆第一个智能供应链中心。

为推动伽师县乡村振兴试点工作，广东援疆指挥部立足英买里乡资源禀赋实际，委托广州市城市勘测设计研究院规划出台《伽师县英买里乡乡村振兴概念总体规划及核心区建设规划》，由广东援疆企业广建集团负责承包建设，在

● 满载伽师新梅的物流车驶出粤伽新梅产业园 （侯湘源 提供）

英买里乡建设粤伽新梅产业园。引进京东物流、百果园、金安达等新梅精深加工企业13家，初步形成从鲜果销售到果干、果脯加工，再到果肥回田的全产业链条。

2022年，伽师新梅挂果23万亩，面积占全国40%；产量15.1万吨，产量占60%；均价15元/公斤，产值22.6亿元，仅新梅一项就带动全县40万农民人均收入5650元。2022年4月，该园成功申报自治区级现代农业产业园，正在申报国家级农业现代化示范区。

（作者为广东省前指驻伽师县工作队援疆干部）